Lesley Turney
Das Dornenhaus

PIPER

Zu diesem Buch

Als Hannah eines Tages glaubt, ihre Jugendfreundin Ellen zu sehen, traut sie ihren Augen nicht. Denn Ellen ist vor zwanzig Jahren ums Leben gekommen. Hannah erleidet einen Nervenzusammenbruch. Doch sie ist sich sicher, keinen Geist gesehen zu haben, und beschließt, dem tragischen Todesfall von damals auf den Grund zu gehen. Ihre Nachforschungen führen sie zurück in ihre Vergangenheit, ans Meer nach Cornwall. Hier wuchs sie zusammen mit ihrem Adoptivbruder Jago auf. Die beiden verlebten mit ihrer gemeinsamen Freundin Ellen, die mit ihrem Eltern im benachbarten »Dornenhaus« lebte, eine glückliche Zeit. Bis ein schwerer Schicksalsschlag sie trennen sollte …

Lesley Turney lebt mit ihrer Familie in der Nähe von Bristol. Die Ideen für ihre Bücher sammelt sie während langer Spaziergänge mit ihrem Hund durch die Landschaft von Somerset. Nach dem großen Erfolg von »Die fremde Frau« ist »Das Dornenhaus« ihr zweiter Roman.

Lesley Turney

Das Dornenhaus

Roman

Aus dem Englischen von
Monika Köpfer

Piper München Zürich

Mehr über unsere Autoren und Bücher:
www.piper.de

Von Lesley Turney liegen bei Piper vor:
Die fremde Frau
Das Dornenhaus

MIX
Papier aus verantwortungsvollen Quellen
FSC® C014496
FSC
www.fsc.org

Deutsche Erstausgabe
1. Auflage Juli 2013
3. Auflage Juli 2013

Titel der englischen Originalausgabe:
»In her shadow«, Bantam Press, an imprint of Transworld Publishers, London 2012

Umschlaggestaltung: bürosüd°, München
Umschlagmotiv: Nikki Smith/Arcangel Images
Satz: Satz für Satz. Barbara Reischmann, Leutkirch
Gesetzt aus der Scala
Papier: Pamo Super von Arctic Paper Mochenwangen GmbH, Deutschland
Druck und Bindung: GGP Media GmbH, Pößneck
Printed in Germany ISBN 978-3-492-30298-2

EINS

Der Tag, an dem ich Ellen sah, begann wie ein ganz normaler Wochentag. Nichts deutete auf ein ungewöhnliches Ereignis hin, ich hatte keinerlei Vorahnung. Ich wachte zur gleichen Uhrzeit wie immer auf und machte mich zur gewohnten Zeit auf den Weg zu meiner Arbeitsstelle im Brunel Memorial Museum in Bristol. Der Vormittag verging schnell und ohne Zwischenfälle. Mittags aß ich ein Tomaten-Mozzarella-Sandwich, dann bat mich John Lansdown, der Kurator für Antike Kunst, Illustrationsmaterial für einen Vortrag über die Geschichte von Jade zusammenzustellen. Eines der angeforderten Objekte war ein Amulett, das in der Ägyptischen Galerie im Zwischengeschoss ausgestellt war. Normalerweise hätte ich Misty, unsere Praktikantin, gebeten, es zu holen, aber sie hatte an diesem Tag frei, außerdem war es für mich eine willkommene Gelegenheit, mir ein wenig die Beine zu vertreten. Ich griff zu Handschuhen und Schlüsselbund, verließ den hinteren Museumstrakt, den Arbeitsbereich der akademischen Angestellten, und durchquerte die kathedralenartige Haupthalle. Dann stieg ich die geschwungene Marmortreppe hinauf, auf die das durch die Glaskuppel einfallende Licht bunte, rautenförmige Muster malte.

Im Zwischengeschoss bahnte ich mir einen Weg durch die Besucher, die sich um eine anschauliche Darstellung der Kunst der Einbalsamierung drängten. Geduckt trat ich durch die niedrige Türöffnung, die dem Eingang einer Pyramide nachempfunden war. Dahinter führte ein schmaler Gang in die Ägyptische Galerie, die Nachbildung eines Grabesinneren. Tiefe pechschwarze Dunkelheit umfing mich, nur hie und da unterbrochen von gedämpften Strahlern, die auf die Schlüsselexponate gerichtet waren. Die Lichter waren mit einer Zeitschaltuhr verbunden: Verblasste eines, flammte ein anderes auf. Wenn zum Beispiel die zweieinhalb Meter große Statue des schakalgesichtigen Anubis mit der Schwärze verschmolz, materialisierte sich im selben Augenblick eine lumpenumwickelte, vertrocknete Mumie grinsend aus der Dunkelheit. Um die wirklichkeitsnahe Anmutung noch zu verstärken, erklang im Hintergrund leise ein Geräusch wie der klagende Wind, der durch das Tal der Könige strich. Die Besucher senkten unwillkürlich die Stimme, und so vertraut mir die schmale Galerie auch war, bekam ich jedes Mal, wenn ich sie betrat, eine leichte Gänsehaut. Während sich meine Augen allmählich an die Dunkelheiten gewöhnten, bewegte ich mich vorsichtig zwischen den Ausstellungsstücken hindurch. Als ich bei dem Schaukasten mit dem Amulett ankam, ging ich in die Hocke, um die Alarmanlage auszuschalten. Die Glastür öffnete sich, und ich fasste hinein, um das Exponat herauszunehmen. Vorsichtig schloss ich die Finger um das kostbare antike Stück und barg es schützend in der gewölbten Hand. Dann verschloss ich die Vitrinentür wieder und erhob mich. Und in diesem Moment erblickte ich sie.

Ellen Brecht war in der Kammer.

Meine beste Freundin. Meine Nemesis. Die Göttin der Rache.

Es war, als hätte es die letzten zwanzig Jahre nicht gegeben. Ich hatte das Gefühl, wieder achtzehn zu sein. Reglos stand ich da, während sie mich durchdringend ansah. Als die Strahler in diesem Teil der Galerie ausgingen, verschmolz sie wieder mit der Finsternis.

Panik überwältigte mich. Ich wich ein paar Schritte zurück, dann gingen die Lichter wieder an, und ich schrie laut auf, denn Ellen stand jetzt ganz in meiner Nähe, neben einer Gruppe Kanopenkrüge.

Geh weg!, flehte ich stumm. *Geh weg! Lass mich in Ruhe!* Aber sie rührte sich nicht von der Stelle, sondern blieb reglos stehen und starrte mich unverwandt an.

Ich bekam kaum noch Luft. Die Kehle schnürte sich mir zu. Ich wollte fliehen, aber meine Beine gehorchten mir nicht, waren wie gelähmt. Ich stolperte und stieß gegen einen Sarkophag, der im Dunkeln kaum auszumachen war, und mir war, als baute sich der in brüchige braune Binden gewickelte Leichnam bedrohlich vor mir auf. Ich rang nach Luft, der Boden neigte sich zur Seite, die Kammer drehte sich um mich herum. Wieder verblassten die Lichter, und ich konnte Ellen nicht mehr erkennen. Abrupt wandte ich mich um und bahnte mir einen Weg in Richtung Ausgang. Blinzelnd duckte ich mich durch die niedrige Öffnung hinaus ins Helle. Ohne den Handlauf des Geländers loszulassen, rannte ich durch das Zwischengeschoss auf die geschwungene Treppe zu und dann mit klappernden Absätzen in die Haupthalle hinab. Unter dem Skelett des Tyrannosaurus, der unter der Decke schwebte, drängte sich eine Besuchermenge. Ich rempelte Erwachsene mit kleinen Kindern auf den Hüften an, die zu den Überresten des riesigen Tiers hinaufdeuteten, und stolperte über Schüler, die mit ihren aufgeschlagenen Rätselheften auf dem Boden saßen.

»Tut mir leid!«, rief ich. »Lassen Sie mich bitte durch!«

Auf der anderen Seite der Halle bog ich in einen spärlich beleuchteten Korridor ein, der aus dem Atrium hinausführte. Der Flur mit der niedrigen Decke war gesäumt von viktorianischen Glasvitrinen mit ausgeblichenen ausgestopften Tieren. Schließlich erreichte ich das hintere Ende und die Tür mit der Aufschrift:

NUR FÜR PERSONAL.

Zum wiederholten Mal blickte ich über die Schulter zurück. Hinten, am Anfang des Flurs, machte ich eine Gestalt aus, die langsam auf mich zukam. Da sie sich vor hellem Hintergrund abzeichnete, konnte ich nicht erkennen, ob es Ellen war. Mit zittrigen Fingern versuchte ich, den Sicherheitscode einzugeben. Nach drei Anläufen hatte ich jegliche Hoffnung verloren, da spürte ich eine Hand an meiner Schulter. Ich schrie laut auf, mein Herz raste. Langsam sackte ich auf die Knie und schlug die

Hände vors Gesicht. Dann hörte ich eine freundliche Stimme, die sagte: »Hannah, Liebes, was, um Himmels willen, ist mit dir los?« Ich blinzelte zwischen den Fingern hindurch und blickte in das fragende Gesicht meiner Kollegin und Freundin Rina Mirza.

Rina half mir aufzustehen, führte mich in ihr Büro und schloss die Tür. Es war ein kleiner, vollgestopfter Raum, der wie die typische Studierkammer eines Professors aussah. Ich setzte mich auf einen zwischen mit Unterlagen beladenen Aktenschränken eingezwängten Stuhl. Während Rina hinausging, um in der kleinen Personalküche Tee zu holen, saß ich fröstelnd da. Kurz darauf kehrte Rina zurück und reichte mir einen Becher. Er war nur halb voll, doch meine Hände zitterten so sehr, dass Tee über den Rand schwappte. Ich legte beide Hände fest um das Gefäß, aus dem heißer Dampf aufstieg. Dennoch fühlten sich meine Hände eiskalt an.

Rina rieb mir beruhigend den Rücken.

»Was ist passiert?«, fragte sie und blickte mich über die halbmondförmigen Gläser ihrer Brille hinweg an. »Hat dich jemand verletzt? Wurdest du angegriffen?«

»Nein«, sagte ich so leise, dass sich Rina vorbeugen musste, um mich zu verstehen.

»Was ist dann passiert? Irgendetwas muss dich furchtbar erschreckt haben.«

Ich sah zu ihr auf. Rina war einige Jahre älter als ich, und aus ihrem Haarknoten hatten sich ein paar Strähnen gelöst. Ich blickte in ihr freundliches Gesicht, ihre besorgt blickenden Augen.

»Ich dachte, ich hätte jemanden gesehen, eine Frau, mit der ich früher einmal befreundet war«, sagte ich.

»Und – das war so schlimm?«, fragte Rina.

Ich ließ den Kopf hängen, sodass mir das Haar wie ein Vorhang vor das Gesicht fiel. Die letzten Jahre, in denen ich mich von meinem Zusammenbruch erholt und einen Schutzpanzer aus neuen Erfahrungen und Erinnerungen um mich herum gebildet hatte, zerfielen zu Staub. Ich fühlte mich verletzlich wie eine neu geborene Maus, blind und nackt.

»Hannah?«, fragte Rina nochmals. »Warum hat es dich denn so aufgeregt, dass du deine Freundin wiedergesehen hast?«

»Weil Ellen Brecht tot ist«, sagte ich. »Sie ist vor zwanzig Jahren gestorben.«

ZWEI

Die Geschichte von Ellen und mir begann in den 1980er-Jahren auf der Lizard Peninsula, einer windigen, bisweilen sturmgepeitschten felsigen Halbinsel in Cornwall. Dort wurde ich geboren und wuchs ich auf, und dort lernte ich Ellen kennen. Für mich schien sie schon immer dort gewesen zu sein. Woanders oder unter anderen Lebensumständen konnte ich sie mir noch nie vorstellen.

Dabei hatte es eine Zeit vor Ellen gegeben, bevor unsere Geschichte begann. Eine Zeit, die länger zurückliegt und die ich nicht so leicht fassen kann, aber wenn ich mich anstrenge, gelingt es mir. Dann sehe ich farbstichige Retrobilder aus meiner frühen Kindheit vor meinem geistigen Auge. Die Erinnerungen, die in die Zeit vor Ellen reichen, sind wie in einer Schublade aufbewahrte und durcheinandergeratene Kindheitsfotos. Aber an einen Septembernachmittag, als ich acht Jahre alt war, erinnere ich mich mit absoluter Klarheit. Es war das einzige Mal, dass ich mit Ellens Großmutter sprach, und wenn ich es nicht getan hätte, hätte es zwischen Ellen und mir später keine Verbindung gegeben. Wenn dieser Nachmittag anders verlaufen wäre, wären wir vielleicht nie Freundinnen geworden, und mein ganzes Leben wäre anders verlaufen, glücklicher vor allem. Bevor Ellen in mein Leben trat, waren die Dinge einfacher, weniger kompliziert. Sie waren entweder gut oder schlecht, richtig oder falsch, schwarz oder weiß, und ich kannte den Unterschied. Seit Ellen gab es nur verschiedene Abstufungen von Grau.

Aber zurück zu jenem Nachmittag. Die letzten Schulkinder waren an der Bushaltestelle an der Goonhilly Road aus dem Bus gestiegen – die Williams-Zwillinge, Jago Cardwell, der im Cottage neben unserem wohnte, und ich. Es war kalt; die Schatten wurden allmählich länger. Die Verheißung eines Silvesterfeuerwerks und von Frost und mit Raureif überzogenen Spinnweben lag in der Luft. Schwalben hockten wie kleine dunkle Wächter auf den Telefonleitungen, bereit zum Abflug in wärmere Gefilde. Die Williams-Jungen rannten die schmale Straße entlang, die zu ihrer Farm führte, während Jago und ich auf die andere Straßenseite wechselten, zu der stattlichen Rosskastanie, die ihre Äste über die Gartenmauer von Thornfield House breitete. Hunderte von Kastanien hingen außerhalb unserer Reichweite zwischen den papiernen Blättern. Jago ließ seinen Schulranzen auf den Boden fallen, suchte einen Stock, sprang auf und ab und schlug gegen die Äste, ohne etwas auszurichten. Eine Weile sah ich ihm zu, dann hatte ich eine Idee. Ich hob den Schulranzen auf, schwang ihn an den Riemen herum und schleuderte ihn in die Luft. Als er einen Ast traf, purzelten mehrere stachelige grüne Früchte auf die Erde. Die Gehäuse zerplatzten auf der Straße und enthüllten die glänzenden braunen Kastanien in ihrem Inneren. Jago jauchzte vor Freude und hüpfte ausgelassen auf den Kastanien herum. Ermutigt warf ich den Schulranzen erneut in die Luft, doch diesmal verschätzte ich mich in der Richtung, und der Ranzen flog über die Mauer in den Garten von Thornfield House, das wir das »verwunschene Haus« nannten.

Jago drehte sich zu mir um und sah mich verärgert an. »Verdammter Mist!«, sagte er. »Das hast du jetzt davon. Warum hast du es noch mal gemacht!«

Ich erinnere mich noch gut an das beklommene Gefühl in meinem Bauch. Obwohl es mehr als ein Vierteljahrhundert her ist, kann ich es noch immer spüren. Die Angst sitzt mir noch immer in den Knochen, wenn ich daran denke. Damals hatte ich Angst vor der alten Dame, die in dem Haus lebte und die wir für so etwas wie eine Hexe hielten, und ich fürchtete, ausgeschimpft zu werden. Aber im Rückblick ist mir vollkommen klar, dass ich nicht nur davor Angst hatte, dass ich eine dunkle Vorahnung verspürte. Ich wusste, dass in diesem Haus etwas Furchtbares passieren würde. Ich wusste es schon damals.

Thornfield House war ganz anders als die Häuser in unserer Gegend. Quadratisch und von einer Mauer umgeben, thronte es auf einem Hügel. Aus den oberen Fenstern bot sich einem ein majestätischer Blick – auf der einen Seite auf die Felder und Wiesen, die sich bis zur Küste erstreckten, und auf der anderen Seite auf die flache, sumpfige Heide, die sich bis zur Satellitenstation Goonhilly Down hinzog. Es war nicht gerade anheimelnd, kein Haus, in dem die normalen Dorfbewohner gern gewohnt hätten. Es war zu groß und zu düster. Es duckte sich nicht in die Landschaft wie die anderen Häuser der Gegend, die charakteristischen weißen, vom Wind verwitterten Cottages Cornwalls. Stattdessen stand es erhaben und mit großen stolzen Fenstern und einer wuchtigen Eingangstür da, mit seinem steil abfallenden Dach, auf dem eine Wetterfahne saß, die wie ein Schoner auf einer sich auftürmenden Welle wirkte. Und in diesem Haus wohnte ganz allein eine alte Frau. Jago und ich nannten sie »die Hexe«, weil sie genau dem entsprach, wie wir uns eine Hexe vorstellten.

An jenem Nachmittag schlich ich an der Gartenmauer entlang bis zu dem schmiedeeisernen Tor, dessen rostige Scharniere quietschten und das einen Spaltbreit geöffnet war. Vorsichtig spähte ich hindurch und erblickte die alte Dame, die in der Haustür stand und nach draußen sah. Es wäre eigentlich an mir gewesen, sie um Erlaubnis zu bitten, den Garten zu betreten, um Jagos Schulranzen zu holen, schließlich hatte ich ihn über die Mauer geworfen. Aber ich war unfähig, mich zu bewegen. Über die Schulter sah ich Jago an. Ich wusste, dass er mir wie immer zu Hilfe kommen würde. Und das tat er, ohne zu zögern. Er trat vor mir durch das Tor und in den Garten und ging geradewegs auf die Hexe zu, um mit ihr zu reden.

Jago war zwei Jahre älter als ich, ein schlaksiger, schmuddeliger Junge. Von hinten sah man seine Segelohren und das nach allen Seiten abstehende rotblonde Haar, das seine Tante ihm mit der Küchenschere abschnippelte. Sein langer, dünner Hals war zum Teil von seinem zotteligen Haar bedeckt. Das Hemd war ihm zu klein, seine Hose abgetragen und an den Säumen abgewetzt. Seine Hände, die zu groß für seine Arme schienen, baumelten seitlich herab.

Ängstlich schlich ich hinter ihm her und blieb ein paar Schritte hinter ihm stehen.

Die Hexe, Mrs Withiel, war gebeugt und zitterte. Sie trug eine lange graue Strickjacke über einem taubenblauen Kleid mit einer seitlichen Knopfleiste, deren Knöpfe falsch geknöpft waren, und schmutzige alte Tennisschuhe. Ihr Haar war dünn und weiß.

»Warum lauft ihr Kinder immer vor mir weg?«, fragte sie. »Wann immer ich mit euch reden will, rennt ihr davon.«

Jago sah auf seine Füße. Er konnte der alten Dame ja nicht sagen, dass wir vor ihr davonliefen, weil wir ihren bösen Blick fürchteten.

»Ich mag Kinder. Ich habe selbst eine Tochter und eine Enkelin.« Mrs Withiel sah mich an. »Sie dürfte ungefähr in deinem Alter sein, Kleine.«

»Das ist schön«, sagte Jago höflich. »Wohnen sie in Trethene?«

»O nein. Nein, nein.« Sie knetete die Hände. »Sie sind schon vor langer Zeit weggegangen. Der Teufel ist gekommen und hat mir meine Tochter weggenommen. Er hat sie mir gestohlen, sie und das Kind. Ich weiß nicht, wo sie jetzt sind. Ich bekomme nicht einmal eine Weihnachtskarte von ihnen. Keinen Brief, rein gar nichts. Er ist böse, müsst ihr wissen, durch und durch böse.«

Die Stimme der alten Dame wurde immer höher und nahm einen nasalen Klang an, bis sie schließlich kaum mehr zu hören war. Mir wurde übel. Ich dachte, dass Mrs Withiel vielleicht nicht ganz richtig im Kopf sei, mit ihrem Gerede vom Teufel und dem Bösen. Oder sie war tatsächlich eine Hexe.

Jago warf mir einen verstohlenen Blick zu. Ich versuchte, ihm mit den Augen zu bedeuten, dass wir schleunigst von hier wegmussten.

»Es ist ein Jammer, dass Sie keinen Kontakt mehr zu Ihrer Familie haben«, sagte Jago, während er mit der

Schuhspitze ein Büschel Unkraut bearbeitete, das in der gekiesten Auffahrt wuchs. Dann fragte er: »Ist es in Ordnung, wenn ich jetzt meinen Schulranzen hole?«

»Ja, ja«, sagte die alte Dame. Sie deutete mit einer wedelnden Handbewegung zum Ranzen, dann sah sie mich wieder an. »Du kommst mich doch mal besuchen, nicht wahr?«, fragte sie. »Komm doch mal vorbei, um mit mir zu plaudern. Ich hab Kinder ja so gern, vor allem kleine Mädchen. Nächstes Mal werde ich auch Plätzchen dahaben, meine Kleine.«

Ich bemühte mich zu lächeln, aber es fühlte sich nicht wie ein Lächeln an.

»Schokovanilleplätzchen«, sagte sie. »Das waren die Lieblingsplätzchen meiner Tochter. Magst du Vanille, meine Kleine?«

Ich nickte.

»Also, vergiss es nicht. Komm mich besuchen. Du wirst mich doch besuchen, nicht wahr? Versprich es mir.«

»Ja«, sagte ich sehr leise.

Der Schulranzen war in einem von Brennnesseln überwucherten Teil des Gartens gelandet, und Jago zog ihn an einem Riemen heraus. Als er wieder bei mir ankam, wandten wir uns um und gingen langsam zum Tor zurück. Dort drehten wir uns noch einmal um und winkten der alten Dame zum Abschied zu, doch kaum waren wir hinter der Mauer ihren Blicken entkommen, rannten wir los, als wäre uns der Teufel auf den Fersen. Wir liefen zur Kreuzung und dann die Straße hügelabwärts in die Cross Hands Lane, wo wir wohnten.

Noch einige Zeit danach machten wir uns über diese merkwürdige Begegnung mit der »Hexe« lustig.

»Ich mag Kinder ja so gern«, sagte Jago dann immer mit gruselig krächzender Stimme. »Vor allem ... zum Frühstück!« Und er ließ seine klauenartig gekrümmte Hand vorschießen, als wolle er mich packen. Ich hielt mir vor Lachen den Bauch.

Obwohl ich fast jeden Tag an Thornfield House vorbeikam, besuchte ich Mrs Withiel nie. Ich wagte nicht einmal, zu den Fenstern hinaufzublicken, um zu sehen, ob sie dort stand und wartete, dass ich hineinkäme, um mit ihr zu plaudern. Und ich versuchte, nicht an die Plätzchen zu denken, die sie wahrscheinlich gekauft hatte und die inzwischen alt und weich geworden waren.

DREI

An diesem Nachmittag gelang es mir nicht mehr, mich von dem Erlebnis im Museum zu erholen; ich schaffte es einfach nicht, mich zusammenzureißen. Rina fuhr mich nach Hause. Ihr kleiner Wagen mühte sich durch die Stadt nach Montpelier, das Viertel, wo ich wohnte. Sie stellte ihn vor dem Haus ab. Meine Wohnung befand sich im ersten Stock eines ehemaligen Einfamilienhauses, das in ein Mehrparteienhaus umfunktioniert worden war, eingezwängt zwischen einem schicken Blumenladen und einer Second-Hand-Boutique. Auf der einen Seite war der Gehsteig mit Ständern voller farbenfroher Kleider und Hemden zugestellt und auf der anderen Seite mit dunkelgrünen Plastikübertöpfen mit Lilien, Narzissen und Tulpen.

Rina half mir aus dem Wagen, legte einen Arm um mich und schob mich zur Haustür, dann in den Flur und die schmale, mit einem Teppich bedeckte Treppe in den ersten Stock hinauf.

In meiner Wohnung angekommen, fühlte ich mich ein wenig besser. Die vertraute Umgebung mit den gedämpften Farbtönen beruhigte mich. Lily, meine kleine graue Katze, strich mir um die Waden, und ich hob sie auf den Arm und barg das Gesicht in ihrem weichen Fell.

»Leg dich hin, ich mach dir inzwischen Tee«, sagte Rina.

»Ach lass, es geht schon wieder.«

»Bitte tu, was ich dir sage. Lass mich dich ruhig ein wenig bemuttern.«

Rina schubste mich sanft in Richtung Schlafzimmer.

Im Flur zog ich die Schuhe aus und tappte barfuß ins Schlafzimmer. Dort schloss ich die Vorhänge und legte mich aufs Bett. Sofort wurde ich von einer bleiernen Müdigkeit überwältigt; es fühlte sich an, als hätte sich mir ein schweres Gewicht auf die Brust gelegt. Ich zog die Bettdecke bis zum Kinn hoch, ließ den Kopf schwer aufs Kissen sinken und spürte, wie sich die Matratze meinem Körper anpasste. Die Katze knetete schnurrend mit den Pfoten die Bettdecke. Ich versuchte, mich zu entspannen, aber die Gedanken wirbelten wild in meinem Kopf herum. Als Rina ungefähr zehn Minuten später mit einem Glas Kamillentee ins Zimmer kam, war ich noch immer wach.

»Warst du mit dieser Frau eng befreundet?«, fragte Rina, während sie sich über mich beugte und mir über die Stirn strich wie einem fiebernden Kind. Ihr Atem roch nach Pfefferminze.

»Wir waren wie Schwestern. Nein, noch enger verbunden als Schwestern.«

»Es muss schlimm für dich gewesen sein, sie zu verlieren.«

»Ja, das war es.«

Ich drehte den Kopf zum Fenster. Es war einen Spaltbreit geöffnet, und die cremefarbenen Vorhänge bauschten sich sachte im hereinwehenden Luftzug, hoben und senkten sich, als atmeten sie. Von draußen drangen die vertrauten Geräusche herein – Autoverkehr, Kinderstimmen, Musik, Hundegebell und aus der Küche des Restaurants etwas weiter die Straße hinunter betriebsames Geklapper.

»Wie, sagtest du, hieß sie noch mal?«

»Ellen Brecht.«

»Was ist ihr zugestoßen, Hannah?«

»Es war ein Unfall. Sie ist ertrunken.«

»Oh, wie schrecklich. Warst du dabei?«

»Nein. Damals war ich in Chile. Ich habe es erst einige Zeit später erfahren.«

Rina strich die Bettdecke glatt. Also hattest du keine Gelegenheit, Abschied von ihr zu nehmen?«

»Nein.«

»Warst du mit ihr zerstritten?«

»Wieso fragst du das?«

»Nun, schließlich bist du weggezogen.«

»Es war ein Missverständnis«, sagte ich, wobei diese Erklärung nicht annähernd beschrieb, was zwischen Ellen und mir vorgefallen war. »Ich dachte, ich könnte die Sache zwischen uns wieder in Ordnung bringen. Dass ich noch genügend Zeit hätte, aber dem war nicht so.«

Rina seufzte. »Solche Dinge passieren. Mädchen können sehr leidenschaftlich sein.«

Sie legte ihre flache Hand auf die Bettdecke.

»Ist heute irgendetwas geschehen, was dich an Ellen erinnert hat?«, fragte sie.

»Nein, aber ich habe gestern Nacht von ihr geträumt.«

»Siehst du, bestimmt hängt es damit zusammen.«

Es war jedoch nichts Ungewöhnliches, dass ich von Ellen träumte. Ich träumte fast jede Nacht von ihr und Thornfield House. In meinem letzten Traum war das Haus halb verfallen gewesen, das Dach eingestürzt, die Fensterscheiben waren zerbrochen, und die grauen, zerschlissenen Vorhänge wehten zwischen den übrig gebliebenen Glasscherben hindurch. Die Bäume und Pflanzen des Gartens waren schwarz verkohlt, von Spinnweben und Asche übersät. Ich wanderte durch die leeren Zimmer, wo vertrocknete Blumen auf den blutverschmierten Holzdielen verstreut lagen, und rief nach Ellen. Ich wusste, dass sie irgendwo im Haus war, ich hörte sie weinen, konnte jedoch nicht sagen, woher die Stimme kam. Während ich von Raum zu Raum ging, machten meine Sohlen quietschende Geräusche auf dem blutbefleckten Boden. Auch an meinen Händen war Blut, und wenn ich mich an der Wand abstützte, hinterließen sie rote Abdrücke. Klaviermusik umwaberte mich wie Nebel; es war ein Requiem. Dann verklang die Musik, und nur noch Ellens herzzerreißendes Weinen war zu hören. *Ellen!*, rief ich. *Wo bist du?* Plötzlich war Mr Brecht hinter mir. Er umfasste mich von hinten mit den Armen, küsste mich auf den Hals, auf die Stelle unterhalb des Ohrs, und ich schmiegte mich seufzend an ihn. Wir standen vor dem Spiegel auf dem Flur vor Ellens Zimmer. Doch als ich den Kopf hob und hineinblickte, war nicht mein Gesicht darin zu sehen, sondern Ellens, deren Haut gräulich grün war. Ihr Haar umfloss sie, und durch ihre geöffneten Lippen und ihre leeren Augenhöhlen schossen kleine silberne Fische pfeilschnell heraus und hinein.

Rina sagte: »Hannah, sch, beruhige dich«, und mir wurde bewusst, dass ich laut geschrien hatte.

»Tut mir leid«, murmelte ich.

Rinas Gesichtsausdruck verriet Besorgnis.

»Vielleicht solltest du mal ausspannen, Hannah«, sagte sie. »Du arbeitest so viel, Liebes, und ich kann mich nicht erinnern, wann du zuletzt Urlaub hattest. Warum nimmst du dir nicht ein paar Tage frei?«

»Ja«, sagte ich. »Du hast recht. Das mache ich vielleicht.«

»Gut. Denk jetzt an etwas Schönes. Überleg dir einen Ort, wohin du gern reisen würdest. Aufs Land vielleicht? Oder lieber an die Küste?«

Während ich in meinem warmen, bequemen Bett lag, ließ ich mich von Rinas Gegenwart beruhigen. Ich wusste, dass ich jetzt würde schlafen können. Lily tapste auf das Kopfkissen, drehte sich mehrmals im Kreis und rollte sich dann neben meinem Kopf zusammen. Eine Weile noch beobachtete ich, wie sich der Vorhang sanft bauschte. Ich rief mir ins Gedächtnis, wie ich Ellen zum ersten Mal gesehen hatte, an einem strahlend sonnigen Tag, dem Tag, an dem unsere Geschichte begann, der Anfang vom Ende.

VIER

Es war ungefähr zwei Jahre nachdem Jago und ich mit Mrs Withiel gesprochen hatten. Die Bilder meiner Erinnerung aus dieser Zeit sind klarer und schärfer als die früheren: Schnappschüsse, die an den Rändern zwar ein wenig vergilbt, aber ordentlich in einem Karton abgelegt sind. Es war in den Sommerferien. Ich war zehn und Jago zwölf Jahre alt. Jago wohnte nach wie vor mit seiner Tante und seinem Onkel, Caleb und Manda Cardell, in dem

Haus neben unserem, und wir waren die einzigen Kinder in Trethene, unserem Dorf. Mrs Withiel war einige Zeit zuvor gestorben, und Thornfield House war verlassen, die Fenster und Türen zugenagelt, dem Verfall überlassen, wie mein Vater sagte. Und das tat es auch, es verfiel zusehends.

In der Nacht zuvor hatte es bei den Cardells Streit gegeben. Dad hatte Nachtschicht – er arbeitete bei RAF Culdrose, einer Station der Royal Air Force. Mum und ich waren zu Hause und bemühten uns tapfer, die Ohren vor dem zu verschließen, was im Nachbarhaus vor sich ging. Wenn wir ein Telefon gehabt hätten, hätte meine Mutter vielleicht um Hilfe gerufen, aber damals verfügte keines der Cottages der Sozialsiedlung in der Cross Hands Lane über einen Telefonanschluss. Wahrscheinlich hätte es sowieso nichts geändert. Die Menschen in Trethene mischten sich nicht in anderer Leute Angelegenheiten ein. Aber als schließlich etwas oder jemand mit solcher Wucht gegen die Mauer prallte, die unser Haus von dem der Cardells trennte, dass die Bilder an unserer Wand an ihren Haken verrutschten, sagte Mum: »Ich halte das nicht mehr aus.« Ohne einen konkreten Plan zu haben, zog sie ihren Mantel an und wollte das Haus verlassen, als das Geschrei mit einem Mal erstarb. Mum und ich gingen nach oben und schauten zum Fenster meines Zimmers hinaus. Von dort sahen wir, in bläulich silbernes Mondlicht getaucht und in ihrer dünnen Jacke fröstelnd, Mrs Cardell im Hinterhof stehen und eine Zigarette rauchen. Mr Cardell trat ebenfalls heraus. Der Hund hatte sich unter dem Kaninchenstall versteckt. Mr Cardell legte die Arme um seine dünne Frau, drückte sie an sich und küsste sie auf das krause gelbliche Haar. Eng umschlungen standen sie da und wiegten sich vor und zurück. Die rot leuchtende Spitze des Zigarettenstummels, den Mrs Cardell hatte zu Boden fallen lassen, blinkte in der Dunkelheit.

Nach solchen Auseinandersetzungen verließ Mrs Cardell gewöhnlich für mehrere Tage nicht das Haus. Wenn sie Zigaretten brauchte, schickte sie Jago ins Dorf, um welche zu holen.

Als ich am nächsten Morgen mein Fahrrad die kleine Straße hinaufschob, tauchte plötzlich Jago neben mir auf. Offensichtlich spielte er die Handlung eines Filmes nach, den er im Fernsehen gesehen hatte. Er schoss auf imaginäre Feinde, die sich hinter den wild wachsenden Rhododendren an der Straße versteckten, und blies dann angeberisch den Rauch von der Laufmündung seiner unsichtbaren Pistole. Die Hände am Fahrradlenker, sah ich ihn von der Seite an.

»Du hast sie echt nicht mehr alle«, sagte ich.

Er lachte. Wie immer nach einem heftigen Streit im Cardell'schen Haus war er glücklich, dass der Hausfrieden – zumindest für eine Weile – wiederhergestellt war.

Auf dem Hügel angekommen, bogen wir links ab, und ich stützte mich keuchend auf den Fahrradlenker. Ich war mächtig stolz auf mein Rad. Es war ein BMX, das mein Vater einem Kollegen bei der Royal Air Force abgekauft hatte. Ein paar Mal betätigte ich mit dem Daumen die Klingel, aber Jago nahm davon keine Notiz.

»Hast du Geld dabei?«, fragte er stattdessen.

»Ne.«

»Blöd. Sonst hätten wir uns ein Eis kaufen können.«

Ich schnitt eine Grimasse. Auf der Höhe des Eingangs von Thornfield House angekommen, blieben wir stehen. Zum ersten Mal seit Monaten sah es verändert aus.

Nach Mrs Withiels Tod waren die Fenster mit Brettern zugenagelt und das Tor mit Stangen und einem Vorhängeschloss verriegelt worden. Glyzinien rankten sich wild wuchernd an den Mauern empor, und der Garten war zugewachsen, sodass von Rasen, Gartenweg und Auffahrt nichts mehr zu sehen war.

Jetzt jedoch hatte jemand die Bretter entfernt, ein paar Fenster waren geöffnet. Brennnesseln, Brombeersträucher und junge Bäume waren zurückgestutzt worden, und die abgeschnittenen Äste und das Gestrüpp waren in einer Ecke des Gartens aufgehäuft. Der Plattenweg, der zur Haustür führte, war von Unkraut befreit.

Jago und ich sahen uns erstaunt an. Er kratzte sich hinterm Ohr.

»Lass uns reingehen und nachsehen«, sagte er. »Um sicherzustellen, dass keine Diebe drin sind.«

Er machte ein ernstes Gesicht, zog eine Augenbraue hoch und hatte die Daumen in die Taschen seiner Jeans gehakt. Noch immer spielte er eine Rolle aus dem Film. Jago spielte immer eine Rolle, gab immer vor, jemand zu sein, der er nicht war.

»Aber was ist, wenn tatsächlich jemand im Haus ist?«

»Dann fesseln wir ihn und kassieren die Belohnung.«

Ich lehnte mein Fahrrad gegen die Gartenmauer.

»Ich finde, wir sollten das nicht tun«, sagte ich. »Wir können doch nicht einfach ein fremdes Haus betreten!«

»Das ist schon in Ordnung«, meinte Jago. »Ich gehe als Erster, keine Angst.«

Leichtfüßig wie eine Katze schlich er in seinen schäbigen, ausgetretenen Turnschuhen in den Garten. Ich folgte ihm in einigem Abstand. Der Garten links und rechts der Auffahrt war so dicht mit Pflanzen und überhängenden Ästen bewachsen, dass ich das Gefühl hatte, in ein grünes Meer einzutauchen. Bienen summten in der sommerlichen Hitze, und die Luft war von Blumendüften geschwängert.

Jago stieß die nur angelehnte Haustür auf. Sie ächzte in den Angeln, und als er die Hand zurückzog, haftete abgeblätterte grüne Farbe an seinem Handballen. Er wischte sie an seiner Jeans ab.

»Hallo?«, rief er vorsichtig, dann, etwas beherzter, noch mal: »Hallooo!« Aber niemand antwortete. Er blickte über die Schulter zurück und bedeutete mir mit dem Blick, ihm ins Haus zu folgen.

Ich brauchte einen Moment, bis sich meine Augen an die Dunkelheit im Hausinneren gewöhnt hatten und ich etwas erkennen konnte. Dann nahm ich den geräumigen Flur mit dem gefliesten Boden, der hohen Decke mit den eleganten Stuckrosetten und den Fensterschabracken wahr. Die Luft, die für so lange Zeit eingeschlossen gewesen war, roch noch immer abgestanden, auch wenn jetzt eine leichte sommerliche Brise durch die geöffneten Fenster wehte und die Muffigkeit vertrieb. Eine Fliege trudelte summend durch den Raum. Jago und ich gingen vorsichtig weiter und spähten in die verlassenen Zimmer. Die vereinzelten Möbelstücke waren unter Laken verborgen und warfen Schatten in den breiten, länglichen Streifen staubigen Sonnenlichts, das durch die Fenster hereinfiel. Ein Flügel stand unbedeckt und stolz in der Mitte des Salons.

Ich wusste, dass sich Mrs Withiel drei Wochen lang tot im Haus befunden hatte, ehe man ihre Leiche entdeckte. Ich fragte mich, wo genau sie gelegen hatte und ob ich den Platz erkennen würde – vielleicht durch die Aura des Todes, die ihn umgab. Beim Gedanken an die alte Frau, die mutterseelenallein in der Dunkelheit gelegen hatte, durchlief mich ein Schauer des Entsetzens. Etliche Male war ich an Thornfield House vorbeigegangen, als sie bereits tot gewesen war, und dieses Wissen machte mir Angst. Fröstelnd schlang ich die Arme um den Körper.

»Komm, weiter!«, rief Jago leise. Er lief die Treppe hinauf, und ich folgte ihm in eines der vorderen Zimmer. Die Wände waren mit einer Tapete mit rosa und grünem Blumenmuster bedeckt. Es war bis auf die Stellen, wo Möbelstücke es vor der Sonne geschützt hatten, größtenteils verblichen. Jago kniete sich hin und spähte in ein Mauseloch in der Fußbodenleiste. Ich trat an das staubbedeckte Fenster. Glyzinienblüten rahmten wie Papiergirlanden den Ausblick ein. Langsam tuckerte ein Lastwagen auf der schmalen Straße heran und hielt vor dem Haus. Über die Gartenmauer hinweg konnte ich das obere Drittel des Wagens erkennen. Plötzlich spürte ich, mehr, als dass ich es hörte, wie jemand das Zimmer betrat, und als ich mich umdrehte, erblickte ich ein Mädchen; Ellen.

Sie musste ungefähr in meinem Alter sein und war etwa gleich groß, aber das war es dann auch schon mit unseren Gemeinsamkeiten. Ellen hatte langes dunkles Haar und einen Pony, der ihr bis zu den dunklen Augen reichte. Sie war zart gebaut, langbeinig, trug Jeansshorts und ein ärmelloses grünes T-Shirt. Da sie barfuß war, sah man ihre grün lackierten Zehennägel. Im Vergleich zu ihr fühlte ich mich plump mit meinem blonden Haar, dem rosa Teint, meinem kräftigen Körperbau, dem Babyspeck und meiner von Schweiß klebrigen Haut. Und das pastellfarbene gestreifte T-Shirt und die Frotteeshorts machten es auch nicht besser.

Noch nie war ich einem Kind meines Alters begegnet, das so selbstbeherrscht war wie dieses Mädchen; im Vergleich zu ihr kam ich mir wie ein Baby vor. Ich zog die Beine meiner albernen Kleinkind-Shorts ein wenig herunter. Der Gummizug spannte um meinen Bauch. Ich wünschte, ich hätte mir an diesem Morgen keine rosa Bommeln ins Haar geflochten. Ich wünschte, mir wäre nicht so heiß.

Jago rappelte sich auf, klopfte sich die Hosenbeine ab und räusperte sich. Er leckte sich nervös über die Lippen, spürte drohendes Unheil. Von draußen drangen die Stimmen von Erwachsenen und das Rattern eines schweren Motors herein. »Links etwas weiter herunter!«, rief jemand. »Passen Sie auf die Wand auf.«

»Wer seid ihr?«, fragte das Mädchen. »Was macht ihr hier?« Sie hatte einen fremden, wohlklingenden Akzent; ihre Aussprache war akzentuierter als unsere.

»Wir haben nur nachgeschaut, ob alles okay ist«, sagte Jago mit gewichtiger Stimme. Er tat, als wäre er älter, versuchte, bei dem Mädchen Eindruck zu schinden. Ich sah ihn stirnrunzelnd an. »Und was ist mit dir?«, fragte er betont lässig. »Warum bist du hier?«

Das Mädchen lachte ein wenig gekünstelt und schob das Haar über die Schultern zurück. Auch sie wollte uns beeindrucken. »Ich heiße Ellen Brecht. Das Haus hat meiner Großmutter gehört, aber jetzt werden wir hier wohnen.«

»Die alte Frau war deine Großmutter?«

»Ja.«

»Sie hat uns von dir erzählt.«

Ellens Augen weiteten sich. »Ach ja, hat sie das?«

»Sie hat gesagt, dass du sie nie besuchst.«

»Ich konnte nicht.«

Ellen ging zum Fenster. Sie zog die Gardine ein wenig zur Seite und ahmte damit unwissentlich die Pose ihrer Großmutter nach, wenn diese am Fenster gestanden und hinausgeblickt hatte. »Meine Mama hat sich immer Sorgen um Großmutter gemacht. Aber ich hab ihr gesagt, dass es ihr bestimmt gut geht. Das stimmt doch, oder? Sie war doch nicht einsam?«

Jago und ich tauschten Blicke aus. Dann kratzte er sich eine schorfige Stelle an seinem Ellbogen; er litt unter einem Hautekzem. Konnte es sein, dass Ellen die Umstände vom Tod ihrer Großmutter nicht kannte?

»Als wir sie zuletzt gesehen haben, ging es ihr, glaub ich, noch gut«, sagte Jago. »Aber ... sie hat komisches Zeug geredet.«

Ellen ließ die Gardine wieder los.

»Was für komisches Zeug?«

Jago sah sich im Zimmer um. »Keine Ahnung. Über den Teufel, der dich von ihr fernhält ... und so was.«

»Das ist doch Unsinn! Wir konnten sie nicht besuchen kommen, weil wir in Deutschland gelebt haben, das ist alles.«

Plötzlich schämte ich mich. Ich warf Jago einen finsteren Blick zu, und er zog ein Gesicht.

»Wie heißt ihr?«, fragte Ellen.

»Ich heiße Jago und das ist Hannah.«

»Seid ihr Geschwister?«

»Nein. Wir sind Nachbarn.«

Ellen musterte uns eine Weile von oben bis unten. Dann sagte sie: »Kommt, ich stelle euch Mama vor.« Sie sah Jago an. »Aber sag ihr nichts von diesem Teufel-Quatsch.«

Wir folgten ihr ins Erdgeschoss. Ihre Mutter, eine zarte, attraktive Frau, stand, auf einen Stock gestützt, im Salon. Ihr Vater, der mit seiner engen schwarzen Jeans und dem schwarzen Hemd für mich wie ein Filmstar aussah, dirigierte mit der Hand, in der er eine brennende Zigarette hielt, die Umzugsmänner zu der Stelle, wo sie die Chaiselongue hinstellen sollten.

Ellens Mutter hätte im Vergleich zu meiner Mutter nicht unterschiedlicher sein können. Sie war jung, schlank und schön. Glänzendes Haar fiel ihr geschmeidig über den Rücken, und sie trug ein terrakottafarbenes Kleid mit weich fließendem ausgestelltem Rock. Ihre kleinen, ebenmäßigen weißen Zähne schimmerten im Kontrast zu dem kirschfarbenen Lippenstift.

»Hallo«, sagte sie. »Wen haben wir denn da?«

»Das sind Jago und Hannah«, sagte Ellen. »Sie waren Freunde von Großmutter.«

»Ihr habt meine Mutter gekannt?«, fragte Ellens Mutter, und ohne eine Antwort abzuwarten, trat sie zu mir und umarmte mich zärtlich, ehe sie das Gleiche bei Jago tat. Sie verströmte einen exotischen Duft, und ihre Haut fühlte sich an meiner Wange weich wie Seide an. Dann machte sie einen Schritt zurück und betrachtete uns mit leicht schief gelegtem Kopf. Sie hatte sich die Sonnenbrille ins Haar geschoben. An ihren Ohren baumelten goldene Kreolen, und um den schlanken Hals trug sie eine Kette mit einem Anhänger in Form eines Violinschlüssels. Hätte sie nicht missgebildete Fingerknöchel und Handgelenke gehabt, wäre sie makellos schön gewesen.

»Ich konnte den Gedanken, dass meine Mutter ganz allein in diesem riesigen Haus lebt, nicht ertragen«, sagte sie, und ihre Armreifen klirrten, als sie sich wieder aufrichtete, was ihr offenbar Mühe bereitete. »Ich wusste gar nicht, dass sie so junge Freunde hatte! Und du« – sie sah mich mit einem Lächeln an, dass mir warm ums Herz wurde – »musst sie an Ellen erinnert haben, denkst du nicht auch, Peter? Wie schön, dass ihr euch um sie gekümmert habt!«

Ellens Vater deutete eine spielerische Verbeugung an und schenkte mir ein solch galantes Lächeln, dass mein Magen Purzelbäume schlug und ich bis über beide Ohren rot wurde. Noch nie war ich jemandem wie ihm begegnet. Er war eine großartige Erscheinung.

»Na ja ... also ... wir haben uns nicht direkt um sie gekümmert«, stammelte ich.

»O doch, das habt ihr!«, erwiderte Ellens Vater.

In diesem Moment betrat eine schwarz gekleidete, untersetzte ältere Frau den Raum. Sie trug eine Schachtel mit in Zeitungspapier eingeschlagenen Dekorationsgegenständen, die sie auf den kleinen Tisch neben dem Telefon stellte. Ellens Vater wich unwillkürlich vor ihr zurück, als fürchte er sich vor ihr, und rieb sich das Kinn, während er sie finster anstarrte.

»Stören diese Kinder Sie, Anne?«, fragte die Frau Ellens Mutter.

»Nein, keineswegs.«

»Warum setzen Sie sich nicht. Sie überanstrengen sich. Sie sollten sich ausruhen.«

»Es geht mir gut, Mrs Todd«, entgegnete Ellens Mutter.

»Deine Mutter braucht jetzt Ruhe«, sagte Mrs Todd zu Ellen. »Geht hinaus zum Spielen.«

Ellens Vater, der noch immer schräg hinter Mrs Todd stand, rollte theatralisch die Augen. Ich schlug mir die Hand vor den Mund, um nicht zu kichern. Er winkte mich zu sich, zog ein Portemonnaie aus seiner Jeanstasche, nahm eine Fünfpfundnote heraus und reichte sie mir. Als ich zögerte, schloss er meine Finger um den

Geldschein, indem er seine Hand um meine legte. »Kauft euch etwas davon«, sagte er, dann beugte er sich zu mir herab und fügte im Flüsterton hinzu: »Aber Sie, bezaubernde Miss Hannah, dürfen darüber verfügen.«

»Danke«, wisperte ich. Er blinzelte mir verschwörerisch zu. Ich hielt den Geldschein fest in meiner Hand. Nie zuvor hatte mich jemand »bezaubernd« genannt.

Draußen brachten Ellen, Jago und ich zunächst keinen Ton heraus. Eine Weile gingen wir schweigend die kleine Straße entlang. Immer wieder öffnete ich die Hand, um mich zu vergewissern, dass ich das Geld nicht verloren hatte.

»Deine Eltern sind sehr nett«, sagte ich schließlich.

»Hm.«

»Wer war die andere Frau?«

»Mrs Todd? Ach, das ist unsere Haushälterin.«

»Ist sie eine Dienstbotin?«, fragte Jago.

»So eine Art. Sie putzt und kocht und kümmert sich um Mama.«

»Hannahs Mutter ist auch Putzfrau«, sagte Jago.

Das stimmte zwar, aber ich wünschte, Jago hätte es für sich behalten. Es war, als wäre plötzlich der Glanz dieses Morgens verblasst. Ellen sollte nicht wissen, dass meine Mutter einen Kittel trug und ihre Tage damit zubrachte, die Böden und Toiletten anderer Menschen zu schrubben, und dass sie raue Hände und fleischige Oberarme hatte und nach Bleichmittel roch. Nein, Ellen sollte mich für ebenbürtig halten.

Ellen sah mich neugierig an, aber ich drehte das Gesicht weg, denn ich hatte keine Lust, das Thema weiter auszuführen.

Bei der Tankstelle kauften wir uns Lutscher, dann gingen wir zur Kirche, wo wir uns auf die Mauer setzten. Von hier hatte man einen herrlichen Blick auf das glitzernde Meer, das sich jenseits der Felder und Wiesen erstreckte. Ellen löste vorsichtig das Papier von ihrem Lutscher und warf es hinter sich in den Kirchhof.

»Wo wohnt ihr beiden?«, fragte sie.

»Dort unten.« Jago deutete mit dem ausgestreckten Finger in Richtung der Cross Hands Lane. Man konnte die kieselverputzten Cottages nicht sehen, nur die schiefergrauen Dächer schimmerten am Fuß des Hügels zwischen den Baumkronen hindurch.

»Unser Häuser sind aneinandergebaut«, sagte Jago.

»Es sind Reihenhäuser«, erklärte ich.

Das schien Ellen zu beeindrucken. Ich leckte an der unteren Seite meines Lutschers, von dem es klebrig auf meine Hand tropfte, und lächelte Jago an. Er lächelte ebenfalls.

Ellen beobachtete uns. Ich näherte mein Bein seinem und spürte, wie die raue Mauer an meinem Schenkel kratzte.

»Erzählt mir von euren Familien«, sagte Ellen.

»Meine Mama hatte Krebs und ist gestorben, und mein Vater hat sich aus dem Staub gemacht«, sagte Jago, ohne aufzuschauen. »Ich lebe bei meinem Onkel und meiner Tante. Er ist 'n Scheißkerl und sie 'ne Schlampe.«

»Oh«, sagte Ellen und machte große Augen. »Wie traurig.«

Jago zuckte mit den Schultern.

»Wow!« Ellen ließ die Beine vor- und zurückschwingen, als müsse sie diese Information erst verdauen. »Ich habe noch nie ein Kind gekannt, dessen Mutter schon gestorben ist.« Sie wandte sich an mich. »Und deine Familie?«

»Nichts Aufregendes, wirklich. Eine stinknormale Familie. Ich habe eine Mum und einen Dad, keine Geschwister.«

»Wie ich«, erwiderte Ellen. Sie lächelte mir freundlich zu. Es war eine Gemeinsamkeit. Nicht viel, nur eine Äußerlichkeit, aber immerhin.

FÜNF

Die Dunkelheit waberte wie Nebel um meine Beine, und ich fror an den nackten Füßen. Ich hatte mich im hinteren Garten von Thornfield House versteckt. Es war in der Abenddämmerung oder vielleicht auch im Morgengrauen, jedenfalls hatte der Himmel die Farbe eines Blutergusses. Bäume und Büsche wurden schaurig vom flackernden Licht der Kerzen erhellt, die in Drahtkerzenhaltern an Ästen hingen. Wir spielten in der Dunkelheit eine Mördergeschichte, und Mr Brecht war der Mörder. Er hatte bereits Jago und Ellen und Mrs Brecht und Adam Tremlett, den Gärtner, erwischt und ihnen die Kehlen aufgeschlitzt; ihre blutigen Leichen lagen auf der Terrasse neben dem Teich übereinander. Nur ich war noch am Leben und stand, an den Stamm einer alten Trauerweide gepresst, im Schutz ihrer herabhängenden Zweige. *Ich komme, Hannah!,* rief Mr Brecht sanft. *Ich kriege dich!* Ich spähte zwischen den Weidenzweigen hindurch und sah, wie er sich in der Dämmerung näherte. Das strahlende Lächeln in seinem Gesicht ließ mir das Blut in den Adern gefrieren, und er versteckte die Hände, in denen er ein Messer hielt, hinter dem Rücken. Als er langsam auf mich zukam, wich ich vor ihm zurück. Ich hielt den Atem an und spürte die Erde unter meinen Füßen. Mit Fersen, Sohlen und Zehen tastete ich mich behutsam rückwärts, als bewegte ich mich über Glasscherben. *Ich weiß, wo du bist, Hannah!,* rief Mr Brecht. Dann, in einem unbedachten Moment, rutschte ich aus und fiel rücklings ins Wasser. Ich spürte, wie Ellens kleine, kalte Hände mich an den Fesseln festhielten und sich ihre Fingernägel in meine Knochen gruben, während sie mich unerbittlich mit sich in die Tiefe zog, weg vom Licht und immer weiter hinab in die düstere Tiefe. Zu spät wurde mir klar, dass sie mich hereingelegt hatten, Ellen und ihr Vater. Sie war gar nicht tot, sie hatten nur so getan, und er hatte mich abgelenkt, während sie sich von hinten herangeschlichen hatte. Sie steckten unter einer Decke, Vater und Tochter, so wie ich es schon immer vermutet hatte. Das Licht in meinem Kopf schwand, und ich hörte Ellen wispern: *Du entkommst mir nicht mehr, Hannah. Das weißt du. Niemals wirst du mir entkommen!*

Ich riss die Augen auf und wurde mir mit einem Seufzer bewusst, dass ich mich in meinem Schlafzimmer befand. Dort drüben stand die Kommode mit dem antiken Schminkspiegel, über dessen Ecke die Muschelhalskette drapiert, die Jago mir geschenkt hatte. An der Wand hingen die Kunstdrucke von Gustav Klimt, dort stand ein Foto von meinen Eltern, und die Scheinwerferkegel vorbeifahrender Autos huschten wie gewohnt über die Zimmerdecke. Alles war in Ordnung, alles war normal. Alles außer mir.

Ich presste die Handballen gegen die Augen.

Wenn ich nur Ellen Brecht aus dem Kopf bekäme, dachte ich.

Ich musste verhindern, dass sie mich weiterhin so quälte. So konnte ich nicht weitermachen.

Im Zimmer war es fast dunkel. Während ich schlief, hatte sich die Abenddämmerung herabgesenkt. Lily lag noch immer neben mir, aber Rina war gegangen. Und während der Tag erstarb, krochen die Geister meiner Vergangenheit zum offenen Fenster herein.

Das Telefon läutete. War ich davon wach geworden? Ich ließ es sieben Mal klingeln, bis es endlich wieder aufhörte. Ich legte mich auf die Seite, rollte mich wie ein Embryo zusammen und zog die Bettdecke bis zum Kinn. Der Schlaf hatte mich nicht erfrischt, im Gegenteil, ich fühlte mich erschöpft, emotional aufgewühlt. Wieder klingelte das Telefon. Alles in mir sträubte sich aufzustehen, den Kokon meines Bettes zu verlassen, aber andererseits sehnte ich mich nach Gesellschaft, und wenn es nur eine Stimme am anderen Ende der Leitung war, alles war besser als das Nichts. Also kroch ich aus dem Bett, machte das Licht an und begab mich in die Küche, wo das Telefon lag. Auf dem Display konnte ich sehen, wer der Anrufer war: John Lansdown, mein Kollege aus dem Museum.

Nachdem ich mich gemeldet hatte, klemmte ich den Hörer zwischen Schulter und Wange, füllte den Wasserkocher und schaltete ihn ein. John entschuldigte sich für die Störung. »Rina hat gesagt, dass du heute Nachmittag einen ziemlichen Schock erlitten hast«, sagte er. »Ich wollte mich erkundigen, ob es dir wieder besser geht.«

»Was hat sie dir erzählt, John?«

Er zögerte einen Moment. Dann sagte er: »Sie hat gesagt, du meintest, einen Geist gesehen zu haben.«

»Ich hatte Migräne«, erklärte ich, »und konnte vor Schmerzen offensichtlich nicht mehr klar sehen.«

»So etwas dachte ich mir schon. Wie geht es dir jetzt?«

»Viel besser, John. Es ist sehr nett von dir, aber du brauchst dir keine Sorgen um mich zu machen. Morgen komme ich wieder zur Arbeit.«

»Das ist gut, Hannah. Aber ich rufe aus einem anderen Grund an, ich wollte dich um einen Gefallen bitten.«

»Was denn?«

»Charlotte ist nicht da, und die Mädchen übernachten bei einer Freundin. Und da der Kühlschrank leer ist, möchte ich essen gehen. Hättest du vielleicht Lust mitzukommen?«

Ich zögerte.

»Es wäre eine gute Gelegenheit, um über die Pläne für den Museumsanbau zu sprechen«, fuhr John fort. Außerdem dachte ich, dass dir nach dem Schrecken von heute Nachmittag wohl nicht danach ist, dir etwas zu kochen.«

Ich zögerte noch immer. Wahrscheinlich hatte Rina diese Einladung arrangiert; bestimmt wollte sie sicherstellen, dass ich den Abend nicht allein verbrachte.

»Du weißt ja, wie schlecht ein niedriger Blutzuckerspiegel bei Migräne ist«, sagte John. »Aber wenn du etwas anderes vorhast ...«

»Nein«, sagte ich schnell. »Nein, ich würde sehr gern mit dir essen gehen.«

»Wunderbar. Das freut mich. Dann hole ich dich in etwa einer Stunde ab.«

In der Zwischenzeit bemühte ich mich, meine Fassung zurückzuerlangen. Ich duschte, fönte das Haar und zog mich an. Dann legte ich ein Nocturne von Chopin auf und durchquerte barfuß die Wohnung, während mir die Katze – sie schien eine besondere Vorliebe für dieses Stück zu haben – um die Beine strich. Nachdem ich die Vorhänge zugezogen und sämtliche Lichter angeschaltet hatte, fühlte ich mich sicher. Als die Türklingel ertönte, schlüpfte ich in die Schuhe und nahm eine Jacke von der Garderobe. John wartete auf dem Gehsteig vor dem Hauseingang auf mich.

Wir kannten uns, seit ich vor acht Jahren meine Stelle im Museum angetreten hatte. Ich mochte seine ruhige Art und bewunderte seine methodische Arbeitsweise. Charlotte, seine Frau, die an der Englischen Fakultät der Universität tätig war, war dagegen nicht so mein Fall. Ich war ihr bei verschiedenen Anlässen – Abendessen und anderen Veranstaltungen – begegnet. Sie liebte tiefe Dekolletés und war sich ganz offensichtlich ihrer erotischen Wirkung bewusst. Sie gehörte zu der Sorte Frauen, die gern ihre Reize zur Schau stellten. Bei der Vernissage der Sommerausstellung im Museum hatte ich gehört, wie sie, umringt von einer Schar Bewunderern, über ihren Mann sprach. »John ist besessen von syphilitischen alten Knochen«, sagte sie mit strahlendem Lächeln und einem theatralischen Schaudern. »Wenn er nur in seinen alten Gräbern buddeln kann, ist er in seinem Element!« Alle lachten, bis auf mich.

Aber noch schlimmer waren die Gerüchte, die über sie kursierten. Wenn man im Team der akademischen Angestellten der Universität arbeitete, bekam man unweigerlich den Klatsch mit, der über Charlotte und den Dekan der Englischen Fakultät in Umlauf war. Ich hatte keine Ahnung, ob die Gerüchte wahr waren oder nicht, vermutete jedoch, dass irgendetwas daran sein musste. John war einer der ehrlichsten und anständigsten Menschen, die ich kannte. Der Gedanke, dass er verletzt und gedemütigt wurde, war mir unerträglich. Deswegen ging ich Charlotte möglichst aus dem Weg.

John hatte das Dach seines kleinen Sportwagens geöffnet, und während wir durch die allmählich ruhiger werdenden Straßen von St. Paul und dann ins Zentrum von Bristol fuhren, fühlte ich mich schon wesentlich besser. Der Sommerwind strich mir warm durchs Haar. Ich schloss die Augen, genoss die milde Brise auf dem Gesicht und atmete die Gerüche der Stadt ein. Plötzlich war ich dankbar, draußen zu sein, statt allein in meiner Wohnung.

Als wir an einer roten Ampel hielten, sah ich John an. Er drehte mir ebenfalls das Gesicht zu und erwiderte mein Lächeln. Seine freundliche Art war Balsam für meine Seele. Mit einem Mal wünschte ich, wir wären ein Paar und ich könnte dem Impuls, die Hand auszustrecken und auf seine zu legen, nachgeben. Er würde mir Halt geben, würde mich nicht mehr gehen lassen. In einer Welt voller Widersprüchlichkeiten war John eine Konstante, jemand, auf den Verlass war. An diesem Abend wünschte ich, er und Charlotte wären sich nie begegnet, hätten nie geheiratet und nie Kinder bekommen. Wenn das Schicksal es anders gewollt hätte, wenn ich an ihrer Stelle wäre, dann ...

Hör auf, dir Illusionen zu machen, Hannah!, flüsterte Ellens Stimme mir ins Ohr. *Er hätte dich nicht eines zweiten Blickes gewürdigt.*

Als John bei Grün wieder anfuhr, wandte ich das Gesicht zum Seitenfenster und ließ, die Hände im Schoß verschränkt, die Stadt an mir vorbeiziehen. Ich gab mir alle Mühe, Ellen zu ignorieren, aber sie war da; die ganze Zeit war sie da wie hartnäckige Kopfschmerzen. Ich spürte ihre Gegenwart in den goldenen Streifen am dämmrigen Abendhimmel; ich erhaschte ihr Spiegelbild in den Glasscheiben der Schaufenster; ich hörte ihre Stimme im Abendwind.

Ich werde nicht weggehen, Hannah, flüsterte die Stimme. *Du weißt es. Weder jetzt. Noch irgendwann.*

SECHS

In jenem Sommer, als die Brechts in Thornfield House eingezogen waren, ging ich während der Schulferien fast jeden Tag dorthin. Meine Eltern arbeiteten, Jago half auf dem Bauernhof der Williams, und ich langweilte mich zu Hause. Für ein Mädchen gab es in Trethene nichts zu tun, und ich liebte es, Ellen und ihre Eltern zu besuchen. Es machte mir Spaß zuzusehen, wie sie sich in ihrem Haus einrichteten, wie die Zimmer nach und nach neu möbliert und dekoriert wurden und der Garten von Unkraut und Gestrüpp befreit wurde. Wie sämtliche Spuren von Mrs Withiel überdeckt oder entfernt wurden. Mr und Mrs Brecht waren nicht so wie die anderen Erwachsenen, die ich kannte. Sie gaben mir das Gefühl, willkommen zu sein, als wäre ich etwas Besonderes. Sie waren wesentlich kultivierter als die Dorfbewohner von Trethene. An ihren

Stiefeln haftete keine Erde, ihre Haut war nicht rot und von Wind und Wetter gegerbt wie die der Bauern, die den ganzen Tag unter freiem Himmel verbrachten, und sie interessierten sich für andere Dinge als für das Wetter, die Urlaubsgäste und die Gezeiten. Die Brechts waren glamourös, attraktiv und exotisch und gaben mir das Gefühl, eine von ihnen zu sein – fast zumindest. Ich wollte so viel Zeit wie möglich mit ihnen verbringen, in der Hoffnung, ein wenig von ihrem Glanz würde auf mich abfärben.

Ellens Vater war Deutscher. Weil er mit einem Stipendium in den USA Musik studiert hatte, sprach er perfekt Englisch mit einem charmanten Akzent, ein bisschen wie ein Filmstar. Wann immer ich mich nach Thornfield House begab, hatte ich Schmetterlinge im Bauch vor lauter Vorfreude, bald Mr Brecht nahe zu sein, mit seinen langen Beinen, seiner neckenden Art, seinen Zigaretten und seinen spitzen Stiefeln.

»Unsere kleine englische Rose ist wieder da!«, sagte er jedes Mal, wenn er mich erblickte. Dann zog er mich zur Tür herein und nahm mich mit seinem Lächeln, seinem Augenzwinkern, seiner Warmherzigkeit gefangen. O Gott, und wie gut er aussah, mit seinen ebenmäßigen weißen Zähnen und dem dunklen, weichen Haar, das ihm in die mandelförmigen braunen Augen fiel. Seine hochgerollten Hemdärmel gaben den Blick auf seine dunkel behaarten Unterarme und die kräftigen Handgelenke frei. Er hatte lange Finger mit rechteckig geformten Fingernägeln – die Hände eines Pianisten. Er neckte mich gern oder machte kleine Scherze. Mal tat er so, als säße eine Spinne auf meinem Rücken, dann wieder kitzelte oder erschreckte er mich oder brachte mir ein Ständchen dar, sodass ich kichern musste. In seiner Gegenwart verging ich fast vor Glück.

»Kommt her, ihr beiden!«, sagte er oft, wobei er in die Hände klatschte, während er im Qualm der Zigarette zwischen seinen Lippen ein Auge zukniff. »Hier sind fünfzig Pence für diejenige, die den besten Handstand macht.«

Ich beherrschte den Handstand nicht besonders gut. Ellen konnte eine Ewigkeit oben bleiben, konnte sogar die Beine rückwärts überschlagen zu einer Brücke. Ich dagegen schaffte gerade einmal ein paar Sekunden, tat aber mein Bestes, um Mr Brecht zu gefallen. Meistens verkündete er am Ende unseres Wettstreits ein Unentschieden, es sei denn, Ellen hatte mal wieder angegeben, sich aufgespielt oder sich auf andere Weise danebenbenommen, dann rief er mich zur Siegerin aus. Zu meinem Glück tat sie das mit schöner Regelmäßigkeit.

Ellen war nur neun Monate jünger als ich, aber manchmal benahm sie sich recht kindisch. Außerdem erzählte sie gern haarsträubende Geschichten – unentwegt log sie, auch wenn es gar keinen Anlass gab. Es war wie eine Obsession, gegen die sie machtlos war.

Einmal fragte ich sie: »In was für einem Haus habt ihr in Deutschland gewohnt?«, und sie antwortete: »In einem Schloss.«

Ich sah sie ungläubig an.

»Doch, das stimmt«, sagte sie. »Es war ein richtiges

Schloss mit einem Burggraben und einem Turm. Die Familie meines Vaters ist mit dem Königshaus verwandt. Also sei schön nett zu mir, Hannah Brown, ansonsten lass ich dich köpfen!«

Wieder zu Hause, erzählte ich es meiner Mutter. Sie meinte, ich solle nicht so leichtgläubig sein.

Ein andermal fanden wir eine tote Taube im Teich hinter Thornfield House. Ellen fischte den Vogel aus dem Wasser. Als Mrs Todd herauskam und sie mit dem tropfnassen Kadaver, dessen Kopf leblos herabbaumelte, in den Händen dastehen sah, fragte sie, was passiert sei, und Ellen erwiderte:

»Ich habe sie ertränkt.« Dann hob sie den Vogel ans Gesicht und küsste seinen Schnabel.

Mrs Todd packte Ellen am Arm. Was sie nur für ein boshaftes Mädchen sei, sagte sie, und zerrte sie hinter sich her ins Haus. Der Vogel entglitt ihren Händen und fiel in den Teich zurück, und ich ging nach Hause.

Als ich Ellen später fragte, warum sie gesagt habe, sie hätte den Vogel getötet, konnte sie es mir nicht erklären.

Wenn Ellen besonders unartig war, beachtete Mr Brecht sie nicht, sondern schenkte mir seine volle Aufmerksamkeit. Ich wiederum betrachtete das als große Ehre und genoss es in vollen Zügen, ihn nicht mit ihr teilen zu müssen. Bei solchen Gelegenheiten führte ich ein paar Tanzschritte vor, die ich stundenlang vor dem Spiegel geübt hatte, oder heuchelte Bewunderung für seine Zaubertricks oder die albernen und manchmal auch ziemlich ordinären Texte, mit denen er bekannte Lieder verballhornte, und klatschte begeistert dazu.

Währenddessen versteckte sich Ellen, bis sie es leid war, allein zu sein. Es dauerte nie lange, bis sie wieder auftauchte, auf einer Haarsträhne kauend und schmollend. Eine Weile tat Mr Brecht, als bemerkte er sie nicht. Dann war er plötzlich mit einem Satz bei ihr, hob sie hoch, wirbelte sie herum und vollführte einen wilden Tanz mit ihr durch den Garten, sodass es ihr angst und bang wurde. Dazu sang Mr Brecht *My girl!* und beugte sich mit ihr im Arm weit nach vorn, sodass Ellens Rücken nach hinten gebogen wurde, bis sie mit dem Kopf fast den Boden berührte. Spätestens in diesem Moment musste sie lachen: Es war unmöglich, eingeschnappt zu sein, wenn sich Mr Brecht in den Kopf gesetzt hatte, einen glücklich zu machen. »*Talkin' 'bout my-y girl!*«, sang er und tanzte um den Teich herum, während er Ellen in den Armen herumschwang, bis ihr schwindlig und ihr Gesicht ganz rot vor Freude war.

Mr Brecht hatte Adam Tremlett, einen Mann aus dem Dorf, angestellt, der sich um den Garten kümmerte, und er und Mrs Brecht sahen Mr Brecht lachend zu.

»Es ist so schön, wieder hier zu sein«, sagte Mrs Brecht.

Stundenlang zerbrach ich mir den Kopf, was ich bloß tun könnte, um Mr Brecht dazu zu bringen, mit mir ebenso ausgelassen zu tanzen wie mit Ellen. Dass er mich genauso anschaute wie sie.

Als Ellen und ich ein paar Wochen, nachdem wir uns kennengelernt hatten, in Ellens Zimmer spielten, schickte sie mich nach unten in die Küche, um Saft zu holen. Im Flur hörte ich Mrs Brecht und Mrs Todd mit verdächtig leisen Stimmen reden. Auf Zehenspitzen schlich ich zur Tür, legte das Ohr an den offenen Spalt und lauschte.

»Hannah ist so ein nettes, unkompliziertes Kind«, sagte Mrs Brecht. »Sie hat einen guten Einfluss auf Ellen.« Ein wohliges Gefühl breitete sich in meinem Bauch aus. »Finden Sie nicht auch, dass Ellen ruhiger geworden ist, Mrs Todd?«

»Ja, sie hat sich gut hier eingelebt. Und die Kleine kann ja nichts dafür, dass sie frühreif ist.«

Mrs Brecht lachte. »Sie verteidigen sie immer, Mrs Todd, aber es ist ein schmaler Grat zwischen einem frühreifen Kind und einem kleinen Monster, dem man mit zu viel Nachsicht begegnet!«

Ich kehrte ohne den Saft nach oben zurück, und die Worte, die Mrs Brecht über Ellen geäußert hatte, sollte ich nicht mehr vergessen. Immer wieder drehte ich sie im Geiste hin und her und betrachtete sie von verschiedenen Seiten, um jedes Mal zum gleichen Schluss zu kommen. Ellen musste einen ziemlich boshaften Charakter haben, wenn ihre eigene Mutter so über sie urteilte.

SIEBEN

John fuhr mit mir zu einem kleinen türkischen Restaurant, das ein wenig versteckt in einer Seitenstraße im Stadtteil Easton lag. Das kellerartige Gewölbe wurde von roten und goldenen Lichtern erhellt und war orientalisch dekoriert. Es herrschte reger Betrieb. Der Kellner führte uns zu einem kleinen Tisch an der Wand. Eine blutrote Kerze flackerte in einem Einweckglas. Die mit Pailletten geschmückte Tischdecke erinnerte mich an den Schal, den Ellen mir zum vierzehnten Geburtstag geschenkt hatte. Ich trug ihn gern um die Hüften gewickelt, wenn ich zum Strand ging. Ich erinnerte mich gut daran, wie die Glassteinchen, mit denen die Nähte besetzt waren, im Sonnenlicht schimmerten. Ein Bild kam mir in den Sinn: Ellen, die braun gebrannt auf einen Ellbogen gestützt im Sand lag und mich, die Augen mit der Hand vor der Sonne abgeschirmt, lächelnd ansah und Jago, der gerade erst aus dem Wasser gekommen war, triefend nass hinter ihr stand und sich die knochigen, von Pickeln übersäten Schultern abtrocknete.

Ich blinzelte, um das Bild zu verscheuchen, setzte mich auf die Bank und legte die Papierserviette in den Schoß. John bestellte eine Flasche Wein, die der Kellner kurz darauf brachte. Er entkorkte sie, schenkte uns ein und kam dann mit einem großen Teller Vorspeisen zurück. Ich brach ein Stück von dem warmen Pitabrot ab und tunkte es in den Hummus.

»Und wie fühlst du dich jetzt?«, fragte John.

»Ganz gut. Ich bin nur ein bisschen müde.«

John sah mich prüfend an, beließ es aber dabei. Ich wusste, ich hätte mich ihm anvertrauen können, aber wie sollte ich ihm von meinem Erlebnis in der Ägyptischen Galerie berichten, ohne ihn in meine Vergangenheit einzuweihen? Es widerstrebte mir, ihm zu erzählen, dass ich während meines zwölfmonatigen Aufenthalts in Chile zunehmend unter Angstzuständen gelitten und nach meiner Rückkehr nach England einen Nervenzusammenbruch erlitten hatte. Eine psychotische Episode, wie der Fachausdruck lautete. Zu den Symptomen zählten paranoide Reaktionen – ich hörte Stimmen in meinem Kopf und litt unter Halluzinationen. Überzeugt, dass Ellen aus dem Totenreich zurückgekehrt war, um mich zu verfolgen, begab ich mich schließlich freiwillig in eine psychiatrische Klinik, wo ich die Ärzte anflehte, mich von ihr zu befreien. Dort blieb ich mehrere Monate, bis die Behandlung, eine Kombination aus Medikamenten und Gesprächstherapie, mich so weit wiederhergestellt hatte, dass ich mich in die Obhut meiner leidgeprüften Eltern begeben konnte. Ich wollte nicht, dass John mich in diesem Licht sah.

»Wirklich, es geht mir gut«, sagte ich noch einmal.

John nickte. »Gott sei Dank bin ich von Migräne verschont«, sagte er. »Aber Charlottes Mutter leidet schrecklich darunter.«

Ich brachte ein mitfühlendes Lächeln zustande. »Die Arme.«

Der Kellner kam wieder und stellte eine Warmhalteplatte zwischen uns auf den Tisch und darauf einen Teller, auf dem mit Kräutern gewürzte Lammkoteletts und mit Rinderhackfleisch gefüllte Tomaten lagen. Darum herum verteilte er Schüsseln mit gehackter Gurke, Salat und Bulgur. Eine Weile aßen wir schweigend. Ich hatte Hunger. Genüsslich leckte ich mir das Fett der Lammkoteletts von den Fingern und schob die Knochen an den Tellerrand. Während John von seinen Plänen für den Museumsanbau sprach, versuchte ich, mich zu entspannen. Ich wusste, dass der Neubau neue Möglichkeiten für interaktive Ausstellungen eröffnen und das Museum bereit für die Anforderungen des einundzwanzigsten Jahrhunderts machen würde, und war gespannt, was John dazu zu sagen hatte. Alles ging gut – bis die Tür aufging und eine Frau und ein Mann hereinkamen. Die Art, wie sie das Haar hinter die Ohren geschoben hatte, und die Form ihrer Augenbrauen erinnerten mich an Ellen. Plötzlich, wie aus dem Nichts, erfasste mich ein emotionaler Aufruhr, gegen den ich den ganzen Nachmittag angekämpft hatte.

Ich vermisste Ellen so sehr, und gleichzeitig wünschte ich, wir wären uns nie begegnet. Ich hatte sie geliebt und gleichzeitig gehasst. Ich wollte ihr helfen und wollte sie zerstören. Mehr als alles wünschte ich, sie wäre noch am Leben; gleichzeitig war ich froh, dass sie tot war. Ein Widerstreit der Gefühle tobte in mir, den ich rational nicht erfassen konnte. Mein Herz schien anzuschwellen, presste schmerzhaft gegen die Rippen. Es war angefüllt mit einer Mischung aus Liebe und blindem Zorn. Ein Gefühlsgemisch, das sich seit Ellens Tod und Jagos Auswanderung nach Kanada in Ermangelung eines Ventils, durch das es hätte entweichen können, in einen kleinen harten Knäuel unterdrückter Emotionen verwandelt hatte. John sagte etwas im Zusammenhang mit dem Amulett, das ich am Nachmittag im Museum hatte fallen lassen; er selbst sei in die Ägyptische Galerie hinaufgegangen, um bei der Suche zu helfen, und es sei Aufregung entstanden, nachdem es zunächst nicht auffindbar war. Ich versuchte, ihm meine Aufmerksamkeit zu schenken, aber es war zu spät. Die Tränen strömten mir bereits ungehindert über die Wangen, ohne dass ich etwas dagegen tun konnte.

John sah mich besorgt an. »Was ist denn los, Hannah? Was ist passiert? Herrgott, tut mir leid, ich wollte dich nicht aufregen.«

»Das hast du nicht ... Es hat nichts mit dir zu tun ...«

»Es ist alles gut!«, sagte er. »Jemand hat das Amulett gefunden und es im Büro abgegeben. Alles ist in Ordnung ...«

»Das ist es nicht ...«

»Nein?« Er sah mich forschend an.

Ich bemühte mich um Fassung, versuchte, meine Gefühle hinunterzuschlucken, sie wieder tief in meinem Inneren zu verschließen.

»Tut mir leid«, sagte ich. »Kümmere dich nicht um mich, bitte. Ich bin nicht ich selbst.«

»Diese verdammte Migräne! Komm, trink. Hier, nimm diese Serviette. Iss doch noch ein Lammkotelett.«

Ich lächelte zaghaft und tupfte mir mit der Ecke der Serviette die Augen trocken. Die Gäste an den Nachbartischen bemühten sich, mich nicht anzusehen, aber die Tische standen so nah beieinander, dass ich unweigerlich Blicke auf mich zog. Die Gespräche um uns herum waren mehr oder weniger erstorben.

John räusperte sich. Dann zerteilte er die gegrillte Tomate auf seinem Teller und begann wieder zu essen. Der Gedanke, ihn in Verlegenheit gebracht zu haben, beschämte mich.

»Es tut mir so leid«, sagte ich erneut.

»Vergiss es. So was kann passieren.« Er lächelte und drückte sanft meinen Ellbogen. »Es geht dir auch wirklich gut, Hannah? Du würdest es mir doch sagen, wenn ich etwas für dich tun könnte?«

Ich nickte. Einen Moment lang gab ich mich der Illusion hin, wir wären ein Paar und er wäre immer an meiner Seite, um mich aufzufangen, wenn ich hinfiel, mich wieder auf die Füße zu stellen und mir den Staub von den Kleidern zu klopfen. Ich stellte mir vor, was es für eine Erleichterung wäre, ihm die Wahrheit erzählen zu können, welche Last dann von mir abfiele.

Nur einen Augenblick lang gestattete ich mir diese Vorstellung, doch er reichte, um mich wieder einigermaßen zu fassen.

Ein Kellner griff zu einer kleinen Fiedel und begann zu spielen, ein anderer sang mit hitziger, honigsüßer

Stimme dazu. Ich konzentrierte mich auf die fremden Klänge und spürte, wie mein Schmerz verebbte und sich in seinen Panzer zurückzog. Die Dinge um mich herum wurden wieder normal.

»Und wie geht es Charlotte?«, fragte ich lächelnd.

»Gut.« John nahm einen Schluck Wein. »Die Chorproben nehmen sie sehr in Anspruch. Ihre neueste Leidenschaft.«

»Welches Stück proben sie denn?«

»Händels *Messias*.«

»Oh, klingt großartig.«

»Das sollte es jedenfalls sein, wenn man bedenkt, wie viel sie proben. Du kannst dir nicht vorstellen, wie viel Zeit das in Anspruch nimmt.«

Ich musterte ihn verstohlen, aber seine Stimme war frei von jeglicher Ironie.

Dann sagte er: »Zum Ende des Trimesters tritt der Chor in St. George's auf. Wenn du willst, besorgt Charlotte dir bestimmt gern eine Eintrittskarte.«

»Danke, aber ich glaube, das ist nicht ganz mein Ding.«

»Meines auch nicht, aber ich fürchte, ich werde nicht darum herumkommen.«

Wir mussten beide lächeln.

»Charlotte und du, ihr seid ganz unterschiedliche Charaktere«, sagte ich vorsichtig. »Ihr scheint kaum Gemeinsamkeiten zu haben.«

»Das stimmt. Jedenfalls nicht sehr viele.«

»Ist das nicht ... schwierig für eine Beziehung?«

John ließ den Wein in seinem Glas kreisen, und das

Kerzenlicht erzeugte flackernde Reflexe darin. Er lächelte versonnen. »Ich weiß, die Leute denken, dass Charlotte und ich nicht zueinander passen. Mir ist nicht entgangen, wie sie Charlotte ansehen und dabei denken, dass sie eine bessere Partie hätte machen können. Warum eine Frau wie sie, die jeden Mann haben könnte, ausgerechnet diesen zotteligen Exzentriker genommen hat. Das weiß ich übrigens auch nicht. Vermutlich habe ich einfach Glück gehabt.«

»Ich kann mir keinen besseren Mann als dich vorstellen«, sagte ich so leise, dass ich mir nicht ganz sicher war, ob er es gehört hatte.

»Man hat es nun mal nicht in der Hand, in wen man sich verliebt. Zu meinem großen Glück«, fügte er hinzu.

»Nein, das hat man nicht«, sagte ich, wobei ich zu einer anderen Schlussfolgerung gelangte als er.

Ich hob den Kopf, und als sich unsere Blicke für einen Moment begegneten, lächelte John ein wenig verzagt und wandte das Gesicht ab.

ACHT

Als die Schulferien endeten und Ellen und ich gemeinsam auf die Gesamtschule in Helston wechselten, kannten wir einander keine fünf Wochen. Ich hatte noch nie eine beste Freundin gehabt, und es war ein merkwürdiges und zugleich berückendes Gefühl; zum ersten Mal in meinem Leben fühlte ich mich wie verzaubert. Seit ich sie kannte, war ich kaum mehr allein. Ellen und ich fuhren zusammen mit dem Bus zur Schule und saßen in derselben Schulbank. In den Pausen zogen wir uns in eine ruhige Ecke zurück, wo wir die Köpfe zusammensteckten und plauderten. Wir waren füreinander da, wenn wir jemanden brauchten. Unsere Freundschaft war für beide ein Glücksfall: für Ellen, weil sie keine anderen Mädchen kannte, und für mich, weil ich schon immer ein einsames Mädchen gewesen war. Es fiel mir nicht leicht, Freundschaften zu schließen. Ellen war nicht immer einfach, aber ich wusste sie zu nehmen. Wenn sie glücklich war, bewunderte ich sie und schwamm in ihrem Kielwasser. Wenn sie unglücklich war – meist dann, wenn jemand ihre Pläne durchkreuzt hatte –, bestand meine Rolle darin, ihr zuzuhören, während sie über die Ungerechtigkeit des Lebens schimpfte, und sie zu bemitleiden. Manchmal saßen wir stundenlang in einer uneinsehbaren Ecke des Gartens von Thornfield House, während sie klagte und ich ihr in allem zustimmte. Bei anderen Gelegenheiten wiederum ertappte ich mich dabei, wie ich ihr Schützenhilfe leistete, nachdem ich vergeblich versucht hatte, ihr ein Vorhaben auszureden, obwohl ich sicher war, dass es ein unheilvolles Ende nehmen würde. Im Nachhinein bin ich überzeugt, dass sie nicht halb so viele Dinge angestellt hätte, wäre ich nicht da gewesen. Sie brauchte ein Publikum, und das war ich.

Aber das hieß noch lange nicht, dass ich ihr Schoßhündchen war, das ihr blind folgte, o nein. Unsere Freundschaft beruhte auf Gegenseitigkeit. Ellen gab mir genauso viel, wie sie von mir nahm, vielleicht sogar mehr. Eines Nachmittags während der Herbstferien warteten Ellen und ich im Garten des Trethene Arms auf Mr Brecht. Wir überbrückten die Zeit mit Schaukeln und stießen uns abwechselnd an. Ellens Vater war »rasch hineingegangen«, um eine Flasche Wein zu holen, blieb jedoch länger als eine halbe Stunde weg. Zwei Mädchen, mit denen ich in derselben Grundschulklasse gewesen war, kamen mit Colagläsern in den Händen in den Garten heraus. Sie setzten sich auf eine Bank und sahen verstohlen zu mir herüber, während sie miteinander tuschelten und kicherten. Zunächst beachtete ich sie nicht, aber sie redeten immer lauter.

»Das ist Hannah, das blödeste Mädchen im ganzen Land«, sang eine von ihnen mit theatralischer Stimme.

»Die fetteste Kuh im ganzen Land!«, sang die andere.

»Die stinkendste Kuh im ganzen Land!«

Sie zogen ein angewidertes Gesicht, während sie mit

der Hand vor der Nase wedelten, und bogen sich vor Lachen.

Ellen hatte sich mehrmals auf der Schaukel umgedreht, sodass sich die Ketten verdrehten. Dann hob sie die Füße und ließ die Schaukel wieder zurückschnellen; sie drehte sich schneller und schneller, bis sie wieder in der Ausgangsposition war. Dann sprang sie herunter, klopfte sich die Hände an den Seiten ihrer Shorts ab und schlenderte zu den Mädchen hinüber. Unter ihrem starren Blick verstummten sie und zogen die Schultern hoch.

Ellen blieb neben der Bank stehen.

»Ihr habt Hannah ausgelacht«, sagte sie in sachlichem Ton. »Hannah ist meine Freundin, und ich werde es niemals zulassen, dass jemand sie verletzt. Habt ihr verstanden?«

Die Mädchen sahen einander an. Sie grinsten, aber ich konnte erkennen, dass sie sich nicht wohl in ihrer Haut fühlten.

»Habt ihr verstanden?«, fragte Ellen erneut.

Sie nickten.

»Gut«, sagte Ellen. Dann beugte sie sich über den Tisch und spuckte in jedes der beiden Cola-Gläser. Den Mädchen blieb der Mund offen stehen, und sie starrten sie ungläubig an. Ellen hingegen lächelte, aber sie lächelte nur mit den Lippen, nicht mit den Augen. Dann wischte sie sich mit dem Handrücken den Mund ab, drehte sich um und kehrte zur Schaukel zurück.

In diesem Moment begriff ich, was wahre Freundschaft bedeutete. Es hieß, sich für die Menschen einzusetzen, die man gernhatte. Es hieß, sich mutig vor sie zu stellen, anstatt die Augen zu verschließen, wenn sie in der Patsche saßen. Ellen zeigte mir, wie wichtig Loyalität war.

Es wäre besser gewesen, ich hätte von ihr gelernt.

Ich erinnere mich an eine weitere wichtige Episode aus jener Zeit. Es war an einem der folgenden Abende. Meine Eltern besuchten eine Kirchenveranstaltung, und ich hielt es zu Hause nicht mehr aus, da über den Gartenzaun, der unser Haus von dem der Cardells trennte, wieder einmal böse Worte herüberprasselten wie Gewehrsalven. Willst du vielleicht eine Tracht Prügel, Jago, hä? Oder warum sprichst du so mit mir? Schau dich an, du nimmst nur unnötig Platz weg, ein Jammer, dass deine Mutter gestorben ist und dein Vater dich hat sitzenlassen. Du Versager, was bist du nur für ein elender Versager! In diese Worte mischte sich das Jaulen – ich konnte nicht sagen, ob aus Angst oder vor Schmerzen – des Hundes, einer Staffordshire-Kreuzung mit großem Kopf und krummen Beinen. Ich hielt mir die Ohren zu, aber die Worte ließen sich dadurch nicht aufhalten. Um ihnen zu entkommen, musste ich fliehen, irgendwohin, wo ich sie nicht mehr hören konnte. Ich schwang mich aufs Fahrrad und fuhr den Hügel hinauf, bis das Rauschen des Baches, der, eingesäumt von zwei grünen Pflanzenstreifen, neben der Straße über Baumwurzeln und Felsen hüpfte, das Elend von nebenan übertönte. An der Kreuzung beschloss ich, nach Thornfield House zu fahren. Ich wollte bei Ellen sein.

Schon vor dem Haus hörte ich die Musik. Es war Klaviermusik, aber nicht die Art von beschwingten Takten, die die Lehrer in der Schule anschlugen, um die Schüler zum Mitsingen zu animieren, nein, diese Musik war wie Mondschein auf Wasser, auf- und abebbende, sich kräuselnde und funkelnde Klänge.

Ich lehnte mein Fahrrad gegen die Mauer und betrat durch das offene Tor den Plattenweg durch den Garten. Der untere Teil des Fensters im Salon war geöffnet. Die elfenbeinfarbenen Voile-Gardinen bewegten sich im Luftzug. Darauf bedacht, keine Geräusche zu machen, näherte ich mich leise dem Fenster und spähte vorsichtig hinein.

Ellen saß mit dem Rücken zu mir am Flügel. Sie trug ein Gewand, das wie ein ärmelloses Nachthemd aussah, und war barfuß. Ihr langes schwarzes Haar fiel ihr lose über den Rücken, und ihre Hände bewegten sich rhythmisch über die Klaviatur. Hin und wieder senkte sie leicht den Kopf. Die Füße hatte sie hinter die Vorderbeine des Klavierhockers geklemmt. Die Pedale benutzte sie nicht.

Erst als Ellens Spiel endete, als das Stück sanft verklang, bemerkte ich, dass ihre Eltern ebenfalls im Zimmer waren. Ihre Mutter lag, mit einem Kaschmir-Plaid zugedeckt, auf der Chaiselongue. Nur ein Fuß mit dem verformten Knöchel, über den sich die weiße Haut spannte, ragte unter dem weichen, beigefarbenen Gewebe hervor. Sie hatte den Rücken ebenfalls dem Fenster zugewandt, und ich konnte nur ihr wirres, loses Haar sehen. Neben ihr auf dem Fußboden stand eine fast leere Weinflasche, und daneben lag ein langstieliges Glas.

Als sich Ellen langsam auf dem Klavierhocker umdrehte, erhob sich ihr Vater von seinem Stuhl, trat zu Ellen und beugte sich über sie, um ihr einen Kuss zu geben. Er legte seine Hände zärtlich auf ihre Schultern, und sein Haar fiel ihm ins Gesicht. Die beiden schienen in einem kostbaren Moment höchster Intimität versunken. Gebannt starrte ich auf das Bild, das Vater und Tochter boten: Mr Brecht, der zu Ellen hinabsah, und sie, die zu ihm hinaufblickte, während sich der Rauch seiner Zigarette, die er zwischen Zeige- und Mittelfinger seiner linken Hand hielt, anmutig emporkräuselte und die beiden in einen zarten Schleier hüllte.

Plötzlich fühlte ich mich zutiefst einsam.

Ich wollte, dass Mr Brecht mich auch so hielt.

»Spiel das Stück noch einmal, Ellen«, sagte Mr Brecht, »spiel es für deine Mutter.«

Ellen lächelte leise und nickte. Dann drehte sie sich zum Klavier um, und Mr Brecht blieb daneben stehen, während erneut die Musik einsetzte, die ersten Takte, hell und klar wie Wasser, das sanft über Steine rieselt.

NEUN

Nachdem mich John nach dem Abendessen zu meiner Wohnung zurückgefahren hatte, spürte ich den Alkohol, der mich müde gemacht hatte. Ich kochte mir einen Zitroneningwertee und begab mich mit dem Becher und Lily ins Wohnzimmer. Das rote Lämpchen am Anrufbeantworter blinkte auffordernd; die Anzeige auf dem Display sagte mir, dass drei Nachrichten eingegangen waren. Ich drückte auf den Wiedergabeknopf. Rina hatte angerufen, um sich nach meinem Befinden zu erkundigen; der zweite, ziemlich verworrene Anruf stammte von meiner Mutter, die sich standhaft weigerte zu begreifen, wie man eine zusammenhängende Nachricht auf einem seelenlosen Gerät hinterließ. Ein Anflug von schlechtem Gewissen überkam mich, weil ich ihren Anruf verpasst hatte. Ich löschte die Nachricht und hörte mir die dritte an. Eine Frau sagte: »Hannah, ich bin's ...«

War das Ellen? Ich schlug mir die Hand vor den Mund und wich vor dem Gerät zurück. Mein Herz klopfte wie wild in der Brust. Die Katze floh alarmiert aus dem Zimmer. Die Zeit schien stillzustehen. Panische Gedanken jagten mir durch den Kopf, prallten aufeinander und zerbrachen zu Myriaden winziger Angstsplitter. Zu Tode erschrocken, war ich unfähig, die Hand auszustrecken und den Anrufbeantworter auszuschalten. Ein Knistern und

Knacken ertönte, dann war das Klicken eines Feuerzeugs zu hören und wie jemand einen tiefen Zug aus der Zigarette nahm, ehe sich die Stimme wieder zu Wort meldete. »... Charlotte Lansdown ...« Ich sank auf einen Stuhl und stützte den Kopf in die Hände. Jetzt hörte es sich an, als würde sich Charlotte einen Drink einschenken. Das gurgelnde Geräusch einer Flüssigkeit, das Klirren von Eiswürfeln im Glas und dann: »Ich bin gerade von der Chorprobe nach Hause gekommen, und John ist nicht da, und der Trottel hat sein Handy vergessen. Ähm ...« Sie sog erneut an ihrer Zigarette. »Würdest du ihn bitten, mich anzurufen und ...« Wieder ein Rascheln und Knistern. »Oh, ist schon okay! Er ist gerade nach Hause gekommen. Vergiss meinen Anruf! Ich hoffe, ihr hattet einen schönen Abend ...« Und damit legte sie auf.

Die ganze Zeit über hatte ich die Luft angehalten, jetzt stieß ich sie aus, stand auf, trat an die Wand und legte die Stirn an die kühle Oberfläche.

Ich brauchte dringend Hilfe. Ich schaffte es nicht allein. So hatte es das letzte Mal angefangen, genau so hatte sich mein Zusammenbruch angekündigt, nur dass diesmal die Angst noch schlimmer war. Es war eine kalte Angst, die mit eisigen Fingern in meinem Inneren wühlte und sich immer mehr ausdehnte. Es waren weniger als zwölf Stunden vergangen, seit ich Ellen im Museum gesehen hatte, und wieder hatte ich das Gefühl, dass sie hinter mir stand, mir ihren kalten Todesatem an den Nacken hauchte, mich beobachtete, lauschte, wartete.

Ich zog eine Schublade auf, wühlte darin, fand mein

Adressbuch und suchte die Telefonnummer von Julia, meiner Psychiaterin. Ich schrieb sie auf einen Zettel und steckte ihn unter das Telefon.

Noch acht Stunden, dachte ich. In frühestens acht Stunden kannst du sie anrufen.

Nur diese eine Nacht musste ich noch überstehen, mehr nicht.

Dann ging ich ins Bett, fand aber keinen Schlaf. Es gelang mir einfach nicht, eine bequeme Position zu finden, mein Körper schien nur aus Knochen zu bestehen, meine Gliedmaßen fühlten sich seltsam verdreht an, die Nerven wie eingeklemmt. Draußen, in einem Garten, jaulte eine Katze. Sie klang wie ein gepeinigtes Kind, und jedes Mal, wenn sie ihr markdurchdringendes Wehklagen hören ließ, erhoben die Hunde in der Nachbarschaft kläffend Protest. Der leise dröhnende Verkehr von der M32, konstant aus der Ferne zu vernehmen, war irritierend wie das Brummen einer Wespe, und immer wieder durchschnitt der Lärm einer Sirene irgendwo in der Stadt die Nacht. Katastrophenszenarien jagten mir durch den Kopf: Ich stellte mir vor, wie Bomben explodierten, Gebäude zusammenstürzten, Amokläufer wild um sich schossen, Häuser brannten und Menschen darin eingeschlossen waren. Mir war abwechselnd zu warm und zu kalt. Ich kam mir ausgedörrt und dehydriert vor, doch als ich ein Glas Wasser trank, verspürte ich sofort ein Völlegefühl. Wann immer ich die Augen schloss, sah ich Ellens Gesicht vor mir. Und wenn ich kurz vor dem Einschlafen war, flammte eine Erinnerung auf, eine Szene aus einem früheren Albtraum oder eine Episode aus meiner Vergangenheit, die ich vergessen zu haben glaubte.

Als ich um fünf Uhr in der fahlen Morgendämmerung noch immer nicht schlief, während die Vögel ihr Morgenkonzert anstimmten, nachdem die Katze gerade ihr Gejaule eingestellt hatte, gab ich auf und stieg aus dem Bett.

Ich dachte, dass, wenn ich ein Foto von Ellen fände und ihr Gesicht betrachtete, die Macht der Erinnerung an sie womöglich nachlassen würde. Sie war doch einfach nur ein Mädchen gewesen, das viel zu jung gestorben war. Was war so beängstigend daran? Warum hatte sie sich in meinem Geist in etwas derart Monströses verwandelt? Natürlich wusste ich, warum ich Angst vor Ellen hatte, doch gleichzeitig wusste ich, dass sie mir nicht wehtun konnte. Sie war tot. Ich brühte Tee auf und holte dann den Schuhkarton unter meinem Bett hervor, wo ich die wenigen Erinnerungsstücke aufbewahrte, die meinen psychotischen Säuberungsaktionen entgangen waren. Ich machte es mir mit der Katze im Schoß in dem weißen Polstersessel im Wohnzimmer bequem, legte eine CD von Holst auf und nahm den Deckel von der Schuhschachtel.

Früher hatte ich Hunderte von Fotos von Ellen besessen, aber nach meiner Rückkehr aus Chile hatte ich sie alle vernichtet. Ich wollte keine Erinnerungen mehr, wollte die Vergangenheit vergessen. Ich durchsuchte den Inhalt des Kartons, bis ich eines der einzigen beiden Fotos fand, die ich aufbewahrt hatte. Ich nahm es heraus und betrachtete es im Licht der Leselampe. Dieses Foto hatte ich behalten, weil Jago es aufgenommen hatte. Weil er so weit weg und für mich verloren war, hatte ich es zur Erinnerung an ihn aufbewahrt.

Er hatte es an meinem dreizehnten Geburtstag gemacht, während wir vor der Schule auf den Bus warteten. Der Fotoapparat war das Geburtstagsgeschenk von meinen Eltern, und ich hatte ihn in meiner Schultasche zur Schule mitgenommen.

An diesem Novembernachmittag stand Jago wie gewöhnlich mit den Williams-Zwillingen an der Bushaltestelle. Ich hatte ein bisschen Angst vor ihnen. Sie waren etwas älter als ich, stämmige und untersetzte Burschen; in ihrer Freizeit röhrten sie auf ihren Mopeds durch die Gegend und zogen dunkle Abgaswolken hinter sich her oder machten Jagd auf Füchse. Mum hatte gesehen, wie sie auf dem Feld hinter der Kirche mit Mädchen, die mit ihren Eltern Urlaub in unserer Gegend machten, Cidre tranken. In ihren Augen etwas höchst Unanständiges, wie ihr schockierter Ton signalisierte. Wenn Jago mit den Zwillingen zusammen war, beachtete er mich manchmal nicht, aber an diesem Tag lächelte er mir zu und sagte: »Hallo«. Sein Blick fiel auf das Abzeichen an meinem Pullover, auf dem stand »Birthday Girl«.

»Hast du heute Geburtstag?«, fragte er.

»Der ist ja von der ganz schnellen Sorte!«, sagte Ellen, und wir lachten.

Jago schob sich das Haar aus dem Gesicht und trat verlegen von einem Fuß auf den anderen.

»Das hab ich nicht gewusst«, sagte er. »Ich hab kein Geschenk für dich.«

Ich zuckte mit den Schultern. »Ist doch unwichtig.«

Jago trat immer noch nervös auf der Stelle. Dann sagte er: »Pass auf, ich geb dir was, was besser ist als jedes Geburtstagsgeschenk.«

Und dann legte er, vor den Augen aller Kinder, die auf den Schulbus warteten, seine jungenhaften Arme um mich, beugte sich zu mir und presste seine Lippen auf meine. Während die anderen Schüler uns mit lauten Rufen anfeuerten, gab Jago mir einen Geburtstagskuss. Meine Wangen glühten vor Freude und Verlegenheit.

Und dann nahm ich, errötet und überglücklich, meinen Fotoapparat aus der Schultasche und bat Jago, ein Foto von Ellen und mir zu machen. Ellen und ich stellten uns in unseren schwarzen Strumpfhosen und Wintermänteln auf, während Jago vor uns auf und ab ging und sich bemühte, den besten Winkel für die Aufnahme zu finden. Ellen lehnte den Kopf an meinen, sodass mein blondes Haar und ihr dunkles langes Haar ineinanderflossen. Mit meinen dreizehn Jahren war ich noch immer ein molliges Kind, und mein Bauch spannte unter dem Rockbund. Während ich linkisch in die Kamera blickte, war Ellens Ausdruck locker und übermütig. Auch unsere Posen waren gänzlich verschieden. Ich stand frontal zur Kamera, die Füße im Fünfundvierziggrad-Winkel zueinander, die Arme seitlich herabhängend, und lächelte schüchtern unter meinem Pony hervor, sodass meine Wangengrübchen und die Zahnspange zu sehen waren.

Ich trug den von meiner Mutter gestrickten Schal um den Hals, und aus meinen Manteltaschen ragten die Bündchen meiner roten Wollhandschuhe. Ellen hatte sich mir seitlich zugedreht und den einen Arm um meine Schulter gelegt, während sie die andere Hand locker in die Hüfte stemmte. Das Kinn erhoben, schürzte sie anmutig die Lippen. Bislang war mir die Bedeutung ihre Pose nie aufgefallen, aber jetzt, als Erwachsene, im kalten Morgenlicht, fiel es mir wie Schuppen von den Augen. Jago hatte mich geküsst, und Ellen flirtete nun mit ihm, da sie nicht ertragen konnte, ausgeschlossen zu sein. Mit ihren zwölf Jahren wusste sie genau, was sie tat. Sie hatte schon immer gewusst, was sie tat.

Ich legte das Foto mit der Vorderseite nach unten auf den Boden. Auch die Ansichtskarten, die Ellen mir aus Magdeburg geschickt hatte, befanden sich noch in dem Karton. Ich sah sie kurz durch. Ellens Handschrift war unregelmäßig und schlampig, hie und da war ein Buchstabe oder Wort durchgestrichen, und die Rückseiten waren ebenfalls bekritzelt. Ich las die Karten nicht, sondern ließ sie auf das Foto fallen. Als Nächstes nahm ich ein paar alte Schulzeugnisse heraus, dann Jagos Schulkrawatte, eine Zeichnung von Snoopy, die er für mich gemacht hatte, eine Hundemarke aus Metall in Form eines Knochens, auf deren Vorderseite »Trixie« stand und auf der Rückseite die Adresse, Cross Hands Lane 8; außerdem eine armbandlose Uhr, einige Muscheln und getrocknete Blumen, von denen ich nicht mehr wusste, bei welcher Gelegenheit ich sie gesammelt hatte. Auf dem

Boden der Schachtel lag eine blaue Männersocke. Ich nahm sie in die Hand. Warum hatte ich sie aufgehoben? Ich hielt sie mir an die Wange und rief mir den Nachmittag ins Gedächtnis, an dem ich sie gestohlen hatte – wie ich mich gefühlt hatte, verrückt und blind vor Liebe, und da wusste ich, warum ich sie aufbewahrt hatte. Die blaue Socke sollte mich warnen. Ich legte sie auf die Armlehne des Sessels.

Ganz unten auf dem Boden der Schachtel lag das zweite Foto von Ellen. Es war klein und quadratisch, ein Bild, das ich mit demselben Fotoapparat an Ellens achtzehntem Geburtstag aufgenommen hatte. Ich fischte das Foto heraus und drehte es um. Die Farben waren ein wenig verblichen, aber dennoch entfaltete das Bild sofort seine Wirkkraft und entführte mich zurück in den Garten von Thornfield House. Ellen trug das silbergraue Kleid, das ihr Vater ihr geschenkt hatte. Sie stand unter einem schmiedeeisernen Rosenbogen, den Adam Tremlett im Zuge der Gartenrestaurierung aufgestellt hatte. Wenn man das Foto nur oberflächlich betrachtete, hätte man es für einen harmlosen Schnappschuss halten können, den man zur Erinnerung aufbewahrte, aber bei genauerem Hinsehen stellte man fest, dass etwas auf dem Bild nicht stimmte. Es war nicht die Müdigkeit und Abgespanntheit, die sich klar in Ellens Gesicht spiegelten, oder ihr schmallippiges Lächeln. Auch nicht die Tatsache, dass der Garten für eine Geburtstagsparty dekoriert war, obwohl außer ihr niemand zu sehen war. Nein, das Irritierende waren die Kletterrosen, die so geschnitten waren, dass sie sich mit dem kunstvollen schmiedeeisernen Bogengerüst verwoben. Die Pflanzen waren zwar gut gewachsen, aber irgendwann offensichtlich sich selbst überlassen worden; Hagebutten mischten sich unter die Rosenstauden. Aber es waren auch nicht die wild wachsenden Stauden, die mich beunruhigten. Was mir das Blut in den Adern gefrieren ließ, war die Erinnerung daran, dass das Foto im August aufgenommen worden war. Im Hochsommer, als die Rosen voller Blüten hätten sein müssen, die die Luft mit ihrem Duft erfüllten.

Eigentlich hätte Ellen auf diesem Foto von Rosen umrankt sein sollen, und zu ihren Füßen hätten herabgefallene Blätter liegen müssen. Aber da war nichts.

Nicht eine einzige Blüte war zu sehen.

ZEHN

Meine schönsten Erinnerungen rühren aus der Zeit, die ich mit Jago und Ellen am Bleached Scarp verbrachte. Als wir noch Teenager waren und bevor alles kompliziert wurde und falsch zu laufen begann.

Bleached Scarp war ein Strand, den Jago entdeckt hatte und den außer uns dreien niemand kannte. Er war unser ganz privates Paradies und befand sich in einer hufeisenförmigen Bucht unterhalb der Klippen von Gonnhilly Down. Jago hatte einen verborgenen Pfad zu diesem Strand entdeckt, in eine Felsspalte gehauene Stufen. Um den Einstieg zu erreichen, mussten wir über den Zaun klettern, der den oberen Klippenrand von dem Küstenweg trennte, und dann über den schwarzen, mit Riedgras und Kopfbinsen bewachsenen, schwammigen Kleiboden stapfen. Nach ein paar Metern erreichte man einen schmalen Schotterpfad, der sich durch die Felsen bis zu der Spalte wand, durch die es dann zum Strand hinabging. Als Jago uns zum ersten Mal mitnahm und mühelos in der schwarzen Schneise verschwand, zögerten Ellen und ich. Wir hatten Angst, ihm zu folgen, da die Felswände schwarz wie die Nacht waren und das Tosen der Wellen, die tief unten gegen die Höhlenwände klatschten, nach oben hin anschwoll. Auch der Geruch nach nassem Sand und Seegras, der durch den Felsschacht heraufstieg, war mir nicht ganz geheuer.

»Los, kommt! Worauf wartet ihr?«, schrie Jago von unten. Seine Stimme echote durch den Felstunnel herauf.

Ellen und ich tauschten ängstliche Blicke aus. Der Wind blies vom Meer herein und schlug uns das Haar vors Gesicht, und hundert Meter unter uns sah man die aufgewühlte grünblaue See. Ein einzelner Seehund tanzte im Wasser, sein Kopf balancierte auf den spritzenden Wellen.

»Okay, lass uns gehen!«, sagte Ellen. Ihre Augen glänzten vor Abenteuerlust. Sie bückte sich und zog die Schuhe aus, sagte nochmals »Komm, Hannah!« und verschwand dann ebenfalls in dem schwarzen Schlund. Nach kurzem Zögern folgte ich ihr.

Wir erzählten nie jemandem von dem kleinen Strand. Er war unser ganz privater Rückzugsort, und wir liebten ihn, auch wenn ich mir dessen damals nicht bewusst war.

Besonders an einen Herbst erinnere ich mich ... Ich war fast vierzehn, Ellen neun Monate jünger und Jago zwei Jahre älter als ich. Sein Körper faszinierte mich. Er war groß geworden, wobei vor allem seine Hände und Füße riesig wirkten, als wäre der Rest seines Körpers nicht so schnell mitgekommen. Unter seinen Achseln spross weiches rötlich-braunes Haar, Brust und Rücken waren mit Akne übersät. Und trotz seiner breiten, muskulösen Schultern war er noch immer ein Junge, noch nicht erwachsen.

In diesem Jahr erlebte Cornwall einen wunderschönen Herbst. Die Blätter an den Bäumen hatten sich rot und golden verfärbt, und die Sonne, die zwischen ihnen hindurchschien, zauberte die herrlichsten Farben in die Landschaft. Es war ungefähr in der Mitte des Herbsttrimesters, und man konnte noch immer schwimmen. Im Geiste sehe ich Ellen und Jago in ihren Badesachen auf einer ins Meer ragenden Felsnase stehen und laut zählen – drei, zwei, eins –, ehe sie gemeinsam ins Wasser sprangen, wieder auftauchten und angesichts des kalten Wassers lachend die Köpfe schüttelten. Sie waren wie zwei geschmeidige, muskulöse Meereswesen. Sie schwammen zu den Felsen zurück, halfen einander aus dem Wasser, behände wie Äffchen, um von Mal zu Mal von einem noch höheren Punkt aus zu springen, die Arme im Flug weit ausgebreitet. Wenn sie des Springens müde waren, forderten sie einander im Schwimmen heraus – vom äußersten Rand der Bucht bis zur gegenüberliegenden Seite. Währenddessen saß ich auf einem muschelbewachsenen Felsen, die Arme um die angezogenen Knie geschlungen, und blickte den dunklen Umrissen ihrer Köpfe nach, immer in Sorge, ich könnte sie aus den Augen verlieren und sie könnten ertrinken und für immer in den dunklen Fluten verschwinden. Wie, fragte ich mich, sollte ich dann erklären, warum ich als Einzige noch am Leben war?

Ich war kein mutiges Kind. Meine in mich vernarrten Eltern hatten mich überbehütet und verhätschelt. Außerdem wusste ich, dass an diesem Küstenabschnitt Jahr für Jahr immer wieder Menschen ertranken. Doch sosehr ich Jago und Ellen auch anflehte, nicht so wagemutig zu sein, sie hörten einfach nicht auf mich. Sie taten, als wären sie unsterblich. Mit schrillem, durchdringendem Geschrei rannten sie ins Meer. Sie stürzten sich in die sich brechenden Wellen, wurden auf dem Kieselstrand hin und her geworfen und schürften sich Knie, Hände und den Bauch auf. Stundenlang blieben sie im Wasser. Wenn ich des Zuschauens überdrüssig war, suchte ich den Strand nach angespülten Glasstücken ab, die Wasser und Sand glatt und trübe geschliffen hatten, oder sammelte Treibholz für ein Strandfeuer ein, auf dem wir kleine gelbe Krebse und andere Schalentiere grillten, die Jago vom Meeresgrund heraufholte.

Ich erinnere mich, als wäre es gestern gewesen, wie Ellen, Jago und ich ums Feuer herumhockten und uns an den orangefarbenen Flammen wärmten, die vom Wind mal in diese und mal in die andere Richtung geweht wurden. Wie Jago und Ellen mit den Zähnen klapperten, eingehüllt in ihre dünnen Handtücher, die sie achtlos in die Ginsterbüsche warfen, nachdem sie sich abgetrocknet hatten. Der Rauch brannte uns in den Augen und blieb in unserem Haar haften, im Mund hatten wir den Geschmack von gegrilltem Muschelfleisch und Holzkohle. Mit all meinen Sinnen erinnere ich mich an die Tage, die wir als Teenager an jenem Strand verbrachten.

Lange hatte ich geglaubt, Jago und Ellen würden sich, sofern wir nicht am Strand waren, allenfalls tolerieren, und zwar mir zuliebe. Ich dachte, sie könnten nichts miteinander anfangen. Jago war der grobe, ungehobelte Junge aus der Armeleutesiedlung und Ellen das verrückte Mädchen aus wohlhabendem Haus, und ich war der Puffer zwischen ihnen. Wir spielten unsere Rollen so sorgfältig, so einstudiert, dass mir nie in den Sinn kam, dass wir in Wahrheit schauspielerten. Wir alle waren uns dessen lange nicht bewusst.

ELF

Die Morgenstunden zogen sich dahin, bis es endlich acht war, eine angemessene Uhrzeit, um Julia, meine Psychiaterin, anzurufen. Julia Fortes da Cruz hatte mir gesagt, ich könne sie jederzeit kontaktieren, auch wenn unser letzter Kontakt nun schon einige Jahre zurücklag. Während das Freizeichen erklang, schloss ich die Augen und hoffte, dass ihr Angebot noch immer galt. Als sie ranging, war ich so erleichtert, dass ich einen Moment brauchte, um mich zu fassen.

»Julia ...«

»Hallo, wer ist dran?«

Im Hintergrund hörte ich das Brabbeln und Glucksen eines Babys. Als ich das letzte Mal mit Julia gesprochen hatte, hatte sie noch kein Kind gehabt.

»Hier ist Hannah«, sagte ich. »Hannah Brown. Ich war in Chartwell Ihre Patientin.«

Julia stockte einen Moment, erinnerte sich aber schnell wieder.

»Hannah, wie schön, von Ihnen zu hören! Ist alles in Ordnung?«

Julias Stimme hatte sich verändert. Ich stellte mir vor, wie sie, nachdem ich den Namen der Klinik erwähnt hatte, den Hörer zwischen Kinn und Schulter klemmte und ihrem Partner bedeutete, sich um das Baby zu kümmern, und wie sie dann von der Küche in ein anderes Zimmer ging. Julia war eine kleine, lebhafte, unkonventionelle Frau. Ich war mir sicher, dass es in ihrem Büro zahlreiche Pflanzen, Traumfänger aus Glas, Kristalle und eine Bilderschiene mit originellen Ansichtskarten gab.

»Nein«, sagte ich. »Es geht mir nicht gut ... nicht wirklich. Tut mir leid, dass ich so früh anrufe, Julia, aber gestern ist etwas passiert, und ...«

»Das ist okay. Kein Problem, ich bin froh, dass Sie anrufen. Dafür bin ich doch da.« Am anderen Ende der Leitung erklang ein Rascheln, dann der vertraute, gedehnte Klang, mit dem ein Computer hochgefahren wird. Bestimmt warf Julia einen Blick in meinen Datensatz, um ihre Erinnerung an meinen Fall aufzufrischen. Ich stellte mir vor, wie sie sich an ihren Schreibtisch beim Fenster setzte und in einen naturbelassenen Garten mit verstreut herumliegendem Kinderspielzeug und Blumenübertöpfen schaute, die ihre esoterischen Freunde getöpfert hatten. »Was ist denn passiert, Hannah?«, fragte sie.

»Gestern bei der Arbeit habe ich Ellen Brecht gesehen«, sagte ich.

»Ach ja«, sagte Julia, als wäre nichts Ungewöhnliches daran. Ich fragte mich, ob sie sich an Details meines Falles erinnerte oder nur an vage Umrisse, anhand derer sie meine psychische Störung im Geiste zusammensetzen konnte. So wie wenn ich das Skelett des Tyrannosaurus rex betrachtete, der an der Museumsdecke hing, und vor meinen Augen eine Kreatur aus Fleisch und Blut wiederauferstand. Wahrscheinlich überflog sie rasch die Einträge in meiner Datei, um ihr Gedächtnis aufzufrischen. »Waren Sie allein, oder war jemand bei Ihnen?«

»Es waren viele Besucher da. Es war im Museum, in einem der Ausstellungsbereiche. Sie – also Ellen – stand mitten unter den anderen Besuchern.«

»Und wie haben Sie sich dabei gefühlt?«

»Ich hatte Angst«, sagte ich, aber dieses Wort beschrieb auch nicht annähernd die tiefe Furcht, die ich verspürt hatte und die mir noch immer in den Knochen saß. »Sie schien so wirklich«, fuhr ich fort. »Draußen hat es geregnet, und ihr Haar war nass. Alles an ihr war so real.«

»Sie sind sehr gut darin, sich selbst zu täuschen, Hannah«, sagte Julia sanft. »Das wissen wir beide ja. Und was ist dann geschehen?«

»Ich hatte eine Panikattacke.«

»Ich verstehe.«

»Danach hat mich eine Kollegin nach Hause gefahren, aber ich bin äußerst beunruhigt. Ich konnte die ganze Nacht nicht schlafen. Ich denke immerzu an Ellen. Was, wenn sie zurückgekommen ist, Julia? Was, wenn das, was schon einmal passiert ist, wieder geschieht und ich sie immer wieder sehe, egal, wo ich bin? Was, wenn sie wieder die ganze Zeit in meinem Kopf ist? Was soll ich nur tun, Julia? Ich glaube nicht, dass ich all das ein zweites Mal durchstehe, ganz bestimmt nicht.«

Julia antwortete mir mit ruhiger, leiser Stimme. »Gut, Hannah, lauter ›Was wenn?‹. So viele Hürden, aber wir werden sie eine nach der anderen überspringen. Ein

Schreckensmoment bedeutet noch lange keinen Zusammenbruch, genauso wenig, wie eine Schwalbe einen Sommer macht.«

»Nein«, sagte ich, aber ich dachte daran, wie wirklich mir Ellen vorgekommen war und so präsent, dass ich sie für einen Menschen aus Fleisch und Blut gehalten hatte.

Julia fragte: »Wie ist es Ihnen sonst so ergangen, ich meine vor diesem Zwischenfall?«

»Gut, danke.«

»Also ist Ihr Leben ruhig verlaufen? Essen Sie gut? Und treiben Sie Sport?«

»Ja.«

»Und wie ist es mit dem Schlafen?«

»Mal so, mal so.«

»Fühlen Sie sich gestresst? Oder verängstigt?«

»Nicht wirklich. Erst seit gestern wieder.«

Ich atmete tief ein und lehnte den Kopf an die Wand. Lily strich mir um die Beine.

»Okaaayyy ...« Ich hörte, wie Julia mit den Fingerspitzen auf den Schreibtisch trommelte. »Hören Sie, Hannah, ich glaube nicht, dass Sie sich Sorgen machen müssen. Dieser Zwischenfall, auch wenn ich mir vorstellen kann, wie unangenehm und beängstigend er für Sie gewesen sein muss, war wahrscheinlich ein Flashback. Jedem von uns kann das passieren.«

Ich schloss die Augen. »Es hat sich nicht wie ein Flashback angefühlt. Sie war so deutlich und so real und ...«

Julia unterbrach mich. »So haben Sie letztes Mal Ihre

Halluzinationen beschrieben, Hannah. Auch die fühlten sich für Sie völlig real an, aber genau das macht sie ja zu einem solch beängstigenden Erlebnis.«

»Ja.«

»Lassen Sie uns erst mal abwarten und hoffen, dass es nicht wieder passiert. Aber falls doch, müssen Sie mir versprechen, Ruhe zu bewahren – erinnern Sie sich an die Atemübungen?«

»Ja.«

»Machen Sie sie. Und lassen Sie uns in Kontakt bleiben. Ich möchte, dass wir im Lauf der nächsten Woche – oder auch länger, wenn nötig – mindestens jeden zweiten Tag miteinander reden. Oder rufen Sie an, wann immer Sie das Bedürfnis haben, egal, zu welcher Tages- oder Nachtzeit, okay?«

Ich hob die Katze hoch und hielt sie nah an mein Gesicht. Ich konnte ihren Herzschlag unter meinen Fingern spüren. »Danke, Julia«, sagte ich. »Das werde ich.«

ZWÖLF

Während Jago, Ellen und ich langsam erwachsen wurden, verschlimmerte sich die Situation in der Cross Hands Lane Nummer 10 zusehends. Die Cardells stritten sich immer öfter und heftiger, bis Mrs Cardell eines Tages in ihren Slippern und mit Regenschirm das Haus verließ, um nie wieder zurückzukehren. Mr Cardells Reaktion darauf bestand darin, dass er reihenweise junge Frauen mit nach Hause brachte, die er am Hafen auflas, und rund um die Uhr Trinkgelage mit seinen Kumpeln veranstaltete. Jago blieb immer häufiger der Schule fern. Der Hund, erschöpft vom vielen Werfen, wurde immer verängstigter, bis mein Vater eines Tages beschloss, die Sache in die Hand zu nehmen. Er zog seinen besten Pullover an, kämmte die ihm verbliebenen Haare über die glänzende rosa Glatze, ging zum Nachbarshaus hinüber und klopfte an die Haustür. Caleb öffnete. In einer schmutzigen Jeans und mit nacktem Oberkörper stand er schwankend in der Tür, in der einen Hand eine Bierdose, in der anderen eine selbst gedrehte Zigarette. Er sah meinen Vater böse aus seinen geröteten Augen an. Es war dunkel im Cardell'schen Haus, denn die Fensterscheibe im Wohnzimmer war kaputtgegangen und notdürftig durch Bretter ersetzt worden. In dem Raum war es düster wie in einer Höhle, und mein Vater konnte nur vage die Umrisse mehrerer Männer ausmachen, deren Gesichter vom flackernden graublauen Licht des Fernsehers erhellt wurden.

Er holte tief Luft und sagte: »Ich gebe dir fünfzig Pfund für den Hund, Caleb.«

Er hielt ihm die offene Hand mit dem Geld hin. Caleb ergriff es und sah meinen Vater erneut an. Er nahm einen tiefen Zug von seiner Zigarette.

»Ich krieg fünfundzwanzig Mäuse für jeden Welpen, den sie wirft«, sagte er.

»Ja«, erwiderte Dad, »aber diese Zeiten sind vorbei, das weißt du ebenso gut wie ich. Noch einen Wurf wird sie nicht überleben.«

Caleb Cardell dachte einen Moment nach.

»Siebenundfünfzig, und sie gehört dir«, sagte er dann.

Dad nickte. Er hatte erwartet, dass Mr Cardell feilschen würde. Er fischte fünf weiter grüne Geldscheine aus seiner Hosentasche und reichte sie ihm.

Caleb klemmte sich die Zigarette zwischen die Lippen, während er das Geld zählte. Dann lehnte er sich über das Treppengeländer und schrie nach oben: »Jago! Beweg deinen faulen Arsch runter und hol den verdammten Köter.«

Jago kam argwöhnisch die Treppe herunter. Ohne meinen Vater anzusehen, schob er sich an seinem Onkel vorbei und ging in die Küche. Dad hörte, wie er die Hintertür öffnete. Er trat rückwärts aus dem dunklen Hauseingang hinaus in die frische Luft, verschränkte die Hände hinter dem Rücken und wartete, während er auf den Fersen wippte und geflissentlich auf einen unbestimmten Punkt blickte. Kurz darauf kam Jago zurück. Die Hündin, mit verängstigt angelegten Ohren und eingeklemmtem Schwanz, folgte ihm auf den Fersen. Jago führte sie an einer grünen Gartenschnur, die ihm als Leine diente. Als er an der Haustür ankam, trat ihm Mr Cardell mit dem Stiefelabsatz in den Hintern. Jago fiel auf dem von Schmutz und Glasscherben übersäten Gartenweg neben Dad auf Hände und Knie.

»Nimm den kleinen Bastard auch gleich mit!«, sagte Caleb Cardell zu meinem Vater. »Nimm den Scheißkerl und behalt ihn, verdammte Scheiße.« Lachend schlug er die Haustür zu.

Mum, die hinter unserem Wohnzimmerfenster gestanden und alles mitbekommen hatte, begab sich in die Küche und bereitete ein paar zusätzliche Butterbrote zum Abendessen vor. Dad erschien mit Jago und dem Hund, und niemand sprach über den Vorfall. Sowohl Jago als auch der Hund sahen beschämt aus, als fühlten sie sich schuldig. Ohne ein Wort folgte Jago der Aufforderung meiner Mutter, setzte sich zu uns an den Tisch und langte kräftig zu. In weniger als zwei Minuten hatte er seinen Teller geleert. Von Tischmanieren hatte er natürlich noch nie etwas gehört. Er schaufelte mit der Gabel große Bissen in sich hinein und kaute mit offenem Mund. Wenn ich so gegessen hätte, hätten meine Eltern mich zurechtgewiesen, aber bei Jago tauschten sie nur einen verständnisvollen Blick aus, ehe meine Mutter seinen Teller erneut füllte. Noch nie hatte ich jemanden gesehen, der innerhalb so kurzer Zeit solche Mengen verschlang.

»Es ist schön, jemanden am Tisch zu haben, der mit großem Appetit isst«, sagte Mum. Sie lächelte Jago zu.

Er wischte sich mit dem Handrücken den Mund ab und sagte: »Vielen Dank.«

Mum nickte. Sie freute sich ganz offensichtlich.

Ich beobachtete Jago verstohlen unter meinem Pony hervor. Mir fiel nichts ein, was ich hätte sagen können, ohne dass ich mir wie ein kleines Kind oder eine Idiotin vorgekommen wäre.

Nach einer Weile hörten wir nebenan laute Stimmen. Der Hund duckte sich hinter einen der Wohnzimmersessel und pinkelte auf den Teppich.

»Am besten, ich geh dann mal wieder«, sagte Jago und stand auf. Er war schmutzig und verwahrlost und wirkte zu groß und fehl am Platz in unserem blitzsauberen, aufgeräumten kleinen Wohnzimmer.

»Wohin willst du denn gehen?«, fragte meine Mutter.

Jago zuckte mit den Schultern. »Keine Ahnung. Irgendwohin. Ich will niemandem zur Last fallen. Werd schon was finden.«

Dad drehte den Fernseher lauter, um den Lärm von nebenan zu übertönen. Dann sagte er, es wäre sehr hilfreich, wenn Jago vorerst bei uns wohne, zumindest so lange, bis sich der Hund eingelebt habe. Mum beeilte sich, ihm zuzustimmen, als handelte es sich um einen längst beschlossenen Plan.

»Genau. Du wirst uns doch nicht allein mit ihr lassen, wo sie sich noch so fremd fühlt«, sagte sie. »Das kannst du nicht machen, Junge.«

Jago wirkte weiterhin unschlüssig, traute sich aber offensichtlich nicht, die Bitte auszuschlagen.

Mum ging nach oben, um in der Abstellkammer ein Bett für Jago zu richten. In einem Tonfall, der keinen Widerspruch duldete, forderte Dad Jago auf, sich wieder zu setzen. Ich konnte es kaum erwarten, Ellen von den Vorkommnissen zu berichten – bestimmt würde sie große Augen machen.

Den restlichen Abend saßen Dad und Jago zusammen auf dem Sofa, beide mit verschränkten Armen, beide ein wenig unbehaglich, und sahen sich ein Fußballspiel im Fernsehen an. Ich hockte mich neben die Hündin auf den Läufer und fütterte sie mit Käse, wahrscheinlich weil ich hoffte, sie würde sich so schneller eingewöhnen. Irgendwann meinte Dad, es sei Zeit, ins Bett zu gehen, und stand auf.

Ich wartete, bis Jago im Badezimmer fertig war, dann klopfte ich an seine Kammer.

»Jago, ich bin's.«

»Was ist?«

Ich machte die Tür auf. Die Abstellkammer war ein schmaler, enger Raum unter der Dachschräge. Es roch nach Mottenkugeln und dem ranzigen Öl, mit dem Dad seine Angelruten reinigte. Jago saß ungelenk auf dem Bett mit der grellrosa Tagesdecke. Sein Gesicht war rot und fleckig, und ich wusste, dass er geweint hatte. Peinlich berührt, heftete ich den Blick auf meine Füße; er sollte nicht merken, dass ich es gesehen hatte.

»Was ist?«, fragte er erneut, etwas aggressiver diesmal. Er wischte sich mit dem Zeigefinger die Nase ab.

»Wie heißt der Hund?«, fragte ich.

»Keine Ahnung. Sie hat keinen Namen.«

Von nebenan drang ein Klirren, als wäre Glas zu Bruch gegangen, gefolgt von Caleb Cardells lautem Gebrüll.

»Verdammter Wichser«, murmelte Jago.

»Ja«, sagte ich, »das ist er.«

Jago schnaubte abfällig. Er gab einen ordinären, kehligen Laut von sich, den ich zugleich abstoßend als auch erregend fand. Ein typisches Jungengeräusch.

»Ist es okay, wenn ich den Hund Trixie nenne?«, fragte ich.

»Mach, was du willst. Is' mir egal.«

Jago kehrte nicht mehr in das Haus Nummer zehn in der Cross Hands Lane zurück. Kurz nachdem er bei uns eingezogen war, wurde Calebs Haus zwangsgeräumt, und er verschwand spurlos, ohne sich von uns zu verabschieden. Wir taten, als wäre es besser so. Es dauerte eine gewisse Zeit, bis sich Jago bei uns eingelebt hatte, aber dann war es, als hätte er schon immer zu unserer Familie gehört. Er betete meine Eltern an, besonders meinen Vater, und mein Vater war stolz auf ihn wie auf einen eigenen Sohn.

Und so wurde Jago Cardell, mein Kindheitsfreund und Nachbar, der erste Junge, der mich geküsst hatte, zu meinem Bruder.

Fast zu meinem Bruder.

DREIZEHN

Nach meinem Telefonat mit Julia machte ich mich auf den Weg zur Arbeit. Die Sonne stand noch niedrig am Himmel, aber die Luft roch nach Sommer und kündigte einen weiteren schönen warmen Tag an. Ich traf gleichzeitig mit unserer Praktikantin Misty beim Museum ein, mit dem Unterschied, dass ich zu Fuß war, während sie aus einem kleinen, flotten schwarzen Wagen stieg.

»Tschüss, Süße, ich wünsch dir einen schönen Tag!« Ein junger Mann saß auf dem Fahrersitz und winkte Misty zum Abschied zu. Sie antwortete mit einem spöttischen Grinsen, das man bei einem normalen Menschen als unfreundlich hätte deuten können, aber bei Misty so ziemlich das Netteste war, was man von ihr erwarten konnte. Als sie mich sah, hob sie grüßend die Hand.

»Wer war das?«, fragte ich.

»Ach, so ein Loser, vergiss es.«

»Nicht dein Freund?«

»In seinen Träumen vielleicht.«

Ich lächelte. Wenn ich doch nur ihr Selbstvertrauen gehabt hätte!

Misty und ich gingen gemeinsam durch den Personaleingang ins Museum. Ich hängte meine Jacke an den Garderobenständer in der Ecke des Raums mit dem pädagogischen Anschauungsmaterial und warf dann einen Blick auf den Terminkalender an der Pinnwand.

»Puh, jede Menge los heute Vormittag«, sagte ich. »Zwei Schulklassen.«

»Na toll«, erwiderte Misty.

»Machst du uns einen Kaffee, Misty?«

Ich war fest entschlossen, den ganzen Tag über gute Laune zu verbreiten. Meine Kollegen sollten nicht merken, wie sehr mich das Erlebnis vom Vortag aus der Bahn geworfen hatte. Ich wollte nicht, dass sie mich darauf ansprachen oder mir ansahen, dass ich kaum geschlafen hatte und wie es mir wirklich ging. Am besten, ich tat, als wäre nichts Außergewöhnliches passiert, und ging betont gelassen zur Tagesordnung über.

In Johns Büro brannte Licht. Ich klopfte an die Tür und öffnete sie.

John saß am Schreibtisch und rieb sich mit dem Handballen die Augen. Als er mich erblickte, richtete er sich auf und bemühte sich zu lächeln, obgleich er den Eindruck machte, als hätte er noch weniger Schlaf abbekommen als ich.

Ich lächelte ebenfalls. »Ich wollte mich nur noch mal für gestern Abend bedanken.«

»Nein, ich muss mich bei dir bedanken.«

»Wieso? Ich habe doch nichts für dich getan.«

»Doch, du hast mich in Bezug auf den Anbau auf ein paar großartige Ideen gebracht. Vielleicht könntest du sie aufschreiben, Hannah. Mail mir doch bitte ein paar Stichworte.«

»Klar, mach ich.«

Er hob den Blick und sah mich an. Das Weiße in seinen Augen war vor Müdigkeit fast rosa, aber seine Iris waren von einem klaren silbrigen Grau. Das war mir bislang noch gar nicht aufgefallen. Gern hätte ich ihm etwas Persönliches gesagt, aber mir fiel beim besten Willen nichts ein, was nicht unaufrichtig oder wie eine Plattitüde geklungen hätte.

»Ich wünsche dir einen schönen Vormittag, John«, sagte ich schließlich. Dann ging ich hinaus und schloss die Tür leise hinter mir.

Während ich mich in die Büroarbeit stürzte, hielt ich den Blick fest auf den Schreibtisch gerichtet und die Schultern gerade, um jegliche Nachfragen bezüglich meines seelischen Befindens abzuwehren. Eine Körpersprache, die ausdrücken sollte, dass es mir gut ging und ich für Small Talk keine Zeit hatte.

Ich glaube nicht, dass jemand bemerkte, wie ich mich immer wieder verstohlen umsah, mich vergewisserte, dass mich niemand beobachtete. Die ganze Zeit hielt ich mich möglichst mit dem Rücken zur Wand, um alles im Blick zu haben.

Als Erstes traf eine Gymnasialklasse mit Elfjährigen aus Bristol ein. Eine fröhliche Schar von Kindern, die aussahen, als würden sie mit reichlich Gemüse und Orangensaft ernährt. Ihre glänzenden Schuhe und die ordentlichen Anziehsachen schienen eine Nummer zu groß gekauft, sodass sie noch hineinwachsen konnten. Ich rief mir Jago ins Gedächtnis, als er in ihrem Alter war. Bei ihm hatten die Ärmel nie bis zu den Handgelenken gereicht, und er hatte entweder verschlissene, löchrige Jeans oder einen abgetragenen, schäbigen Trainingsanzug von seinem Onkel getragen. Ich erinnerte mich an seine aufgesprungenen Lippen und sein warmherziges, schiefes Lächeln. Seinen säuerlichen Atem – er besaß nicht einmal eine Zahnbürste – und den fehlenden oberen Vorderzahn, den ihm wahrscheinlich Mr Cardell ausgeschlagen hatte. Die Zahnlücke verlieh ihm etwas Verwegenes, aber nachdem er zu uns gezogen war, ließen meine Eltern den fehlenden Zahn ersetzen.

Jetzt lebte Jago auf der anderen Seite der Erde. Herrgott, wie ich ihn vermisste. Einige Jahre hatte er als Nachhaltigkeitsberater für den Fischereiverband einer kleinen Hafenstadt in Neufundland gearbeitet. Zu meinen Eltern hielt er immer noch Kontakt. Zu ihrer Goldenen Hochzeit hatte er ihnen sogar eine Transatlantik-Schiffsreise geschenkt. Er hatte sie in New York abgeholt und ihnen einen, um in Mutters Worten zu reden, »feudalen Urlaub« bereitet. Das war Jagos Art, sie über die Tatsache hinwegzutrösten, dass er so weit weggezogen war. Es war einige Jahre her, dass ich Jago zuletzt gesehen hatte, kurz nach Vaters Herzinfarkt. Ich traf in den frühen Morgenstunden im Krankenhaus von Truro ein. Eine Schwester wies mir den Weg zu der Station, auf der Vater lag. Er war in einem Zimmer im Bereich für Privatpatienten am Ende des Korridors untergebracht. Mum war neben ihm in einem Sessel eingeschlafen. Eine Schwester hatte eine Decke über sie gebreitet und ein Kissen zwischen ihre

Schulter und die Wange geschoben, damit sie keinen steifen Hals bekam.

Ein kräftiger, breitschultriger Mann in einer schlecht sitzenden Jeans, einem verschlissenen grauen T-Shirt und mit einem Lederband um den muskulösen Hals saß, die Ellbogen auf die gespreizten Knie gestützt, auf einem Hocker auf der anderen Seite des Bettes. Er hatte kurz geschorenes Haar, tätowierte Unterarme und ein wettergegerbtes Gesicht. Zuerst erkannte ich ihn nicht, aber als er aufstand und sich unsere Blicke trafen, fühlte ich mich sofort in meine Kindheit zurückversetzt.

»Jago!«, sagte ich und fragte mich, wie es sein konnte, dass er, der doch Tausende von Kilometern entfernt lebte, vor mir an Vaters Krankenbett eingetroffen war. Ich trat auf ihn zu, um ihn zu umarmen, aber er wich einen Schritt zurück. Seine Abweisung versetzte mir einen schmerzhaften Stich.

»Wie geht es dir?«, fragte ich.

Jago ignorierte meine Frage und sagte stattdessen: »Dad geht es den Umständen entsprechend gut. Die Ärzte meinen, dass er es schaffen wird.«

Ich sah meinen Vater an, der, auf dem Rücken liegend und eine Sauerstoffmaske über Mund und Nase, wie ein hilfloses Kind wirkte. Er war erschreckend blass und reglos. Ich dachte, dass er bestimmt entsetzt wäre, wenn er wüsste, wie unangenehm es für Jago und mich war, uns im selben Raum zu befinden.

»Du hast hoffentlich nichts dagegen, wenn ich mich zu euch setze?«, sagte ich in kühlem, sachlichem Ton.

Jago zuckte die Achseln. Ich zog einen Stuhl an die gegenüberliegende Bettseite heran, sodass Vater zwischen uns lag. Seine Hände ruhten zu beiden Seiten seines gewölbten, von einem Betttuch bedeckten Bauchs, während meine Mutter im Hintergrund leise schnarchte. Seit ich achtzehn und Jago zwanzig gewesen war, befand sich unsere Familie zum ersten Mal wieder vollzählig in einem Zimmer, und wir hatten uns nichts zu sagen, Jago und ich.

VIERZEHN

Als wir jünger waren, war das anders gewesen. Es gab eine Zeit, eine kurze Zeit, als unsere Welt noch in Ordnung und wir glücklich waren. Jago wohnte bei uns, Caleb Cardell war spurlos verschwunden, ich verlor allmählich meinen Babyspeck und hatte dank der Zahnspange gerade Zähne. Ellens Vater war noch immer ein Charmeur und immer zu Späßen aufgelegt, und ihre Mutter kam trotz ihrer Krankheit noch einigermaßen zurecht.

Zu jener Zeit wachte ich morgens mit einem erregenden Glücksgefühl auf, denn Jago hatte eine Energie in mein Leben gebracht, die vorher nicht da gewesen war. Dad war als plötzlicher Vater eines Sohnes ganz in seinem Element. Er ermunterte Jago, dem Kricketteam beizutreten, das er trainierte, und nahm ihn mit zum Angeln. Eines Tages lud er den alten Ford Escort RS, der in einer Ecke im Schuppen der Williams'schen Farm vor sich hin rostete, auf einen geborgten Anhänger und bockte ihn auf Backsteinziegeln in unserem Garten auf, um ihn mit Jago instand zu setzen. Wenn der Wagen irgendwann einmal fahrtüchtig wäre, sollte Jago ihn bekommen. Vater meinte, Jago könne dann alle anfallenden Reparaturen selbst erledigen, nachdem er mitgeholfen hatte, ihn aus sämtlichen Einzelteilen neu zusammenzubauen. Den Wagen wieder flottzumachen, entpuppte sich dann tatsächlich als ein nicht enden wollendes Projekt, das sich über mehrere Jahre erstreckte.

Mum kochte jeden Tag ein warmes Abendessen für Jago und wusch seine Wäsche. Er zeigte ihr seine Zuneigung, indem er auf seine Ausdrucksweise achtete und ungebeten kleinere Arbeiten für sie erledigte. Er holte Kohle, fegte Laub aus der Dachrinne, kümmerte sich um verstopfte Rohre und wischte hinter Trixie her, wenn ihr mal wieder ein Missgeschick passierte. Für mich war es nicht so einfach, mit der geänderten Situation umzugehen: Plötzlich sollte ich in Jago nicht länger nur den Freund, sondern eine Art Bruder sehen. Jago faszinierte mich, aber meine Gefühle ihm gegenüber waren konfus und widersprüchlich. Ich liebte ihn, wusste jedoch nicht, warum oder welcher Art diese Liebe war. Noch heute bin ich mir nicht sicher, ob ich ihn als Bruder sah, als Freund oder als möglichen Liebhaber. Wahrscheinlich war es eine

Mischung aus all dem. Die verrückt spielenden Hormone während der Pubertät taten ihr Übriges. Außerdem war da eine tiefe Zuneigung, die ich dem Nachbarjungen schon immer entgegengebracht hatte, der von klein auf Teil meines Lebens gewesen war und im Haus nebenan so viel Leid hatte erdulden müssen.

Ich kann nicht sagen, welche Art von Gefühlen er mir gegenüber empfand. Wie sollte ich es auch wissen? Wir gehörten nicht zu der Sorte Familie, in der man über Gefühle sprach.

Kurz nachdem Jago zu uns gekommen war, wurde er sechzehn. Dad meinte, es sei vielleicht gut, wenn er von der Schule abging und etwas Sinnvolles lernte, etwas, was ihm Spaß machte, statt gelangweilt in einem Klassenzimmer herumzusitzen und dem Lehrer und sich selbst die Zeit zu stehlen. Mit seiner praktischen Begabung fand er eine Lehrstelle als Schiffsmechaniker. Zwei Tage in der Woche ging er zur Berufsschule, die restliche Zeit über arbeitete er für Bill Haworth, einen Freund meines Vaters, der ein Boot besaß, die Eliza Jane, die vor Polrack fischte. Jago hatte Spaß an der Arbeit, und Bill sagte, er mache sich gut.

Jago kam mit jedem Wetter zurecht. Er mochte Regen ebenso wie Sonnenschein. Mum und ich saßen oft auf der Hafenmauer und beobachteten, wie die Eliza Jane einlief. Sobald wir Jago auf Deck stehen sahen, schrien wir ihm einen Gruß zu. Wie er so dastand, ein Tau in den Händen, über ihm eine Schar kreischender Seemöwen, sah er wie ein richtiger Mann aus. Dann hob er die Hand, um meine Mutter und mich ebenfalls zu grüßen, und ein freudiger Schauer durchlief mich. Ich stellte mir vor, wir wären ein Paar und er wäre ein Seemann, der zu mir, seiner Liebsten, nach Hause käme. Ständig gab ich mich solchen Junge-Mädchen-Phantasien hin. Aber ich glaube nicht, dass mehr dahintersteckte.

Als Jago seinen ersten Lohn bekam, kaufte er für uns Geschenke: eine Schachtel Minzetäfelchen für Mum, eine Angelfliege für Dad und für mich eine Halskette aus winzigen, auf eine Schnur gezogenen Muscheln.

Jeden Morgen, wenn Jago zur Arbeit ging, kniete ich mich auf mein Bett, zog den Vorhang zur Seite und beobachtete, wie er das Haus verließ. Ehe er sich bückte, um die Schnürsenkel seiner Stiefel zu binden, stellte er seinen Teebecher auf den Deckel der Regentonne. Dampfwölkchen stiegen von dem heißen Getränk auf. Ich blickte zu Jago hinunter und malte ein fröhliches Strichgesicht auf die von meinem Atem beschlagene Fensterscheibe. Jedes Mal sah Jago zu mir herauf und winkte mir zu. Wenn er sich dann auf den Weg machte, legte ich die Spitzen von einem Daumen und einem Zeigefinger an die Scheibe und rahmte ihn damit ein. Und je weiter er sich entfernte und je kleiner seine Gestalt wurde, desto mehr schob ich die Fingerspitzen zusammen.

Wenn Jago auf dem Boot arbeitete, gingen Ellen und ich manchmal allein zum Bleached Scarp.

An einen dieser Tage erinnere ich mich, als wäre es gestern gewesen, denn an diesem Tag erfuhr ich, dass Ellens Mutter sterben würde. Die Sonne schien, aber es wehte ein frischer Wind. Ellen lag auf einem gestreiften Handtuch in der Nähe der Klippenwand, wo es ein wenig windgeschützt war. Einen Zeichenblock auf den Knien, saß ich neben ihr. Ich musste für den Kunstunterricht das Meer zeichnen, aber es wollte mir nicht so recht gelingen. Stattdessen beschattete ich mit der Hand die Augen und folgte mit dem Blick einem kleinen Boot, das sich am Horizont dahinschob. Plötzlich wurde es von einer Welle hochgehoben und verschwand dann.

»Denkst du, das ist die Eliza Jane?«, fragte ich.

»Keine Ahnung«, murmelte Ellen, ohne aufzusehen.

Ich seufzte und machte eine Kaugummiblase. Ellens kleines Transistorradio stand auf einem flachen Felsvorsprung in der Nähe und dudelte blechern klingende Popmusik. Der Wind trug die Musik mal in eine, mal in die andere Richtung davon. Ellen lag auf dem Bauch, den Kopf auf den verschränkten Armen.

»Würdest du mich bitte einölen?«, fragte sie mit schläfriger Stimme.

Ich ließ die Blase platzen und zog den Kaugummi in den Mund zurück. Dann legte ich Zeichenblock und Bleistift neben mich, griff nach dem Sonnenöl, ließ den Verschluss aufschnappen, schnupperte daran und presste einen Klecks des orangefarbenen Öls in die linke Handfläche. Ich betrachtete Ellens schmalen, gebogenen Rücken. Sie trug einen grünen Badeanzug, der von zwei im Nacken gebundenen Bändern gehalten wurde.

Ich zögerte. Irgendwie scheute ich mich, Ellens Haut zu berühren.

Ihr Rücken hatte bereits die Farbe von dunklem Honig. Die winzigen Härchen darauf waren so ausgeblichen, dass sie fast unsichtbar waren. Auf einer geraden Linie von ihrer rechten Schulter bis zum Band ihres Badeanzugs saßen drei Muttermale.

»Mach schon«, sagte Ellen. »Meine Schultern brennen bereits.«

Ich drehte die Handfläche mit dem Öl um und legte sie auf ihren Rücken. Ihre Haut war erschreckend heiß. Während ich das Öl auf ihrem Rücken verteilte, spürte ich ihre Wirbel und Rippen.

Ellen atmete tief ein und mit einem wohligen Seufzer wieder aus, dabei hob und senkte sich ihr Rücken.

Mit meiner ölfreien Hand schob ich vorsichtig Ellens Haar zur Seite, während ich ihre Schultern und Oberarme einölte. Dann tippte ich sie sanft an, um ihr zu bedeuten, dass ich fertig war.

»Danke.« Ellen zwinkerte mir von unten herauf zu.

Unter dem eng anliegenden Badeanzug zeichneten sich die Umrisse ihre Pos ab. Beim Anblick der geschwungenen Linie von Ellens Oberschenkel und der Wölbung auf der Innenseite hätte ich am liebsten in sie hineingebissen, so wie ich als kleines Mädchen in die Plastikarme meiner Puppen gebissen hatte. Aber stattdessen streckte ich mich neben meiner Freundin aus.

»Wie geht es deiner Mama?«, fragte ich.

Ellen kräuselte die Nase. »Schlecht. Sie wird vielleicht eine Zeit lang in ein Heim müssen.«

»In was für ein Heim?«

»Keine Ahnung. In ein Heim, wo man sich um Menschen wie sie kümmert.«

»Sie ist doch noch nicht alt.«

»Aber sie hat immerzu Schmerzen. Manchmal ...«

»Was?«

»Manchmal, wenn sie glaubt, dass niemand in der Nähe ist, höre ich sie weinen.«

Ich schauderte. Noch nie hatte ich meine Mutter oder meinen Vater weinen sehen. Ich hätte nicht gewusst, was ich sagen oder tun sollte, wenn es passierte.

Ellen gähnte. »Das Einzige, was ihr Freude bereitet, ist der Garten. Ich glaube, am liebsten ist es ihr, wenn Papa nicht da ist und sie die ganze Zeit im Freien sein kann. Adam lässt sie tun, was sie will, aber Papa geht ihr auf die Nerven, weil er zu viel Aufhebens um ihre Krankheit macht.«

»Sie ist doch nicht ernsthaft krank, oder?«, fragte ich.

»Du meinst, ob sie sterben muss?«

»Nein, so habe ich es nicht gemeint«, beeilte ich mich zu sagen, obwohl es natürlich darauf hinauslief.

»Ich weiß nicht. Manchmal wird sie irgendwie ... ganz komisch.«

Mit der Fingerspitze bewegte ich einen kleinen gelben Kieselstein.

»Wie – komisch?«

»Sie ist dann weit weg. Als wäre sie schon an einem anderen Ort.«

Ich sah Ellen an und bemerkte, dass ihre Augen glasig waren.

»Manchmal ...«, fuhr Ellen fort, »manchmal glaube ich, sie ...«

»Was, Ellen?«

»Ich glaube, sie denkt, es wäre besser, wenn sie sterben würde.«

»Du solltest solche Dinge nicht sagen, Ellen.«

»Aber wenn es doch wahr ist!«

»Nein, ist es nicht. Du sagst immer solches Zeug, musst immer alles aufbauschen und aus allem ein Drama machen!«

»Tu ich nicht! Ich will ja nicht, dass sie stirbt!«

»Und ich wette, sie will es auch nicht! Wenn man tot ist, kann man ja nicht glücklich sein. Tot sein bedeutet das Ende, also sag so was erst gar nicht.«

Ellen verfiel in Schweigen. Ich nahm an, sie hätte eingesehen, dass sie zu weit gegangen war.

Nachdem wir beide eine Weile unbehaglich schweigend nebeneinandergelegen hatten, sagte sie: »Du hast Tausende Sommersprossen. Das sieht hübsch aus.«

Sie grinste und kitzelte mich mit einem Meerfenchelstängel an der Nase. Ich lächelte ebenfalls und schob den Stängel weg.

»Fast so viele wie Jago!«, sagte sie. »Ihr seid wirklich wie Bruder und Schwester. Fast wie Zwillinge. Vielleicht seid ihr das ja tatsächlich. Vielleicht wurdet ihr bei der Geburt getrennt.«

»Kann gar nicht sein, schließlich ist er zwei Jahre älter als ich.«

»Dem Krankenhaus ist vielleicht ein Fehler unterlaufen, und sie haben ihn den falschen Eltern gegeben. Oder dich!«

»Wir sind einander gar nicht ähnlich!«

»Doch, und ob.«

»Ach, halt die Klappe«, sagte ich lachend. Ich stützte mich auf die Ellbogen, sodass mein Schatten auf Ellens Gesicht fiel.

»Du hast echt Glück«, sagte Ellen. Dann setzte sie ein versonnenes Lächeln auf, wie immer wenn sie in nachdenklicher Stimmung war. Ihre Zähne schimmerten weiß in ihrem gebräunten Gesicht. Dunkle Haarsträhnen wehten ihr um die blaugrauen Augen. Ich konnte mein Spiegelbild darin erkennen. Es gefiel mir, wie sich mein Gesicht in Ellens Augen spiegelte. Plötzlich wurde ich von einem Gefühl der Liebe überwältigt. Am liebsten hätte ich die Arme um sie gelegt und sie fest an mich gedrückt. Das Gefühl war so stark, dass meine Augen zu brennen begannen und ich mir auf die Unterlippe beißen musste, um die Tränen zurückzuhalten.

Ellen bemerkte es nicht.

»Wie spät ist es?«, fragte sie.

»Fast fünf.«

»Ich muss nach Hause. Ich habe Mama versprochen, ihr zu helfen, sich zurechtzumachen. Wir haben heute Abend Gäste.«

»Wen denn?«

»Leute, mit denen sie aufgetreten ist. Russen. Einen Dirigenten.«

»Von einem Orchester?«

»Mhm.«

Ellen rollte sich auf die Seite, kniete sich hin und wischte sich den Sand von Beinen und Bauch. Dann sammelte sie ihre Kleidungsstücke ein.

»Mama war einmal berühmt.«

»Ach ja. Als was denn?«

»Als Pianistin, als was denn sonst? Bevor sie krank wurde, ist sie in der ganzen Welt herumgereist. Du kennst doch das Bild im Salon? Das ist sie in New York.«

Natürlich war mir das Gemälde aufgefallen, man konnte es unmöglich übersehen. In seinem wuchtigen, verschnörkelten Goldrahmen und flankiert von zwei Wandleuchtern, beherrschte es den Raum. Es zeigte eine junge Frau mit schmalen Schultern, die mit geradem Rücken an einem Flügel saß, die langen Finger über die Klaviatur gespreizt. Ihr dunkles Haar, das von einer funkelnden, juwelenbesetzten Spange gehalten wurde, fiel ihr in weichen Wellen über den Rücken. Sie trug ein sonnengelbes Seidenkleid, in dem sich die Rot-, Gelb- und Goldtöne der Konzertsaalbeleuchtung spiegelten. Im Hintergrund erahnte man das Publikum, das ins Dunkel getaucht war. Das Gemälde zeigte die Pianistin im Halbprofil, sodass ihr Gesicht nur andeutungsweise zu sehen war – die hübsche Ohrmuschel mit dem Perlenohrring, die gelben Rosenknospen in ihrem Haar und eine dunkle Locke, die ihr Kinn umspielte. Nun wusste ich also, dass es ein Bild von Anne Brecht war. Nie war mir in den Sinn gekommen, dass die junge, gesunde Frau an dem Flügel sie sein könnte, da ich sie nicht mit der Frau in Verbindung gebracht hatte, die sie jetzt war, mit ihren gekrümmten Fingern und dem schmerzgezeichneten Gesicht.

»Deswegen hat Papa angefangen, mir das Klavierspielen beizubringen«, fuhr Ellen fort, während sie ihre Sachen in die Tasche packte. »Weil es Mama glücklich macht. Es erinnert sie an ihr früheres Leben.«

Sie schüttelte ihr Handtuch sorgfältig aus und achtete darauf, dass der Wind den Sand nicht in meine Richtung blies, dann faltete sie es zusammen.

»Wann ist sie krank geworden?«

»Es fing an, als ich geboren wurde. Es ist meine Schuld. Wenn sie mich nicht bekommen hätte, wäre sie noch gesund. Inzwischen wäre sie wahrscheinlich die berühmteste Pianistin der Welt.«

»Das ist doch nicht deine Schuld! Schließlich kannst du nichts dafür, dass du geboren wurdest.«

»Ich weiß.« Ellen beugte sich vor, um die Riemen ihrer Tasche zu schließen. »Aber ich fühle mich trotzdem schuldig. Das würdest du an meiner Stelle auch.«

FÜNFZEHN

Der Vormittag im Museum verlief ohne Zwischenfälle, aber ich war müde und wie benebelt und beschloss, während der Mittagspause an die frische Luft zu gehen. Ich wollte einen Spaziergang in Richtung Clifton hinauf machen, wo ich einen kleinen Imbissladen kannte, in dem es köstliche hausgemachte Pasteten gab. Als ich gerade an dem großen Wills Memorial Building der University of Bristol vorbeiging, traten vor mir zwei Frauen aus dem Gebäude. Die eine hatte sich bei der anderen untergehakt, und sie waren so in ihre Unterhaltung vertieft, dass sie beinahe mit mir zusammengestoßen wären. Ich konnte gerade noch auf den Bordstein ausweichen. Sie hatten mir den Rücken zugewandt, aber in der schlankeren und hübscheren der beiden Frauen erkannte ich dennoch Charlotte Lansdown, Johns Frau, ihre Stimme und ihr sprödes Lachen waren unverkennbar. Auf dem Gehweg drängten sich Studenten, Passanten, die zu einem Einkaufsbummel unterwegs waren, und Touristen, und ich wurde vom Strom der Fußgänger mitgerissen, sodass ich mich geradewegs hinter den beiden Frauen wiederfand. Sie hatten offenbar das gleiche Ziel wie ich, denn sie betraten vor mir das Pastetengeschäft. Es war nicht meine Absicht zu lauschen, aber es ließ sich nicht verhindern. Sie standen direkt vor mir und bemühten sich nicht, die

Stimmen zu dämpfen. Charlottes Freundin, eine mollige Frau, umfasste sie an der Taille und drückte sie aufmunternd.

»Und, hast du schon entschieden, was du tun wirst?«, fragte sie.

Charlotte legte den Kopf auf die Schulter ihrer Freundin. »An diesem Wochenende werde ich mit den Mädchen zu meinen Eltern fahren. Ich brauche Raum, um die Dinge aus einer anderen Perspektive zu betrachten. Wenn John die ganze Zeit um mich herum ist, kann ich nicht klar denken.«

»Du wirst ihm die Wahrheit sagen müssen, Liebste.«

»Aber wie nur, Becky? Wie soll ich es ihm erklären?«

»Du bist nicht die Erste und wirst auch nicht die Letzte sein, der so etwas passiert. Du hast jemand anderen kennengelernt und dich verliebt. Du wolltest das nicht, aber nun ist es geschehen, und du willst dich von deinem Mann trennen.«

»Das klingt grausam ...«

»Aber es ist die Wahrheit. John wird verletzt sein, natürlich, aber er wird es früher oder später verstehen. Und du wirst dich besser fühlen, wenn du reinen Tisch gemacht hast.«

»Ich will ihn nicht verletzen.«

»Charlie, Schätzchen, wenn du es ihm erst in ein paar Wochen sagst, wird er nicht weniger verletzt sein. Du schiebst den Moment der Wahrheit einfach nur hinaus.«

Becky küsste Charlotte auf die Schläfe. »Ich bedränge dich nur so, weil ich deine Freundin bin!«, sagte sie. Sie ließ Charlotte los und fischte das Portemonnaie aus ihrer Handtasche. »Ich lade dich ein. Was nimmst du?«

Charlotte drehte sich zu der Tafel um, die an der Wand neben mir hing, und ertappte mich dabei, wie ich sie anstarrte. Einen Moment lang sahen wir uns direkt in die Augen. Die Farbe wich aus ihrem Gesicht.

»Oh«, sagte sie und brachte ein gezwungenes Lächeln zustande. »Hallo, Hannah.«

»Hallo.«

Charlotte spielte nervös mit ihrem Armband.

»Becky«, sagte sie, »das ist Hannah, eine Kollegin von John. Sie hat gestern Abend, als ich Chorprobe hatte, mit ihm zu Abend gegessen.«

Becky drehte sich ebenfalls um und nickte mir lächelnd zu. Sie hatte den Hinweis verstanden, dass sie Charlottes Alibi bestätigen sollte.

»Die Pasteten, die sie hier machen, sind köstlich, nicht wahr?«, schwatzte Charlotte weiter. »Ganz besonders liebe ich die Spinat- und Feta-Quiche. Hast du die mal probiert, Hannah? Das solltest du unbedingt!«

Ich war zu wütend, um ihr Lächeln zu erwidern. Charlotte blinzelte nervös. Der Schrecken stand ihr ins Gesicht geschrieben. Sie wusste genau, dass ich ihr Gespräch mitbekommen hatte.

Da nur ein junger Mann bediente, hatte sich vor der Ladentheke eine lange Schlange gebildet, und vor uns standen noch ein paar Kunden. Die Aussicht, einige weitere Minuten hier zu stehen und Small Talk mit Charlotte machen zu müssen, war mir unerträglich.

»Ich muss gehen«, sagte ich. »Ich hatte ganz vergessen, dass ich gleich einen Termin habe.«

»Schön, dass wir uns getroffen haben …«, sagte Charlotte mit bebender Stimme.

Als ich mich umdrehen wollte, hielt sie mich am Arm fest. »Hannah …?«

»Das geht mich nichts an«, erwiderte ich und schüttelte ihre Hand ab. Ich schob mich, eine Entschuldigung murmelnd, an der Schlange vorbei und zur Tür hinaus. Dann ging ich rasch und mit gerötetem Gesicht wieder die Straße hinunter. Ich wünschte, ich hätte das Gespräch nicht mitbekommen. Aber nun wusste ich, dass John von seiner Frau betrogen wurde. Und die Tatsache, dass ich unfreiwillig zu ihrer Komplizin geworden war, weil sie mich quasi zwang, ihre Lüge zu decken, bereitete mir Schuldgefühle, als stünde ich auf einer Stufe mit dieser lügnerischen und ehebrecherischen Frau.

SECHZEHN

Sobald wir alt genug waren, suchten Ellen und ich uns einen Aushilfsjob in Polrack, einem großen Hafenort in der Nähe von Trethene, der an einem Hügel lag. Polrack war der einzige Ort in unserem Teil Cornwalls, den man halbwegs als Kleinstadt bezeichnen konnte. Ellen fand eine Anstellung bei einer italienischen Familie, die eine kleine Eisdiele oberhalb des idyllischen Parks betrieb, wo sie hausgemachtes Eis verkaufte. Und ich arbeitete als Zimmermädchen, Küchenhilfe und Kellnerin, also als Mädchen für alles, im Seagull Hotel.

Die Tourismusbranche war saisonabhängig. Im Winter hatte die Eisdiele nur an den Wochenenden geöffnet. Und ich wurde im Hotel nur zu den Gelegenheiten gebraucht, wenn eine Veranstaltung stattfand, zum Beispiel eine Geburtstagsfeier, Hochzeit oder eine Trauerfeier nach einer Beerdigung. Leichenschmaus. Es war also reiner Zufall, als sich Ellen und Jago an einem Wintertag in dem Café in Polrack begegneten. Seit Jago vor etwas mehr als einem Jahr die Schule verlassen hatte, hatten sie einander nicht mehr gesehen. In diesem einen Jahr hatten wir uns alle sehr verändert – wir waren keine Kinder mehr.

Ellen und ich saßen im Café und aßen dampfend heiße Käsezwiebelpasteten. Es war ein stürmischer Tag. Dunkle, bedrohliche Wolken hingen tief über der Halbinsel, und die Wellen klatschten gegen die Hafenmauer; immer wieder spritzte ein Schwall eiskaltes Wasser auf den Gehsteig. Bis auf ein paar wenige unerschütterliche Feriengäste waren alle Touristen längst abgereist. Nur Küstenwanderer und ein paar Eigenbrötler, die stundenlang dasaßen und aufs Meer hinausblickten, waren noch da. Ellen und ich hatten bei der Reinigung von Ferienbungalows mitgeholfen, womit wir einer Freundin meiner Mutter einen Gefallen taten. Wir hatten die Betten abgezogen, Schränke ausgewaschen und Böden gewischt, kurz und gut die Endreinigung erledigt, ehe die Cottages dem Winterschlaf überlassen wurden. Nachdem wir unseren Lohn bekommen hatten, hatten wir beschlossen, eine Kleinigkeit zu essen, während wir auf den Bus warteten, der uns nach Trethene zurückbringen würde. Da wir seit dem Frühstück nichts mehr gegessen hatten, waren wir hungrig. Unsere Anoraks hatten wir zum Trocknen über die Stuhllehnen gehängt. Ich hatte mir den Mund an der heißen Pastete verbrannt und wedelte mir mit der Hand Luft zu, während mir die Hitze ins Gesicht stieg. Die Fenster waren beschlagen, aus dem Radio tönte Musik, aus der Küche dampfte und brutzelte es, und Zigarettenrauch und Kaffeegeruch hingen in der Luft. Ellen versuchte lachend, mir einen Eiswürfel in den Mund zu schieben, weshalb ich Jago trotz der Türglocke zunächst nicht bemerkte. Ellen saß mit dem Gesicht zum Eingang. Plötzlich sah ich, wie aus ihrem belustigten Gesichtsausdruck ein überraschter wurde. Ich drehte den Kopf zur Tür und erblickte Jago. Vor Wasser triefend, mit am Schädel klebendem nassem Haar und vor Kälte blassem Gesicht stand er vor uns. Mit seinem Regenhut und in Gummihose und Gummistiefeln wirkte er wie ein Riese. In den Gummi- und Salzgeruch, den er mit hereinbrachte, mischte sich schwach ein männlicher Schweißgeruch. Er war groß geworden, maß inzwischen mehr als eins achtzig und war kräftig gebaut. Auch sein Gesicht war männlicher geworden, kantiger. Er hatte eine leicht gebogene Nase und dunkle Augen, und das ehemals Rotblond seines Haars hatte sich in ein dunkles Kastanienrot verwandelt. Jago hatte den Regenhut abgenommen und hielt ihn lächelnd in den Händen. Mich hatte er noch nicht bemerkt.

Mein Blick wanderte von Ellens Gesicht zu Jagos, und mit einem Mal war mir klar, dass sie in Jago nicht mehr den ungehobelten Jungen aus Trethene sah, sondern einen gut aussehenden jungen Mann. Ein neuer, ungekannter Ausdruck lag in ihren Augen. Damals wusste ich ihn nicht richtig zu deuten. Ich war zu jung, zu naiv, konnte ihn nicht benennen, und dennoch vermittelte er mir ein unbehagliches Gefühl. Erst später, im Rückblick, begriff ich, dass Ellen Jago in diesem Moment zum ersten Mal richtig sah. Ihn in Erwägung zog.

Jago hob grüßend die Hand und machte einen Schritt auf unseren Tisch zu, aber im selben Moment schoss Gemma Mills, die Inhaberin des Cafés, hinter dem Tresen hervor und scheuchte ihn, mit einem Geschirrtuch wedelnd, zurück. »Bleib mir mit deinen nassen Stiefeln von meinem schönen, trockenen Fußboden weg, Jago Cardell!«, schimpfte sie.

Jago kratzte sich lachend hinter dem Ohr und errötete ein wenig, und alle Gäste im Café sahen ihn beeindruckt an. Ich weiß noch genau, wie er zu jener Zeit war. Er war nervös, schien immer das Gefühl zu haben, sich verteidigen zu müssen, und überspielte seine Unsicherheit, indem er sich besonders forsch gab und sich einer derben Sprache bediente. Ich war stolz auf diesen Jungen, aus dem bald ein richtiger Mann werden würde, der einfach so im Café stand und alle einfach so in seinen Bann zog.

Ellen fasste nach meiner Hand und drückte sie. Sie blickte fasziniert auf Jago, sah ihn unter dem dunklen Pony aus ihren dunklen Augen an wie etwas Begehrenswertes, etwas, das sie unbedingt haben wollte. Wut stieg plötzlich in mir auf. Am liebsten hätte ich sie daran erinnert, was sie mir einmal gesagt hatte: dass sie Jago nicht besonders mochte, dass er ihr zu rau und bäuerisch sei und sie sich nicht wohlfühle in seiner Gegenwart.

Gemma strahlte ihn mit geröteten Wangen an. Sie trat zu ihm und fasste ihn an den Armen. »Und, Süßer, was hast du mir mitgebracht?«, fragte sie. »Hast du Krebse dabei?«

Jago nickte. »Und eine Kiste Makrelen. Ich hab sie vor die Hintertür gestellt.«

»Bist ein guter Junge«, sagte Gemma. »Du weißt halt, was ich mag!« Sie stellte sich auf die Zehenspitzen und küsste Jago auf die Wange. »Du meine Güte, nicht dass du mir eine Lungenentzündung bekommst, ich hole dir rasch etwas, was dich aufwärmt.«

Als sie in die Küche zurückeilte, sah Jago zu uns herüber.

»Hi!«, sagte er.

»Hallo, Trantüte«, sagte ich.

Ellen wickelte versonnen eine Haarsträhne um den Finger.

»Was machst du denn hier, Han? Ich dachte, du arbeitest?«

»Wir sind schon fertig.«

»Na ja, arbeiten kann man das ja wohl kaum nennen, was ihr da so treibt.«

»Da irrst du dich gewaltig. Wir haben echt geschuftet.«

»Ja, ja!« Jago rieb sich mit den Fingerknöcheln die Nasenspitze. »Du solltest dir zur Abwechslung mal einen richtigen Job suchen, dann wüsstest du, was arbeiten heißt. Aber das würdest du sowieso nicht lange aushalten.«

»Ach ja? Zum Beispiel auf einem Boot herumwerkeln? Ein bisschen am Motor herumspielen?«

»Kinder, Kinder!« Gemma kam mit einer dampfenden Papiertüte zurück, die sie Jago in die Hände drückte. »Ist für euch alle«, sagte sie. »Auch für Bill und Darren. Damit ihr groß und stark werdet.«

Ellen kicherte kokett und sah auf ihren Teller. Am liebsten hätte ich ihre eine Ohrfeige gegeben.

»Bist ’ne Wucht, Gemma. Danke!«, sagte Jago.

Aus der angrenzenden Küche war das Pfeifen eines Wasserkessels zu hören, das sich in die übrige Geräuschkulisse des Cafés mischte – das Radiogedudel, das Gemurmel der Gäste, das Klappern von Geschirr und Besteck und das Trommeln des Regens gegen das Panoramafenster.

»Ich habe gehört, deiner Mutter geht es nicht gut«, sagte Jago zu Ellen.

»Ja, das stimmt.«

»Ist sie im Hospiz?«

»Nein, noch nicht. Aber es wird wohl nicht mehr lange dauern.«

»Es ist ganz okay da«, meinte Jago. »Meine Mutter hat sich dort wohlgefühlt.«

»Sie hat sich wohlgefühlt?«

»Ja, im Ernst. Sie war dort gut aufgehoben. Sie wissen, was zu tun ist. Sie tun ihr Bestes. Es ist eine gute Einrichtung.«

»Wie wär's, wenn mir uns mal treffen, dann könntest du mir mehr darüber erzählen?«, fragte Ellen. »Ich kenne sonst niemanden, der in so einer Situation war, und es würde mir helfen, wenn ich wüsste, was auf mich zukommt.«

»Na ja, wenn du meinst, dass es dir hilft ...«, sagte Jago.

Ellen hob den Blick und sah ihn an. Auf ihrem Gesicht spiegelte sich Traurigkeit und Hoffnung zugleich. Ich ertrug ihren Anblick nicht länger und sah weg.

Ich spürte es. Ich spürte, wie sich zwischen den beiden etwas anbahnte. O ja, das war in der Tat eine Gemeinsamkeit – Jagos Mutter war in einem Hospiz gestorben, und Ellens Mutter stand es bevor –, da konnte ich natürlich nicht mithalten. Und ich glaube, in diesem Moment hatte ich eine Vorahnung dessen, was passieren würde, so wie ich es manchmal schon gespürt hatte, wenn etwas furchtbar schiefzugehen drohte. Kurzzeitig war ich durch das Sonnenlicht abgelenkt, das unvermittelt hell durchs Fenster fiel, sodass ich die Augen zusammenkneifen musste. Der Wind hatte die Wolken fortgeblasen, die Sonne schien auf das Meer und den Hafen und die Boote, die auf dem Wasser schaukelten. Ein Hund schnüffelte an den auf der Mole gestapelten Hummerkäfigen. Drei Seemöwen schwebten in perfekter Formation über dem Hafen. Plötzlich machten sie kehrt, um im Steigflug das Café zu überfliegen. Ein Frösteln überlief mich. Schon als kleines Kind hatte ich gewusst, dass es ein böses Omen war, wenn drei Seemöwen über einen hinwegflogen.

Doch damals maß ich diesem Detail keine Bedeutung bei. Erst sehr viel später kamen mir die drei Seemöwen wieder in den Sinn, die genau in dem Moment über unsere Köpfe flogen, als Ellen den ersten Schritt auf dem Weg tat, der sie geradewegs in den Tod führen sollte.

SIEBZEHN

Nach meiner Begegnung mit Charlotte und ihrer Freundin in dem Pastetenladen ging ich weiter die Straße hinunter zu der kleinen Bäckerei, in der hauptsächlich das Personal der Fakultät für Theaterwissenschaften, des Bristol Royal Infirmary und des Kinderkrankenhauses einkaufte. Die Unterhaltung, deren unfreiwillige Zeugin ich geworden war, ging mir nicht mehr aus dem Kopf. Und je länger ich darüber nachdachte, desto unverständlicher schien mir Charlottes Handeln und desto aussichtsloser Johns Situation. Ein Widerstreit der Gefühle tobte in mir: Ich fühlte mich schuldig, weil ich einer so privaten Unterhaltung gelauscht hatte, war wütend, weil John von seiner Frau betrogen wurde, fürchtete die möglichen Konsequenzen für ihn und spürte eine vage Beklommenheit, die ich nicht näher bestimmen konnte. Ich wollte nicht, dass John verletzt wurde, gleichzeitig wollte ich ihm gegenüber nicht illoyal sein.

Ich wusste nicht, ob ich etwas unternehmen sollte, und wenn ja, was. Jedenfalls hatte ich das Bedürfnis, John meine Solidarität zu bezeugen, und sei es nur durch eine kleine Geste. Ich betrat die Bäckerei und kaufte zwei Käsesandwiches und zwei Kaffee in Pappbechern. Zurück im Museum, klopfte ich an Johns Tür, aber er war nicht in seinem Büro.

»Bestimmt ist er unten«, sagte Rina.

Das Hauptarchiv des Museums, wo Tausende der Exponate lagerten, die nicht Teil der ständigen Ausstellung waren, befand sich im Untergeschoss und erstreckte sich über die gesamte Grundfläche des Museums. Der riesige längliche Lagerraum mit der niedrigen Decke war der Ort, wo ich mich am wenigsten gern aufhielt. Es beherbergte unzählige Statuen, Büsten, Knochen, Bilder und weitere Objekte. Weil man den Platz optimal ausnutzen wollte, lagerten sie dicht gedrängt in behelfsmäßigen Regalen, zwischen denen man sich kaum bewegen konnte. Besonders die Totenmasken waren mir von Anfang an ein Graus gewesen – Dutzende von Gipsabgüssen, die von den Gesichtern verstorbener viktorianischer Berühmtheiten auf dem Sterbebett gemacht worden waren, zu einem Zeitpunkt, da die Körper der Toten noch nicht ganz abgekühlt waren. An manchen dieser Masken haftete sogar noch eine einzelne Wimper, oder ein Puderfleck war in dem weißen Gips eingeschlossen. Und doch übten sie irgendwie auch eine unwiderstehliche Anziehung auf mich aus: Einerseits reizte es mich, sie näher zu betrachten, andererseits wollte ich vor ihnen fliehen.

Ich schloss die Tür auf und stieg die steile Treppe zum Archiv hinab, die in den Fels unter dem Museum gehauen war. Das Archiv wurde von nackten Glühbirnen erleuchtet, ein helles, unerbittliches Licht.

»John?«, rief ich, bekam jedoch keine Antwort.

Ich schlang die Arme um den Körper und huschte an den Regalen vorbei: an den Masken, den Gemälden – die gerahmten in Luftpolsterfolie und Laken gehüllt, die ungerahmten Leinwände aufgerollt wie Schriftrollen –, den Regalen voller Knochen, Zähne, Geweihe, Hörner, Hufe und Stoßzähne, Scherben antiker Keramikgefäße und jenen, in denen sich alle möglichen menschlichen Kultobjekte stapelten. Wenn Ellen mir auflauern wollte, dann wäre dieser Raum definitiv der beste Ort, irgendwo zwischen all den toten Gegenständen, den menschlichen Überresten oder diesen schrecklichen viktorianischen Gesichtern. Ich stellte mir vor, wie sie mir zwischen den Exponaten nachschlich. Wie sie mich beschattete, lautlos wie eine Motte, und nur auf einen günstigen Moment wartete, um aus dem Schatten zu treten und mich zu stellen. Ich musste meine ganze Willensstärke aufbieten, um weiterzugehen, anstatt kehrtzumachen und die Treppe hinaufzurennen, zurück in die reale Welt, die Welt der Lebenden. Endlich fand ich John in einem Bereich des Archivs, wo vorwiegend menschliche Überreste aus dem Mittelalter aufbewahrt wurden. Er trug einen weißen Kittel, hatte Ohrstöpsel in den Ohren und ein Vergrößerungsglas vor einem Auge. Er war so in seine Arbeit vertieft, dass er mich nicht hatte kommen hören. Ich war außer Atem, aber erleichtert, ihn endlich gefunden zu haben.

»John ...« Sachte berührte ich den Ärmel seines Kittels, um ihn nicht zu erschrecken. Er drehte sich um und sah mich mit dem verwirrten Ausdruck eines Menschen an, der mitten in einer Aufgabe unterbrochen wird, die höchste Aufmerksamkeit erfordert.

»Ich habe dir ein Sandwich mitgebracht«, sagte ich.

Er nahm die Ohrstöpsel seines MP3-Players heraus und lächelte. »Womit habe ich das verdient?«

»Es ist wohl das Mindeste, was ich tun kann, um mich für den gestrigen Abend zu revanchieren.«

Wir verließen gemeinsam das Museum und spazierten zum höchsten Punkt des Brandon Hill Parks hinauf. In der Nähe des Cabot Tower setzten wir uns auf eine Bank und genossen die Aussicht auf den Avon und den alten Hafen von Bristol. Der Fluss schlängelte sich wie ein Silberband zwischen den alten Anlagen hindurch. Es fiel mir schwer, mir Bristol als die alte Industriehafenstadt vorzustellen, die sie einmal war. Den Hafen, in dem sich die Schiffe mit ihren hohen Masten drängten, und die lange Schlange von Pferdewagen, die darauf warteten, die gelöschten Waren abzutransportieren. Ich kniff die Augen zusammen und versuchte, mir die historische Szenerie vor Augen zu rufen. John und ich aßen unsere Sandwiches und fütterten die Eichhörnchen mit Brotkrümeln. Eine Zeit lang unterhielten wir uns über die Arbeit.

Dann fragte John: »Und wie geht es dir heute, Hannah?«

»Gut, es geht mir gut.«

»Keine Migräne mehr?«

»Ich habe keine weiteren Geister mehr gesehen, wenn es das ist, was du wissen willst.« Ich lächelte, um ihm zu zeigen, dass mich seine Frage kein bisschen kränkte, und wischte ein paar Krümel von meinem Schoß.

»Und was ist, wenn diese Frau, die du gestern gesehen hast, gar kein Trugbild war, das dir deine Migräne vorgegaukelt hat? Vielleicht gibt es sie ja wirklich, vielleicht war es eine Verwandte von Ellen.«

Eine Erinnerung durchzuckte mich. Ellen, die mit der flachen Hand eine Glastür aufstößt. Der Duft von Garten-Levkojen, eine Schüssel mit Pfefferminzbonbons; Ellen, bleich wie ein Geist, hohläugig und ausgezehrt, die Ärmel ihrer Jacke heruntergezogen bis zu den Fingerspitzen, die Arme um den Oberkörper geschlungen, die sagt: »Lass uns von hier verschwinden.«

Ich schüttelte den Kopf, um das Bild zu verscheuchen.

»Nein. Es war niemand anderes.«

John nahm einen Schluck Kaffee. »Auf der Erde leben sieben Milliarden Menschen. Wenn man das bedenkt, ist es doch erstaunlich, dass wir nicht öfter jemandem begegnen, der einem anderen Menschen täuschend ähnlich sieht.«

Er wollte mich aufmuntern, indem er mir eine logische Erklärung für mein Erlebnis am vorigen Tag lieferte. Typisch John, dachte ich. War genau dieser Charakterzug von ihm auch der Grund, warum er es mit Charlotte aushielt? Weil er immer wieder aufs Neue eine Entschuldigung oder Erklärung für ihr Verhalten fand und es in einem bestimmten Licht bewertete? War seine Antriebskraft Einfühlungsvermögen, oder machte er sich etwas vor, weil das einfacher war, als der Wahrheit ins Auge zu blicken?

Ich hielt die Hände so fest umklammert, dass sich meine Nägel in die Haut gruben, und hatte den Blick starr auf den Hafen gerichtet.

»Ja, das stimmt«, sagte ich und wechselte dann das Thema. »Hast du am Wochenende schon etwas Bestimmtes vor?«

John knüllte seine Sandwichtüte zusammen. »Nein. Charlotte fährt mit den Kindern zu ihrer Mutter. Sie haben Karten für eine Kindershow.« Er lächelte. »Also habe ich das Haus mal wieder für mich und kann tun und lassen, was ich will. Zum Beispiel die ganze Zeit Bier trinken und Punkmusik hören.«

»Na ja, wenn dir das Spaß macht.«

John seufzte. »Nein, nicht wirklich. Um ehrlich zu sein, mag ich es nicht, wenn alle weg sind. Ich bin nicht gut im Alleinsein.«

»O John, das tut mir leid.«

»Hey!«, sagte John. »So schlimm ist es nun auch wieder nicht. Es sind ja nur zwei Tage. Am Sonntagabend kommen sie zurück. Ich werd's überleben. Und du? Hast du irgendwelche Pläne fürs Wochenende?«

»Ich ... ich habe mir gedacht, dass ich vielleicht nach Cornwall fahre. Ich war schon längere Zeit nicht mehr bei meinen Eltern. Sie würden sich sicher freuen, wenn ich komme, und Rina meinte, es tue mir bestimmt gut, mal ein paar Tage rauszukommen.«

»Eine gute Idee. Wir hatten in letzter Zeit viel Stress bei der Arbeit, du hast dir eine Pause verdient.«

»Hm.«

Ich hob den Kopf, streifte mir eine Haarsträhne hinters Ohr und spielte mit dem Verschluss an der Rückseite meines silbernen Ohrsteckers. Ich hätte John gern gefragt, ob er Lust hatte, mit nach Cornwall zu kommen, einfach nur so, als Freund, um ein bisschen auszuspannen, aber ich brachte es nicht fertig. Nicht in dieser Situation. Nicht, solange ich wusste, was er nicht wusste – dass sein perfektes Leben bald zerbrechen würde.

ACHTZEHN

Mrs Brechts Sterben schien ewig zu dauern. Zumindest kam es mir damals so vor, als die Tage viel länger schienen als heute und ein Jahr unendlich lange war, von einer beinah unfassbaren Dimension. Als Mrs Brechts Zustand wirklich kritisch wurde, kannte ich die Familie etwas mehr als sechs Jahre, hatte jedoch das Gefühl, sie schon mein ganzes Leben lang zu kennen.

In den Monaten vor Mrs Brechts Tod fiel es mir manchmal schwer, mir zu vergegenwärtigen, dass sie bald sterben würde, da ich bis dahin keine Ahnung gehabt hatte, dass dieser Prozess so lange dauern konnte. In Filmen und Büchern geschah es immer sehr schnell, nur wenige Szenen lagen zwischen der Diagnose und Beerdigung, ein paar Sekunden zwischen der Hand am Pistolenhalfter und der tödlichen Kugel. Doch zwischen dem Zeitpunkt, da Ellen mir gesagt hatte, ihre Mutter sei so krank, dass sie bisweilen wünschte, ihren Schmerzen ein Ende bereiten zu können, und ihrem Tod vergingen zwei Jahre. Das Sterben von Mrs Brecht vollzog sich langsamer als der Wechsel der Jahreszeiten, langsamer als unser Erwachsenwerden. Und als sie schließlich starb, erwachte der Garten von Thornfield House gerade wieder zu neuem Leben. Die Obstbäume und Büsche an der Mauer waren zurückgeschnitten worden. Aus einem Springbrunnen plätscherte fröhlich Wasser in den Teich. Kleine Treppen und Wege führten zu den verschiedenen Blumenbeeten und Bereichen des Gartens – dem Kräuter- und Gemüsegarten, einem Duftgarten und wieder einem anderen Teil, wo nur gelbe Blumen wuchsen. Zu keiner Jahreszeit wirkte der Garten verlassen. Im Sommer umschwärmten Schmetterlinge und Bienen die Blüten, im Winter zogen die im Garten verteilten Futterstellen Scharen von Vögeln an. Wenn eine Blumenart verwelkte, blühte eine andere auf. Auf diese Weise verwandelte sich der Garten von Tag zu Tag kaum merklich und schien mit jedem weiteren Tag noch schöner zu werden. Bis wenige Monate vor Mrs Brechts Tod trafen Ellen und ich sie immer wieder im Garten an, wo sie sich, auf Mr Tremletts Arm gestützt, besah, was sie beide geschaffen hatten. Wenn sie draußen war und den Anblick der Blumen genoss, wirkte sie glücklicher, so als linderte der Garten ihre Schmerzen. Kaum war sie wieder im Haus, verschlechterte sich ihr Zustand wieder.

Mr Brecht wusste natürlich, dass seine Frau sterben würde. In dem Maße, wie sich die Gesundheit seiner Frau verschlechterte, machte er einen zusehends unglücklichen und gequälten Eindruck. Noch immer verbrachte ich viel Zeit in Thornfield House, oft begleitete ich Ellen nach der Schule von der Bushaltestelle nach Hause. Und auch wenn sich Mr Brecht nicht mehr wie früher mit uns beschäftigte, war er stets da, von Tag zu Tag magerer, ungepflegter und zermürbter, aber noch attraktiver in meinen Augen. Seine obligatorische Zigarette zwischen den

Fingern, schritt er durch das große alte Haus. An den Tagen, wenn Mrs Brecht im Hospiz war, sagte Ellen, es sei besser, wenn ich nicht mit hineinkäme.

»Papa ist verzweifelt, wenn sie nicht da ist«, erklärte sie. »Dann trinkt er, weil er sonst den Tag nicht übersteht.«

»Wieso denn?«

Ellen sah mich an, als wäre ich schwer von Begriff. »Alkohol ist ein Betäubungsmittel. Es nimmt den Schmerz.«

»Ach so.«

»Und er will dann, dass ich die ganze Zeit Klavier spiele, weil ich ihn an sie erinnere.«

Sie zupfte nervös an ihren Nägeln, und ihre Miene verdüsterte sich. Ich rief mir den Tag, als ich sie durch das Fenster beim Klavierspiel beobachtet hatte, ins Gedächtnis, wie zärtlich Mr Brecht Ellen umfasst hatte. Und bei der Erinnerung an diese Szene, die voller köstlicher Tragik war, seufzte ich leise. Mrs Brechts Sterben war für mich etwas wie das Ende der Schulzeit oder der Beginn des Studiums oder der erste Sex, etwas, das irgendwann in der Zukunft stattfinden würde, aber das man sich in der Gegenwart noch nicht vorstellen konnte.

Ellen hatte sich unterdessen mit dem unvermeidlichen Tod ihrer Mutter abgefunden. Sie wusste, dass sie sterben würde. In der langen Zeitspanne zwischen dem Moment, da es ihr klar geworden war, bis zu dem Tag, als ihre Mutter starb, machte Ellen des Öfteren Andeutungen, dass es bald so weit sei. Es kam vor, dass sie mitten in einer Unterhaltung eine Bemerkung fallen ließ, als wollte sie daran erinnern, dass sie Teil dieser ihrem Höhepunkt zustrebenden Tragödie war.

Einmal erzählte sie, ihre Mutter habe sie zu sich gerufen, während ihr Vater schlief, und Ellen in ein Geheimnis eingeweiht. Ellen hatte ihr versprechen müssen, niemandem ein Sterbenswörtchen zu erzählen, aber mir sagte sie es. Mrs Withiel, Ellens Großmutter und Anne Brechts Mutter, sei sehr wohlhabend gewesen. Und sie habe ihr ganzes Vermögen Ellen hinterlassen. An ihrem achtzehnten Geburtstag würde Ellen ihr Erbe antreten können. Mrs Brecht habe die entsprechenden Vorkehrungen getroffen. Ein Anwalt würde zu ihnen nach Thornfield House kommen, und Ellen würde einige Unterschriften leisten müssen, dann würde alles ihr gehören, das gesamte Vermögen! Als Ellen mir das erzählte, hatte sie diesen erregten, verschwörerischen Gesichtsausdruck mit den weit aufgerissenen Augen, den sie immer aufsetzte, wenn sie eine ihrer Geschichten zum Besten gab. Und da ich mir sicher war, dass sie sich das Ganze mal wieder ausgedacht hatte, war ich kein bisschen neidisch.

»Deine Großmutter hat auf mich nicht gerade den Eindruck einer reichen Frau gemacht«, sagte ich.

Ellen zuckte mit den Schultern. »Mama sagt, dass sie es war. Sie sagt, Großmutter hat ihr Geld gehortet, statt es auszugeben.«

»Aber warum sollte sie es dir vermacht haben? Sie hat dich ja nie kennengelernt. Warum hat sie es nicht deiner Mutter vererbt?«

»Sie hatten sich zerstritten. Sie haben viele Jahre lang kein Wort mehr miteinander gesprochen.«

»Und was ist mit deinem Vater?«

»Er weiß nichts davon. Du darfst ihm auf keinen Fall etwas erzählen. Schwöre mir, dass du es ihm nicht sagst!«

Ich schwor es. Als wäre ich je auf die Idee gekommen, Mr Brecht eine derart hanebüchene Geschichte zu erzählen!

Während Mrs Brechts Tod näherrückte, wurde Ellen immer stiller, dünner und sonderbarer. Und eigenartigerweise vertauschten sich unsere Rollen.

Als schließlich eine Krankenschwester für die Nachtwache in Thornfield House eingestellt wurde, war der bevorstehende Tod von Mrs Brecht das beherrschende Thema in Trethene und auch in der Schule. Im Pausenhof tuschelten die anderen Mädchen über Ellen, und nun war ich diejenige, die sie in die Schranken wies.

»Was starrt ihr so?«, sagte ich und machte ein finsteres Gesicht.

»Allzu viel scheint es ihr ja nicht auszumachen.« So oder so ähnlich lautete die Antwort der Mädchen. »Wenn meine Mutter im Sterben läge, würde ich nur noch weinen! Aber sie wird ja immer komischer.«

Dann sahen alle Ellen an, die wie eine Unbeteiligte dastand oder auf einer Bank saß, die Knie umfasst, und in den Himmel blickte.

»Ihr wisst doch überhaupt nichts über sie«, erwiderte ich. »Also lasst sie in Ruhe.«

Andere Mitschülerinnen bemühten sich, sich mit Ellen anzufreunden. Sie wollten Teil des Dramas sein, waren fasziniert von dem bevorstehenden Tod von Ellens Mutter, aber Ellen interessierte sich nicht für sie. Sie schien nur mich zu brauchen, und ich war stolz, ihre Freundin zu sein, was in mir wiederum das Bedürfnis weckte, sie zu beschützen.

Es stimmte, dass Ellen nicht auf herkömmliche Art trauerte, aber ich wusste, dass sie litt. In unbeobachteten Momenten suchte sie Trost bei mir. Oft kaute sie an den Nägeln und fröstelte in ihren Kleidern, die ihr plötzlich zu groß geworden schienen. Dann schmiegte sie sich an mich, als wolle sie an meiner Wärme teilhaben. Sie grub die Hände in meine Taschen, und ich bedeckte sie mit meiner Hand, die größer und wärmer war als ihre. Manchmal zwängten wir uns in einen Pullover oder teilten uns eine Strickjacke. Ich schlüpfte in einen Ärmel und sie in den anderen, sodass wir eng aneinandergeschmiegt waren. Damals kam es mir so vor, als würde ich ständig wachsen, während sie immer kleiner wurde. Ich war die große, kuschelige Henne und sie ein kleines, dürres Küken.

Meine neue Rolle als Beschützerin und Anführerin gefiel mir. Ich genoss die veränderte Dynamik unserer Beziehung. Endlich hatte ich das Gefühl, wirklich dazuzugehören und nicht bloß als Zuschauerin am Rand zu stehen.

Unterdessen fiel es Ellen immer schwerer, sich anzupassen.

Als sie zum Beispiel im Englischunterricht aufgefordert wurde, ihren Aufsatz mit dem Thema »Die Schönheit der Natur« vorzulesen, stand sie auf und sagte ein Gedicht über einen Hirschschädel auf, den sie angeblich am Strand gefunden hatte und auf ihrer Frisierkommode aufbewahrte. In Wirklichkeit war es der Schädel eines Schafs, aber Ellen behauptete beharrlich, er stammte von einem Hirschen. Das Gedicht war im Grunde nur eine willkürliche Aneinanderreihung von Worten, eine Art verbales Treibholz. Aber weder bei dieser noch bei anderen Gelegenheiten, bei denen sie ungehorsam war, bekam sie Ärger. Wenn sie zum Beispiel einfach nur dasaß und auf einer Haarsträhne kaute und dem Lehrer keinerlei Beachtung schenkte. Die Lehrer ließen sie gewähren, sie schienen einfach nicht zu wissen, was sie mit ihr machen sollten. Auch Miss Tunnock, unsere Sportlehrerin, sagte kein Wort, wenn sich Ellen heimlich verdrückte, anstatt beim Geländelauf mitzumachen; stattdessen bat sie zu meiner Freude mich, nach ihr zu sehen. Als ich später in den Umkleideraum kam, genoss ich die neidischen und empörten Blicke meiner Klassenkameradinnen. Ellen und ich kauerten uns eng aneinandergeschmiegt an einen Heizkörper, einen Mantel und einen Schal um uns beide geschlungen, sodass unsere Herzen im Gleichklang schlugen.

Eines Nachmittags, als wir aus dem Schulbus stiegen und ich mich auf den Nachhauseweg machen wollte, fasste Ellen mich am Arm.

»Geh doch mit mir nach Hause«, sagte sie. »Du musst ja nicht hereinkommen, sondern kannst mich einfach nur begleiten.«

Es war kalt, und der Wind wehte uns ins Gesicht. Wir bargen das Kinn in unseren Schals und hakten uns unter. Unsere Schritte folgten dem gleichen Rhythmus, so wie manchmal unser Herzschlag.

»Was ist los?«, fragte ich.

Ellen zuckte mit den Schultern. »Meine Finger tun weh.«

»Warum denn?«

»Papa ist schuld. Er zwingt mich immer, Klavier zu spielen.«

»Weil deine Mutter dir gern zuhört?«

Ellen nickte. Ich spürte einen Anflug von Ärger. War es denn zu viel verlangt, dass sie in einer so schwierigen Phase die Lieblingsstücke ihrer Mutter spielte?

»Es handelt sich nicht nur um ein, zwei Stunden. Wenn es nach ihm geht, soll ich die ganze Zeit spielen«, sagte sie. »Gestern hat er mich fünfzig Mal die Mondscheinsonate wiederholen lassen.«

»Fünfzig Mal – im Ernst?«

»Na ja, drei oder vier Mal, aber es hat sich wie fünfzig Mal angefühlt. Jetzt geht mir die Musik gar nicht mehr aus dem Kopf. Ich kann mich nicht mehr konzentrieren! Kann an nichts anderes mehr denken.«

Sie zog den Arm aus meiner Armbeuge, hob einen Stock auf und schlug damit gegen die kahle Hecke. Die schwarz-weißen Kühe auf der anderen Seite der Hecke hoben die Köpfe. Sie kauten mit malmenden Kiefern und sahen uns blinzelnd an.

»Er ist verrückt«, fuhr sie fort. »Ehrlich, Hannah, ich glaube wirklich, dass Papa verrückt ist.«

»Verrückt vor Kummer vielleicht?«

»Er ist besessen. Keinen Augenblick lässt er Mama allein. Er sitzt die ganze Nacht neben ihr. Auch wenn sie schläft, weicht er nicht von ihrer Seite, sondern legt sich neben sie, anstatt in sein Zimmer zu gehen.«

Wie romantisch, dachte ich. Ich stellte mir vor, wie erfreut ich an Mrs Brechts Stelle wäre, wenn ich am nächsten Morgen erwachen und Mr Brechts Kopf neben mir erblicken würde.

Ellen brach den Ast durch und warf beide Teile über die Hecke.

»Ich muss sogar Klavier spielen, wenn Mama schläft.«

»Wieso das denn?«

»Damit die Musik sie in ihren Träumen begleitet. Papa sagt, dass das Klavierspiel sie an ihre glücklichste Zeit erinnert, als sie noch jung und gesund war.«

Ich sah Ellen verstohlen an, fragte mich, ob sie jetzt daran dachte, dass die glücklichste Zeit ihrer Mutter vor Ellens Geburt gewesen war. Ihre Miene verriet nichts.

»Wenn es Mama wirklich helfen würde, würde ich meinetwegen Tag und Nacht Klavier spielen«, sagte Ellen. »Dann wäre es mir egal, wenn meine Fingerkuppen wund sind und dass ich das Spielen hasse. Aber sie hat genug von der Musik. Deswegen redet sie die ganze Zeit vom Hospiz. Sie möchte weg von all dem … von ihm.«

Damals begriff ich es nicht. Natürlich tat Mrs Brecht mir leid, ich verstand aber nicht, warum sie ihrem Mann gegenüber so grausam war. Es zerriss mir fast das Herz vor Mitleid mit Mr Brecht. Gewiss, es war schlimm, sterben zu müssen; aber noch schlimmer war es womöglich für denjenigen, der im Begriff war, einen geliebten Menschen zu verlieren. Einen Menschen, den er so liebte wie Mr Brecht seine Frau. Er war der romantischste und tragischste Mensch, den ich kannte. Wenn ich an ihn dachte, bekam ich sofort feuchte Augen.

Das letzte Mal, dass ich mit Mrs Brecht sprach, war am Tag vor meinem siebzehnten Geburtstag im November und wenige Wochen vor ihrem Tod. Sie lag im hinteren Wohnzimmer im Erdgeschoss von Thornfield House, von wo aus sie in den Garten blicken konnte. In einen Kaschmirschal gewickelt, ruhte sie sich aus. Mr Brecht war mit dem Wagen nach Truro gefahren, und Ellen und Mrs Todd kümmerten sich um sie.

Sie wirkte noch ausgezehrter als das letzte Mal, als ich sie gesehen hatte. Wie eine Bleistiftzeichnung schien sie nach und nach zu verblassen, bis nichts mehr von ihr übrig wäre. Adam Tremlett hatte für sie Narzissen in seinem Treibhaus gezogen und ihr einen großen Strauß vorbeigebracht. Die Blumen sollten sie an den Frühling erinnern, den sie wahrscheinlich nicht mehr erleben würde. Mrs Todd bat Ellen und mich, die Blumen in zwei Vasen zu stellen und sie zu ihr ins Zimmer zu bringen. Das ganze Haus war voller Blumen. Meine Mutter, die Mrs Todd während der schlimmsten Zeit ein paar Mal beim Putzen half, sagte, man komme sich vor wie in einem botanischen Garten. Niemand von uns hatte je ein Haus mit so vielen Blumen gesehen.

Die Narzissen waren in meinen Augen nichts Besonderes. Die kleinen blassgelben Blüten wippten an den grünen Stängeln, die so schmächtig wirkten, als könnten sie jeden Moment unter deren Gewicht einknicken. Die Vase an die Brust gedrückt, schritt Ellen feierlich ins Zimmer, und ich folgte ihr. Sie stellte sie neben das Terrassenfenster auf den Boden, sodass ihre Mutter sie sehen konnte.

»Sind sie nicht wunderschön, Mama?«

»Hat Adam sie gebracht?«

»Ja, sicher.«

Mrs Brecht seufzte.

»Ist sonst noch jemand da?«, fragte sie und hob leicht ihre kleine, gekrümmte Hand. Ich trat in ihr Gesichtsfeld und stellte die Vase neben die andere. Ich war so betroffen, sie zu einem solchen Häufchen Elend geschrumpft zu sehen, dass es mir Mühe bereitete, zu lächeln.

»Komm und gib mir einen Abschiedskuss, Hannah«, sagte sie. »Du brauchst keine Angst zu haben, meine Krankheit ist nicht ansteckend.«

Ich beugte mich zu ihr hinab und küsste sie auf die Stirn. Ihre Haut war kalt und wächsern.

Ellen setzte sich auf den Rand der Tagesliege und ergriff die Hand ihrer Mutter.

»Wie fühlst du dich, Mama?«

»Es geht mir ganz gut, Schätzchen.«

»Soll ich dir irgendetwas bringen?«

»Nein, ich will nur, dass du ein bisschen bei mir bleibst. Wo ist dein Vater?«

»Er ist weggefahren. Willst du, dass ich dir etwas vorspiele, Mama?«

»Nein, nein«, beeilte sich Mrs Brecht zu sagen. »Lass uns lieber die Ruhe genießen.«

Ihre einst so vollen roten Lippen waren jetzt trocken und blass, fast gräulich.

Ellen wickelte eine Haarsträhne um den Finger. Dabei öffnete sich ihre Jacke ein Stück, und mir fielen ein paar blaue Flecken an ihrem Oberarm auf, vier kleine hässliche Male, ganz offensichtlich Fingerabdrücke. Ellen ließ den Arm wieder sinken. Ich nahm mir vor, sie zu fragen, was passiert war, woher die Prellungen kamen, aber ich sollte keine Gelegenheit mehr dazu haben.

Mrs Brecht ergriff wieder mit leiser Stimme das Wort. »Die Narzissen erinnern mich an meinen Geburtstag. Ich hatte wunderschöne Kindergeburtstage in diesem Garten«, sagte sie. »Meine Mutter hat ihn dekoriert und Papierlaternen und Wimpel aufgehängt ... Ach, und die Narzissen. Tausende von Narzissen. Irgendwie habe ich mir schon immer eingebildet, dass die Narzisse meine Blume ist, die eigens für mich wächst.«

Sie lächelte und legte den Kopf zurück auf den Kissenberg in ihrem Rücken. »Ich wünschte, du hättest deine Großmutter kennengelernt, Ellen. Sie war eine nette Frau mit großem Herz. Sie hätte dich bestimmt sehr geliebt.«

»Bestimmt, Mama.«

Ellen warf mir einen bedeutsamen Blick zu, aber ich ging nicht darauf ein. Nichts von dem, was ihre Mutter gesagt hatte, deutete auf eine Erbschaft hin. Ich rief mir

Mrs Withiel ins Gedächtnis und dass wir Kinder aus dem Dorf sie »Die Hexe« genannt hatten. Dass sie fast drei Wochen lang tot in Thornfield House gelegen hatte, ehe man ihren Leichnam entdeckte. Ich wickelte ebenfalls eine Haarsträhne um den Finger und kaute an den Haarspitzen. Das Ticken der Kaminuhr war zu hören, und irgendwo aus dem Haus erklangen Staubsaugergeräusche.

»Ich habe das Warten so satt«, sagte Mrs Brecht leise. »Wirklich, ich kann nicht mehr.«

Ellen beugte sich erneut zu ihr hinab und küsste sie auf die Stirn. »Die Schwester wird bald da sein. Brauchst du in der Zwischenzeit noch etwas, Mama?«

»Zieh bitte die Vorhänge noch weiter zurück. Binde sie zusammen, sodass ich den ganzen Garten sehen kann.«

Draußen grub Adam ein Blumenbeet um, er trug eine dunkle Jacke und Stiefel. Es war so kalt, dass sein Atem weiße Wölkchen bildete. Glitzernder Raureif umhüllte die Bäume. Es war, als blickte man in eine Schneekugel mit einer Winterlandschaft.

»Ich kenne ihn von klein auf«, sagte Mrs Brecht im Flüsterton. »Lange, bevor ich deinen Vater kennenlernte, war ich schon mit Adam befreundet.«

Ellen streichelte ihre Hand.

Mrs Brecht lächelte. »Als Kinder haben wir beim Blumenfest in Helston miteinander getanzt. Wir haben immer gesagt …«

»Was, Mama?«

Ellens Mutter schloss langsam die Augen und drehte

den Kopf zur Seite, als versuche sie, sich an diese vor Ewigkeiten gesprochenen Worte zu erinnern.

»Dort wäre ich jetzt am liebsten«, sagte sie. »Im Garten mit Adam.«

»Aber es ist kalt draußen, Mama.«

»Ich würde es nicht spüren«, sagte Mrs Brecht. »Die Kälte macht mir nichts mehr aus.«

NEUNZEHN

Am Samstagmorgen stand ich früh auf. Ich fühlte mich nicht mehr so angespannt. Ich hatte besser geschlafen als in der Nacht zuvor und war froh, mir fürs Wochenende etwas vorgenommen zu haben. So lag es nicht wie eine breite, öde Straße vor mir, die nirgendwohin führte außer zu einem weiteren Montagmorgen. Es würde mir guttun, meine Eltern wiederzusehen, und sie würden sich über meinen Besuch freuen. Außerdem würde ich mir nicht so viele Sorgen um meine psychische Gesundheit machen, wenn ich in Gesellschaft wäre. In diesem Zustand fürchtete ich mich vor Einsamkeit.

Ich fuhr mit einem Taxi von Montpelier zur Temple Meads Station in Bristol. Glücklicherweise kam der Zug pünktlich, und ich ergatterte einen Fensterplatz. Während der Zug in Richtung Süden durch Somerset fuhr, trank ich Kaffee und aß ein Mandelteilchen zum Frühstück. Alles in allem war es eine angenehme Reise. Ich hatte ein Buch zum Lesen mitgenommen, die Sonne schien, und jenseits der Fensterscheibe bot sich mir eine herrliche Landschaft. Ich döste sogar ein Weilchen, und als ich in Helston ausstieg, fühlte ich mich so gut wie seit Längerem nicht mehr.

Am Bahnhof nahm ich erneut ein Taxi, das mich über schmale, gewundene Landstraßen nach Trethene brachte. Ich kam mir vor wie ein Erwachsener in einer Spielzeugwelt. Alles im Süden Cornwalls schien überaus grün, niedlich und winzig. Der Wagen passierte kleine Furten, an den steilen Straßenböschungen wuchsen Büschel rosafarbener und weißer Wildblumen – Fingerhut, Rote Lichtnelken und Margeriten –, hübsche, weiß getünchte Cottages standen inmitten üppiger Gärten, und über mir sprenkelte das grüne Blattwerk den blauen Himmel.

Als der Wagen vor der Cross Hands Lane 8 hielt, schob ich die Sonnenbrille ins Haar und betrachtete einen Augenblick lang das Cottage. Das Haus meiner Eltern hatte nichts von dieser Postkartenidylle. Es war ein kleines, schlichtes Haus in einer Sozialsiedlung, aber Mom und Dad hatten sich dort stets wohlgefühlt. Sie wohnten seit ihrer Hochzeit dort und hatten sich bemüht, es zu verschönern. Weißes und rosafarbenes Strand-Berufkraut hatte sich in der Gartenmauer selbst ausgesät, und Rosenstauden mit kleinen rosafarbenen Blüten rankten sich um die Haustür. Der Vorgarten war winzig, wie der Garten vor einer Puppenstube. Ich konnte kaum glauben, dass Jagos alter Wagen einmal dort Platz gefunden hatte. Wie hatten Vater und er es geschafft, auf dieser handtuchgroßen Fläche ein Auto instand zu setzen?

Mit dem Schlüssel, der wie eh und je unter der Plastikmilchflasche neben dem Eingang versteckt war, schloss ich die Tür auf. Bestimmt war Mum in der Küche und wischte mit einem feuchten Tuch die Oberflächen ab. Durch die Fenster konnte ich meinen Vater sehen, der im Gemüsegarten die Beete goss. Die Küche war wie immer blütenweiß und blitzsauber.

»Hallo, ich bin's!«, rief ich, und Mum drehte sich strahlend zu mir um.

»Hannah, was für eine schöne Überraschung«, sagte sie, wobei sie die Hände an einem Geschirrtuch abtrocknete, ehe sie mir einen Begrüßungskuss gab. Dann setzte sie Teewasser auf und fragte: »Du hast uns nicht gesagt, dass du kommen wolltest, oder irre ich mich?«

»Nein. Ich habe mich ganz spontan entschieden. Ich hatte Sehnsucht nach euch und nach Cornwall.«

»Das ist wunderbar. Kannst du ein paar Tage bleiben?«

»Nur heute Nacht, morgen muss ich wieder nach Bristol zurück.«

»Oh.« Es war nur eine Silbe, aber die darin enthaltene Enttäuschung war unüberhörbar. Ich bemühte mich, es ihr nicht zu verübeln, dass sie mir mal wieder Schuldgefühle bereitete. Ich drehte meiner Mutter den Rücken zu, damit sie mein Gesicht nicht sah, und nahm Tassen und Untertassen aus dem Schrank.

Während Mum darauf wartete, dass das Wasser kochte, machte sie sich mit einem Messer an einer Kekspackung zu schaffen. Dann sagte sie erneut etwas, das ich nicht hören wollte: »Du bist ziemlich blass, Liebes.«

»Es geht mir gut.«

»Du siehst abgespannt aus.«

Ich öffnete den Mund, um ihr zu versichern, dass es mir wirklich gut gehe, aber plötzlich fühlte ich mich müde. Ich wünschte, ich wäre wieder dreizehn und könnte nach oben in mein Zimmer rennen, meinen Pyjama anziehen und mich in mein Bett unter die Steppdecke kuscheln. Ich wünschte, Trixie wäre noch am Leben und würde sich quer über meine Beine legen. Ich wünschte, mein Leben drehte sich wieder um glitzernden Nagellack, Lockenzangen, die Kummerseiten von Jugendzeitschriften, um meine geliebten Tiere und die Samstage, die ich in Falmouth verbrachte, wo ich die Boutiquen durchstöberte und alle möglichen Sachen anprobierte, die auf dem Ständer mit den Sonderangeboten hingen. Ich wünschte, ich könnte wieder mit Ellen auf der Hafenmauer sitzen und Pommes frites in Ketchup tunken. Ich wünschte, Jago wäre da und würde Leben ins Haus und uns alle zum Lachen bringen. Ich wünschte, meine Mutter wäre jünger und noch nicht so gebrechlich, sodass ich keine Rücksicht zu nehmen bräuchte und sie alles fragen könnte, was ich wissen musste. Ich wünschte, ich könnte darauf vertrauen, Trost bei ihr zu finden, ohne dass sie gleich Angst haben müsste, ich könnte vielleicht wieder an den dunklen Ort zurückgleiten, von dem sie und mein Vater mich hatten zurückholen müssen.

»Ich habe viel gearbeitet, das ist alles«, sagte ich betont leichthin.

»Du solltest es mit der Arbeit nicht übertreiben, Hannah.«

»Ich weiß.«

»Erinnere dich daran, was der Doktor über Stress gesagt hat und dass …«

»Mum, ich weiß. Bitte hör auf damit.«

Ich goss kochendes Wasser in die Teekanne, stellte das Geschirr auf ein Tablett, dann gingen wir durch den kleinen Wintergarten, den Dad und Jago vor vielen Jahren angebaut hatten, in den hinteren Garten. Nachdem Dad mich überschwänglich begrüßt hatte, holte er zwei nicht zusammenpassende Liegestühle aus dem Schuppen, befreite sie von Spinnweben und stellte sie unter dem Kirschbaum auf. Dann fuhr er mit der Gartenarbeit fort und lauschte der Übertragung eines Kricketspiels im Radio. Meine Mutter und ich setzten uns in die Liegestühle und unterhielten uns eine Weile über dies und das. Allmählich entspannte ich mich. Ich sah den Bienen zu, die um die Heckenkirschenblüten herumsummten. Und plötzlich, obwohl ich es nicht vorgehabt hatte, sagte ich: »Mum, du erinnerst dich doch noch an Ellen Brecht, nicht wahr?«

In diesem Moment ließ Dad den Schlauch fallen, sodass er um ihn herumwirbelte wie eine Schlange und die Wäsche nass spritzte, die zum Trocknen auf der Leine aufgehängt war. Mum sah zu den Bettlaken, die fast trocken gewesen waren und nun dunkle feuchte Flecken hatten. Sie stieß einen kleinen Seufzer aus, schimpfte Dad jedoch nicht wegen seiner Ungeschicklichkeit aus, wie sie es normalerweise getan hätte.

»Ja, natürlich erinnere ich mich an Ellen und ihre Eltern. Du weißt doch, dass ich eine Zeit lang in ihrem Haus geputzt habe, als Mrs Brecht schwer krank war.«

»Ach ja, natürlich.«

»Thornfield House ist jetzt ein Pub, wusstest du das?«

»Nein, als ich letztes Mal hier war, hast du mir erzählt, es stehe kurz vor dem Abriss.«

»Das war auch geplant – auf dem Grundstück sollte ein Komplex mit Ferienapartments gebaut werden, aber sie haben offenbar keine Genehmigung erhalten.«

»Es wäre das Beste gewesen, man hätte es abgerissen«, sagte Dad. »Dann wäre man den alten Kasten los gewesen.«

»Es stand ziemlich lang zum Verkauf«, fuhr meine Mutter fort. »Aber niemand wollte es. Jetzt ist es ein Pub. Sally – du weißt schon, unsere Nachbarin, die zwei Türen weiter wohnt – hat vorige Woche dort zu Mittag gegessen. Sie sagt, es schmeckt ganz gut, wenn man auf diese neuartige Küche steht. Oliven und solche Sachen. Die Feriengäste mögen das ja. Dort, wo früher der schöne Salon war, ist jetzt eine Bar.«

Ich schloss einen Moment die Augen und rief mir die Details des Raums vor Augen – die beiden großen Aufziehfenster, den Flügel, der stolz das Zimmer beherrschte, und die Chaiselongue, auf der sich Ellens Mutter immer ausruhte. Ich erinnerte mich, wie das Sonnenlicht auf den wunderschönen haselnussbraunen Holzboden schien, an die Gardinen, die sich sanft im Wind bauschten, an die elegante Stuckrosette über dem Kronleuchter, den Duft nach Lavendel und Kerzenwachs, an die nilgrüne Wandfarbe und an die Klänge von Debussys Claire de Lune.

Und ich erinnerte mich an die Blutflecken, die sich in die Holzdielen hineingefressen hatten und sich beharrlich sämtlichen Versuchen widersetzten, sie restlos zu beseitigen. An den zerbrochenen Spiegel, an die Glasscherben auf dem Fenstersims. Ich rief mir Ellens herzzerreißendes Weinen ins Gedächtnis und schauderte bei dieser Erinnerung. Ich hielt mir die Ohren mit den Händen zu, als könnte ich sie so verscheuchen.

»Hannah?«

Ich blinzelte und fand mich in der Wirklichkeit des kleinen Gartens meiner Eltern wieder, wo ich unbehaglich in dem orange und grün gestreiften Liegestuhl saß, im Hintergrund das Spritzen des Wasserschlauchs, Vogelgezwitscher und die Geräusche einer Kinderfernsehsendung, die zusammen mit dem Geruch von gebratenen Zwiebeln aus der Küche eines benachbarten Hauses über die Hecke zu uns geweht wurden. Mir war ein wenig schwindelig. Ich schüttete den Bodensatz meines Tees ins Gras.

»Waren Ellens Eltern eigentlich nett zu dir, Mom?«, fragte ich.

Meine Mutter runzelte die Stirn. »Oh, keine Ahnung. Die Brechts waren recht großzügig, aber ich habe die beiden kaum gekannt. Sie waren keine Leute, mit denen man leicht ins Gespräch kommt. Sie waren anders als wir.«

»Ja, das stimmt wohl.«

»Mrs Todd ist auch lieber für sich geblieben. Außerdem waren sie Katholiken, sodass wir uns nie bei irgendwelchen kirchlichen Veranstaltungen begegnet sind.«

Mum zupfte an ihrem Ohrläppchen. »Nach Mrs Brechts Tod bin ich nicht mehr gern in dieses Haus gegangen. Es hatte sich verändert. Es war irgendwie … es war wie verhext.«

»Ich weiß, was du meinst.«

Ich warf meinem Vater einen verstohlenen Blick zu. Er hatte das Wasser abgedreht und wickelte den Schlauch über seiner Schulter auf. Das restliche Wasser rann auf die Zementplatten neben seinen Füßen. Er blickte nicht gern auf unglückliche Zeiten zurück. Und er mochte es auch nicht, wenn Mum es tat.

Ich ergriff die Hand meiner Mutter. Sie war groß und fühlte sich trocken an, die Fingerknöchel knorrig, die Haut von Altersflecken übersät. Meine Eltern waren für mich schon immer alt gewesen. Ich hatte sie nie jung gekannt.

»Was sitzt ihr beiden denn da und zieht lange Gesichter«, sagte Dad betont munter. »Es ist so ein schöner Tag. Lasst uns in den Ort spazieren und ein Sandwich essen. Ich lade euch ein, hm, was meint ihr?«

»Das ist eine gute Idee, Malcolm«, erwiderte Mum. Sie rappelte sich mühsam aus dem Liegestuhl hoch, stellte die Teetassen aufs Tablett und verschwand damit im Haus.

Mein Vater kratzte sich den Bart.

»Deine Mutter spricht nicht gern über diese Geschichte mit den Brechts«, sagte er.

»Ich weiß, Dad, tut mir leid. Aber ...«

»Wir wollen die Vergangenheit ruhen lassen. Es kommt nichts Gutes dabei heraus, wenn man alte Wunden wieder aufreißt. Ganz und gar nicht.«

ZWANZIG

Es war im Dezember, einen Monat nach meinem siebzehnten Geburtstag. Die Halbinsel war in Nebel getaucht. Es war bitterkalt, sogar in meinem Schlafzimmer herrschte eine feuchte Kälte, die einem bis in die Knochen kroch, in die Kleidung, die Wände, die Träume. Tagelang hielt sich hartnäckig der Nebel, und ich hasste es. Ich hatte das Gefühl, zu ersticken, wünschte, ich könnte mich daraus befreien, einfach weggehen, an einen Ort, wo ich durch den Vorhang des Nebels in helles Tageslicht treten konnte. In Goonhilly drehten die sich in den Nebelschwaden nur vage abzeichnenden Satellitenschüsseln ihre riesigen Gesichter dem Himmel zu und blickten durch das hartnäckige Grau, als wäre es nicht da, während wir Menschen am Boden kaum die Hand vor dem Gesicht sahen. Der Nebel machte mich orientierungslos. Auf dem Nachhauseweg wusste ich oft nicht, in welche Richtung ich mich wenden sollte, welcher Weg der richtige war und welcher zum Rand der Klippen führte. In dieser Atmosphäre fiel es einem nicht schwer, sich vorzustellen, dass einem irgendwo ein Räuber mit einem Messer auflauerte, der nur darauf wartete, einem die Kehle aufzuschlitzen, oder Geister, die einen mit ihren eisigen Fingern berührten, einem ins Haar fassten und schaurige Geheimnisse ins Ohr flüsterten.

Anstatt morgens im Dunkeln den Hügel hinaufzugehen, begab ich mich lieber zu der etwas weiter entfernten Bushaltestelle am anderen Ende der Cross Hands Lane. Lange bevor sich die gelben Kreise der Scheinwerfer in der Finsternis abzeichneten, hörte ich schon die dröhnenden Motorengeräusche. Ellen saß bereits im Bus, stets an ihrem gewohnten Fensterplatz in der zweitletzten Sitzreihe, und hielt den Platz neben sich für mich frei. Bis sie eines Morgens nicht im Bus war.

Am Vortag war Mr Brecht vor dem Unterrichtsende in die Schule gekommen, um sie abzuholen.

»Geh mit ihr, Hannah«, hatte die Lehrerin gesagt, als sie die Nachricht las, die ihr ein Schüler aus einer der unteren Klassen überbracht hatte. »Kümmere dich um sie«, fügte sie hinzu, wobei sie den Zettel ordentlich auf ein

Viertel seiner ursprünglichen Größe zusammenfaltete, ehe sie ihn in den Papierkorb warf. Während Ellen und ich unsere Sachen zusammenpackten, unsere Mäntel nahmen und das Klassenzimmer verließen, senkten die anderen Schüler peinlich berührt den Kopf.

»Bis dann«, sagte Ellen leise, und die anderen erwiderten einen gemurmelten Abschiedsgruß.

Ellens Vater wartete vor dem Schulgebäude. Seine Zigarettenspitze glühte im Nebel. Er trug einen langen Mantel und einen Schal und hatte die Arme um den Körper geschlungen. Er stand da wie ein Schauspieler in einem Film noir. Die Nebelschwaden und der Zigarettenrauch, die ihn umgaben, verliehen ihm etwas Gespenstisches. Als wir aus der Tür traten, sah er zu uns hoch, und Ellen stürzte sich in seine Arme. Während er sie an sich drückte, hielt ich mich dezent im Hintergrund, ich wollte diesen intimen Moment nicht stören.

»Du musst jetzt tapfer sein, Schätzchen«, sagte Mr Brecht. »Es ist wichtig, dass du in den nächsten Stunden stark bist, sonst weiß ich nicht, wie wir es überstehen sollen.« Dann fügte er etwas auf Deutsch hinzu. Ellen nickte, trat zurück und hob entschlossen den Kopf.

Mr Brechts Wagen stand am Straßenrand vor dem Schuleingang im absoluten Halteverbot. Ellen setzte sich auf den Beifahrersitz neben ihren Vater. Die Brechts benutzten nie einen Sicherheitsgurt. Ich nahm hinter Ellen Platz und schnallte mich an. Es war ein tiefliegender Sportwagen mit Ledersitzen und einer Hi-Fi-Anlage. Klassische Musik, ein merkwürdiges gewundenes Stück, erfüllte das Innere. Ich kannte es nicht, aber es war eine ans Herz gehende Musik.

Neben mir auf der Rückbank lag ein halbes Dutzend in Papier eingewickelter roter Nelken. Sie verbreiteten einen süßlichen Geruch, der mir Übelkeit verursachte, und sahen irgendwie traurig, ja, geradezu verzweifelt aus. Aus reiner Verlegenheit ergriff ich den Strauß und legte ihn mir in den Schoß, einfach, um etwas zu tun. Trotz des Nebels fuhr Mr Brecht schnell, aber ich hatte keine Angst. Ich vertraute ihm blind und wäre überallhin mit ihm gefahren. Ellen saß ruhig vor mir, die Hände im Schoß verschränkt, den Blick starr geradeaus gerichtet.

»Ist es bald so weit?«, fragte sie ihren Vater, und Mr Brecht nickte und sagte: »Ja.«

»Hoffentlich passiert es nicht heute«, sagte Ellen. »Mama hat Nebel immer gehasst.« Sie begann leise zu weinen. Das war ungewöhnlich. Die Tränen strömten ihr über die Wangen. Ich legte ihr eine Hand auf die Schulter und drückte sie durch den dicken Mantelstoff hindurch, aber Ellen zeigte keine Reaktion.

Es war merkwürdig, auf Straßen zu fahren, die ich so gut kannte, ohne etwas zu erkennen. Nur verschwommene Umrisse waren auszumachen, manchmal auch gar nichts, nur dichter grauer Nebel. Von den Hangars, Hubschraubern und Tankfahrzeugen jenseits des Drahtzauns von Culdrose war nichts zu sehen, aber ich wusste, dass die Angestellten dort wie gewohnt ihrer Arbeit nachgingen. Irgendwo hinter diesem Zaun saß auch mein Vater in seinem schmucklosen Büro mit den an der Pinnwand befestigten Aushängen, einer praktischen Schreibtischlampe, einem Metallpapierkorb und einem Telefon, in einem Hemd der Royal Air Force, das ihm zu eng war. Seine Aufgabe war es, die Dienstpläne und den Einsatz der Geräte zu organisieren. Ich stellte mir vor, wie er gerade einzelne Punkte auf dem vor sich ausgebreiteten Plan abhakte, in seiner fröhlichen, manchmal aber auch rechthaberischen Art. Er wusste nicht, dass seine Tochter in diesem Moment im Fond eines tiefliegenden deutschen Sportwagens draußen auf der Straße vorbeifuhr. Er wusste nicht, dass Ellens Mutter in den kommenden Stunden sterben würde.

An der Ampel gerieten wir in einen Stau, und das Gefühl, in einer unwirklichen Szenerie gefangen zu sein, verstärkte sich noch. All diese Menschen in den anderen Autos gingen ihren Geschäften nach, als wäre es ein ganz normaler Tag und nicht der Tag, an dem Anne Brecht sterben würde. Langsam fuhren wir an einer Unfallstelle vorbei – ein Auto hatte von hinten einen Milchwagen gerammt. Menschen standen herum und hauchten in die gewölbten Hände, schüttelten die Köpfe. Glasscherben lagen in der riesigen Milchlache auf der Straße. Der Fahrer des Milchwagens rannte aufgeregt umher, eine wollene Sturmhaube unter der Schirmmütze. Auf dem Armaturenbrett des Milchwagens blinkte ein kleiner Christbaum mit elektrischer Beleuchtung. Ich fragte mich, was Mrs Brecht wohl dachte und wie es sich anfühlte, wenn man wusste, dass man nur noch wenige Stunden zu leben hatte. Ob sie sich fürchtete? Betete sie jetzt, in diesem Moment, flehte den lieben Gott an, ihr noch eine Gnadenfrist bis Weihnachten zu gewähren, sie noch ein Mal erleben zu lassen, wie die Schwalben aus ihrem Winterquartier zurückkehrten und die Schlüsselblumen an den Straßenböschungen ihre Knospen öffneten? Dachte sie an all die Dinge, die sie nicht mehr sehen würde? Dachte sie überhaupt etwas?

Ich würde nicht zulassen, dass ich sterbe, wenn ich an ihrer Stelle wäre, dachte ich. Ich würde meine ganze Willenskraft aufbieten, um am Leben zu bleiben. Ich würde mich zu noch einem Atemzug zwingen und noch einem. Ich würde mich an mein Leben festklammern, nicht aufgeben, niemals. Mit einer Hand löste ich das Papier von einem Fruchtkaugummi in meiner Manteltasche und steckte ihn mir in den Mund. Er schmeckte trocken und sauer, ein Geschmack, den ich später immer mit dieser langen Autofahrt in Verbindung bringen würde.

Mr Brecht musste vergessen haben, dass ich mit im Wagen saß, oder er nahm mich absichtlich mit nach Thornfield House. Jedenfalls fuhr er nicht durch Trethene hindurch, sondern folgte der Straße, die direkt zu ihnen nach Hause führte. Mrs Todds kleiner schwarzer Wagen stand am Straßenrand vor dem Haus, zusammen mit Adam Tremletts Transporter und einem grünen Fahrzeug mit schrägem Heck.

Mr Brecht fuhr in die Auffahrt, bremste abrupt und zog die Handbremse an, noch ehe die Räder zum Stillstand kamen. Er murmelte etwas Unverständliches und stieg aus, schlug die Autotür zu und ging mit großen Schritten zum Hauseingang.

Nachdem ich ausgestiegen war, drückte ich Ellen den Blumenstrauß in die Hand. Sie sah blass und ängstlich aus.

»Ich geh dann besser«, sagte ich, und Ellen erwiderte: »Willst du nicht mit reinkommen und dich von Mama verabschieden?«

Nein, ich wollte Thornfield House nicht betreten, wollte Mrs Brecht nicht noch einmal sehen, das letzte Mal war schlimm genug gewesen. Ich wollte nach Hause und mich dort vor den Kamin kuscheln und *Blumen der Nacht* lesen – das Buch faszinierte mich so, dass ich es sogar in der Schultasche mit zur Schule genommen hatte – oder mit Jago plaudern. Aber Ellen sah mich so erwartungsvoll an, ihr Blick flehte, ich solle sie nicht allein in dieses Haus gehen lassen, sodass ich mir ein Lächeln abrang und sagte: »Ja, natürlich.«

Ein Paar schlammbehafteter Stiefel stand mitten auf der Eingangsstufe. Mr Brecht trat im Vorbeigehen wütend danach.

Nie werde ich die Atmosphäre vergessen, die an jenem Nachmittag in Thornfield House herrschte. Man hatte das Gefühl, als wartete das Haus selbst auf den Tod. Eine unheimliche Stille herrschte darin, sodass ich, als wir im Flur die Schuhe auszogen, das Ticken der Kaminuhr hören konnten. Mr Brecht war bereits in den ersten Stock hinaufgegangen, und plötzlich drangen von oben aufgeregte Geräusche herunter – gedämpfte Stimmen, das Zuschlagen einer Tür. Ellen warf einen besorgten Blick die Treppe hinauf, dann nahm sie mich an der Hand und führte mich in die Küche.

»Was ist denn los?«, fragte ich.

Ellen zuckte mit den Schultern. »Ich nehme an, Adam hat Mama noch mehr Blumen gebracht. Papa mag das nicht.«

Mrs Todd saß auf einem Stuhl beim Küchenfenster und strickte. Sie grüßte uns freundlich und setzte Teewasser auf. Ein Tablett mit Teegeschirr stand bereit.

»Wartet besser einen Moment hier«, sagte sie. Die Stimmen oben wurden lauter, zwei gedämpfte, wütende Männerstimmen. Mr Brecht stieß auf Deutsch einen Fluch aus, dann ertönte ein ohrenbetäubender Lärm, und es hörte sich an, als würde etwas die Treppe hinunterpoltern. Ellen und ich sahen zur Tür hinaus. Über die Treppe und den Flurboden lagen unzählige Blumen verstreut. Mr Brecht war dabei, sämtliche Gefäße mit Blumen aus dem Sterbezimmer seiner Frau die Treppe hinabzuwerfen. Einige landeten an der Wand und hinterließen feuchte Flecken. Blütenblätter blieben an den Rahmen der Gemälde hängen und segelten durch die warme Luft. Alles, die Treppenstufen, der Läufer auf der Treppe, der Flurboden, war mit Scherben von Vasen und Einmachgläsern übersät. Kurz darauf sprang Adam Tremlett in dicken Socken die Treppe herab. Sein Gesicht war wutverzerrt. So gut es ging, sammelte er die Blumen wieder ein, ehe er die Eingangshalle durchquerte und durch die

Haustür verschwand. Mit einem lauten Knall fiel sie hinter ihm ins Schloss. Ellen und ich sahen uns an.

»Meinen Sie, es ist okay, wenn wir jetzt hinaufgehen?«, fragte Ellen Mrs Todd.

»Wartet lieber noch ein paar Minuten«, sagte die Haushälterin. Sie öffnete die Schranktür unter der Spüle, nahm Schaufel und Handbesen und ein Putztuch heraus und ging mit angespannter Miene in den Flur, um das Chaos zu beseitigen.

Die Zeit zog sich in die Länge, die Luft schien dicker zu werden, es war, als würde jeder noch so kleinen Bewegung eine Bedeutung zukommen. Nach einer gefühlten Ewigkeit erschien Mrs Todd wieder in der Küche und nickte uns zu. Die roten Nelken ließen wir in ihrem Papier auf dem Küchentresen liegen. Ich folgte Ellen die Treppe hinauf. Der Läufer fühlte sich feucht unter meinen Füßen an. Mrs Brecht lag in dem Zimmer neben Ellens, im vorderen Teil des Hauses. Obwohl es ein großer Raum war, wirkte er wie eine Höhle. Er wurde nur spärlich von einer Stehlampe in einer Ecke und einer kleinen Nachttischlampe beleuchtet, die mit einem roten Tuch bedeckt war, um das Licht zu dämpfen. Eine Aufnahme mit Klaviermusik ertönte, sanft wogten die Klänge durch das Zimmer wie draußen der Nebel, schlichen sich in mich hinein, bis sie zu mir zu gehören schienen wie mein Atem. Ohne die besänftigende und belebende Wirkung der Blumen erschien das Zimmer kahl. Auf merkwürdige, verdrehte Weise glich es einem Brautzimmer, das seines Schmuckes beraubt war.

Mrs Brecht, eine Braut des Todes, wirkte so winzig in ihrem Bett, ihr Körper so abgemagert, dass er sich kaum unter der Bettdecke abzeichnete. Und doch hatte sie sich im Angesicht des Todes einen Hauch ihrer früheren Eleganz bewahrt. Ihr Haar glänzte noch immer, ihre Nägel waren penibel gefeilt, und ihr schönes Gesicht, das, als ich sie zuletzt gesehen hatte, schmerzverzerrt gewesen war, war jetzt entspannt, die Haut glatt. Sie sah wie ein Kind aus, beinahe überirdisch. Aus einer Infusionsflasche tropfte Flüssigkeit in den Schlauch, der mit der Nadel an ihrem Handrücken verbunden war. Ihr Kopf ruhte auf weißen Kissen, und eine Patchworkdecke war bis zu ihrer Brust hochgezogen. Sie trug einen cremeweißen Seidenpyjama. Ihre Augenlider flatterten, als Ellen und ich das Zimmer betraten. Der Heizkörper war auf die höchste Stufe gedreht, und eine süßliche Wärme hing im Zimmer. Mr Brecht saß auf einem Stuhl am Bett, hielt die Hand seiner Frau und sah sie unverwandt an. Ellen setzte sich vorsichtig auf die Bettkante. Ich stellte mich ans Fenster und zog den Vorhang einen Spaltbreit zurück. Draußen sah ich Adam Tremlett im Nebel am Tor stehen. Er riss in der hohlen Hand ein Streichholz an. Während er sich die Zigarette anzündete, blickte er zum Fenster hoch, und unsere Blicke begegneten sich. Mir fiel auf, dass er die Schnürsenkel seiner Stiefel nicht zugebunden hatte. Ich ließ den Vorhang zurückgleiten und wandte mich wieder dem Krankenbett zu.

»Bald hast du es geschafft, Liebste«, sagte Mr Brecht mit sanfter Stimme. »Bald ist alles vorbei, und deine

Schmerzen haben ein Ende.« Er beugte sich über Mrs Brecht, während er weiterhin ihre Hand in seinen Händen hielt. Ihre Lippen waren einander ganz nah, und ich stellte mir vor, wie sich ihr Atem vermischte. Ich fand seine Worte schockierend mutig und gleichzeitig wunderschön. Ich stellte mir vor, wie es wäre, wenn meine Eltern in der gleichen Situation wären; bestimmt würde derjenige, der nicht im Sterben lag, dem anderen versichern, dass alles gut würde. Er würde etwas Positives sagen oder versuchen, die Stimmung durch einen Scherz aufzulockern. Oder sie würden über etwas Triviales und Belangloses reden, wie zum Beispiel das Wetter oder eine Fernsehsendung, die sie gesehen hatten. Ganz anders Mr Brecht mit seiner würdevollen, souveränen Art, dessen Anblick mir Herzklopfen verursachte.

»Soll ich andere Musik auflegen?«, fragte Ellen.

»Nein.« Mr Brecht schüttelte den Kopf. »Es ist noch nicht so weit.«

Ich wusste, welche Musik Ellen im Sinn hatte. Chopins Regentropfen-Prélude, das die Begleitmusik zu Mrs Brechts Tod sein sollte. Ellens Vater hatte ihr erklärt, dass der Geist eines Sterbenden auch nach dem Todeseintritt noch eine Zeit lang in einer Art halb bewusstem Zustand verharre. Wenn Mrs Brecht zu atmen und ihr Herz zu schlagen aufhöre, würde sie zwar nicht mehr in der Lage sein, die Augen zu öffnen, zu reden, zu fühlen oder zu schmecken, aber ihre Ohren würden noch hören können, ohne eines physischen Impulses zu bedürfen. Musik würde ihren Geist also noch erreichen. Ihr Mann hatte beschlossen, dass sie als Letztes Chopin hören sollte, ehe ihre Synapsen endgültig aufgaben. Chopin war die Musik gewesen, mit der er um sie geworben hatte, und Chopin sollte sie in den Tod begleiten. Das war sein Wunsch.

Mir drängte sich der Gedanke auf, ob Mrs Brecht nicht ein heitereres Stück bevorzugt hätte, doch dann sagte ich mir, dass Mr Brecht es bestimmt am besten wusste.

Mrs Brecht drehte den Kopf ein wenig und sah Ellen an. Ihre Lippen bewegten sich kaum merklich.

»Sie will, dass die Musik ausgestellt wird, Papa«, sagte Ellen.

»Dann leg etwas anderes auf. Debussy. Sie liebt Debussy.«

»Nein, Debussy nicht. Das möchte sie bestimmt nicht.«

»Ich sagte, du sollst Debussy auflegen«, sagte Mr Brecht in einem Ton, der keinen Widerspruch duldete. Ellen runzelte die Stirn, stand jedoch auf und tat, was er befohlen hatte. Ich beobachtete Mrs Brechts Gesicht und sah, wie sich eine Emotion darauf spiegelte, aber es war nicht Traurigkeit, eher eine Art Zorn. Der Tod schien alle Beteiligten wütend zu machen. Mrs Brecht schloss die Augen wieder. Abermals zog ich den Vorhang ein winziges Stückchen zurück. Mr Tremlett stand noch immer am Tor und starrte finster zum Fenster herauf. Ich fragte mich, wie lange er noch ausharren würde.

Nachdem Mrs Todd die Spuren von Mr Brechts Wutanfall beseitigt hatte, kam sie ins Zimmer und nahm ihren Platz auf dem hochlehnigen Stuhl in der Ecke schräg gegenüber dem Bett ein. Mit geradem Rücken saß sie da und wandte sich im Schein der Stehlampe wieder ihrer Strickarbeit zu. Man hörte das Klicken der Nadeln. Der Wollknäuel lag in einer Tasche neben dem Stuhl. Ich fragte mich, ob sie die ganze Zeit in diesem Zimmer gewesen war, um Krankenwache zu halten. Nein, rief ich mir ins Gedächtnis, nicht die ganze Zeit – bei unserer Ankunft hatte sich Adam Tremlett allein in Mrs Brechts Zimmer aufgehalten.

Eine Stunde, vielleicht ein bisschen mehr, hielten wir uns schweigend in diesem Zimmer auf, während die Klavierklänge uns umflossen, sich auf unserer Haut niederließen, durch unser Haar strichen, flüchtig die trockenen Lippen der Sterbenden berührten und wieder weiterzogen. Allmählich wurde ich müde. Ich setzte mich neben Ellen, und sie legte den Kopf auf meine Schulter. Ich streichelte ihr übers Haar. Irgendwann kam die Schwester, die sich unterdessen ausgeruht hatte, herein. Sie sah alle Anwesenden der Reihe nach an, den Ehemann, der den Kopf neben den seiner sterbenden Frau gelegt hatte, Mrs Todd, die noch immer strickte, und schließlich das dunkle, schlanke Schulmädchen, Arm in Arm mit ihrer stämmigeren blonden Freundin, beide noch in ihren schwarzen Strumpfhosen, Faltenröcken und Pullovern, die wir den Winter über in der Schule trugen. Sie schüttelte den Kopf. »Geht und zieht euch um und esst etwas.« Ihr Blick wanderte zu Mr Brecht. »Ruhen Sie sich eine Weile aus.«

»Nein, ich lasse meine Frau nicht allein«, sagte Mr Brecht. »Jetzt nicht mehr. Keinen Moment weiche ich mehr von ihrer Seite.«

»Sie schläft. Ich bin ja da. Sie müssen sich wappnen und Kraft sammeln. Es wird eine lange Nacht werden.«

»Nein«, sagte Mr Brecht. »Ich bleibe.«

Angesichts der romantischen Tragik dieser Szene brach es mir schier das Herz. Dennoch war ich froh, fortgeschickt zu werden. Ich wollte keine Sekunde länger bleiben. Etwas Unheilvolles lag über dem Zimmer, in dem Mrs Brecht im Sterben lag. Etwas stimmte nicht, und dieses Etwas hatte nicht nur mit dem Tod zu tun.

Ich küsste Ellen zum Abschied, und als ich Thornfield House verließ, um nach Hause zu gehen, stand sie, eine schmale, trauernde Gestalt, in der Haustür, eine Hand am Türrahmen, und winkte mir mit der anderen zu. Adam Tremletts Lieferwagen parkte jetzt vor der Kirche. Inzwischen war das Tageslicht nahezu erloschen, der Winternebel hatte es frühzeitig Abend werden lassen. Es war eine Atmosphäre, in der man sich allzu leicht vorstellen konnte, wie Gespenster durch die Dunkelheit huschten und sich die Geister der Ertrunkenen im Meer zusammenfanden.

Noch Jahre später erinnerte ich mich an jedes Detail jenes Spätnachmittags. Ich erinnerte mich, wie Jago mich mit seiner rauen, jungenhaften Art aufzumuntern und abzulenken versuchte. Aber die Szenerie im Sterbezimmer in Thornfield House ging mir nicht aus dem Kopf. Ich musste unaufhörlich an Ellen denken, ich wünschte, ich wäre bei ihr, und war gleichzeitig erleichtert und froh, zu Hause zu sein. Wie schrecklich es sein musste, darauf zu warten, dass ein geliebter Mensch starb. Schließlich bat meine Mutter Jago, mich allein zu lassen, und schickte mich nach oben, um ein Bad zu nehmen. In Pyjama und Bademantel kam ich kurze Zeit später wieder herunter. Mum fönte mir das Haar. Sie war außergewöhnlich zärtlich. Danach aßen wir zu Abend. Es wurde nicht viel gesprochen. Ich fragte, ob ich am Wochenende unser Haus weihnachtlich dekorieren dürfe, und mein Vater sagte Ja. Nach dem Essen ging Jago mit dem Hund spazieren. Während Dad im Wohnzimmer fernsah, half ich meiner Mutter, Essen für Thornfield House für die kommende Woche vorzubereiten, sodass Mrs Todd es nur aufzuwärmen brauchte.

Als Jago wieder zurück war, spielten wir eine Zeit lang Karten.

»Erinnerst du dich noch, wie es war, als deine Mutter gestorben ist?«, fragte ich.

»Klar, so was vergisst man nicht.«

»Wie war es? Haben alle darauf gewartet, dass es passiert?«

Jago schüttelte den Kopf.

»Es ging ganz schnell. Alles war ganz normal, und dann plötzlich, von einem Tag auf den anderen, war ich im Hospiz, wo mir die Krankenschwestern Geschichten vorgelesen haben. Sie hatten ein Buch mit dem Titel *Der große, dicke Ochsenfrosch*. Das war mein absolutes Lieblingsbuch. Bis Mum schließlich starb, konnte ich es auswendig. Die Schwestern meinten, ich sei ganz schön clever für mein Alter – ich war damals erst sechs. Und war natürlich mächtig stolz«, schloss er lachend.

Ich stimmte in sein Lachen ein.

»Und dein Vater?«

Jago zuckte mit den Schultern. »Das letzte Mal, dass ich ihn gesehen hab, war am Tag, als Mum gestorben ist. Wir wollten vom Hospiz nach Hause fahren, aber er hat mich bei Onkel und Tante abgeladen, meinte, ich soll mich benehmen, er wär in einer Stunde wieder zurück, dann ist er verschwunden.«

»Er hat sich von niemandem verabschiedet?«

»Nein. Deswegen waren sie ja so angefressen. Ich wurde ihnen einfach so aufs Auge gedrückt.«

Mein Lächeln erstarb. Jago boxte mich spielerisch in den Arm.

»Es ist ja doch noch alles gut geworden, nicht wahr? Jetzt bin ich hier, bei euch.«

»Ja, da hast du recht.«

Jago nahm mich ungeschickt in den Arm.

»Und bei dir wird es genauso sein«, sagte er. »Du musst jetzt stark sein, Han. Eine Zeit lang wirst du dich schlecht fühlen, aber irgendwann vergeht der Kummer, wirst schon sehen.«

Später nahm ich Trixie mit nach oben in mein Zimmer. Ich hob sie auf mein Bett, und sie legte sich neben mich und begann, das Kinn auf meine Brust gebettet, zu schnarchen. Das Geräusch tröstete mich. Ich dachte an den armen Mr Brecht, der bald Witwer sein würde, nachdem ihm der Tod seine heiß geliebte Frau so jung und so brutal entrissen hatte. Das Leben konnte so unerbittlich sein. Ich fragte mich, ob es etwas gab, was ich tun könnte, um seine Trauer zu lindern. Ich nahm mir vor, ihm zu zeigen, dass ich immer für ihn da wäre, egal, was passierte.

Irgendwann musste ich eingeschlafen sein, jedenfalls wachte ich mitten in der Nacht auf. Draußen heulte eine Eule, wahrscheinlich war ich davon erwacht. Ich sah darin ein Zeichen, dass es vorbei war, dass Mrs Brecht gestorben war, und schluchzte still und ein wenig selbstgefällig in das Fell des muskulösen alten Hundes.

Am nächsten Morgen saß Ellen dann zum ersten Mal nicht im Schulbus.

EINUNDZWANZIG

Nachdem wir nachmittags Tee getrunken hatten, schlug ich meiner Mutter vor, ein wenig die Füße hochzulegen, während ich den Abwasch erledigte und das Geschirr aufräumte. Auch wenn ich wusste, dass sie hinterher kontrollieren würde, ob auch alles sauber war und ihren peniblen Ansprüchen genügte. Durchaus möglich, dass sie das Geschirr noch einmal spülen würde. Als ich die Geschirrtücher zum Trocknen nach draußen hängte, ging mir durch den Kopf, wie anstrengend es für meine Mutter sein musste, mich wieder zu Hause zu haben. Seit der Zeit nach meinem Zusammenbruch fiel uns beiden das Zusammenleben gleichermaßen schwer. Sicher, wir liebten uns, aber sie empfand meine Gegenwart als erschöpfend, und sie irritierte mich. Sie war immer in Alarmbereitschaft, hielt immer Ausschau nach Zeichen eines weiteren mentalen Zusammenbruchs, was mich wiederum dazu veranlasste, ihr unentwegt zu versichern, dass es mir gut gehe. Normalerweise fiel mir das nicht besonders schwer, aber da ich mich diesmal tatsächlich nicht besonders wohlfühlte, herrschte an diesem Nachmittag eine angespannte Stimmung in dem kleinen Haus.

»Es ist ein wunderschöner Abend, ich glaube, ich mache einen Spaziergang, Mum«, sagte ich. Sie saß im Wohnzimmer. Der Fernseher lief, war aber auf Stumm geschaltet. An ihrem Gesicht konnte ich erkennen, dass sie gerade eingenickt war.

»Ach, bleib doch hier und sieh mit mir fern«, sagte sie. »Gleich beginnt eine Geschichtssendung, die dir bestimmt gefallen würde.« Aber ihre Aufforderung klang halbherzig. Ich trat zu ihr und küsste sie auf die Stirn.

»Wirklich, Mum, frische Luft wird mir guttun. Eigentlich bin ich noch immer ein Landmädchen. Ich vermisse das Meer, weißt du.«

Mum lächelte. In ihren Augen war Bristol ein furchterregender Ort, ein wahrer Sünden- und Drogenpfuhl und außerordentlich schmutzig. Wann immer ich eine Bemerkung über das Stadtleben fallen ließ, fühlte sie sich in ihrem Vorurteil bestärkt und genoss es sichtlich.

»Ich werde zurück sein, bevor es dunkel wird«, sagte ich, nahm meine Jacke und ging hinaus.

Eine Zeit lang folgte ich der kleinen Straße vor unserem Haus, dann kletterte ich über einen Zaunübertritt und überquerte eine Weide. Es war ein warmer Sommerabend, und unzählige Schmetterlinge tummelten sich in der lauen Luft. Während ich durch hüfthohes Gras spazierte, kamen meine Gedanken zur Ruhe, und ich entspannte mich. Kaninchen hoppelten am Wiesenrand entlang, und kleine Vögel schossen pfeilschnell zwischen den Hecken hin und her.

Ohne ein bestimmtes Ziel vor Augen wanderte ich eine Zeit lang weiter, bis mir plötzlich klar wurde, dass ich auf dem Weg zum Bleached Scarp war.

Der Weg war weiter, als ich ihn in Erinnerung hatte, und auch anstrengender. Die Bauern hatten die meisten Hinweisschilder auf Fußwege und Zaunübertritte entfernt, um die Urlaubsgäste davon abzuhalten, ihre Wiesen zu zertrampeln. Immer wieder aufs Neue erfreute mich der Anblick der rotbraunen Rinder, die auf den Weiden grasten, der Wildblumen, der Fülle von gelben, weißen und lila Farbtönen, die sich in das wogende Gras mischten, und der uralten Steinhecken, die die Felder und Wiesen begrenzten. Die seit jeher in die Hecken eingelassenen Stufen ermöglichten den Wanderern, diese bequem zu überwinden, im Unterschied zu den Elektrozäunen, mit denen zu ihrem Leidwesen neuerdings die meisten Weiden umgeben waren.

Schließlich erreichte ich die Kuppe der Anhöhe, die auf

der anderen Seite sanft zum Küstenweg hin abfiel und hinter der die schroffen Meeresklippen lagen. Bauschige Wolken mit ihren flachen Unterseiten waren in den ansonsten perfekten aquamarinblauen Himmel getupft, während sich das Meer darunter in einem dunkleren Türkis abhob. Die Wellen hatten weiße Gischtkronen. Plötzlich überkam mich bei dem Anblick, der sich mir bot, ein tiefes Gefühl des Stolzes. Eine Weile stand ich einfach nur da und beschwor die Vergangenheit herauf. Fast konnte ich uns drei sehen, Ellen, Jago und mich, wie wir mit aufgeschürften Knien und schmutzigen Händen, die Taschen voller Kieselsteine und Süßigkeiten, über die Felder liefen. Wie wir den Abhang hinunterkletterten, gelegentlich hinfielen und uns gegenseitig jagten. Wie Ellen und Jago, immer ein Stück voraus, mir zuriefen, ich solle mich beeilen, wo ich denn bliebe, und ich solle nicht ein solcher Angsthase sein.

Dann schloss ich die Augen und verscheuchte das Bild. Nun war ich wieder allein und längst erwachsen und genoss die Aussicht, die sich mir in diesem Moment bot: einen der besten Ausblicke der Welt, dachte ich stolz, unser Ausblick eben.

Ich folgte unserem Pfad, überquerte eine weitere Wiese, dann einen Weg und einen Zaun mit einem Schild, auf dem stand: »Achtung, Lebensgefahr, erodierende Steilklippe«, und musste fast lächeln angesichts meines ungewohnten Wagemuts. Früher hatte ich eine solche Angst vor diesem Ort gehabt, aber nun bemerkte ich, dass die Klippenwand gar nicht so hoch war und der Pfad nicht so rutschig wie in meiner Erinnerung. War ich mutiger geworden? Besaß ich als Erwachsene mehr Selbstvertrauen, oder hatte ich mir die Gefahr als Kind einfach nur eingebildet? Ich brauchte einen Augenblick, um das Loch in der Felswand zu entdecken, wo sich der Schacht öffnete, durch den man zum Strand hinuntergelangte. Die Lücke war kleiner, als ich sie in Erinnerung hatte, aber die tunnelartige Schneise weniger steil und dunkel. Kein Vergleich zu dem schwindelerregenden Abgrund, dessen ich mich zu entsinnen glaubte. Die Stufen waren von Menschenhand gemacht, in den Fels gehauen, um den Zugang zum Strand zu erleichtern und sicherer zu machen. Es war gut möglich, ja sogar wahrscheinlich, dass einst Schmuggler den verborgenen Zugang zum Meer benutzt hatten. Warum war uns als Kindern nie dieser Gedanke gekommen?, fragte ich mich. Vor allem mir, die ich so besessen von Piraten- und Strandräubergeschichten gewesen war.

Ich kletterte durch die Felsöffnung, lauschte auf das klatschende Geräusch der Wellen, die gegen die Felswand schlugen, und stützte mich mit Ellbogen und Knien ab, bis ich den höhlenartigen Durchgang erreichte, der zum Strand führte. Die klamme Dunkelheit, der nasse Sand, der Geruch nach Seetang und das Echo des Meeres in dem Felsschacht gaben mir das Gefühl, nach Hause zu kommen. All das war genau wie in meiner Erinnerung.

Nach uns hatten offensichtlich andere Kinder den Strand entdeckt und für sich beansprucht. Leere Getränkedosen lagen in den verkohlten Resten eines Strandfeuers, und alte Handtücher waren achtlos zwischen die Büsche am Fuß der Klippen gestopft worden. Und doch war alles noch so, wie es gewesen war; die Vogelspuren im Sand, die Wellen, die die Kieselsteine durcheinanderwirbelten, der Wind und das Licht und der Geschmack nach Ozean. Ich blickte zu den Felsen hinauf, von denen Jago und Ellen ins Wasser gesprungen waren. Wenn ich die Augen zusammenkniff, konnte ich sie beinahe erkennen, meine Kindheitsfreunde, die einander herausforderten. Dieses Bild ließ mich lächeln. Es war gut, dass ich hierher zurückgekommen war, dachte ich. Von diesem Ort hatte ich nichts zu befürchten. Schließlich hatte ich gute Erinnerungen an diesen Strand.

Der Klippenwand folgend, ging ich bis zu der Stelle, wo sich ein tiefer Riss im Felsen auftat und sich eine kleine Höhle gebildet hatte, die wir als Versteck benutzt hatten. Ich griff hinein und tastete mit den Fingern die Höhlung ab, bis ich auf eine Muschelschale und das uralte Plastikfeuerzeug stieß, mit dem Jago unsere Strandfeuer entzündet hatte. Meine Strandglassammlung hingegen war nicht mehr da. Jemand musste unser Versteck entdeckt und mein Strandglas mitgenommen haben. Gut so, dachte ich. Vielleicht hatte der Finder es ins Meer zurückgeworfen. Es war ein Zeichen dafür, dass das Leben weiterging. Die Orte bleiben, aber Kinder werden erwachsen und ziehen weiter, und andere Kinder treten an ihre Stelle.

Ich zog Stiefel und Socken aus und watete ins Wasser, sollten die Beine meiner Jeans ruhig nass werden. Unter den Füßen spürte ich den körnigen Sand, das Wasser war eiskalt. Ich wusste, dass ich nur ein paar Minuten ausharren müsste, dann würde das Brennen nachlassen. Ich blickte auf meine Füße hinab. Das Wasser darum herum war rötlich gefärbt, rötliche Schlieren trieben darin, die mit jeder neuen Welle davongetragen wurden. Ich hob einen Fuß hoch, untersuchte ihn, dann den anderen, aber nirgendwo war eine Wunde zu erkennen. Als ich abermals ins Wasser schaute, war die rötliche Färbung verschwunden.

Es war nur ein flüchtiger Augenblick, aber er genügte, um mir ein mulmiges Gefühl zu bereiten. Mein Herz klopfte schneller. Eine Wolke schob sich vor die Sonne, und ich hob den Blick, und in diesem Moment zog die Wolke weiter, sodass die Sonne mich blendete. Es fühlte sich an, als durchbohrte ein Strahl meinen Kopf. Ich machte einen Schritt vorwärts, stolperte und fing mich wieder. Meine Augen waren noch immer geblendet, dennoch nahm ich eine Bewegung oben auf der Klippe wahr. Jemand stand dort, auf dem Klippenrand. Ich blinzelte. Ein dunkler Fleck in der Mitte meiner Netzhaut trübte meine Sicht. Ich sah weg und wieder hin, und an der menschlichen Silhouette erkannte ich, dass es eine Frau war. Völlig reglos stand sie dort oben auf dem Klippenrand und sah zu mir herunter.

Es war sie, ich war mir völlig sicher.

Wer sonst hätte es sein sollen?

Es war Ellen.

ZWEIUNDZWANZIG

Im Januar, vier Wochen nach Mrs Brechts Beerdigung, kam der Regen. Er trommelte gegen die Scheiben der bodentiefen Fenster, die auf die Terrasse im hinteren Teil von Thornfield House hinausgingen. Es regnete so heftig, dass die schwarze Blumenerde, die Adam Tremlett in mühevoller Arbeit in die Töpfe auf der Terrasse gefüllt hatte, auf die hellen Platten spritzte. Die Regentropfen tanzten im Zwielicht auf dem Teich, und auf dem frisch angesäten Rasen breiteten sich gräuliche Pfützen aus.

Ich saß im hinteren Wohnzimmer und wartete darauf, dass Ellen mit dem Klavierüben fertig war. Als ich am Vormittag gekommen war, hatte sie bereits am Klavier gesessen, und jetzt war es vier Uhr nachmittags, und sie spielte noch immer. Sie übte eine besonders schwierige Passage, und ihr Vater saß neben ihr und unterrichtete sie. Aus dem Salon vernahm ich Mr Brechts leise, eindringliche Stimme und Ellens frustrierte, wütende Erwiderungen.

Ihre Verzweiflung spiegelte sich in ihrem Spiel wider. Ich hörte es – jeder hätte es hören können – in der Art, wie sie die kniffligen Akkorde griff; es klang irgendwie verzerrt. Es war auch keine gefällige Melodie, jedenfalls nicht die Art von Stück, bei dem ich Ellen gern zuhörte, und auch nicht die, die ihre Mutter bevorzugt hatte. Keine romantische Mondscheinmusik, keine Liebesmelodie oder Musik, bei der man meinte, das Meeresrauschen zu vernehmen und bei der ich mich an unseren Lieblingsstrand Bleached Scarp träumen und mir vorstellen konnte, ich läge dort und ließe mir die Sonne ins Gesicht scheinen, während der Wind über die Wellen blies. Es war kein Stück von Yann Tiersen oder Elijah Bossenbroek, auch nicht von Mozart, Grieg oder das Klavierkonzert von Saint-Saëns, das Ellen so liebte, sondern etwas Disharmonisches und Kreischendes wie das Geräusch von Schmerz.

Ellens Vater versuchte ganz offensichtlich, seiner Tochter beizubringen, ihre Trauer in Musik zu übersetzen. Doch für Ellen war es die reinste Qual, denn ihre Trauer war beredt genug, sie bedurfte keiner Übersetzung.

Anne Brecht war am Stephanstag auf dem Friedhof der Kirche Our Lady Star of the Sea begraben worden, die sich außerhalb des Dorfes in der Heide befand. Es war ein kalter, trüber Wintertag gewesen. In einer merkwürdig schnörkellosen, tristen Zeremonie wurde der Sarg in das Familiengrab im Schutz der uralten Friedhofseibe hinabgelassen. Nur ein paar wenige Einheimische waren gekommen, meine Familie und ich und natürlich Mrs Todd und Adam Tremlett. Letzterer hatte nicht an der Messe in der Kirche teilgenommen, verfolgte hinterher aber die Beisetzung aus einiger Entfernung vom Friedhofsrand aus. Der Großteil der Trauergemeinde waren Deutsche, Verwandte von Mr Brecht, die zur Beerdigung seiner Frau aus Deutschland angereist waren. Daneben waren ein paar ehemalige Kollegen von Mrs Brecht aus der Welt der klassischen Musik gekommen, die auch Ellen noch nie gesehen hatte; Männer in langen Mänteln und Frauen mit schmaler Taille, hochhackigen Schuhen und mit eleganten, kostbaren Traueraccessoires ausgestattet. Ich hörte, wie sie einander flüsternd erzählten, sie kämen aus London, Deutschland, ja, sogar aus Russland. Hinterher hatten sie, wie man hörte, bis in die frühen Morgenstunden in der Bar des Seagull Hotels zusammengesessen, Wodka getrunken und sich angeregt unterhalten. Ellen trug ein einfaches schwarzes Kleid von ihrer Mutter, einen schwarzen Mantel und schwarze Strumpfhosen. Im Schrank ihrer Mutter hatte sie außerdem einen schwarzen Spitzenschal gefunden, den sie sich als Schleier über den Kopf drapiert hatte, damit man ihre Tränen nicht sah. Ihr Vater war von Kopf bis Fuß in Schwarz. Sein seit Wochen ungeschnittenes Haar hing ihm, feucht vom Nieselregen, über die Schultern. Die Tatsache, dass er dünner und hagerer geworden war, ließ ihn zusammen mit dem langen Haar und dem dunklen Bartschatten jünger wirken; viel zu jung für einen Witwer. Er und Ellen standen Seite an Seite, tief unglücklich, aber auch seltsam würdevoll.

Da ich nichts Schwarzes besaß, hätte ich wohl oder übel meine Schuluniform anziehen müssen, die einzigen formellen Kleidungsstücke in meinem Schrank. Meine Eltern hatten mich in ihre Mitte genommen, und ich kam mir beim Anblick von Mr Brecht und Ellen wie ein kleines Kind vor. Als es daranging, Erde auf den Sarg zu streuen, wandte sich Mr Brecht kopfschüttelnd ab. Raschen Schritts entfernte er sich vom Grab und verschwand hinter der Kirche. Ellen folgte ihm. Ich fragte mich, ob ich nach ihr schauen sollte, aber meine Mutter sah mich an und bedeutete mir, es nicht zu tun. Kurz darauf hörte ich ein Wehklagen aus Richtung der Kirche. Ich wusste, es kam von Mr Brecht, der von seiner Trauer überwältigt worden war.

Jago stand neben meinem Vater. Nachdem die Grabreden zu Ende waren, bekreuzigte er sich und ging davon. Ich sah, wie er vor einem anderen Grab niederkniete, bemerkte dann aber, dass es im Grunde nichts weiter als ein grasbewachsener Fleck an der hinteren Friedhofsmauer war. Mum erklärte mir, dass dort die Asche der Verstorbenen verstreut werde, deren Angehörige sich kein richtiges Grab leisten konnten.

»Willst du damit sagen, dass Jagos Mutter dort beerdigt wurde?«, fragte ich im Flüsterton.

»Ja, das nehme ich an.« Mum sah zu Vater. »Wir haben nie daran gedacht, ihn zu fragen, nicht wahr, Malcolm?«

Dad schüttelte den Kopf. »Er wird schon damit fertig. Macht euch keine Sorgen um den Jungen. Sie ist noch immer in seinem Herzen, darauf kommt es an. Nicht auf ein Stück Rasen mit Blumen darauf.«

Nun, einen Monat später, herrschte in Thornfield House noch immer tiefe Trauer. Mr Brecht wanderte durchs Haus und verbot jedem, etwas zu berühren, was Anne gehört hatte. Er bestand darauf, dass alles blieb, wie es war, als glaubte er, sie würde eines Tages zurückkehren. Das Zimmer, in dem sie gestorben war, war verschlossen, und er verwahrte den Schlüssel. Er ließ es nicht einmal zu, dass Mrs Todd es von Zeit zu Zeit lüftete. Nur er selbst betrat es und blieb dann stundenlang dort. Da es neben Ellens Zimmer lag, hörte sie nachts manchmal durch die Wand, wie er auf und ab ging und Aufnahmen von Konzerten ihrer Mutter abspielte. Noch immer lag das Kaschmirplaid, mit dem sich Mrs Brecht zugedeckt hatte, ordentlich gefaltet am Kopfende der Chaiselongue im Salon, und die Wärmflasche, die die Schmerzen in ihren Füßen gelindert hatte, lag noch immer am Fußende. In dem hinteren Zimmer, wo ich auf Ellen wartete, standen noch immer die Bücher ihrer Mutter im Regal. Es waren neue Bücher, die meisten davon ungelesen, denn in den letzten Monaten waren die Gelenke ihrer Finger so entzündet gewesen, dass sie nicht einmal mehr umblättern konnte. Manchmal hatte sie Ellen gebeten, ihr vorzulesen, anstatt immer nur Musik zu hören. Ihre Sonnenbrille lag auf dem Kaminsims und ihr Gehstock quer über den Armlehnen des Rollstuhls, der neben dem Terrassenfenster stand, und der bebänderte Strohhut, den sie im Sommer im Garten getragen hatte, baumelte am Stockgriff. Das Paar Sandalen vor der Schwelle des Terrassenfensters schien nur darauf zu warten, dass Anne zurückkehrte und mit ihren schmalen, deformierten Füßen hineinschlüpfte. Und ihre wunderschönen Ringe lagen in einer kleinen, dekorativen Glasschüssel auf dem Kaminsims.

Jegliches Licht und Leben schien aus dem Haus hinausgesickert zu sein, als wäre es durch die Türritzen und Schlüssellöcher entwichen. Das Haus, das einst so luftig und elegant und voller Leben gewesen war, wirkte mit einem Mal öde und unheilvoll wie eine dunkle Höhle.

Ellen litt unter Albträumen. Sie erzählte mir, immer wieder träume sie, dass sich in den Schatten etwas verberge, nicht ihre Mutter mit ihrer durchscheinenden Aura, sondern etwas Großes und Bedrohliches. Sie spüre genau, dass das, was sie beobachte und bedrohe, nur auf einen Auslöser warte, einen falschen Schritt von ihr, um sie zu töten. Nur dass sie nicht wusste, was dieser Auslöser war. Sie war überzeugt, dass Träume eine Bedeutung hatten. Sie sagte, sie wisse, dass dieses Etwas über sie kommen und sie töten würde, nur nicht, wann, noch wo oder wie. Wenn sie danach wach in ihrem Bett lag, fragte sie sich, ob sie vielleicht dafür sorgen solle, dass das Unheil seinen Lauf nahm, so wie die Lady von Shalott in der Ballade von Alfred Tennyson. Ich fand ihre Worte äußerst verstörend. Die Schatten ihrer Albträume begannen, sich auch meiner Träume zu bemächtigen. Wenn ich wach war, machte ich mir Sorgen – nicht um mich, sondern um Ellen.

Während ich nun allein in dem hinteren Zimmer saß, wo sich Anne Brecht so oft aufgehalten hatte, und auf Ellen wartete, fühlte ich mich unbehaglich. Die schöne deutsche Kaminuhr tickte laut, und der Regen prasselte ans Fenster; die disharmonische Klaviermusik hörte sich an wie der Soundtrack eines Horrorfilms. Ich wusste nicht, wer mir mehr leidtat, Ellen oder ihr Vater. Wie sollte Ellen gut Klavier spielen können, da sie doch so durcheinander war? Aber konnte sie sich andererseits nicht wenigstens ein bisschen konzentrieren, mehr verlangte ihr Vater doch gar nicht!

Ich blickte auf die Zeitung in meinem Schoß. Mrs Todd hatte sie mir gegeben; sie hatte sie auf einer bestimmten Seite aufgeschlagen und glattgestrichen und mir den Artikel gezeigt, den ich unbedingt lesen sollte.

Es war ein Nachruf. Der Autor war ganz offensichtlich ein großer Bewunderer von Anne Brecht gewesen. Ausführlich beschrieb er ihr außergewöhnliches Talent und wie sie mit ihrer Jugend und ihrer Schönheit und Brillanz zu einer der berühmtesten und beliebtesten Pianistinnen aller Zeiten geworden war. Die abgebildeten Fotos zeigten Anne bei Proben und Konzerten und bei verschiedenen privaten Gelegenheiten während ihrer gefeierten Aufenthalte in New York und Rom. Während sie in hellem Sonnenlicht posierte, sah sie wunderschön und rundum zufrieden aus, als sei sie der glücklichste Mensch auf Erden.

Als ich den Artikel zu Ende gelesen hatte, legte ich die Zeitung zur Seite und ging zum Fenster. Ich beobachtete, wie die Regentropfen die Scheibe hinabrollten. Draußen im Garten wurde es allmählich dunkel. Ich konnte nur noch bis zum Teich blicken.

Ich ging zum Bücherregal und zog ein altes Exemplar der Zeitschrift *The Tatler* heraus, das zwischen ein Buch und die marmorne Bücherstütze geklemmt war. Damit setzte ich mich erneut in meinen Sessel und blätterte durch die Seiten. »Die Debütantin des Monats« hatte mein Interesse geweckt, eine gertenschlanke Blondine, die ein obligatorisches Twinset mit Perlenkette trug. Ich war mir nicht ganz sicher, was eine Debütantin war – wahrscheinlich in vornehmen Kreisen das Pendant zum »Mädchen von Seite drei«. Mit dem Daumen blätterte ich rasch durch die Seiten, bis sich die Zeitschrift wie von allein bei einem doppelseitigen bebilderten Artikel öffnete – anscheinend war er schon unzählige Male gelesen worden. Das Foto, das sich fast über die ganze linke Seite erstreckte, zeigte eine Frau mit einem Baby im Arm. Es war Anne, Mrs Brecht, aber jünger, als ich sie gekannt hatte, also musste das Baby Ellen sein. Anne trug ein weißes Kleid mit V-Ausschnitt und saß in einem antiken Sessel mit hoher, gerader Lehne neben einem großen Fenster. Das Fenster wurde von einem zurückgebundenen schweren Brokatvorhang eingerahmt und blickte auf eine herrschaftliche Terrasse und einen Park. Laut Bildunterschrift war das Foto auf Schloss Marienburg aufgenommen worden, »dem herrlichen Landsitz von Annes Schwiegermutter, der Gräfin Friederike von Schönheide, das in einer wunderschönen Flusslandschaft in der Nähe von Magdeburg liegt, mit Blick auf die Elbe«. Ellen hatte mir oft von dem Schloss erzählt, wo sie angeblich gewohnt hatten, und davon, dass die Großeltern ihres Vaters entfernt mit dem ehemaligen deutschen Kaiserhaus verwandt gewesen seien. Ich hatte ihr nie geglaubt. Jetzt aber begriff ich, dass zumindest ein Teil dessen, was sie mir erzählt hatte, der Wahrheit entsprach.

Nachdem ich die Bildunterschrift gelesen hatte, besah ich mir das Foto nochmals eingehender, und erst da bemerkte ich Mr Brecht, den man durch das Fenster auf der Terrasse stehen sah. In seiner Freizeithose und dem am Kragen offenen Hemd sah er atemberaubend gut aus. Wie er da mit nachlässiger Pose und mit einer Zigarette zwischen den Fingern an dem Sockel eines steinernen Hirschen lehnte, wirkte er sogar ein wenig verrucht.

Ich seufzte und begann, den Artikel zu lesen.

Er begann mit einem kurzen Überblick über Annes musikalische Erfolge. Ihren letzten öffentlichen Auftritt hatte sie acht Wochen vor Ellens Geburt in Sankt Petersburg. Anne war zu dieser Zeit erst einundzwanzig gewesen, aber in dem Artikel wurden einige zuverlässige Quellen zitiert, die eines der vielversprechendsten Talente in ihr sahen. Ihre Interpretation von Fritz Kreislers Liebesleid suche ihresgleichen und so weiter. »Und«, fuhr der Verfasser des Artikels in seiner Lobeshymne fort, »die Geburt von Ellen Louisa macht das Glück von Anne und ihrem charmanten Mann Peter perfekt, der seit ihrem zwölften Lebensjahr ihr Musiklehrer und Mentor ist.«

In diesem Moment wurde im Flur eine Tür zugeschlagen, und ich brach die Lektüre ab. Ich hörte, wie Ellen die Treppe hinauflief. Mr Brecht betrat das Zimmer, in dem ich saß, gefolgt von Mrs Todd. Sie schenkte Whisky in ein Glas und reichte es ihm. Er nahm es und trank. Offensichtlich hatten sie mich noch gar nicht bemerkt.

»Wie ging es heute?«, fragte Mrs Todd.

»Hoffnungslos«, erwiderte Mr Brecht. »Sie hat absichtlich das Stück sabotiert. Sie hört einfach nicht auf mich, tut nicht, was ich ihr sage, sie versucht es nicht einmal. Ich weiß nicht, was ich noch mit ihr anfangen soll, Mrs Todd. Ich bin mit meinem Latein am Ende.«

Er stützte sich mit den Händen auf die Rückenlehne des Sessels, in dem Mrs Brecht oft gesessen hatte, und ließ den Kopf sinken.

Ich räusperte mich. Mr Brecht richtete sich auf und schob eine Haarsträhne zurück.

»Hallo, Hannahlein«, sagte er mit einem müden Lächeln.

»Geh zu Ellen hinauf und rede mit ihr«, sagte Mrs Todd freundlich zu mir. »In einer halben Stunde ist das Abendessen fertig.«

Ich nickte, legte die Zeitschrift auf die Armlehne des Sessels und huschte zur Tür hinaus.

DREIUNDZWANZIG

Auf dem Rückweg zum Haus meiner Eltern beschloss ich, beim *Smugglers' Rest* halt zu machen, einem kleinen, heruntergekommenen Pub, das über einen gewissen nostalgischen Charme verfügte. Normalerweise ging ich nie allein in eine Kneipe, aber beim Anblick der Frau auf dem oberen Rand der Klippen war mir dermaßen der Schreck in die Glieder gefahren, dass ich einen Drink brauchte. Entweder spielte mein Gehirn mal wieder ein grausames Spiel mit mir, oder Ellen war tatsächlich von den Toten auferstanden. Ich wusste nicht, welche der beiden Möglichkeiten beängstigender war. In diesem Zustand konnte ich unmöglich meiner Mutter unter die Augen treten. Zuerst musste ich mich wieder fangen. Vielleicht würde der Alkohol ja die gewünschte Wirkung haben. Vielleicht würde es mich auch beruhigen, eine Weile in dem schmuddeligen Biergarten des Pubs zu sitzen, inmitten von Wiesenkerbel und umschwirrt von diesen winzigen, braunen blütenbestäubenden Motten, und dem Sonnenuntergang zuzusehen, während die Menschen um mich herum plauderten und den Abend genossen, als wäre nichts passiert.

Mit achtzehn war ich zum letzten Mal in diesem Pub gewesen, zusammen mit Ricky, meinem ersten Freund. Ich erinnerte mich noch daran, was wir danach auf dem Parkplatz gemacht hatten. Als ich jetzt die düstere Bar betrat und über den Garten hinweg zu der Stelle blickte, wo Ricky vor vielen Jahren immer seinen Wagen abgestellt hatte, legte ich die Arme um meinen Körper und musste unwillkürlich lächeln.

Nur eine Handvoll Gäste saß in der Schankstube, einem engen, dunklen Raum; Geschirrspülmaschinendampf hing in der Luft. Ich bestellte Cidre, doch gerade als der Barmann ein Glas für mich füllte, bemerkte ich, dass ich kein Geld dabeihatte. Das genügte schon, um mir Tränen in die Augen zu treiben. Ich fühlte mich wie ein Kind, das etwas nicht bekam, was es unbedingt haben wollte. Alles lief schief, und im Grunde hatte es wie immer mit Ellen zu tun. Sie war stets die Wurzel meines Unglücks. Beschämt murmelte ich eine Entschuldigung und wollte gerade wieder gehen, als ein dünner grauhaariger Mann vor mich hintrat. Er zog seine dünne Wollmütze vom Kopf, sah mir ins Gesicht und sagte: »Das ist doch die kleine Hannah Brown, wenn ich mich nicht täusche?«

Der Mann verunsicherte mich zusätzlich.

»Ja«, sagte ich und wollte links an ihm vorbeigehen, aber er versperrte mir erneut den Weg.

»Ich bin Bill, Bill Haworth. Jago hat früher auf meinem Boot gearbeitet.«

»O ja, natürlich, Bill! Wie nett, dich zu sehen.« Wieder wollte ich mich an ihm vorbeischieben, aber er hielt mich am Arm fest.

»Ich spendiere dir den Drink«, sagte er. »Du siehst aus, als könntest du ihn gebrauchen. Geh doch schon mal raus in den Garten und such uns einen Tisch, wo wir uns unterhalten können. Ich bin gleich bei dir.«

»Das ist sehr nett von dir, Bill, aber ...«

»Geh ruhig.«

Ich schlängelte mich durch die enge Bar hinaus in den Garten und setzte mich auf eine freie Bank. Während ich auf Bill wartete, zerrupfte ich nervös einen Bierdeckel. Kurz darauf kam Bill mit meinem Cidre und einem Bier für sich an den Tisch. Er stellte die Gläser auf den aus groben Holzbrettern gezimmerten Tisch und setzte sich ans andere Ende der Bank, die wackelte und ächzte, als könne sie jeden Moment auseinanderfallen. Ich stellte meine Füße fest auf den Boden, um das Gewicht auszubalancieren.

»Also«, sagte Bill. »Jetzt kannst du mir ja erzählen, warum du hergekommen bist und was passiert ist.«

Ich hob das Glas an die Lippen und trank in langsamen Schlucken. Der Cidre war süß und kalt, er schmeckte köstlich.

»Ich bin übers Wochenende bei meinen Eltern zu Besuch. Gar nichts ist passiert, ich habe nur …« Ich starrte in mein Glas. Es schien alles viel zu kompliziert, um es zu erklären, selbst Bill, der einen Teil der Geschichte bereits kannte. »Es ist schwer für mich, wieder hier zu sein. Ich komme mir wie eine Fremde vor, als würde ich nicht mehr hierhergehören, aber gleichzeitig ist es, als wäre ich nie weg gewesen.«

»Also, wenn du meine bescheidene Meinung hören willst«, sagte Bill bedächtig, »ist es so, dass wenn man an einen Ort der Vergangenheit zurückkehrt, man sich automatisch wieder in das Alter zurückversetzt fühlt, das man hatte, als man ihn verließ.«

Ich dachte einen Moment lang über seine Worte nach. »Ja«, sagte ich. »Stimmt, genau so geht es mir.«

Bill sah mich zufrieden an. Er nahm einen ausgiebigen Schluck von seinem Bier. Ich beobachtete, wie sein Adamsapfel auf und ab hüpfte. Dann stellte er das Glas feierlich auf den Tisch zurück.

»Hast du mal wieder was von deinem Bruder gehört?«

Ich schüttelte den Kopf. »Nein. Seit Dads Herzinfarkt habe ich nicht mehr mit ihm gesprochen.«

»Das ist doch schon einige Jahre her, nicht wahr?«

»Ja.«

»Warum habt ihr keinen Kontakt mehr? Ihr zwei habt doch immer wie Pech und Schwefel zusammengehalten.«

»Einfach so. Wir haben uns eben nichts mehr zu sagen.«

Bill stieß ein ungläubiges Schnauben aus. »Das ist ja wohl das Dümmste, was ich seit Langem gehört hab. Ihr beide lebt an zwei entgegengesetzten Enden der Welt, da müsstet ihr euch doch jede Menge zu erzählen haben.«

Ich nickte in der Hoffnung, er würde sich damit zufriedengeben, wenn ich ihm zustimmte. Dann blies ich einen Marienkäfer von meinem Unterarm.

»Aber es geht ihm doch hoffentlich gut?«

»Ja, er hat eine gute Stelle, soweit ich weiß.«

»Und eine nette Frau hoffentlich auch?«

»Nein.« Ich schüttelte den Kopf. »Er scheint die Richtige noch nicht gefunden zu haben.«

Ich sah auf die Bank hinab. Jemand hatte eine Chipstüte auf ein kleines Format gefaltet und sie in eine Ritze zwischen den Holzlatten gesteckt.

»Jago ist schwer in Ordnung«, sagte Bill. »Einer der Besten, wenn du mich fragst. Wir hätten ihm alle geholfen. Egal, wovor er damals davongelaufen ist, ob wegen einer Frau, Geld oder was der Teufel sonst, wir hätten dafür gesorgt, dass es wieder in Ordnung kommt. Wenn dieser verdammte Mistkerl, entschuldige meine derbe Sprache, sich nicht ohne ein Wort aus dem Staub gemacht hätte.«

Er nahm wieder einen Schluck Bier, leckte sich über die Lippen und stellte das fast leere Glas ab. Auf dem Unterarm hatte er eine Tätowierung mit den Namen seiner Enkel. Shoni und Jude.

»Du hättest nicht verhindern können, dass Jago weggeht«, sagte ich. »Niemand hätte es verhindern können.«

»Na gut.« Bill schüttelte den Kopf, klopfte eine Zigarette aus der Packung und rollte sie über den Tisch. »Wenn du wieder mal mit ihm sprechen solltest, sag ihm, dass ich mich nach ihm erkundigt hab.«

»Das werde ich.«

»Und sag ihm, er soll gefälligst wieder nach Hause kommen. Sag ihm ...«

Ich sah ihn abwartend an.

»Sag dem Mistkerl, wir vermissen ihn.«

Bill stand auf, klemmte sich die Zigarette hinters Ohr, nahm sein leeres Glas, tätschelte meine Schulter und ging wieder in den Pub hinein.

Ich schlang meine Jacke enger um die Taille und ließ den Blick in die Ferne schweifen, über die flache Heide hinweg, wo sich Sommernebel bildete und die großen Satellitenschüsseln von Goonhilly einhüllte.

Einen Moment schloss ich die Augen. Erneut sah ich die Gestalt oben auf der Klippe, die sich deutlich gegen das blendende Sonnenlicht abhob. Es war Ellen. Es war und blieb Ellen.

Mit geschlossenen Augen spürte ich, wie ich in die Vergangenheit zurückwirbelte, zurück in die Zeit, als Ellen, Jago und ich bereits auf den Abgrund zusteuerten, auf die Katastrophe zu. Ohne dass wir es bemerkten. Wir spürten nicht, wie wir immer mehr in den Abwärtssog gerieten.

Von dem vielen Erinnern war mir schwindelig, und mein Ringen um Vergessen erschöpfte mich.

VIERUNDZWANZIG

Ich folgte Mrs Todds Aufforderung und ging nach oben zu Ellen. Sie war in ihrem Zimmer, wo sie missmutig Handtuch, Shampoo und Conditioner zusammenraffte, um sich dann ins Bad zu begeben. Ich folgte ihr. Sie verschloss hinter mir die Tür und drehte den Heißwasserhahn an der Badewanne so weit wie möglich auf. Ich wartete, dass sie etwas sagte. Mir fiel auf, dass Anne Brechts Zahnbürste noch immer im Zahnputzbecher stand. Auf dem Fenstersims lag ein Waschlappen mit ihren Initialen und auch die Gummimatte, die sie vor dem Ausrutschen bewahren sollte. Ihre Kosmetiksachen, ihre Lotionen, Cremetiegel und Öle waren noch da.

»Er ist ein Scheißkerl«, sagte Ellen, ohne mich anzusehen. »Er ist ein verdammter bösartiger Scheißkerl und Lügner.«

Es war nicht das erste Mal, dass ich einen Ausbruch dieser Art bei ihr erlebte. Ich klappte den Toilettendeckel herunter, setzte mich darauf und klemmte die Hände zwischen die Knie. Ellen zog sich aus und ließ ihre Sachen achtlos zu Boden fallen. Ich nahm den warmen Duft ihrer Haut und den leichten Schweißgeruch wahr, der ihren Achselhöhlen entströmte. Halb schluchzend fuhr sie mit ihrer Schimpftirade fort.

»Was ist genau passiert?«, fragte ich.

»Ich habe ihm ein paar Sachen an den Kopf geworfen.«

»Hast du ihn beschimpft?«

Ellen zuckte mit den Schultern. Ich seufzte. Warum musste sie ihren Vater immer wieder wütend machen?

»Er ist selbst schuld!«, sagte sie. »Ich musste ihn ja irgendwie zum Schweigen bringen, sonst hätte ich ihn nicht so angegangen! Aber davor hat er ein paar furchtbare Dinge gesagt!«

»Was denn?«

»Er hat gesagt, Mama habe uns nicht geliebt, dass sie eine Lügnerin war, dass sie ihn bis zum Schluss mit anderen Männern betrogen hat. Er hat gesagt ...« – Ellen hielt inne und sah mich an –, »dass sie eine Hure war.«

»Warum sollte er denn so etwas sagen?«

»Ich glaube, er ist verrückt. Weißt du, Hannah, manchmal, wenn ich Klavier spiele, nennt er mich Anne. Hin und wieder redet er mit mir, als wäre ich sie. Er ist ... Oh, ich wollte dir das gar nicht sagen, aber ich muss ihn immer wieder daran erinnern, dass ich es bin, ›Ich bin es, Ellen!‹, sage ich dann. Aber auch danach braucht er oft noch eine Weile, um mich zu erkennen. Das ist doch nicht normal, oder? Das würde doch jeden in den Wahnsinn treiben, findest du nicht auch?«

Sie sammelte ihre Anziehsachen ein und stopfte sie in den hohen Leinenwäschekorb in der Ecke des Badezimmers. Ich kaute nervös an einem Fingernagel. In dem Moment wusste ich weder, was ich glauben, noch, wie ich mich verhalten sollte.

»Vielleicht braucht er einfach noch Zeit, um über den Tod deiner Mutter hinwegzukommen«, sagte ich.

Ellen schnaubte verächtlich. »Was er braucht, ist eine Lobotomie«, sagte sie. Ihr halb scherzhafter Ton sagte mir, dass sie sich offensichtlich wieder einigermaßen beruhigt hatte.

Sie wickelte sich in ein grünes Badetuch, beugte sich über den Badewannenrand und tauchte die Hand in das nach Äpfeln duftende Schaumbad, um die Temperatur zu prüfen. Dann drehte sie den Kaltwasserhahn auf, und das Wasser rauschte wie ein Wasserfall in die Wanne.

Als Ellen das Badetuch löste und in die große, altmodische Wanne kletterte, wandte ich dezent den Blick ab. Sie versank im Wasser, nur ihr Kopf ragte am Kopfende aus der Schaumhülle. Sie spreizte die Hände über dem Wasser und beugte und streckte die Finger, um den Schmerz in ihren Gelenken zu lindern. Die Hitze ließ die Haut auf ihren Schultern und im Gesicht rosa werden. Dann schloss sie die Augen und ließ sich beinahe ganz ins Wasser gleiten. Nur ihre Knie ragten noch hervor. Ich wollte Ellen zeigen, dass ich für sie da war, ihr etwas Gutes tun. Also nahm ich die Shampooflasche und drückte einen Klecks in die hohle Hand, und als Ellen wieder auftauchte, begann ich, ihre Haare einzushampoonieren. Ellen ließ mich gewähren. Während ich mit den Fingern ihre Kopfhaut massierte und das Shampoo in ihrem nassen Haar verteilte, ließ sie die Augen geschlossen. Plötzlich fiel mir ein Fleck an ihrem Hals auf, ich wollte ihn abwaschen, aber er ließ sich nicht entfernen, und mir wurde klar, dass es ein kleiner Bluterguss war.

»Was ist mit deinem Hals passiert?«

»Die Quetschung? Das war Papa.«

»O Ellen, bitte sag doch nicht solche Sachen.«

»Aber wenn es stimmt!«, erwiderte sie heftig. »Ich behaupte ja nicht, dass er mir wehtun wollte. Aber Mama vielleicht.«

Jetzt war ich mir sicher, dass sie log. Mr Brecht mochte launisch und temperamentvoll sein, aber ich wusste, er würde niemals jemanden würgen, jedenfalls nicht Ellen oder seine Frau.

Am Ende des langen Kirschbaumtischs im Esszimmer lagen drei Gedecke mit Silberbesteck und Leinenservietten, und Kerzen brannten in ihren Haltern. Die Hi-Fi-Anlage in der Ecke spielte eine Schallplatte. Sie war ganz leicht verzogen; ich sah es an der Art, wie sich das Licht an ihrem Rand spiegelte, während sie sich auf dem Plattenteller drehte. Es war eine knisternde Liveaufnahme eines Konzerts von Anne Brecht. Am Ende eines jeden Stücks brandete stürmischer Applaus auf.

Es regnete noch immer, und es war dunkel geworden. Da ich seit Stunden nichts gegessen hatte, war ich hungrig.

Ich saß Ellen gegenüber. Ihr Vater betrat den Raum. Er drückte seine Zigarette in dem gläsernen Aschenbecher auf der Anrichte aus und kam zu mir. Er roch nach seinen Gitanes und einem Parfüm mit Vetiver und wirkte wie immer weltmännisch und glamourös.

»Du siehst heute Abend sehr hübsch aus, Hannah«, sagte er. Er legte mir eine Hand auf die Schulter und drückte sie leicht. Die Hände fest im Schoß verschränkt, schaute ich lächelnd und so ungezwungen wie möglich zu ihm hoch.

Er setzte sich auf den Stuhl neben Ellen, faltete seine Serviette auseinander und breitete sie über die Knie.

»Und, redest du wieder mit mir, Ellen?«, fragte er.

»Wenn es nicht unbedingt sein muss, würde ich lieber darauf verzichten«, erwiderte sie. Ihre ungezogene Antwort ließ mich zusammenzucken.

Mr Brecht atmete tief ein.

»Tut mir leid, Liebling, dass wir wieder einmal aneinandergeraten sind, aber du hast es dir selbst zuzuschreiben«, sagte er. »Ich würde mich viel lieber mit dir vertragen, doch du treibst mich immer wieder zur Weißglut. Nie tust du, was ich dir sage. Du erinnerst mich an deine Mutter, sie hat auch nie auf mich gehört. Und zurzeit kann ich nicht damit umgehen, verstehst du.«

»Soll das eine Entschuldigung sein?«, fragte Ellen.

»O Ellen«, sagte Mr Brecht. »Wir haben einen Gast. Wenigstens vor Hannah sollten wir uns wie zivilisierte Menschen benehmen.«

Er entkorkte die Weinflasche, die auf dem Tisch stand, und füllte drei Gläser zur Hälfte. Dann nahm er einen Schluck. Bei uns zu Hause wurde nie Wein getrunken. Ich genoss das Gefühl des Weinglases in meiner Hand. Ich mochte es, wie der Wein im Kerzenlicht funkelte. Ich genoss es, mich erwachsen zu fühlen. Während wir so formell an der eleganten Tafel saßen, wie drei Personen auf einem Gemälde, kam Mrs Todd mit einem Tablett herein. Sie stellte vor jeden eine Schüssel dampfende Erbsensuppe mit Klößchen hin. Dazu gab es selbst gebackene Brötchen, und auf einem kleinen Teller lagen Butterröllchen. Eine Weile aßen wir schweigend, nur die Musik war zu hören. Als Hauptgericht gab es Zwiebelschmorbraten mit Kräuterröstkartoffeln und frischem Gemüse. Es schmeckte köstlich. Mr Brecht aß nicht viel, schenkte sich aber mehrmals Wein nach. Als die Flasche leer war, brachte Mrs Todd eine weitere. Ellen stocherte in ihrem Essen und schob es lustlos auf ihrem Teller herum. Ihren Wein rührte sie nicht an.

Nachdem wir mit dem Hauptgericht fertig waren, bat sie ihren Vater um Erlaubnis, mit mir zusammen wieder auf ihr Zimmer gehen zu dürfen.

»Einen Moment noch«, sagte Mr Brecht. Er stand auf, stellte sich hinter den Stuhl seiner Tochter und fischte etwas aus seiner Jacketttasche. Es war die zarte Goldkette mit dem Violinschlüsselanhänger, die Ellens Mutter immer um den Hals getragen hatte. Ellen saß unbeweglich wie eine Statue da, während er ihr die Kette umlegte. Dann beugte er sich hinab und küsste sie auf den Scheitel.

»Wenn ich so streng mit dir bin, dann nur, weil ich es gut mit dir meine, mein Schatz«, sagte er. »Weil ich dich liebe. Wenn ich dich nicht so sehr liebte, würde ich auch nicht so wütend werden. Das verstehst du doch?«

Ellen nickte.

»Mein braves Mädchen.«

Da er hinter ihr stand, konnte er ihr Gesicht nicht sehen. Aber ich saß ihr gegenüber und erkannte die Wut in ihren Augen. Ihr Ausdruck machte mir Angst.

FÜNFUNDZWANZIG

In der Abenddämmerung spazierte ich vom Pub in die Cross Hands Lane zurück. Meine Eltern waren bereits zu Bett gegangen. Ein Teller mit einem in Frischhaltefolie gewickelten Schinkensandwich stand für mich bereit. Ich machte mir Tee, aß das Sandwich, sah ein bisschen fern und ging dann nach oben in mein ehemaliges Kinderzimmer. Als ich in dem schmalen Bett, in dem ich schon als kleines Kind und dann als Teenager geschlafen hatte, zwischen die frisch gewaschenen kühlen Laken schlüpfte, stellte sich sofort wieder ein vertrautes behagliches Gefühl ein. Ich hatte ganz vergessen, wie weich die Matratze war. Nur Trixie fehlte. Sie war unter meinem Bett gestorben, während ich in Chile war. Dad hatte sie in eine Decke gewickelt und im Garten begraben.

Um Trixie zu trauern, war mir damals nicht schwergefallen. Es war eine selbstverständliche, natürliche Trauer gewesen, und ich hatte nie das Gefühl gehabt, von der toten Trixie heimgesucht zu werden. Ich hatte meinen Tränen freien Lauf gelassen und aufrechten Schmerz empfunden, der auf gewisse Weise etwas Tröstendes hatte. Wenn ich mir das große, hässliche Gesicht des Hundes in Erinnerung rief, Trixies Zurückhaltung, ihre Neigung zum Sabbern und ihre blutunterlaufenen, vertrauensseligen Augen, wurde ich von tiefer Liebe überwältigt. Ich vermisste sie ganz einfach. Um Ellen zu trauern, fiel mir hingegen viel schwerer. Als mich der Brief mit der Nachricht von Ellens Tod erreichte, weinte ich nicht. Und ich weinte auch nicht, als ich einige Jahre später nach Trethene zurückkehrte. Ich hatte versucht, nicht an Ellen zu denken, erst recht nicht an ihren Tod. Aber als ich mich in der Klinik von meinem Nervenzusammenbruch erholte, sagten mir die Ärzte, ich solle mir meine Gefühle gegenüber Ellen eingestehen und sie endlich zulassen. Aus den Mündern dieser Psychologen mit ihren sanften Stimmen und ihrem bedeutungsvollen Schweigen hörte es sich so einfach an. Sie mussten ja nur sagen: »Wie geht es Ihnen heute?« und »Erzählen Sie mir, was Sie denken.« Julia hatte mich aufgefordert, mein tiefstes Inneres zu durchforsten und meine dunkelsten Erinnerungen ans Licht zu holen. Jene, die sich so tief in mein Unterbewusstes eingegraben hatten, dass ich fürchtete, sie mitsamt den Wurzeln auszureißen. »Graben Sie sie aus«, sagte sie, als handelte es sich um Kartoffeln. »Sehen Sie sie gut an, und gehen Sie dann einfach weiter!« Ich hatte ihren Rat nie befolgt. Ich fürchtete, wenn ich diese Erinnerungen hervorzerrte und sie allzu gründlich betrachtete, würde ich mein gegenwärtiges Leben mit dem Gift der Vergangenheit infizieren.

Mum hatte einen Krug mit frischen Gartenlilien auf den Fenstersims gestellt. Als ich am nächsten Morgen aufwachte, kniete ich mich aufs Bett und blickte nach draußen. Um die Vase herum hatte sich auf dem Sims ein Kreis aus gelben Pollen gebildet. Der Garten des Hauses, das früher den Cardells gehört hatte, war jetzt ordentlich und gepflegt. Der Betonboden war entfernt worden, ebenso der alte Kaninchenstall und die Wäscheleine. Stattdessen gab es jetzt eine schmale, längliche Rasenfläche, einen Kräutergarten und mehrere Vogelfutterstellen. Auf der Terrasse standen Klappstühle. Ein hübscher Platz, der zum Verweilen in der Sonne einlud.

Es stimmte schon, dass sich im Laufe der Zeit vieles zum Besseren wandte. Manchmal wurden schlechte Nachbarn durch gute ersetzt, Chaos durch Harmonie. Aber manchmal war eben auch das Gegenteil der Fall.

Ich stand auf, nahm Handtuch und Kulturbeutel und trat auf den Flur hinaus. Das Badezimmer war winzig und beengt; die Toilettenspülung wurde noch immer mit einer altmodischen Kette betrieben, an der man ziehen musste, und auch die weißen Fliesen und die alte Emailbadewanne mit dem klobigen Wasserhahn hatte es schon in meiner Kindheit gegeben. Im Sommer war der Raum schlecht belüftet und im Winter eiskalt. Ich hatte schon viele Male meine Eltern zu überreden versucht, das Bad erneuern zu lassen, ihnen sogar angeboten, die Renovierung zu veranlassen und die Kosten zu übernehmen. Aber sie weigerten sich beharrlich. Sie sahen keine Notwendigkeit. Warum etwas reparieren, was gar nicht kaputt ist?, sagten sie. Sie mochten das Bad, wie es war.

Als ich in der Badewanne lag, erinnerte ich mich an den Tag, als ich den Brief von meiner Mutter erhalten hatte, in dem sie mir mitteilte, dass Ellen gestorben war. Es war ein strahlender Tag gewesen mit einem blauweißen Bilderbuchhimmel, wie er typisch für Chile war. Draußen grasten rassige Pferde mit langen Mähnen. Hin und wieder war ein Schnauben oder Hufstampfen zu hören, das eine rote Sandwolke aufsteigen ließ, dazwischen die Rufe der Gauchos oder das Brüllen eines Jungbullen. Eine der japanischen Studentinnen aus unserer Gruppe war mit dem Pick-up in die Stadt gefahren, um Lebensmittel zu besorgen. Zusammen mit den Tüten voller Reis, Zucker, Haferflocken, Fleischkonserven und Gemüse hatte sie auch einen Stapel Post mitgebracht und verteilt. Für mich war nur dieser eine Brief dabei – aus England traf ohnehin nur selten Post ein. Der Brief war mehr als sechs Monate zuvor in Cornwall aufgegeben worden, hatte eine Ewigkeit gebraucht, um mich zu erreichen. Als ich die Handschrift meiner Mutter erkannte, zog ich mich mit dem Brief in die Baracke zurück, in der wir schliefen, um ihn in Ruhe zu lesen. Ich setzte mich auf das oberste Stockbett, riss mit dem Daumen den Umschlag auf und nahm den Brief heraus. Es war nur ein Blatt, eines von dem blauen Briefpapier, das ich meiner Mutter vor Jahren zu Weihnachten geschenkt hatte.

»Liebste Hannah,

ich habe furchtbare Nachrichten für dich«, begann meine Mutter ohne lange Vorrede. »Ellen Brecht ist gestorben. Sie ist jetzt bei ihrer Mutter im Himmel. Es war ein Unfall, sie ist ertrunken, und möge Gott geben, dass sie nicht leiden musste. Ihr Vater ist nach Deutschland zurückgekehrt, und das Haus steht jetzt leer. Du wirst bestimmt sehr traurig sein, und ich bedaure, nicht bei dir sein zu können, um dich zu trösten, mein liebes Kind. Aber ich hoffe inständig, dass deine guten Freunde, die du in Südamerika gefunden hast, dir in dieser schweren Zeit beistehen werden.«

Ich erinnerte mich an jedes ihrer Worte und sah noch immer die altmodische Handschrift vor mir, die sich in großen Bögen über die Seite zog. Obwohl der Brief zu dem Zeitpunkt, da ich ihn erhalten hatte, keine allzu große Bedeutung für mich zu haben schien, hatte er sich tief in mein Gedächtnis eingeprägt. Lag es daran, dass ich so weit weg von zu Hause gewesen war, auf der anderen Seite der Welt? Oder war ich ganz einfach nicht in der Lage, mich dem Inhalt des Briefes mit allen Konsequenzen zu stellen? Ich hatte ihn wieder zusammengefaltet, in das Kuvert zurückgesteckt und ihn in die Tasche meiner Shorts geschoben, um ihn später an einem schattigen Platz erneut zu lesen, mir Fragen zu stellen und ihn zu begreifen zu versuchen. Aber im Laufe des Vormittags musste mir der Brief herausgerutscht sein, jedenfalls hatte ich ihn verloren. Das machte es für mich einfacher. Ich sagte zu niemandem etwas. Ich erzählte niemandem davon, nicht einmal Rick. Ich tat ganz einfach so, als wüsste ich nicht, dass Ellen tot war. Ich gestattete mir nicht, über ihren Tod nachzudenken, darüber, warum und wie sie gestorben war.

Ich verbannte Ellen und ihr Schicksal aus meinen Gedanken.

SECHSUNDZWANZIG

Der Frühling kam und mit ihm die Narzissen, die Anne Brecht so geliebt hatte. Im April hätte sie Geburtstag gehabt. In diesem Jahr war es ein besonders milder, schöner Monat. Die Wildblumen wuchsen in verschwenderischer Pracht, und die Bäume im Garten von Thornfield House erblühten in strahlendem Weiß und Rosa. Aber anstatt die Schönheit der Natur zu genießen, mied Mr Brecht sie. Ellen erzählte mir, er habe sich an Annes Geburtstag zu Hause eingeschlossen, in dem Zimmer, wo sie gestorben war, und Musik gehört. Als Ellen und ich ein paar Tage später nach oben gingen, stand er vor Annes Zimmer im Flur, mit ihren Bettlaken in den Händen, und vergrub das Gesicht darin. Er achtete nicht mehr auf sein Äußeres. Er war abgemagert und sah krank aus. Mrs Todd gab sich alle Mühe, aber Mr Brecht war entschlossen zu leiden. Sein Anblick brach mir das Herz. Sein selbst gewähltes Martyrium ließ ihn in meinen Augen noch großartiger erscheinen. Ich konnte mir keine größere Liebe vorstellen als die von Mr Brecht zu seiner Frau.

Eines Nachmittags saßen Ellen und ich auf der Bank hinter der Kirche und genossen die Frühlingssonne und die Aussicht auf die Felder. Ellen erzählte mir, ihr Vater habe versucht, Annes Geist zu rufen.

»Was meinst du damit?«, fragte ich.

»Er wollte Verbindung zu ihrem Geist aufnehmen. Ich musste mit ihm in das Zimmer neben meinem kommen und ihm dabei helfen. Er hatte ein Ouija-Brett mitgebracht.«

Ellen sprach in sachlichem Ton, nicht mit der dramatischen Stimme, mit der sie sonst immer ihre Geschichten zum Besten gab. Ich sah sie von der Seite an, um herauszufinden, ob sie sich mal wieder etwas ausgedacht hatte, aber sie wirkte völlig ernst.

»Und, habt ihr das Ouija-Brett benutzt?«

»Ich wollte es nicht, aber er hat mich dazu gezwungen.«

»Ellen, diese Dinge sind wirklich gefährlich! Ihr hättet den Teufel anlocken können oder etwas in der Art!«

»Ich weiß. Aber Papa hat darauf bestanden.«

Immerzu erzählte sie solche Geschichten über ihren Vater. Normalerweise maß ich ihnen keine Bedeutung bei, aber diesmal war es anders. Da es nur wenige Tage her war, dass ich Mr Brecht mit den Bettlaken gesehen hatte, erschien mir die Sache mit der Geisterbeschwörung gar nicht abwegig.

Ellen zupfte an ihrem Rocksaum. »Er hat gesagt, was ist, wenn Mama an einem kalten, dunklen Ort gefangen ist, umgeben von gequälten Seelen, die ruhelos durchs Fegefeuer wandern, und versucht, wieder zu uns zurückzukommen? Was, wenn ihr schrecklich kalt und sie zutiefst einsam ist und der Wind um sie herumheult und die Seelen wehklagen ... Ich wollte das Ouija nicht anfassen, aber dann dachte ich, ich kann sie doch nicht allein an diesem dunklen, einsamen Ort lassen.«

»Was ist dann passiert?«, fragte ich. Unwillkürlich hatte ich die Stimme zu einem Flüstern gesenkt.

»Papa hat das Licht ausgemacht. Nur noch eine Kerze brannte auf dem Nachttisch. Wir haben auf dem Bett gesessen.«

Mir lief es kalt den Rücken hinunter.

»Wir haben unsere Finger an das Glas gelegt, und Papa hat Mama gerufen.« Ellen sprach jetzt mit sanfter Stimme.

»Und, ist sie gekommen?«

Ellen zog ihren Mantel enger um sich.

»Ellen?«

»Jedenfalls war da etwas. Das Glas auf dem Brett hat sich bewegt, ganz von allein, nicht langsam, sondern sehr schnell.« Sie fuhr mit der Hand durch die Luft. »Gleichzeitig hat die Kerze geflackert, und ein merkwürdiger Geruch hing in der Luft.«

»Was für ein Geruch?«

»Ein blumiger Duft wie Lavendel.«

»O mein Gott.«

»Papa hat den Geist aufgefordert zu beweisen, dass er Mamas Geist ist.«

Mein Herz schlug so schnell, dass ich den Pulsschlag am Hals spürte. Unsere Gesichter waren sich jetzt verschwörerisch nah, sodass ich den Minzegeruch von Ellens Kaugummi riechen konnte.

»Und dann hat sich das Glas erneut bewegt, wieder ganz von allein – und die Kerze ist ausgegangen! Ein mattes Leuchten schwebte wie eine Wolke über dem Bett. Es hatte die Umrisse eines Menschen, ich meinte sogar, ein Gesicht und Arme zu erkennen, aber ich bin mir nicht sicher. Während auf dem Ouija-Brett die Buchstaben markiert wurden, veränderte es seine Gestalt.«

»Was hat der Geist gesagt?«, fragte ich.

»Zuerst hat sich das Glas zu dem Buchstaben T bewegt, dann zum R ...«

»Tr? Was soll das bedeuten?«

»Warte, es kommen noch mehr! Das O, zwei Mal das T, dann das E und das L.«

Ellen seufzte. Dann lehnte sie sich wieder auf der Bank

zurück und sah mich mit großen unschuldigen Augen an.

»Ellen?« Ich war verwirrt. »Was hat der Geist gesagt?«

»Er hat TROTTEL gesagt! TROTTEL!«

»Warum denn das?«

»Oh, was bist du manchmal für ein Dummerchen, Hannah!«, sagte Ellen. Sie stand auf, hüpfte über die Weide und rief lachend: »TROTTEL! TROTTEL! TROTTEL!«, sodass die Vögel aufflogen, die im Gras nach Nahrung gepickt hatten.

»Ellen!«, rief ich. Ich schnappte nicht nur meine Tasche, sondern auch ihre, die sie liegen gelassen hatte. Ich war furchtbar wütend auf sie. »Ellen!«, rief ich erneut und rannte hinter ihr her. »Ellen Brecht, ich hasse dich!«

Ellen drehte sich um. »Es gibt keine Geister«, rief sie, »und keine Gespenster! Wenn man tot ist, dann ist man tot, fertig, aus, Amen!« Wieder lachte sie und rannte ein Stück weiter.

Das war mal wieder typisch Ellen.

Aber nicht alle ihre Geschichten waren erfunden.

Eines Abends, als wir mit Mrs Todd Rommé im hinteren Wohnzimmer spielten, hob Mr Brecht, der in seinem Sessel eingeschlafen war, plötzlich ruckartig den Kopf. Er schaute in unsere Richtung, aber sein Blick ging ins Leere.

»Sie hat dich nie geliebt, musst du wissen«, sagte er zu Ellen. Ellen biss sich auf die Lippe, nahm die Karo-Dame auf und legte die Kreuz-Zwei ab. Mrs Todd hob die oberste Karte vom Stapel und legte das Pik-Ass ab. Mr Brecht deutete mit dem Finger auf Ellen. »Sie gab dir die Schuld. Du hast deine Mutter umgebracht.«

»Du bist dran, Hannah«, sagte Mrs Todd. Ich hatte zwei Pik in der Hand, fürchtete aber, dass die Situation eskalieren könnte, wenn ich jetzt das Spiel beendete. Also hob ich stattdessen die oberste Karte vom Stapel und legte Herz-Ass ab.

»Sie hat immer gesagt ...«

Mrs Todd fiel ihm ins Wort. »Es reicht jetzt, Peter.« Sie schob ihren Stuhl zurück.

»Sie hat immer gesagt ...«, sagte er erneut, lauter diesmal, wobei er noch immer mit dem ausgestreckten Finger auf Ellen deutete, »es wäre besser gewesen, dich bei deiner Geburt zu ertränken.«

»Geht hinauf, Mädchen«, sagte Mrs Todd leise. »Er weiß nicht, was er sagt.«

Später brachte Mrs Todd ein Tablett mit zwei Bechern heiße Malzmilch und einem Teller Plätzchen in Ellens Zimmer. Sie stellte es auf den Frisiertisch, ehe sie zu Ellen trat, ihr die Hand auf die Schulter legte und sagte: »Dein Vater hat zu viel getrunken. Du weißt ja, dass er dann dummes Zeug redet. Aber er meint es nicht so.«

Ellen zuckte mit der Schulter, um Mrs Todds Hand abzuschütteln. »Ist mir egal.«

»Deine Mutter hat dich geliebt«, sagte Mrs Todd, »das weißt du doch, Ellen.«

»Es ist mir egal, hab ich gesagt!«

Immer mal wieder kam es zu einer dieser schrecklichen Szenen in Thornfield House, aber trotz allem fand ich es furchtbar aufregend. Alles, was dort geschah, schien wichtiger und intensiver zu sein, weniger alltäglich als die Dinge, die sich anderswo ereigneten. Die Gefühle waren stärker, jedes Wort, jede Handlung war von Bedeutung durchdrungen. Ellen und ihr Vater waren glamourös, sie waren völlig anders als die Menschen, die ich sonst kannte. Sie waren umwerfend in meinen Augen. Und natürlich konnte ich nicht anders, als mein Leben mit dem Ellens zu vergleichen. Während ihres herrlich poetisch und außergewöhnlich war, war meines schal und langweilig. Meine Eltern waren emotionslos und völlig berechenbar: Im Vergleich zu dem vor Leidenschaft glühenden Mr Brecht waren sie wie graue, erloschene Asche. Zu Hause fühlte ich mich eingeengt und bekam nach kurzer Zeit Platzangst. Jago arbeitete oft bis spät abends oder ging mit seinen Freunden aus, während meine Eltern von mir erwarteten, dass ich mich mit ihnen vor den kleinen alten Fernseher mit dem miserablen Empfang setzte. Außerdem hatte Dad die irritierende Angewohnheit, alles, egal, welche Sendung gerade lief, zu kommentieren. Es dauerte nicht lange, und einer von beiden – manchmal auch beide – schlief in seinem Sessel ein. Ihr Schnarchen bildete zusammen mit Trixies abgehenden Blähungen den Soundtrack zu diesen Fernsehabenden. Unser gemietetes Cottage verfügte nicht einmal über ein Viertel der Fläche von Thornfield House. Ein permanenter Geruch nach Putzmitteln und Kohl hing in der Luft. Und, am schlimmsten von allem, jeden Abend – man konnte die Uhr danach stellen – ging Dad nach dem

Abendessen, *The Daily Mirror* unter dem Arm, nach oben und pfiff dabei den Disney-Ohrwurm *Whistle While You Work*, ehe er sich für mindestens zwanzig Minuten auf der Toilette einschloss. Das Leben meiner Eltern war überaus alltäglich und langweilig, erdrückend und quälend eintönig.

Der April ging in den Mai über und der Mai in den Juni. Ellen und ich bestanden die Jahresendprüfungen und nahmen in den Sommerferien wieder unsere Ferienjobs auf.

Als Ellen und ich uns eines Abends nach der Arbeit im Garten von Thornfield House sonnten, kam Mr Brecht mit einem großen, flachen Pappkarton aus Truro zurück. Der Karton war silberfarben und mit einer taubenblauen Schleife geschmückt. Mr Brecht trat in den Garten heraus, ging neben Ellen in die Hocke und reichte ihr den Karton.

»Hier, ein Geschenk, für dich.«

»Wofür denn?«

»Einfach ein Geschenk, Ellen. Braucht es denn einen Grund, wenn ein Vater seiner Tochter eine Freude machen will?«

Ellen seufzte und kniete sich neben den Karton. Wir trugen beide einen Bikini, und mir war klar, dass sich Ellen ihres guten Aussehens bewusst war. Im Kniesitz richtete sie sich gerade auf, sodass das Haar ihr über den Rücken fiel. Mir war es peinlich, mich vor Mr Brecht mit den Speckröllchen um meine Taille und meinen kaum verhüllten Brüsten zu zeigen, die größer und schwerer waren als die Ellens, also schüttelte ich mein T-Shirt aus, das ich als Nackenkissen benutzt hatte, und streifte es mir über. Mr Brecht beobachtete Ellen lächelnd. Er nahm eine Packung Zigaretten aus seiner Jacketttasche, klopfte eine heraus, steckte sie zwischen die Lippen, zündete sie an und stieß den Rauch durch die Nase aus.

Auf der Haut von Ellens Oberschenkeln zeichnete sich ein filigranes Grasmuster ab. Sie hob den Deckel von dem Karton. Darin befand sich ein silbergraues Abendkleid aus geschmeidiger Seide, dessen Halsausschnitt mit winzigen Kristallen besetzt war. Sie hob es hoch.

»Oh, das ist das schönste Kleid, das ich je gesehen habe!«, rief ich aus. Ich streckte die Hand aus, um den Stoff zu befühlen. »Es ist umwerfend, Ellen.«

Ellen faltete das Kleid zusammen und legte es wieder in den Karton.

»Willst du es nicht anprobieren?«, fragte ich.

»Später«, erwiderte sie mürrisch. Wie so oft schämte ich mich beinahe für ihr missmutiges Betragen gegenüber ihrem Vater.

»Gefällt dir das Kleid nicht?«, fragte er.

»Doch, es ist wunderschön.«

»Dann zieh es an.«

»Papa ...«

»Los, ich will es an dir sehen.«

Ich verstand nicht, warum Ellen ihm nicht diesen Gefallen tun wollte. Wenn Mr Brecht mir ein solches Kleid geschenkt hätte, hätte ich es sofort angezogen und es am liebsten für immer anbehalten.

»Probier es an. Ich will wissen, ob es dir passt.«

Ellen machte ein finsteres Gesicht. Aber dann stand sie auf und streifte sich das Kleid über Kopf, Brüste, Hüften und Oberschenkel. Es passte wie angegossen, die Seide changierte im Sonnenlicht, die Kristalle funkelten verführerisch. Auf ihren Schlüsselbeinen schimmerte die Halskette ihrer Mutter. Ellen sah phantastisch in dem Kleid aus, das sich herrlich auf der Haut anfühlen musste. Aber anstatt vor Glück zu strahlen, wirkte sie eher bedrückt. Mit hängenden Schultern und gesenktem Blick stand sie da. Mr Brecht lächelte und schnippte Asche von seiner Zigarette. »Jetzt siehst du genau wie deine Mutter aus. Dreh dich um. Lass mich dich bewundern.«

Ellen nagte an ihrer Lippe. Sie schien den Tränen nahe. Widerwillig drehte sie sich im Kreis.

»Wunderschön! Großartig!« Mr Brecht seufzte. Er nahm wieder einen Zug von der Zigarette, ehe er den Zigarettenstummel auf den Rasen fallen ließ und mit dem Absatz austrat. »Dumm nur, dass es nur der äußere Schein ist, nicht wahr, Ellen?«

Ellen warf ihrem Vater einen bösen, beinahe hasserfüllten Blick zu.

Ich sah abwechselnd zwischen den beiden hin und her.

»Was meinst du, Hannah?«, fragte Mr Brecht. »Glaubst du, dass Ellens Freund das Kleid gefallen wird?«

Ich lachte verlegen. »Ellen hat doch gar keinen Freund.«

Mr Brecht lachte ebenfalls. Er streckte die Hand aus und zog mich zu sich. Ich reichte ihm nur bis zur Schulter. An meinen nackten Beinen spürte ich den robusten

Baumwollstoff seiner Jeans. Er roch nach Zigaretten und Leder und einem würzigen, männlichen Duft. Ich spürte den Druck seiner Finger auf meinem Oberarm.

»O doch, sie hat einen Freund!«, flüsterte er mir ins Haar.

Ich schaute zu ihm hoch. Er nickte, und seine Augen funkelten spöttisch.

»Heißt das, du weißt nichts von Ellens heimlicher Liebe, Hannah?«, fragte er mit neckender Stimme. »Hat sie es dir nicht erzählt? Wo du doch ihre beste Freundin bist? Das ist aber nicht sehr nett von dir, Ellen.«

Ellen war blass geworden. Sie starrte auf den Rasen hinab. Ihr Haar fiel ihr wie ein Vorhang vors Gesicht. In dem silbrigen Kleid, barfuß und mit dem langen Haar vor dem Gesicht wirkte sie wie die Heldin eines Schauerromans.

»Nachts schleicht sie aus dem Haus, um sich mit ihm zu treffen«, fuhr Mr Brecht fort und zog mich noch näher zu sich. »Mir gegenüber behauptet sie, sie treffe sich mit dir, aber ich glaube ihr kein Wort. Sie hat gesagt, du bräuchtest in letzter Zeit besonders viel Zuwendung. Immerzu würdest du sie bitten, zu dir nach Hause zu kommen, weil du Liebeskummer hast und sie dich trösten muss. Sie hat gesagt, dass du manchmal ganz schön anhänglich sein kannst, du seist so hilflos ohne sie.«

Ich errötete. Noch nie hatte ich Ellen um etwas gebeten. Es war genau umgekehrt. Und wie kam sie dazu, ihrem Vater solche Lügen über mich zu erzählen? Wie konnte sie bei ihm den Eindruck erwecken, ich sei schwach und hilflos und von einem Jungen sitzengelassen worden? Ellen starrte noch immer zu Boden.

»Das ist nicht wahr«, sagte ich leise, aber laut genug, dass er es hören konnte. Der Griff seiner Finger um meinen Arm verstärkte sich.

»Ich glaube fast«, sagte Mr Brecht, »dass meine Tochter dich als Alibi benutzt hat, Hannah.«

»Hör auf damit!«, schrie Ellen. »Halt den Mund!« Sie raffte den Saum des Kleides und rannte ins Haus. Mr Brecht und ich blickten ihr nach.

Mr Brecht seufzte.

Dann ließ er mich los, trat ein paar Schritte zurück und fasste sich mit beiden Händen an den Kopf.

»Ich habe es nicht gewusst«, sagte ich.

»Du bist eine Geberin, Hannah, keine Nehmerin. Du hast ein gutes, reines Herz. Ellen ist von ihrer Mutter verdorben worden. Von ihr hat sie die Kunst des Täuschens und der Manipulation gelernt, denn darin war sie eine Expertin. Aber du als Ellens beste Freundin hast das nicht verdient. Es gefällt mir gar nicht, dass du von meiner Tochter angelogen und hintergangen wirst. Du kannst dir bestimmt vorstellen, dass es mir lieber wäre, sie wäre ehrlich zu uns.«

Ich hob den Kopf und sah ihn an. Er lächelte mir zu, dann umfasste er mein Gesicht und küsste mich ganz zart auf den Scheitel.

»Du bist ein gutes, aufrichtiges Mädchen, Hannah. Es wäre besser gewesen, ich wäre an eine Frau wie dich geraten.«

Das war einer der schönsten Momente meines Lebens.

In der folgenden Zeit traf ich Ellen nur noch selten, aber kurz darauf sollte ich die Wahrheit herausfinden. Ich war bei der Arbeit im Seagull Hotel. Ein Staubtuch in der einen, den Staubsaugergriff in der anderen Hand, warf ich einen Blick zum Fenster eines der oberen Zimmer hinaus und sah unten auf der Hafenmauer Ellen und Jago sitzen. Die Köpfe aneinandergeschmiegt, ließen sie die Beine baumeln, schauten aufs Wasser und unterhielten sich lachend. Dann beugte sich Jago zu Ellen, und sie küssten sich auf den Mund. Der Kuss schien eine Ewigkeit zu dauern.

Ellens Vater hatte also recht gehabt.

Sie hinterging uns beide.

SIEBENUNDZWANZIG

Nachdem ich in dem altmodischen Badezimmer meiner Eltern gebadet hatte, ging ich ins Erdgeschoss hinunter und nahm mit meinen Eltern ein »ordentliches« warmes Frühstück zu mir. Es war lange her, dass ich so üppig gefrühstückt hatte. Während sie sich zur Sonntagsmesse in die Kirche von Trethene begaben, machte ich einen Spaziergang über die Heide zur katholischen Kirche Our Lady Star of the Sea.

Ich hatte Ellens Grab noch nie besucht. Ich war mir nicht ganz sicher, warum ich es noch nie getan hatte, aber mangelnde Gelegenheit war gewiss nicht der Grund. Nein, ich hatte es absichtlich gemieden. Wahrscheinlich wollte ich nicht, dass meine letzte Erinnerung an Ellen das Bild eines Grabsteins oder eines Friedhofs war. Aber an diesem Morgen hatte ich das Gefühl, es sei richtig, endlich ihr Grab zu besuchen, sowohl für Ellen als auch für mich. Ich hoffte, dass es mir helfen würde, mit unserer Geschichte abzuschließen. Ich hoffte, es würde dazu führen, dass Ellen mich endlich in Frieden ließ. Die Kirche war viel größer als die gedrungene kleine Seemannskirche in Trethene. Sie lag fast zwei Kilometer außerhalb des Dorfes und stand einsam und von Weitem sichtbar an einem der höchsten Punkte der Halbinsel. Der Friedhof war von Wind und Regen verwittert, die Gräber waren kreuz und quer innerhalb der Friedhofsmauer angeordnet. Ich trat durch das Tor und blieb, die Jacke eng um mich geschlungen, stehen, um mich umzublicken. Es gab Hunderte von Gräbern. Aber ich nahm an, dass man Ellen im Grab ihrer Mutter beigesetzt hatte.

Ich hatte weiche Knie, als ich den Friedhof betrat. Seit Jahren war ich Ellen räumlich nicht mehr so nahe gewesen. Ich hatte das Gefühl, als wüsste sie, dass ich hier war, als würde sie mich aus einem Versteck heraus beobachten, verborgen hinter einem Baum oder als in das silbergraue Kleid gehülltes Gespenst im Maul eines der Wasserspeier an der Kirchenfassade. Natürlich war das lächerlich. Doch ich bemühte mich vergeblich, den Gedanken zu verscheuchen. Ich konnte das Gefühl, als würden eisige Finger über meinen Nacken kriechen, nicht abschütteln.

Bestimmt liegt es am Friedhof, sagte ich mir. An den Assoziationen, die wir mit dem Tod verbinden, an den Büchern, die ich gelesen, und den Geschichten, die ich gehört hatte, über die Geister von Verstorbenen, die auf Rache sinnen. Aberglaube und Legenden hatten sich in meinem Unbewussten eingenistet und versetzten meinen Körper jetzt in Alarmbereitschaft.

So viele Tote waren auf diesem Friedhof begraben. So viele Menschen hatten ihre Seelen ausgehaucht, und übrig geblieben waren nur noch ihre Gebeine. Die meisten waren mittlerweile vergessen, als hätten sie nie existiert. Ich wusste, ich hätte Ellens Grab schon viel früher besuchen müssen, schließlich war ich ihre einzige wirkliche Freundin gewesen. Nachdem ihr Vater weggezogen und Jago nach Kanada ausgewandert war, gab es außer mir niemanden mehr, der ihr nahegestanden hatte. Aber ich hatte sie im Stich gelassen. Und nun, da ich endlich den Weg zum Friedhof gefunden hatte, hatte ich nicht einmal Blumen dabei. Es war mir gar nicht in den Sinn gekommen, Blumen mitzunehmen, Ellen etwas mitzubringen.

Auf dem Weg die Friedhofsmauer entlang, setzte ich auf dem unebenen, von Wurzeln durchdrungenen Boden vorsichtig einen Schritt vor den anderen. Ich versuchte, mich zu erinnern, wo Mrs Brecht begraben war.

Ältere, ungepflegte und zugewachsene Gräber lagen verstreut zwischen den neueren, die mit Blumensträußen, Fotografien und Kränzen geschmückt waren. Einige der Grabsteine waren so verwittert, dass man kaum mehr die Inschriften erkennen konnte. »Heiligstes Herz Jesu erbarme dich meiner Seele«, las ich auf einem. Im Vorbeigehen fuhr ich mit den Fingern über den rauen oberen Rand der Grabsteine, die sich zur Seite neigten, als hätte der Wind sie gebeugt. Erst als ich den Friedhof fast umrundet hatte und wieder an der Rückseite der Kirche angelangt war, nahm ich bewusst die Eibe wahr. Der riesige, gedrungene Baum war mehr als tausend Jahre alt, wie ich wusste, und breitete seine dunkelgrünen Zweige über die umliegenden Gräber aus. Und da erinnerte ich mich wieder, wie ich während Mrs Brechts Beisetzung neben dem Baum gestanden hatte und einige seiner roten giftigen Beeren heruntergefallen und wie Rubine im Gras liegen geblieben waren. Ich erinnerte mich an die Grabrede des Pfarrers und wie meine Zehen in den schwarzen, zu eng gewordenen Schuhen geschmerzt hatten. Und wie ich mich für meine kindliche Schuluniform geschämt hatte. Ich erinnerte mich, wie ich das Gesicht zu Jago gedreht und er mir einen bestärkenden Blick zugeworfen hatte. Und ich erinnerte mich an Adam Tremlett, der abseits gestanden hatte, und an seinen Gesichtsausdruck.

Langsam ging ich auf das Grab zu. Das letzte Mal, als ich hier gewesen war, war es ein Loch in der Erde gewesen. Nun wurde es am Kopfende von einem Grabstein begrenzt. Er war aus schwarzem Granit, der zu einer modernen Form behauen war, die wie ein Violinschlüssel anmutete. Ein paar Zentimeter vom Rand entfernt war eine Goldborte in die geschwungene Linie der Skulptur eingelassen, und darin eingemeißelt stand in kunstvollen Lettern:

Anne Isobel Brecht.

Du warst die Musik, solange die Musik spielte.

Diese Worte waren mit Musiknoten verwoben, die den Hintergrund der Inschrift bildeten. Es war eine Passage aus dem Regentropfen-Prélude. Ich wusste es, obwohl ich keine Noten lesen konnte. Während ich den Grabstein betrachtete, hörte ich im Geiste die Musik.

Unter dieser Zeile standen in einer weniger kunstvollen Schrift drei weitere schlichte Worte, als wäre ihre Ausführung eine lästige nachträgliche Pflichtübung gewesen.

Und Ellen Brecht.

Das Grab war von Gras zugewachsen, aber jemand hatte vor dem Grabstein eine Stelle freigelegt und einen Strauß Wildblumen in einem Einmachglas daraufgestellt. Ich hockte mich hin und hob das Glas hoch. Es war zur Hälfte mit Wasser gefüllt. Die Blumen waren noch frisch, jemand musste sie vor Kurzem gebracht haben. Gerade als ich mich wieder aufrichtete, erblickte ich die Glasstücke und erstarrte. Jemand hatte das Strandglas, das ich als Mädchen am Bleached Scarp gesammelt und in dem Felsspalt versteckt hatte, auf den Grabstein gelegt.

Es war mein Strandglas, da war ich mir absolut sicher. Es waren ungefähr dreißig kleine Stücke, deren ehemals scharfer Rand von Wellen und Sand rund geschliffen worden war, sodass sie wie merkwürdig geformte Edelsteine aussahen. Sie waren fast gleich groß und hatten verschiedene Schattierungen von milchigem Grün und Braun, manche waren auch aus farblosem Glas. Nur ein einzelnes blaues Glasstück befand sich darunter.

Ich ergriff das blaue Glas und nahm es in die Hände, drehte es hin und her, fühlte die weiche Form zwischen den Handflächen. Es hatte die gleiche Temperatur wie meine Haut und war mir so vertraut wie mein Herzschlag.

Nur drei Menschen hatten das Versteck gekannt, wo es all die Jahre über gelegen hatte. Einer davon war tot, der andere lebte auf der anderen Seite der Erde und ich, aber ich hatte es nicht angerührt.

Wolken schoben sich vor die Sonne, und es war, als senkte die Eibe ihre Äste. Eine Krähe hockte auf dem Dach der Kirche und krächzte.

Ich steckte das blaue Glasstück in die Jackentasche, drehte mich um und stürzte durch das Friedhofstor hinaus. Ohne mich ein einziges Mal umzuwenden, um zu sehen, ob mich jemand beobachtete, rannte ich den ganzen Weg zurück, bis ich das Cottage meiner Eltern erreichte.

ACHTUNDZWANZIG

Nachdem ich gesehen hatte, wie sich Ellen und Jago auf der Hafenmauer geküsst hatten, ging ich ihr erst recht aus dem Weg. Jago strafte ich so weit wie möglich mit Nichtachtung.

Mr Brecht hatte recht gehabt, sie hatten mich betrogen und taten es noch immer. Beide hatten mich angelogen und mich benutzt. Wenn sie sich mir anvertraut hätten, ehrlich zu mir gewesen wären, hätte ich womöglich anders empfunden. Aber sie waren unaufrichtig gewesen. Und so verwandelte sich mein Ärger in unterdrückte Wut, die in mir vor sich hin köchelte, mit der latenten Gefahr, eines Tages außer Kontrolle zu geraten und überzukochen.

Nachdem ich wusste, wonach ich Ausschau halten musste, waren die Zeichen ihres Verrats allgegenwärtig. Jago war neunzehn, er kam und ging, wie es ihm beliebte, aber ich merkte dennoch, wenn er log. Nun, da ich überall Lügen witterte, entdeckte ich sie auch überall. Mal erzählte er, er habe länger arbeiten müssen, mal wollte er angeblich zum Bauernhof der Williams', obwohl ich kurz zuvor die Williams-Zwillinge hatte wegfahren sehen. Er hielt sich jetzt öfter allein in seinem Zimmer auf, anstatt die Zeit mit mir zu verbringen. Früher war er gern mit mir zusammen gewesen, das wusste ich, aber nun schien ihm meine Gegenwart unangenehm zu sein. Anscheinend hatte er keine Lust mehr, sich mit mir abzugeben.

Für Ellen musste es sehr viel schwieriger gewesen sein, Alibis zu finden. Sie war erst sechzehn, und ihr Vater war äußerst clever und beobachtete sie mit Argusaugen. Allerdings wusste er noch nicht, mit wem sie sich traf, noch nicht. Er konnte sich nicht einmal sicher sein, ob sein Verdacht tatsächlich begründet war, doch ich nehme an, dass er seinem Instinkt vertraute. Mich konnte sie nun nicht mehr als Alibi missbrauchen. Aber sie konnte ihren Job vorschieben. Mr Brecht fuhr ihr neuerdings nach Polrack nach. In der Hoffnung, sie auf frischer Tat zu ertappen, behielt er vom Wagen aus die Eisdiele im Auge. Wir spielten alle ein Katz- und Mausspiel. Ich beobachtete vom Hotel aus Mr Brecht, der Ellen nachspionierte. An manchen Tagen sah ich Jago ein Dutzend Mal an der Eisdiele vorbeigehen, darauf wartend, dass die Luft rein war und er hineingehen konnte. Keiner von ihnen wusste, dass ich sie beobachtete. Die Tatsache, dass ich die Einzige war, die alles wusste, vermittelte mir ein verführerisches Machtgefühl. Oft spielte ich in Gedanken damit. Ich überlegte, was ich mit dieser Macht anstellen könnte.

Ich tat jedoch nichts; damals noch nicht. Stattdessen beließ ich es bei meiner Rolle als Beobachterin. Ich sah Jago und Ellen zusammen im Hafen sitzen. Ich sah, wie sie sich in einer der winzigen Seitengassen des Hafenstädtchens küssten, sah, wie Jago sich an Ellen presste und sie die Arme um seinen Hals schlang. Mir entging nicht, dass Jago in letzter Zeit viel fröhlicher war, was ihn noch attraktiver machte. Ihn so glücklich zu erleben, stachelte meine Eifersucht zusätzlich an. Unterdessen wurde ich immer mürrischer und verdrießlicher. Und einsamer. So schmerzlich es für mich war, ich konnte nicht aufhören, die beiden zu beschatten. Gleichzeitig bereitete es mir Genugtuung, wenn ich sie bei einer Lüge ertappte oder sie zusammen sah, Genugtuung darüber, dass meine Wut auf Ellen berechtigt war. Nun wusste ich, wie Mr Brecht sich fühlen musste. Nun wusste ich, warum er manchmal so grausam war: weil Ellen eine rücksichtslose Lügnerin war. Wir beide, Mr Brecht und ich, waren ihr egal. Sie dachte nur an sich.

Ellen bemühte sich unterdessen, sich wieder in meine Gunst zu schmeicheln, aber auch wenn ich ihr keine direkte Abfuhr erteilte, ließ ich sie indirekt abblitzen. Im Bus setzte ich mich nicht mehr neben sie, und auf dem Nachhauseweg nahm ich Umwege in Kauf, um nicht an Thornfield House vorbeigehen zu müssen. Wenn sie zu mir nach Hause oder ins Hotel kam, um mich zu besuchen, erfand ich eine Ausrede oder ließ mich verleugnen.

Eines Tages trat Jago in mein Zimmer und fragte mich, ob ich Lust hätte, mit Ellen und ihm einen Ausflug zum Bleached Scarp zu unternehmen, wie früher immer.

Wir waren den ganzen Sommer über noch kein einziges Mal dort gewesen, und ich vermisste die Zeit, die ich mit Ellen und Jago verbracht hatte. Irgendwie wusste ich – mein Bauchgefühl sagte es mir –, dass es das letzte

Mal sein würde, dass wir drei zusammen wären. Und dieses Gefühl in Verbindung mit der Tatsache, dass ich mich nach Jagos Aufmerksamkeit sehnte, ließ mich auf seinen Vorschlag eingehen.

Am nächsten Morgen setzte ich mich im Bus nach Polrack neben Ellen. Lächelnd, aber auch ein wenig argwöhnisch sah sie mich an. Ich sagte, dass Jago mich gefragt habe, ob ich zum Bleached Scarp mitkommen wolle, und fragte sie, wie sie es anstellen wolle, von ihrem Vater die Erlaubnis zu bekommen, einen ganzen Tag wegzubleiben.

»Er fährt nach London, um einen Rechtsanwalt zu treffen; es geht um Mamas Vermögen. Ich habe gehört, wie er mit ihm telefoniert hat. Danach trifft er sich mit ein paar Leuten aus der Musikbranche. Sie haben ihn zum Abendessen eingeladen und ein Zimmer für ihn in einem Hotel gebucht. Er freut sich darauf. Ich glaube sogar, er hat es auf eine der Frauen abgesehen, vielleicht will er mit ihr schlafen.«

Ich musste mir auf die Lippen beißen, um ihr nicht empört zu widersprechen. Mr Brecht interessierte sich nicht für andere Frauen. Er war treu und liebte Ellens Mutter noch immer, davon war ich überzeugt; er gehörte nicht zu der Sorte Männern, die mit der erstbesten Frau schliefen, wenn sich ihnen die Gelegenheit bot! Es war wieder einmal typisch für Ellen, sich eine derart boshafte Lüge auszudenken!

Wieder lächelte sie und berührte mich am Unterarm.

»Es wird bestimmt schön, wenn wir mal wieder einen

Tag zusammen verbringen können, Han«, sagte sie. »Ich habe dich vermisst.«

Ich rang mir ebenfalls ein Lächeln ab und sagte: »Ich habe dich auch vermisst.«

An dem vereinbarten Tag stand Mr Brecht im Morgengrauen auf und wurde von einem Taxi abgeholt. Ellen erzählte uns, sie habe ihm von der Türschwelle aus nachgewinkt und so getan, als wäre sie noch schläfrig, auch wenn ihr Herz wie wild pochte. Mrs Todd hatte im Esszimmer für sie das Frühstück vorbereitet. Während Ellen ein Croissant mit Marmelade aß und Kaffee trank, saß Mrs Todd am Fenster und strickte. Ellen achtete darauf, so zu tun, als ginge sie wie jeden Tag zur Arbeit, wobei sie bereits ihren Badeanzug unter ihrer Kleidung trug. Wie jeden Tag, wenn sie den Bus nach Polrack nahm, verließ sie um zehn nach acht das Haus. Doch kaum war sie jenseits der Hügelkuppe und außer Sichtweite von Thornfield House, rannte sie die Straße hinab zu unserem Haus, wo Jago und ich auf sie warteten.

Mir entging nicht, wie sie ein Lächeln austauschten, sie verzichteten aber darauf, sich vor mir zu berühren. Fast hatte ich Mitleid mit ihnen, weil sie nicht wussten, dass ich sie längst durchschaut hatte, aber ich schluckte meine Eifersucht herunter, jedenfalls versuchte ich es. Ich hatte mir vorgenommen, an diesem Tag die Wahrheit zu verdrängen. Ich wollte, dass es wie früher war, als die Dinge noch einfach waren, entweder schwarz oder weiß, und wir unseren Spaß hatten. Ich wollte mich wieder so jung und glücklich wie damals fühlen. Wenigstens für diesen einen Tag wollte ich frei sein von dem dumpfen Groll, der mich seit einiger Zeit beherrschte.

Wir fuhren mit dem Fahrrad den Hügel hinauf und über die Feldwege in Richtung Strand. Ellen saß auf dem Gepäckträger von Jagos Rad. Wir stellten unsere Fahrräder hinter einem alten Wohnwagen am Parkplatz des Kynance Cove ab und gingen zu Fuß zu der gewohnten Stelle zurück, wo wir über den Zaun kletterten, um dann über den verborgenen Pfad in den Klippen zu unserem Strand zu gelangen. Das Meer war sanft an diesem Tag, das Wasser blaugrün und so ruhig, dass wir tief unten die Fische sehen konnten und das Seegras, das wie Haar im Wasser wehte, und die Krabben, die auf dem Meeresboden krabbelten. Die Wellen schwappten sachte an den Fuß der Klippen. Ellen war völlig aufgedreht, freute sich über alle Maßen, endlich wieder an unserem Strand zu sein. So flink wie früher kletterte sie an der Klippenwand zu einem Felsvorsprung hinauf und sprang mit einem lauten Freudenschrei ins Wasser, das nach allen Seiten spritzte. Lachend tauchte sie wieder an der Oberfläche auf, schüttelte den Kopf und rief Jago zu, es ihr gleichzutun. Dann tauchte sie wieder unter, sodass nur noch ihre Füße bis zu den Fesseln aus dem Wasser ragten. Jago stürzte sich ebenfalls ins Wasser, und dann tollten sie wie Kinder herum.

Mich hatten sie bereits vergessen.

Doch dann rief Jago: »Komm auch rein, Hannah.« Er winkte mit dem Arm, der glitzernde Wassertropfen versprühte. »Es ist überhaupt nicht kalt.«

»Lügner!«

»Bitte, Hannah, komm rein.«

»Nun komm schon, Hannah«, bat auch Ellen. »Es macht keinen Spaß, wenn du wie eine alte Frau allein am Strand herumhockst.«

Schließlich riefen sie im Chor: »Hannah! Hannah! Hannah!«, und klatschten dazu. Mir blieb nichts anderes übrig, als nachzugeben, sonst hätten sie ewig so weitergemacht.

Ich zog Shirt und Shorts aus und legte sie auf die Felsen. Dann ging ich, vorsichtig einen Fuß vor den anderen setzend, ins Wasser und hüpfte ein paar Mal auf den von Muscheln durchsetzten Kieseln auf und ab, um mich an das kalte Wasser zu gewöhnen. Als es die empfindliche Haut an meinem Bauch und den Brüsten erreichte, kreischte ich. Plötzlich kam Jago auf mich zugeschwommen, spritzte mich nass und zog mich vollends hinein. Ich schrie und schimpfte, aber in Wahrheit gefiel es mir, dass er mich neckte, und ich kostete es in vollen Zügen aus, im Mittelpunkt seiner Aufmerksamkeit zu stehen. Mehr als ich es unter normalen Umständen getan hätte, wehrte ich mich und kämpfte mit ihm, und während wir eine Weile im Wasser balgten, fühlte ich mich beschwingt und frei und lebendig wie lange nicht mehr. Ellen hielt sich unterdessen zurück. Ich sollte mich ruhig eine Zeit lang mit Jago amüsieren, dachte sie wohl. Den ganzen Tag verbrachten wir abwechselnd im Wasser und am Strand, mal wärmten wir uns auf, dann kühlten wir uns wieder ab. Dazwischen tranken wir von dem Cidre, den

Jago mitgebracht hatte, und lagen lachend und herumalbernd auf dem Rücken. Ellen streckte die Arme über den Kopf aus, es war ihr gleich, dass sich Sand in ihrem nassen Haar verfing. Lachend blickte sie in den Himmel. Jago stützte sich auf einen Ellbogen und sah sie an. Er war bereits ein wenig beschwipst und lachte ebenfalls.

»Du verrücktes, schönes Mädchen!«, sagte er. Worauf Ellen noch mehr lachte, doch plötzlich verstummte sie. Jago hatte ganz vergessen, dass sie nicht allein waren, und sich zu ihr hinuntergebeugt, um sie zu küssen. Sie stieß ihn weg, obwohl ihr nicht entgangen war, dass ich es gesehen hatte. Jago wischte sich über die Lippen, rollte sich auf die andere Seite und sah mich an.

»Ist schon okay«, sagte ich mit einem Schulterzucken. »Ich weiß, dass ihr was miteinander habt. Ich hab schon mehrmals gesehen, wie ihr euch geküsst habt.«

Ellen streckte die Hand aus und berührte mich. »Macht es dir was aus?«, fragte sie.

»Würde es etwas ändern, wenn dem so wäre?«

»Hannah, wir hatten nicht vor ...«

»Sei nicht albern, natürlich macht es mir nichts aus!«, sagte ich so überzeugend wie möglich. Ich wollte ihre Ausflüchte und Entschuldigungen nicht. Ich wollte keine Einzelheiten hören. Und am wenigsten wollte ich ihr Mitleid.

»Wirst du es auch niemandem sagen?«, fragte Jago. »Du sagst doch nichts zu Mum und Dad oder Ellens ...«

»Natürlich nicht«, erwiderte ich. »Für wen haltet ihr mich eigentlich?«

Beide nahmen mich in die Arme und drückten mich. Dann bemühten sie sich um Wiedergutmachung und widmeten mir für den Rest des Tages ihre Aufmerksamkeit. Ellen und Jago zeigten mir ihre Dankbarkeit für meine Loyalität, indem sie mich mit Zuneigung überschütteten. Seit Langem hatte ich endlich mal wieder das Gefühl, glücklich zu sein.

Doch die Zeit verflog im Nu. Der Vormittag ging in den Nachmittag über, die Sonne wanderte quer über den Himmel, und schon lag die Hälfte unseres Strandes im Schatten, und die Luft wurde kühler. Die Batterien des kleinen scheppernden Transistorradios wurden leer, und ich machte mir Sorgen über Ellens nasses Haar. Ich versuchte, ein paar Strähnen auszuwringen, wusste jedoch, dass es ewig dauern würde, bis es trocken wäre.

»Was wirst du zu Mrs Todd sagen?«, fragte ich.

»Oh, ich werde sagen, dass ich nach der Arbeit in Polrack kurz geschwommen bin.«

»Glaubst du, sie wird dir das abnehmen?«

»Ich werde sagen, dass mir warm war.«

»Ich glaube, wir sollten jetzt besser gehen«, sagte ich.

»Ach, lasst uns noch ein kleines bisschen bleiben«, bat Ellen flehend. »Nur noch ein paar Minuten. Ich weiß nicht, wann ich wieder die Gelegenheit haben werde, an den Strand zu gehen ... Ihr wisst ja, wie mein Vater ist.«

»Wenn wir jetzt gleich gehen, wird es keinen Ärger geben.«

Ellen zuckte mit den Schultern. »Ich will aber noch hierbleiben.«

Ich warf ihr einen missbilligenden Blick zu. Hatte sie es darauf angelegt, zu spät nach Hause kommen und sich in Schwierigkeiten zu bringen?

Wie sie so mit gekreuzten Beinen dasaß, das lange nasse Haar über die Schulter fallend, auf Nase und Wangen einen leichten Sonnenbrand, sah sie aus wie eine Meerjungfrau. Trotzig hob sie Kieselsteine auf und warf sie ins Meer. Jago schwieg. Er suchte Treibholz zusammen. Aber wir hatten keine Zeit mehr für ein Strandfeuer. Er kam zu mir und ließ etwas in meinen Schoß gleiten.

»Blauglas«, sagte er. Ich hatte noch nie Strandglas in dieser Farbe gesehen. Das Stück maß etwa zwei Zentimeter, die Ränder waren vom Sand perfekt gerundet. Ich nahm es in die Hand.

»Es ist wunderschön, Jago«, sagte ich. »Aber es ist schon sechs, wir sollten jetzt wirklich aufbrechen.«

»Noch nicht. Lasst uns noch einen Moment bleiben«, bat Ellen. Mit dem Finger zog sie eine Linie in den Sand und verwischte sie wieder mit dem Handballen. »Am liebsten würde ich für immer hier an diesem Strand bleiben. Ich könnte in der Höhle leben.«

»Ach, du hättest bestimmt Angst allein hier unten.«

»Nein, hätte ich nicht. Ich wäre glücklich. Die Vögel und die Seehunde würden mir Gesellschaft leisten, und niemand würde je erfahren, dass ich hier bin.«

»Ich würde bei dir bleiben«, sagte Jago. »Wir könnten hier leben, nur wir beide, du und ich.«

Und ich?, hätte ich am liebsten gerufen? Was ist mit mir?

Ellen lächelte. Sie ließ den Kopf sinken und zog die Ärmel ihres Shirts bis über die Handballen.

»Das würdest du tun, Jago? Mit mir hier leben?«, fragte sie. »Wirklich?« Ihre Stimme klang gedämpft, da sie die Beine angewinkelt hatte und den Mund auf die Knie presste.

»Das weißt du doch.«

»Wir müssen gehen«, sagte ich. »Jago, nun sag du doch auch mal was. Wir müssen jetzt wirklich los.«

Die beiden schienen mich gar nicht zu hören. Wie verzaubert sahen sie einander an.

»Bitte!«, rief ich. »Sonst gibt es Ärger!«

Es dauerte eine gefühlte Ewigkeit, bis sie ihre Sachen zusammengepackt hatten. Sie schwiegen, lächelten aber unentwegt. Wieder fühlte ich mich ausgeschlossen. Immer wieder mahnte ich sie zur Eile, aber sie hörten nicht auf mich.

Es kam, wie es kommen musste.

Statt die Straße zu nehmen, radelten wir über die landwirtschaftlich genutzten Feldwege, die nur von Traktoren und Kühen benutzt wurden, nach Trethene zurück. Die sonnenverbrannte Haut an unseren Beinen spannte. Als wir um die Ecke in die Cross Hands Lane bogen, sahen wir ein Auto vor dem Cottage parken.

»Scheiße!«, sagte Jago. »Wer ist das?«

»Das ist Papas Wagen!«, sagte Ellen.

Mir war, als hätte ich schon die ganze Zeit gewusst, dass der Wagen dort stehen würde. Ich sah Ellen an, deren Augen geweitet waren und die ganz blass geworden war. Ich fragte mich, ob sie es auf eine offene Konfrontation mit ihrem Vater angelegt hatte. Ob sie das hier geplant hatte, damit alle Mitleid mit ihr haben würden …

»Vielleicht solltest du einfach nach Hause laufen«, sagte ich. »Mir wird schon irgendetwas einfallen …«

»Nein, ich will ihm nicht allein gegenübertreten!«, erwiderte Ellen.

»Du bist nicht allein«, sagte Jago. »Ich bin ja da.«

Ellen machte ein dramatisches Gesicht, wie nur sie es konnte. »Jago, er darf nicht wissen, dass ich mit dir zusammen war. Das würde alles nur noch schlimmer machen.«

»Warum denn? Wir haben doch nichts Schlimmes getan.«

»Darum geht es nicht. Wenn Papa herausfindet, dass ich mit dir den Tag verbracht habe, wird er denken …« Ihre Stimme verebbte. »Du weißt schon.«

Jago stieß einen frustrierten Seufzer aus.

Ich bemühte mich, meinen Atem zu kontrollieren. Hatte ich ihnen nicht prophezeit, das so etwas passieren würde? Hätten sie bloß auf mich gehört!

»Was sollen wir jetzt sagen?«, fragte Ellen.

»Wir haben nichts Schlimmes getan«, sagte Jago noch einmal.

»Bitte, Jago« – Ellen sah ihn flehend an –, »warte draußen, geh jetzt nicht mit uns hinein.«

Ich nahm Ellens Hand. »Komm. Jago, sag du nichts, sondern lass mich reden.«

Wir gingen ums Haus herum zur Hintertür. Jago folgte im Abstand von ein paar Metern.

Meine Eltern und Mr Brecht waren im Wohnzimmer. Es wirkte viel zu klein, zu eng und zu gewöhnlich für das Drama, das sich darin abspielen sollte. Mr Brecht stand mit dem Rücken zu uns am Fenster. Er musste uns beobachtet haben, als wir draußen diskutierten. Er hatte die Hände hinter dem Rücken verschränkt.

»O Hannah!«, rief meine Mutter aus. An ihrer Stimme erkannte ich, dass sie gleichermaßen erleichtert wie wütend war. »Ein umgestürzter Baum auf dem Bahngleis hat dafür gesorgt, dass Mr Brechts Zug ausgefallen ist, also ist er postwendend wieder nach Hause gefahren. Er hat sich solche Sorgen gemacht. Wo wart ihr denn den ganzen Tag? Es ist schon halb acht! Fast schon dunkel!«

»Wir waren am Strand. Es war so ein schöner Tag, und ...«

»Du hast mir gesagt, dass du heute arbeiten würdest, Ellen«, sagte Mr Brecht, ohne sich umzudrehen.

»Ich war dort, aber sie haben gesagt, sie brauchen mich heute nicht.«

»Ich bin zur Eisdiele gefahren, und dort meinten sie, dass du gar nicht erschienen bist. Wo warst du, Ellen?«

»Wir waren am Strand, ganz ehrlich«, sagte ich.

»An welchem Strand?«

»In Polrack.«

»Ihr wart nicht in Polrack.«

»Wir wollen uns jetzt doch nicht wegen irgendwelcher

Kleinigkeiten streiten«, warf Dad ein. »Ende gut, alles gut, nicht wahr?« Er stand auf und rieb sich die Hände. »Wie wär's mit einem Bier, Mr Brecht?«

Mr Brecht schien ihn gar nicht gehört zu haben.

»Du hast gelogen, Ellen«, sagte er. »Ich bemühe mich, dir zu vertrauen und dir zu glauben, aber du belügst mich immerzu. Du fällst mir wieder und wieder in den Rücken. Du bist genau wie sie.«

»Ich habe nichts Schlimmes getan.«

»Warum lügst du dann?«

Mr Brecht ergriff Ellens Hand und zog sie hinter sich her aus dem Haus. Steif, wie eine Puppe, stolperte sie hinter ihm her. Jago wollte ihr folgen, aber Dad packte ihn am Arm. »Lass gut sein, mein Sohn.«

Jago schüttelte Dads Hand ab. Einen Augenblick lang fürchtete ich, er würde etwas Schreckliches sagen. Aber er begab sich wortlos in die Küche, und kurz darauf hörten wir, wie die Hintertür ins Schloss fiel. Den ganzen Abend lang herrschte bei uns eine gedrückte Stimmung. Mum bereitete das Abendessen vor, aber Jago kam nicht zurück, und Dad drehte den Fernseher lauter, als würde es das besser machen.

Ich rollte mich auf dem Sofa zusammen und kaute an den Fingernägeln.

»Glaubst du, ich sollte nach Thornfield House gehen und nachsehen, ob alles okay ist?«, fragte ich.

Dad schüttelte den Kopf. »Lieber nicht, Hannah. Alles wird gut, wirst schon sehen. Morgen früh wirst du Ellen wieder im Bus zur Arbeit treffen.«

Aber dort traf ich sie nicht. Ellen war weder am nächsten Morgen noch an einem der folgenden Tage im Bus.

Und sie sollte auch nicht mehr am Tresen der Eisdiele stehen und italienische Eiscreme verkaufen. Sie hat die Eisdiele nie wieder betreten.

NEUNUNDZWANZIG

Es war schön in Cornwall gewesen, auch wenn ich mich inzwischen fremd dort fühlte. Daher war ich froh, als ich wieder zurück in der Stadt war. Montpelier, das quirlige Viertel von Bristol, in dem ich lebte, und Trethene hätten nicht unterschiedlicher sein können. Die Straße, in der ich wohnte, war bevölkert von Menschen unterschiedlichster ethnischer Herkunft. Straßenmusik war zu hören, allerlei Essensgerüche hingen in der Luft, und verschleierte Frauen mit Buggys gehörten ebenso zum Stadtbild wie ältere Männer, deren Hemden über den Bäuchen spannten, oder junge Männer und Frauen, die in tief auf den Hüften sitzenden Jeans durch die Straßen stolzierten. Aus den Pubs strömten Leute mit Drinks in der Hand, die sie auf dem Gehsteig weitertranken, und halbwüchsige Jungen schlängelten sich auf ihren Fahrrädern zwischen den Autos hindurch.

Ich kaufte Lebensmittel ein und eilte dann mit meinen Tüten zu meiner Wohnung. Lily war von der älteren Dame, die in der Wohnung über mir wohnte, gefüttert worden. Jetzt war meine Katze beleidigt, weil ich sie das ganze Wochenende allein gelassen hatte, und verlangte meine volle Aufmerksamkeit. Eine Zeit lang streichelte und knuddelte ich sie, dann zog ich die Vorhänge vor und knipste die Lampen an. Um ein wenig Gesellschaft zu haben, schaltete ich den Fernseher ein.

Das rote Licht des Anrufbeantworters blinkte. Ich drückte die Abspieltaste, aber niemand hatte eine Nachricht hinterlassen. Ich rief die Nummer des letzten Anrufers auf – es war John Lansdown. Er hatte ungefähr eine halbe Stunde vor meiner Rückkehr angerufen. Ich rief zurück, aber niemand ging ran. Zu meiner Beunruhigung wegen Ellen gesellte sich nun auch noch die Sorge um John. Ich war in Ellens Geheimnisse eingeweiht gewesen, und nun kannte ich auch Geheimnisse, die Johns Ehe betrafen. In Ellens Fall hatte die Tatsache, dass ich die Wahrheit über sie herausgefunden hatte, zu nichts Gutem geführt, aber das musste nicht automatisch bedeuten, dass es sich in Johns Fall genauso verhielt. Ich wünschte, ich wüsste, wie ich mich am besten verhalten sollte. Ich wünschte, es gäbe jemanden, mit dem ich darüber reden könnte, jemand Unbeteiligten, der in der Lage wäre, mir zu raten, was ich tun sollte.

Dad hatte zu Jago und mir immer gesagt: »Wenn ihr nicht wisst, was ihr tun sollt, dann tut am besten gar nichts.«

Aber manchmal war Nichtstun das Allerschwierigste.

Ich ließ mir ein Bad ein. Als ich mich auszog, fiel das blaue Glasstück aus meiner Tasche und rollte über den Teppich. Ich hob es auf und legte es auf den Frisiertisch. Die Ereignisse der letzten achtundvierzig Stunden gingen mir nicht aus dem Kopf. Ich glaubte nicht an Geister. Als Wissenschaftlerin betrachtete ich die Dinge rational. Ich arbeitete in einem Museum, umgeben von den Zerfallsprodukten des Todes. Ich wusste um die körperlichen Prozesse. Auch mit dem Verstand und der Physiologie des Gehirns kannte ich mich hinreichend aus, wusste, dass Störungen des chemischen Gleichgewichts durch Stress verstärkt werden konnten. Ich wusste, dass es Situationen gab, in denen sich Menschen ganz leicht eine Wirklichkeit vorgaukeln konnten, die im Grunde einer Abfolge von neurologischen Störungen geschuldet war.

Ich wusste viele Dinge, konnte mir aber beim besten Willen nicht erklären, wie mein Strandglas auf den Grabstein gekommen war.

Es war mir ein Rätsel.

DREISSIG

Am Tag nach unserem Strandbesuch hatte Ellen Hausarrest, und ich fuhr allein mit dem Bus nach Polrack. Mein Ferienjob sollte noch zwei Wochen dauern, bis zum Ende der Schulferien. Im Seagull Hotel reinigte ich die Bäder, wechselte die Bettwäsche, füllte die Schränke auf den Gängen mit frischer Wäsche, räumte die Geschirrspülmaschine aus, bereitete am Nachmittag Tee und Scones mit Clotted Cream für die Hotelgäste vor und deckte für das Frühstück ein. Wenn ich aus einem der Dachfenster blickte, sah ich manchmal Jago, der Hummerkäfige auf der Hafenmauer reparierte oder breitbeinig auf Deck der Eliza May balancierte. Er lachte und witzelte nicht mehr mit seinen Kollegen herum, wie er es früher immer getan hatte. Oft ging er den Hügel hinauf und hinunter und hielt nach Ellen Ausschau, in der Hoffnung, sie würde aus der Eisdiele herauskommen, obwohl er wusste, dass das nicht passieren würde. Weil sie nicht dort war. Manchmal saß er untätig auf der Mauer und starrte ins Wasser. Zu Hause war er in sich gekehrt und abwesend. Er war nicht mehr zum Scherzen und Herumalbern aufgelegt. Ich war verunsichert, wusste nicht, wie ich mich ihm gegenüber verhalten oder was ich sagen sollte.

Ellen durfte Thornfield House erst wieder verlassen, als sie ihrem Vater versprach, seine Regeln zu befolgen und ihn nicht mehr zu belügen. Ein- oder zweimal ging ich nach Thornfield House, war insgeheim jedoch erleichtert, als man mir nicht erlaubte, sie zu sehen. Ich wusste, ich hätte mir nur wieder ihre Schimpftiraden über die Tyrannei ihres Vaters und die Ungerechtigkeit des Lebens anhören müssen. Als ich vom Tor zu ihrem Zimmer hinaufsah, erblickte ich sie am Fenster, dort, wo ihre Großmutter früher immer stand. Ich fragte mich, ob das Unglück, das sich hinter diesen Mauern abspielte, vielleicht mit dem Haus selbst zu tun hatte, ob womöglich ein Fluch auf ihm lastete. Als ich meine Mutter darauf ansprach, meinte diese, ich solle nicht lächerlich sein. Was zurzeit in Thornfield House geschehe, sei einfach nur die Folge unglücklicher Umstände.

»Eine pubertierende Tochter und ein verwitweter Vater allein unter einem Dach – abgesehen von der Haushälterin natürlich –, das kann einfach nicht gut gehen«, sagte sie. »Ellen ist in einem rebellischen Alter und er hat vor Kurzem seine Frau verloren und will mit allen Mitteln verhindern, dass ihm auch noch seine Tochter abhanden kommt. Deswegen versucht er in übertriebenem Maße, sie zu schützen. Mach dir keine Sorgen, Hannah, Mr Brecht kann Ellen nicht für immer einsperren. Nächste Woche wird sie wieder in die Schule gehen, wirst schon sehen.«

Am folgenden Samstag trafen wir Mrs Todd auf dem Postamt.

»Wie geht es Ellen?«, fragte Mum.

»Ach, sie ist so stur und tut sich keinen Gefallen damit,

sondern macht alles nur noch schlimmer«, antwortete Mrs Todd. »Im Haus herrscht eine schreckliche Atmosphäre. Mr Brecht gibt kein bisschen nach und sie auch nicht. Ellen redet kein normales Wort mit ihm, sondern giftet ihn nur an. Sie sind beide die gleichen Dickköpfe.«

Mum schnalzte missbilligend mit der Zunge und schüttelte den Kopf.

»Vielleicht könntest du mal bei uns vorbeischauen, Hannah, und versuchen, sie zur Vernunft zu bringen«, sagte Mrs Todd. »Am besten, du kommst morgen nach dem Mittagessen. Ich fahre nach Exeter zu einer Freundin, und ich werde Ellen sagen, dass du sie besuchen willst, vielleicht nimmt sie ja endlich Vernunft an.«

Nach der Sonntagsmesse am nächsten Tag aßen wir zu Mittag, und nachdem der Abwasch erledigt und die Küche aufgeräumt waren, gingen Dad und Jago auf den Sportplatz, um an den Kricketnetzen zu trainieren. Mum setzte sich mit dem Nähkorb an den Küchentisch und hörte Radio.

Ich beugte mich zu ihr und küsste sie auf die Wange.

»Ich geh dann mal nach Thornfield House«, sagte ich. »Drück mir die Daumen.«

»Ja, das werde ich.« Sie drückte mir aufmunternd die Hand.

Ich rief nach Trixie und leinte sie an. Wenn ich den Hund dabeihätte, hatte ich mir überlegt, würde Mr Brecht Ellen vielleicht erlauben, einen Spaziergang mit mir zu machen. Was war schon dabei, wenn zwei Mädchen mit einem Hund Gassi gingen? Etwas Harmloseres konnte es wohl kaum geben. Ich würde ihn anlächeln und so charmant wie möglich zu ihm sein, um Ellens Widerspenstigkeit wettzumachen.

Trixie und ich zwängten uns an dem alten Escort in unserem Vorgarten vorbei. Die Instandsetzung des Wagens sei eine Sisyphosarbeit, sagte meine Mutter manchmal. Genau wie beim Anstreichen der Forth Road Bridge sei auch hier kein Ende in Sicht. Egal, wie viele Schrottplätze Jago und Vater aufsuchten, nie schienen sie genau das Ersatzteil zu finden, das sie gerade benötigten. An der Vorderseite unseres Hauses lagen, fein säuberlich aufgereiht, mehrere rostige Motorteile.

Trixie und ich schlenderten die kleine Straße hinauf und genossen den gesprenkelten Schatten, den die Baumkronen spendeten, das Vogelgezwitscher und das friedliche Geräusch des Bachs, der, zwischen den beiden Grünstreifen verborgen, dahinplätscherte. Am Tor von Thornfield House hielt ich kurz inne. Das Haus sah anders aus als sonst. Als Erstes fiel mir auf, dass die Glyzinien, die sich an der Vorderfassade emporrankten, entfernt worden waren – ein großer Haufen Äste und verworrener Zweige mit Blättern und Blüten türmte sich auf dem Rasen. Ich ging die Auffahrt hinauf, die schnaufende Trixie folgte mir auf den Fersen. Die Tür schien geschlossen, aber dann fiel mir auf, dass sie nur angelehnt war. Ich band Trixie an dem verschnörkelten Stiefelabkratzer auf der Veranda an, sagte ihr, sie solle brav warten, hauchte ihr einen Kuss auf die Schnauze, schob dann vorsichtig die Tür auf und betrat den Flur.

Weder im Salon noch im Esszimmer war jemand, aber ich sah, dass die beiden Flügel des bodentiefen Terrassenfensters im hinteren Wohnzimmer geöffnet waren. Leise schlich ich in das Zimmer und schaute in den Garten.

Seit Mrs Brechts Tod war Adam Tremlett nicht mehr da gewesen, und der Garten war vernachlässigt. Mrs Todd tat zwar, was sie konnte, aber allein der Gemüsegarten war zu groß, um ihn allein zu bewältigen. Mittlerweile hatte ich mich an die um sich greifende Unordnung gewöhnt, aber an diesem Nachmittag herrschte eine eigenartige Stimmung im Garten. Mir wurde nicht sofort bewusst, woran es lag, aber irgendetwas stimmte nicht. Einen Moment blieb ich am Fenster stehen und ließ den Blick über Büsche und Beete wandern. Schließlich erregte eine einsame rote Mohnblume, die sachte in der milden Brise wehte, meine Aufmerksamkeit, und die Erkenntnis traf mich wie der Blitz: Sämtliche Blumen waren verschwunden.

Ich trat auf die Terrasse hinaus. Draußen war es wärmer als im Haus. Der Springbrunnen war abgeschaltet. Der Teich war von Pflanzenresten bedeckt. Einige Fische waren bereits verendet und trieben, auf der Seite liegend und mit erloschenen Augen, auf dem Wasser. Die wenigen Fische, die noch lebten, schwammen an der Oberfläche und sperrten, verzweifelt nach Sauerstoff lechzend, die kleinen runden Mäuler auf und zu. Mit den gewölbten Händen schöpfte ich durchweichte Pflanzenreste aus dem Teich – von Levkojen, Geranien, Rittersporn und unzähligen weiteren Blumen – und häufte sie neben dem

Teich auf. Schließlich trieben nur noch ein paar einsame Blütenblätter auf dem Wasser. Als ich das Gefühl hatte, den Teich ausreichend gereinigt zu haben, damit die restlichen Fische überleben konnten, rieb ich mir Hände und Arme trocken und versuchte, mir vorzustellen, was hier vorgegangen war.

Dann entdeckte ich Mr Brecht. Eingerollt auf der Seite liegend und von seinem Jackett bedeckt, ruhte er im Schatten der Rotbuche auf einer gepolsterten Sonnenliege. Ein kleiner verzierter Metalltisch stand daneben, darauf eine Wodkaflasche, ein Glas und eine Gartenschere. Die Flasche war beinahe leer. Leise schlich ich näher und hoffte inständig, dass Trixie nicht bellen würde.

Seine Brille war nach oben gerutscht und saß schief auf seiner Stirn. Mr Brecht hatte die Augen geschlossen und schnarchte mit offenem Mund. Er roch nach Alkohol. Unter seinem Gesicht zeichnete sich ein feuchter dunkler Speichelfleck auf dem Kissen ab. Seine Hemdärmel waren bis zu den Ellbogen hochgerollt und seine Hände und Unterarme von Kratzern und Schorf bedeckt. Er musste sich völlig verausgabt haben, als er sämtliche Blumen im Garten abgeschnitten hatte.

Ein Anflug von Mitleid überkam mich. Wie unglücklich musste er sein, dass er so etwas getan hatte?

Ellens Jeansjacke lag wie achtlos hingeworfen auf dem Boden. Offenbar hatten die beiden einen furchtbaren Streit gehabt, und ich fragte mich, was wohl der Grund gewesen war und was sie einander an den Kopf geworfen hatten. Was hatte ihn bloß zu dieser Verzweiflungstat getrieben? Ich bückte mich und hob die Jacke auf. Dabei fiel mein Schatten auf Mr Brechts Gesicht, und ich hielt einen Moment lang den Atem an, aber er rührte sich nicht. Auf Zehenspitzen kehrte ich ins Haus zurück. Ich rannte die Treppe hinauf, aber Ellens Zimmer war verlassen. Im Haus war es still. Sie war nicht da.

Ich ging auf die andere Seite des Flurs und öffnete die Tür von Mr Brechts Schlafzimmer, das er bis vor wenigen Monaten noch mit seiner Frau geteilt hatte. Es war ein großer, ausgedehnter Raum im hinteren Teil des Hauses mit Blick auf den Garten. Sonnenlichtstreifen fielen auf das breite, ungemachte Bett mit den zerwühlten Laken. Die Kissen lagen in der Mitte des Betts. Ich hob eines hoch, hielt es an mein Gesicht und sog seinen Duft ein.

Als ich wieder zur Haustür zurückkehrte, wedelte Trixie mit ihrem Stummelschwanz und blickte mir voller Freude entgegen.

»Braves Mädchen«, sagte ich und redete beruhigend auf sie ein, damit sie mit ihrem aufgeregten Jaulen aufhörte. »Was für ein braves, kluges Mädchen du doch bist!«

Mit Ellens Jeansjacke über der Schulter und einer blauen Socke in der Tasche, die ich in Mr Brechts Zimmer stibitzt hatte, ging ich den gleichen Weg zurück, den ich gekommen war. Noch immer hatte ich den Duft von Mr Brechts Kissen in der Nase. Ich fragte mich, wo Ellen sein mochte. Wenn sie zu uns gerannt wäre, hätte ich ihr vorhin begegnen müssen. Vielleicht war sie zum Strand gelaufen. Als Trixie und ich bei der Kirche ankamen, blickte sie erwartungsvoll zu mir hoch – hier begann eine unserer Lieblingsrouten. Ich beschloss, mit ihr den Friedhof zu überqueren und dann über das angrenzende freie Feld zu spazieren, von wo aus man zu den Klippen gelangte – vielleicht fand ich Ellen ja dort. Rosafarbenes, gelbes und grünes Konfetti von der Hochzeit vom Vortag lag auf dem Gehsteig vor der Kirche und dem überdachten Friedhofstor verstreut. Trixie trottete hinter mir auf dem Friedhofsweg her, während ihre Krallen auf den Steinplatten ein klickendes Geräusch machten. Die Platten waren von der Sonne erwärmt und strahlten zusätzlich Hitze ab. Im hinteren Teil des Friedhofs waren die Gräber weniger gepflegt als im vorderen Teil. Einige Grabsteine neigten sich zur Seite, und der Plastikabfalleimer quoll über von vertrockneten Kränzen und verwelkten Blumen. Die Luft roch süßlich nach verfaulten Pflanzen. Ich ließ Trixie von der Leine und sprang übermütig über die Gräber, wobei ich darauf achtete, den Brennnesseln auszuweichen, während ich mit der Hand die Mücken wegwedelte. Durch das rückwärtige Friedhofstor trat ich auf das angrenzende Feld hinaus, und Trixie folgte mir hechelnd.

Ich sah Ellen, bevor sie mich bemerkte. Sie saß mit an den Knöcheln überkreuzten Beinen und im Schoß gefalteten Händen auf einer alten Bank hinter der Friedhofsmauer und wirkte wie eine Statue. Sie trug das grüne Sommerkleid mit den Gänseblümchen, das ihre Mutter so gern gemocht hatte. Ihr schwarzes Haar fiel ihr über Schultern und Rücken. Es war zerzaust, und Blätter und

Gras hatten sich darin verfangen. An ihren Armen klebte Erde.

Leise näherte ich mich ihr. Ich wollte Ellen nicht erschrecken, die so reglos war, dass sich die Vögel ganz nah an sie herangewagt hatten und auf der Erde nach Insekten pickten. Eine bläulich schwarz schimmernde Libelle saß auf der Armlehne der Bank neben ihr und breitete die Flügel aus. Es war kühl in der von Gestrüpp zugewachsenen Ecke des Feldes. Als ich sie fast erreicht hatte, hob Ellen den Kopf und lächelte. Ich setzte mich neben sie und legte ihr die Jeansjacke über die Schultern. Sie machte einen benommenen Eindruck. Trixie drehte sich drei Mal im Kreis, ehe sie sich zu meinen Füßen niederließ.

»Alles in Ordnung mit dir?«, fragte ich.

Ellen nickte.

»Ich habe gesehen, was dein Vater angerichtet hat – im Garten.«

Ellen sah mich an. Ihre dunklen Augen glänzten.

»Er ist verrückt. Ich habe dir doch gesagt, dass er verrückt ist. Ich habe ihn angefleht, aufzuhören, aber er hat nicht auf mich gehört.«

»Hat er dir wehgetan?«

Sie schüttelte den Kopf.

»Was ist noch passiert, Ellen? Warum bist du voller Erde und Gras?«

»Ich habe mich im Bad eingeschlossen, während er im Garten wütete. Vom Fenster aus konnte ich sehen, dass er irgendwann eingeschlafen ist. Er hat getrunken, und ich wusste, er würde nicht so bald wieder aufwachen. Zuerst wollte ich zu dir, aber unterwegs ist mir Jago mit dem Fahrrad entgegengekommen.«

Ellen zögerte, dann atmete sie tief ein und aus und sagte: »Wir haben uns auf der Straße unterhalten, aber ich hatte Angst, dass uns jemand sieht, und wir sind hierhergegangen, um allein zu sein.«

»Und … ihr habt einfach nur geredet?«

»Nein, Hannah, wir haben nicht nur geredet. Kannst du dir nicht denken, was wir getan haben? Kannst du dir nicht vorstellen, woher die Erde und das Gras kommen?«

Mein Herz hämmerte in der Brust. Ich befühlte die Socke in meiner Tasche, rieb das feine Wollgewebe zwischen den Fingern.

Ellen lächelte leise.

»Ich wollte, dass er mich küsst«, sagte sie. »Und habe ihn gebeten, es zu tun. Er hat meine Augenlider geküsst, aber ich sagte, nein, küss mich auf den Mund, küss mich richtig, küss mich, als würden wir gleich sterben, als wäre es unser letzter Kuss. Und dann …«

Ellen blickte zum Himmel. Die Jacke glitt von ihren Schultern.

Ich hielt den Atem an. Ich fürchtete mich vor dem, was sie als Nächstes sagen würde, obwohl ich es bereits wusste.

»Es ist nicht Jagos Schuld, Hannah, sondern meine. Ich habe ihn dazu gebracht. Ich habe das Kleid ausgezogen und war kein bisschen verlegen. Die Sonne fühlte sich so warm auf meiner Haut an, und er hat mich voller

Bewunderung angesehen. Ich war so glücklich, Hannah, ich wollte es unbedingt. Ich habe ihn verführt.«

Sie lachte.

»O Gott«, sagte ich im Flüsterton, denn ich wusste, was das bedeutete. Sie hatten eine rote Linie überschritten. Nun gab es für Ellen und Jago kein Zurück mehr. Ich hatte das Gefühl, als stürzte ich kopfüber in ein tiefes Loch, das mich für immer verschluckte. Nun, da Ellen und Jago miteinander geschlafen hatten, würde es endgültig keinen Platz mehr für mich geben. Es war, als ob ich nicht mehr existierte.

»Siehst du das Blut dort im Gras«, sagte Ellen. »Das ist ein geweihter Fleck. Der Platz, wo Ellen Brecht ihre Jungfräulichkeit verloren hat, wo sie sich zum ersten Mal Jago Cardell hingegeben hat.«

Sie schien sich der Bedeutung ihrer Worte nicht bewusst zu sein. Sie hatte ja keine Ahnung. Es war nur ein weiterer Akt in dem Stück, das sie spielte, dem fortwährenden Drama ihres Lebens. Doch als ich sie ansah, bemerkte ich, dass sie stumm weinte; ihre Wangen waren nass von Tränen. Mit einem Mal hatte ich Mitleid mit ihr. Ich streckte die Hand aus, und sie lehnte sich an mich, so wie früher, fasste mich unter und schmiegte ihre feuchte Wange an meine Schulter.

»Er hat gesagt, er liebt mich«, sagte Ellen leise. »Dass er mich schon immer geliebt hat. Und dass er einen Weg finden wird, damit wir zusammen sein können.«

Eine Libelle ließ sich auf einem Blatt nieder und spreizte die Flügel im Sonnenlicht. Ich betrachtete das filigrane, spitzenartige Gewebe der Flügel. Und dachte, wie einfach es wäre, der Libelle Leid anzutun. Eine Bewegung mit der Hand, und sie wäre tot.

»Du musst vorsichtig sein, Ellen«, sagte ich. »Überleg dir genau, was du tust. Du spielst ein gefährliches Spiel.«

Ellen lächelte weiterhin in sich hinein. Sie hörte mir gar nicht zu. Sie schien davon überzeugt, dass ihr jetzt nichts mehr passieren konnte. Sie hatte ja keine Ahnung.

EINUNDDREISSIG

Die ungewöhnlich lange Serie warmer, linder Sommertage ging in der folgenden Nacht mit einem Paukenschlag zu Ende, als ein gewaltiger Gewittersturm auf einer Länge von fünfzig Kilometern an der Südwestküste Englands wütete. In Montpelier fiel der Strom aus. Die dunklen Straßen waren wie leer gefegt. Der Regen prasselte auf den Asphalt, setzte reihenweise Autoalarmanlagen in Gang und verstopfte die Gullys, sodass das Wasser durch die Kanaldeckel zurückströmte. Ich lag auf meinem Bett. Lily kroch zu mir unter die Decke und rollte sich neben mir ein. Immer wieder durchzuckte ein Blitz das Zimmer, ließ die Wände mit der Kommode und dem Kleiderschrank, an dem mein Bademantel hing, weiß aufscheinen. Ich musste daran denken, wie sehr sich die arme Trixie immer vor Blitz und Donner gefürchtet hatte. Sobald ein Gewitter im Anzug war, hatte sie Zuflucht unter meinem Bett gesucht, und nichts konnte sie wieder hervorlocken, ehe das Blitzen und Donnergrollen nicht aufgehört hatten. Ich hatte dann immer das Radio aufgedreht, um die Gewittergeräusche zu dämpfen, aber auch das hatte nicht geholfen.

Das blaue Glasstück lag in meiner Hand; ich drehte es um. Lily lag schnurrend auf meiner Brust. Sie mochte es, meinen Herzschlag zu spüren. Und ich mochte ihre Wärme.

Wieder kam mir Trixie in den Sinn, die sich vor dem Gewitter unter dem Bett versteckt hatte. Als Jago noch ein Junge war, war er unters Bett gekrochen, um Trixie zu trösten. Ich sah das Bild vor mir, wie seine langen Beine hervorragten und quer über dem Bettvorleger lagen, ein Fuß von einer schmutzigen grauen Socke mit einem Loch bedeckt, der andere nackt, nur ein Pflaster prangte darauf. Ich hatte den Kopf auf der anderen Seite des Bettes hinabhängen lassen und über diesen Jungen und den hässlichen weißen Hund gelacht, die sich unter meiner Matratze aneinanderkuschelten. Plötzlich vermisste ich die beiden so sehr, dass ich das Gefühl hatte, ich könnte keine weitere Nacht ohne sie überstehen.

Ich öffnete die Augen und starrte zur Decke hinauf. Die Schweinwerfer der vorbeifahrenden Autos erhellten das Fenster und ließen die Regentropfen auf dem Glas sich widerspiegeln. Weil der Regen mit voller Wucht auf die Scheibe prasselte, krochen die Tropfen nur langsam hinab.

Mit einem Mal fragte ich mich, ob ich vielleicht doch auf irgendeine Weise für die Sache mit dem Strandglas verantwortlich war. Ich erinnerte mich an einen Artikel, den ich gelesen hatte, wo es um eine Art wissenschaftlichen Nachweis für das Poltergeist-Phänomen ging. Handelte es sich dabei nicht um die physikalische Manifestation einer psychischen Störung? Gab es nicht dokumentierte Fälle von Objekten, die im wahrsten Sinn des Wortes wie von Geisterhand bewegt worden waren, ohne dass eine physische Ursache zu erkennen war? Nur dass es sich dabei um kleinere Phänomene mit geringer Bewegungsenergie handelte: eine Glühbirne, die an ihrem Draht ins Schwingen geriet, oder eine Tasse, die von einem Regalbrett fiel. Also schien es doch äußerst unwahrscheinlich, dass die Glasstücke den ganzen Weg vom Strand bis zu dem Grabstein allein kraft meines Geistes, gleich wie gestört dieser auch sein mochte, transportiert worden waren.

Du bist müde, sagte ich mir. Morgen wirst du wieder klarer sehen. Im selben Moment durchzuckte ein Blitz das Zimmer, und ich erblickte einen Schatten im Spiegel, nein, keinen Schatten, sondern ein Gesicht, Ellens Gesicht, das mich mit einem verzweifelten Ausdruck in den Augen und eingerahmt von ihren triefend nassen Haarsträhnen durch das Glas anstarrte. Sie streckte die nach oben gedrehte Hand in meine Richtung aus, eine Geste, die mir sagte: Hilf mir! Einen Moment lang glaubte ich, sie wäre im Spiegel gefangen, mir war, als hörte ich sie schreien, und sie schien mit den Fingern an der anderen Seite des Glases zu kratzen. Dann erlosch das Licht, und übrig blieb das glühende Negativ von Ellens Gesicht, das in die Rückseite meiner Augen gebrannt war und mich weiterhin anstarrte.

ZWEIUNDDREISSIG

In der Woche darauf erschien Ellen nicht in der Schule. Als ich am dritten Schultag nach Thornfield House hinaufradelte, um nach ihr zu sehen, öffnete Mrs Todd die Tür und sagte, dass Ellen künftig zu Hause lernen würde.

»Aber was ist mit ihrem Abitur?«

»Sie kann sich zu Hause auf die Prüfungen vorbereiten.«

»Dürfte ich bitte zu ihr?«

Mrs Todd schüttelte den Kopf. »Heute nicht, Hannah.«

Ich spürte Panik in mir aufsteigen. Als ich der Frau in die Augen blickte, meinte ich, Mitleid darin zu erkennen.

»Bitte, Mrs Todd. Nur für fünf Minuten.«

»Tut mir leid. Heute wirklich nicht. Komm morgen wieder, vielleicht geht es dann.«

Mrs Todd schloss die Tür buchstäblich vor meiner

Nase. Einen Moment lang war ich versucht, mit den Fäusten an die Tür zu trommeln oder mit den Füßen dagegenzutreten, damit Mrs Todd erneut öffnete, ich wusste jedoch, dass ich damit alles nur schlimmer machen würde.

Als ich die Auffahrt hinunterging, blieb ich stehen und blickte zu Ellens Fenster hinauf. Sie stand dort und schaute zu mir herab. Ich hob die Hand und winkte. Die Sonne blendete mich. Ellen schob den unteren Teil des Fensters hinauf. Dann lehnte sie sich hinaus, legte den Zeigefinger an die Lippen und warf ein zu einem Flugzeug gefaltetes Blatt in meine Richtung. Ich rannte ihm nach, fing es auf und wedelte damit in der Luft, um Ellen zu zeigen, dass es sicher bei mir gelandet war, dann winkte ich zum Abschied und verließ rückwärts die Auffahrt.

Es war merkwürdig, wie sich alles verändert hatte. Noch vor wenigen Jahren war alles so anders gewesen: Ich erinnerte mich, wie Ellen und ich auf dem Rasen von Thornfield House Radschlagen geübt hatten. Damals waren wir dreizehn oder vierzehn gewesen. Ich rief mir ins Gedächtnis, wie es sich angefühlt hatte, wenn sich die Welt um mich drehte, der Himmel, das Gras, das Haus. Wenn ich mich wieder aufrichtete, keuchend und ein bisschen schwindelig, eine Haarsträhne im Mund und glücklich nach der körperlichen Anstrengung. Wenn Mrs Brecht in ihrem Rollstuhl lachte und das Goldkettchen an ihrem zarten Hals im Sonnenlicht glitzerte, und wenn Mr Brecht, unser Wettkampfrichter, sich am Kinn kratzte und sagte: Hmmm. Eine sehr schwierige Entscheidung. Und wenn er uns beiden gemeinsam den Siegerpreis überreichte – je fünfzig Pence –, obwohl alle wussten, dass Ellen viel besser Rad schlagen konnte als ich. Ich erinnerte mich, wie Mr Brecht den Rollstuhl schob und sich auf die Griffe stützte, um ihn vorn ein wenig anzuheben, wie die Räder auf dem Plattenweg knirschten und wie sich Mr Brecht zu seiner Frau hinabbeugte, um sie zu küssen, und wie sie den Kopf nach hinten bog und ihm die Lippen darbot. Und wie Mr Brecht später auf der Chaiselongue neben seiner Frau saß, die die Augen geschlossen hatte, um ihre Schmerzen zu verbergen, und ihr die Fingerknöchel mit Lavendelöl massierte. Sanft und voller Zuneigung widmete er sich jedem einzelnen Knöchel. Wieder sah ich das Bild des zärtlichen, liebevollen Mr Brecht und seiner armen Frau vor mir, ihrer großen Liebe, und das ihrer verwöhnten, frühreifen, aber damals im Großen und Ganzen noch gehorsamen Tochter.

Ich faltete das Papierflugzeug auseinander und nahm mein Fahrrad, das an der Gartenmauer lehnte. Es war eine kurze Nachricht, die Ellen mit einem Kugelschreiber rasch auf einen Zettel gekritzelt hatte, während ich mich mit Mrs Todd an der Haustür unterhielt.

Sag Jago, er soll um Mitternacht zur Gartenmauer kommen und drei Mal wie eine Eule heulen. Küsschen E.

Ich hatte so gehofft, die Nachricht wäre für mich bestimmt. Schließlich hatte ich mir die vergebliche Mühe gemacht herzukommen, um Ellen zu besuchen, und zum Dank dafür durfte ich nun Postbote spielen. Das schien mir nicht fair. Ich steckte den Brief in die Jackentasche, kletterte aufs Rad und fuhr langsam zurück.

Wieder zu Hause, setzte ich mich an den Küchentisch und brütete über einem Referat mit dem Thema: Ähnlichkeiten zwischen den Theropoda-Dinosauriern des Mesozoikums und den heutigen Vögeln.

Wenn ich Jago den Brief gab, würde ich eine Kette von Ereignissen in Gang setzen, über die ich keine Kontrolle hätte. Ellen und Jago liebten beide das Risiko. Sie führte etwas im Schilde, auch wenn ich nicht wusste, was, und würde den Kitzel des Verbotenen genießen, und Jago würde bestimmt tun, was sie von ihm verlangte. Wäre es vielleicht besser, ihm die Nachricht gar nicht erst zu geben? Was man nicht weiß, macht einen nicht heiß, dachte ich im Hinblick auf Jago, und ich würde ruhig schlafen können. Einen flüchtigen Augenblick erwog ich, den Zettel irgendwo liegen zu lassen, damit meine Eltern ihn fanden. Dann würden sie fragen, was das zu bedeuten habe, und ich würde ihnen erzählen, was ich wusste. Das würde Jagos und Ellens Heimlichtuerei und ihren Lügen ein Ende bereiten. Ich ließ mir diese Möglichkeit durch den Kopf gehen und spielte in Gedanken eine Reihe von Konsequenzen durch, doch dann meldete sich mein Gewissen zu Wort. Es erinnerte mich daran, dass Ellen meine Freundin und Jago mein Bruder war. Beide vertrauten mir. Beide dachten, ich sei auf ihrer Seite. Wir waren wie die drei Musketiere, einer für alle und alle für einen. Nein, ich konnte sie unmöglich hintergehen.

Aber ich hätte es tun sollen. Ich hätte meinem Instinkt

vertrauen und Ellens Nachricht zurückhalten sollen, aber schließlich gab ich sie Jago dann doch. Und in jener Nacht trat Ellens und Jagos Liebesgeschichte in eine neue Phase, eine, von der nur wir drei wussten. Noch während ich den Brief in der Hand hielt, wusste ich bereits, dass es zu einer Katastrophe kommen würde. Und in dem Moment, als ich ihn Jago übergab, konnte ich nichts mehr tun, um sie aufzuhalten.

Von nun an schlich Jago fast jede Nacht wie ein Dieb aus dem Haus Nummer acht in der Cross Hands Lane und den Hügel hinauf nach Thornfield House. Manchmal kehrte er nach kurzer Zeit wieder zurück, in den Nächten, wenn im Erdgeschoss noch Licht brannte oder Mr Brecht im Sterbezimmer seiner Frau, das an Ellens Zimmer grenzte, ruhelos auf und ab ging. An anderen Abenden wiederum hatte Mr Brecht so viel getrunken, dass er tief und fest schlief und nichts ihn wecken konnte. Dann konnten sich Ellen und Jago treffen und zusammen sein, ohne Gefahr zu laufen, entdeckt zu werden. Die beiden waren wie eine Urgewalt, wie Wasser, Luft oder die Schwerkraft. Nichts konnte sie aufhalten. Mr Brecht konnte ihnen noch so viele Hindernisse in den Weg legen. Zwar konnte er Ellen unter Hausarrest stellen, sie in ihrem Zimmer einsperren, aber er konnte nicht verhindern, dass sie einen Weg fand, seine Verbote zu umgehen. Ebenso gut hätte er versuchen können, dem Wind oder den Gezeiten Einhalt zu gebieten.

Meine Eltern waren nicht mehr die Jüngsten; sie standen früh auf und gingen früh zu Bett. Zu der Uhrzeit, wenn Jago aus dem Haus schlich, schliefen sie schon tief und fest, die Tür ihres Schlafzimmers leicht angelehnt, damit das Flurlicht ihnen beim Gang ins Badezimmer den Weg wies. Während sich Jago für das Rendezvous mit Ellen fertig machte, schnarchte mein Vater vor sich hin, und meine Mutter lag, ihm zugewandt und zusammengerollt wie ein kleines Kind, unter ihrer Bettdecke. Die Geräusche, die mein Vater machte, übertönten bei Weitem das leise Knarren der Dielen, das Jago verursachte, wenn er auf Zehenspitzen an ihrer Tür vorbeiging. Die Zentralheizung hatte sich zu dieser Nachtzeit bereits ausgeschaltet, aber es war noch angenehm warm in unserem Haus, und in der Luft hing der Geruch nach Waschmittel und dem Gericht, das meine Mutter zum Abendessen gekocht hatte. Trixie lag unter meinem Bett oder auch darauf und träumte von den Kaninchen, denen sie tagsüber vergeblich nachjagte. Wenn Jago das Haus verließ, hob sie kurz den Kopf, bellte aber nie.

Und ich hörte ihn, hörte ihn jede Nacht.

Ich wusste, was vorging. Ich wusste, was sie taten. Jago erzählte mir hie und da etwas und Ellen ebenfalls, und auch wenn ich mich bemühte, nicht daran zu denken, ließ sich meine Phantasie nicht davon abhalten, meine Wissenslücken zu füllen. Während Jago in der Dunkelheit nach Thornfield House lief, lag ich wach im Bett und lauschte auf das Schnaufen und leise Schnarchen des Hundes. Unterwegs sah Jago Katzen, Füchse und Eulen, und sie sahen ihn. Die Lichter der Fischerboote weit draußen auf dem Meer blinkten in der Finsternis und tanzten über den Wellen. Einige der Boote erkannte Jago an ihren Lichtern und fühlte sich bei ihrem Anblick in der Nacht weniger allein. Während er zu Ellen lief, stieß er Atemwölkchen aus, die sich rasch wieder verflüchtigten. Er dachte an nichts, wusste nur, dass er tun musste, was er tat. Er musste zu ihr.

Am Tor von Thornfield House hielt er inne, um sich zu vergewissern, ob es im Erdgeschoss ruhig war. Auch das Fenster neben dem von Ellen beobachtete er sorgfältig. Seit der Nacht, in der Mrs Brecht gestorben war, waren dort die Vorhänge zugezogen, und das Zimmer wurde von gedämpftem Licht erhellt. Wenn sich Mr Brecht dort aufhielt, fiel hie und da sein Schatten auf den Vorhang. Hatte sich Jago jedoch nach einigen Minuten davon überzeugt, dass die Luft rein war, trat er in den Garten. Er musste vorsichtig sein, um den Bewegungsmelder des Verandalichts nicht auszulösen, deswegen drückte er sich dicht an der Gartenmauer entlang. So umging er auch die gekieste Auffahrt, auf der seine Schritte geknirscht hätten, und gelangte im großen Bogen zur rückwärtigen Hausecke. Dort blieb er stehen und schaute zu Ellens Fenster hinauf. Ellen erwartete ihn bereits und hatte den unteren Teil des Fensters hochgeschoben. Ihr Vater glaubte, dass wenn er ihre Tür von außen verschloss, seine Tochter in ihrem Zimmer sicher verwahrt wäre. Er wusste nicht, dass Ellen und Jago ihn insgeheim verhöhnten und einen Weg gefunden hatten, um seine sorgfältigen Vorkehrungen zu umgehen.

Bis vor Kurzem war der Garten von Thornfield House

nachts von den süßlichen Düften der Blumen und Mauergewächse, die Adam Tremlett in den Beeten entlang der Auffahrt gepflanzt hatte, erfüllt gewesen, gemischt mit den Aromen von Seidelbast, Heckenkirschen und Rosen. Aber jetzt waren die Blumen verschwunden. Doch auch wenn die Bienen und Schmetterlinge, die früher tagsüber den Garten aufgesucht hatten, ihm seither fernblieben, fuhren die Motten des Nachts unermüdlich mit ihrer nützlichen, lautlosen Bestäubungsarbeit fort: Sie bestäubten das Gras und die wenigen Pflanzen, die Mr Brechts Heckenschere entkommen waren, weil sie nicht wie Blumen aussahen. Jago hatte etwas mit diesen Motten gemein: Zielbewusst, aber lautlos bewegte er sich durch den Garten. Er kannte die Vorderfassade von Thornfield House in- und auswendig, jedes Detail des Mauerwerks war ihm vertraut und jede Stelle, wohin er seinen Fuß setzen musste; er wusste genau, wie er es anstellen musste, um zu Ellens Fenster zu gelangen.

Immer musste er auf der Hut sein. Manchmal brannte in Mrs Todds Zimmer unter dem Dach bis in die frühen Morgenstunden Licht. Dann strickte sie oder las in ihrem Bett. Und sie hatte einen leichten Schlaf und wachte beim kleinsten Geräusch auf. All die Jahre, in denen sie Mrs Brecht gepflegt hatte, hatten sie hellhörig werden lassen. Wenn Jago in Mrs Todds Zimmer Licht sah, wartete er, bis sie das kleine Badezimmer aufsuchte, das an ihr Zimmer grenzte. Sobald sie sich bei laufendem Wasserhahn die Zähne putzte, war der geeignete Moment gekommen, die Fassade hochzuklettern.

Barfuß und in ihrem Nachthemd wartete Ellen auf der anderen Seite des Fensters auf Jago. Die Tür hatte sie mit ihrem Frisiertisch verbarrikadiert. Sie half Jago, durchs Fenster hereinzuklettern, und empfing ihn mit einem Lächeln. Obwohl Ellen im Grunde stark und robust war, behandelte Jago sie so zärtlich und vorsichtig, wie er nur konnte, da er fürchtete, ihr wehzutun. Alles, was Jago wollte, war, Ellen zu retten und sie glücklich zu machen. Er wollte sie befreien. Ellen wiederum fühlte sich wie die moderne Version einer Märchenprinzessin, die von ihrem grausamen Vater in einem Turm gefangen gehalten wurde. Jago hatte sie die Rolle des Ritters in der glänzenden Rüstung zugewiesen, und diese Rolle war ihm auf den Leib geschrieben, war er selbst doch viele Jahre lang misshandelt worden. Ellen hatte sich das Schicksal, von ihrem Vater eingesperrt zu werden, zwar nicht ausgesucht, sie tat aber auch nichts, um sich ihr Schicksal zu erleichtern. Alles, was sie hätte tun müssen, wäre, ein kleines bisschen nachzugeben, ihn ein wenig bei Laune zu halten, nett zu ihm zu sein, ihn zu bemitleiden, aber Ellen blieb hart und kämpfte erbittert gegen ihn. Die Dramatik ihrer Lage gefiel ihr. Sie mochte den Nervenkitzel. Sie glaubte an ein Happy End für sich und Jago, ganz gleich, wie sehr der Konflikt zwischen ihr und ihrem Vater auch eskalierte, schließlich endeten romantische Liebesgeschichten doch immer mit einem Happy End, oder nicht? Die Figuren in einem Liebesroman lebten doch auch glücklich bis an ihr seliges Ende.

Ich wusste natürlich nicht, was zwischen Jago und Ellen geschah, nachdem er in ihr Zimmer gestiegen war, aber wenn ich schlaflos in meinem Bett lag, malte meine gequälte Phantasie es sich aus. In den Szenarien, die mein Geist ersatzweise schuf, redeten sie nicht miteinander. Sie redeten nie. Ich stellte mir vor, wie sie sich küssten, wie Ellen, die nach Zahnpasta roch, ihm begierig ihre Lippen darbot. Sie konnte seinen Kuss kaum erwarten. Dann erkundete Jago in der Dunkelheit ihren Körper. Er berührte ihr Haar, ihre Schultern, strich mit den Händen an ihren Armen hinab. Er hatte frische Nachtluft mit hereingebracht, Anklänge an Mond, Meer, Gezeiten und Wildblumen. Langsam bewegten sie sich auf das Bett zu. Während Ellen zwischen die Laken schlüpfte, zog sich Jago, neben dem Bett stehend, aus. Zuerst die Jacke, dann das T-Shirt, das er sich über den Kopf streifte, sodass Ellen im Schein des Mondes und der Sterne seine Umrisse ausmachen konnte, seine breite Brust, seine muskulösen Schultern, die dunkel behaarten Unterarme. Sie nahm seine Körperwärme wahr und sah zu, wie er seine Jeans aufknöpfte, sie zu Boden gleiten ließ, sie von den Füßen streifte. Und wie er sich schließlich seiner Boxershorts entledigte. Ein unglaublich wonniges Gefühl durchrieselte Ellen, tiefer als alles, was sie je gekannt hatte. Sie war bereit für ihn. Sie konnte es kaum erwarten. Sie konnte nicht genug von ihm bekommen.

Jago und Ellen liebten sich. Das war schließlich der Grund, weswegen sich Jago mitten in der Nacht zu Ellen begab; das war der Grund, warum sie ihn zu sich bestellte. Ein paar Wochen später, als das Glück, das diese nächtlichen Stunden ihr bescherten, Ellen ein wenig besänftigt hatten, sie milder geworden war und ich sie wieder in Thornfield House besuchen durfte, erzählte sie mir ein bisschen von diesen Nächten. Während sie mit glänzenden Augen sprach, die Stimme heiser vor Aufregung, berührte sie ihre Kehle. Ich konnte mir lebhaft vorstellen, wie sie den Kopf in den Nacken warf, ich sah ihre Schultern, ihre kleinen Brüste, das Goldkettchen um ihren Hals, wie sie den Atem anhielt und sich ihr schwarzes Haar wie ein Fächer über das weiße Kissen breitete. Wie sie die schlanken, festen Beine um Jagos Rücken schlang, wenn dieser sich zwischen ihre Schenkel schob. Die unglaubliche Lust, die sie einander bereiteten, die Anziehung, die sie beherrschte, den perfekten Gleichklang ihrer Körper. Sie beschrieb auch die atemlosen Momente des sexuellen Akts an sich, das Gefühl, von Jago ausgefüllt zu werden, wie er sich an ihrem verzückten Beben berauschte. Und sie erzählte mir, wie sie hinterher ihr Lachen unterdrücken mussten und wie Jago ihr »Ich liebe dich« ins Ohr flüsterte, während er mit den Lippen und den Fingern ihr Haar berührte. Ich liebe dich, Ellen Brecht, sagte er, lass uns für immer zusammenbleiben, wir werden uns lieben bis in den Tod. Ich liebe dich so sehr, dass es mich beinah umbringt, wenn ich dich verlassen muss. Ich denke jeden Moment an dich. Am liebsten würde ich allen von dir erzählen. Ich will, dass alle es wissen. Dann sagte sie: Nein, das darfst du nicht! Tu das nicht! Sag niemandem ein Wort, niemandem, hörst du!

Ich weiß, ich weiß, erwiderte er.

Dann schlief er ein. Er hatte einen langen Arbeitstag hinter sich und war erschöpft von der physischen Anstrengung, der Anspannung, die ihn das Hinaufklettern zu ihrem Fenster gekostet hatte, und nicht zuletzt von der Vorfreude. Ellen dagegen blieb wach. Sie war auf der Hut, beschützte ihren Liebsten vor den Gefahren der Nacht. Sie drehte sich auf die Seite, kuschelte sich mit Rücken und Po in die warme Wölbung seines Körpers, starrte zum Fenster, lauschte auf Schritte im Flur, ein verräterisches Husten. Draußen war es heller als im Zimmer. Sie sah zu, wie der Mond langsam über das Fenster wanderte. Auch wenn es sie Mühe kostete, die Augen offen zu halten, schlief sie nicht ein, solange Jago bei ihr war. Sie wusste, dass er sie bald, noch vor Morgengrauen, verlassen musste. Sie wusste nicht, wie sie Nacht für Nacht die Kraft fand, ihn aufzuwecken, ihn fortzuschicken, ihn zu verabschieden.

Ihr Leben war ein einziges großes Drama, aufregend, gefährlich und befreiend. Ellen lebte und liebte und glühte hell wie ein Stern und glaubte, sie würde für immer leben und lieben.

DREIUNDDREISSIG

Nach einer gefühlten Ewigkeit verzog sich das Gewitter über Bristol, und ich glitt in einen leichten Schlaf. Immer wieder träumte ich, nur um kurz darauf wieder aufzuschrecken, und sofort war die Erinnerung wieder da, an die Frau, die auf der Klippe gestanden hatte, und an die Glasstücke auf dem Grabstein. Unentwegt hörte ich Ellens Stimme. Im Halbschlaf lockte sie mich in den Spiegel. Im Hintergrund sah ich die sumpfige Heide von Trethene, und ich folgte ihr dorthin. Wir trugen beide Nachthemden, waren barfuß, und unser Haar wehte, während wir durch den Nebel wankten und immer wieder über kleine Mooshügel stolperten. Von Zeit zu Zeit schob sich eine der am Himmel dahinjagenden weißen Wolken vor den Mond, der kurz darauf wiederauftauchte.

Ich rief nach ihr. Ellen, warte! Lass mich dich ansehen! Aber sie rannte unentwegt weiter, und der Wind trug ihr zerrissenes Schluchzen zu mir. Und obwohl ich gezwungen war, ihr zu folgen, sie nicht aus den Augen zu verlieren, wollte ich nicht, dass sie sich umdrehte. Ich wollte ihr Gesicht nicht sehen.

In den frühen Morgenstunden ging irgendwo in der Straße eine Alarmanlage los. Ungefähr zehn Minuten lang zerriss ein ohrenbetäubendes Kreischen die Dunkelheit, dann kehrte Stille ein, ehe es von vorn begann. Ich konnte mich weder an den Lärm gewöhnen noch an die Stille dazwischen. Mir war zu warm in meinem Bett. Ich legte mich auf die Decke, aber auch das half nicht. Noch immer war meine Haut an den Stellen, wo sie nicht mit der kühlen Luft in Berührung kam, schweißbedeckt. Ich stand auf und öffnete das Schlafzimmerfenster, aber kein Luftzug drang herein. Ich begab mich in das angrenzende Wohnzimmer, das nach vorn hinausging, um für ein wenig Durchzug zu sorgen.

Der Strom war wieder da. Wahrscheinlich hatte das die Alarmanlage in Gang gesetzt. Als ich ans Fenster trat, erblickte ich im orangefarbenen Schein der Straßenlampe zwei Männer, die sich auf dem Gehsteig unterhielten. Ihre Körpersprache sagte mir, dass etwas nicht stimmte. Sie wirkten irgendwie beunruhigt. Der eine hatte eine athletische Figur, sah gut aus und hielt eine Zigarette zwischen den Fingern, während er nervös von einem Fuß auf den anderen trat. Der andere war dünner, hatte gelbe Rastalocken und sah mitgenommen aus. Seinem Gesicht nach zu urteilen, hatte er sich kurz zuvor mit jemandem geprügelt. Eigentlich wollte ich das Fenster öffnen, fürchtete jedoch, die Aufmerksamkeit der Männer zu erregen, dass sie zu mir hochblicken würden und auf die Idee kamen, ich hätte sie belauscht. Ich stellte mir vor, wie sie an der Hausmauer hinaufkletterten, durch das Fenster einstiegen und mich durch die Wohnung hetzten. Ich traute mich nicht einmal, das Licht anzumachen.

Ich ging in die Küche im hinteren Teil der Wohnung und schob das Fenster hoch. Lily tappte auf dem Fenstersims hin und her und rieb den Kopf an meinem Handgelenk. Draußen streifte eine Katze an der Mauer entlang, die den Garten unseres Gebäudes von dem des Nachbarhauses trennte. Das Kaninchen, das den Kindern aus der Gartenwohnung gehörte, hockte in seinem Stall; durch den Maschendraht konnte ich es deutlich erkennen, was bedeutete, dass in der Wohnung Licht brannte. Vielleicht waren die Bewohner ebenfalls von der Alarmanlage geweckt worden. Vielleicht wollten sie den beiden Männern auf dem Gehsteig zu verstehen geben, dass sie wach waren. Lily sprang auf den Boden und strich mir um die Beine. Ich bückte mich, um sie zu streicheln.

Plötzlich sehnte ich mich nach draußen, nach frischer Luft. Ich stellte mir vor, wie ich mich im Mondschein auf dem stoppligen, feuchten Rasen vor dem Kaninchenstall inmitten des achtlos liegen gelassenen Spielzeugs ausstreckte. Aber ich hatte keinen direkten Zugang zum rückwärtigen Garten und traute mich nicht, durch die Haustür ums Haus herumzugehen, solange die beiden Männer im Licht der Straßenlaterne davorstanden und offensichtlich auf jemanden oder etwas warteten.

Ohne Licht anzumachen, ging ich zurück ins Wohnzimmer. Mit der Fernbedienung schaltete ich den Fernseher ein und drehte die Lautstärke leise. Der Fernseher war auf einen Nachrichtenkanal eingestellt; es wurde von einem Aufstand berichtet, Menschen warfen Molotowcocktails, andere wurden von Schlagstöcken getroffen, wieder andere lagen tot in einer Blutlache auf der Straße. Ich schaltete einen anderen Sender ein. Junge Männer saßen um einen Tisch herum und spielten Poker. Ich hatte keinen blassen Schimmer von Poker. Frustriert machte ich den Fernseher wieder aus. Draußen plärrte erneut die Alarmanlage, ein markerschütterndes Wehklagen wie von einem verwundeten Tier.

Ich ging in die Küche zurück, nahm die Whiskyflasche aus dem Kühlschrank, füllte ein Glas zur Hälfte und gab Eiswürfel aus dem Tiefkühlfach dazu. Mit dem Drink in der Hand begab ich mich wieder ins Wohnzimmer und setzte mich mit untergeschlagenen Beinen in den weißen Lehnsessel. Lily war mir gefolgt, und ich nahm sie auf den Schoß. Es war immer noch dunkel. Mir war weder nach Lesen noch nach Musik noch nach Kerzen zumute, nach keinem meiner üblichen Rituale. Ich hatte zu gar nichts Lust. Ich war wie betäubt, und trotz der Hitze war mir mit einem Mal kalt. Und ich fühlte mich allein, schrecklich allein, als wäre ich der einzige Mensch auf Erden, der letzte Überlebende, dazu verdammt, als einziger Zeuge den Weltuntergang mitzuerleben.

Es war eine lange Nacht, aber endlich wurde es Morgen. Mit einem Tuch wischte ich eine kleine Wasserlache vom Fenstersims in der Küche auf und hörte mir die Morgennachrichten auf Radio 4 an. Ich frühstückte Müsli mit Joghurt, fütterte die Katze, schrieb »Katzenstreu« auf einen Einkaufszettel und wollte gerade die Wohnung verlassen, um zur Arbeit zu gehen, als das Telefon klingelte. Es war Julia, meine Psychologin.

»Hallo, Hannah«, sagte sie mit freundlicher Stimme, aber ohne diesen betont munteren Ton, den die meisten

Therapeuten anschlugen, mit denen ich es zu tun gehabt hatte. »Ich dachte, ich rufe Sie mal an, um zu hören, wie es Ihnen geht.«

»Okay«, erwiderte ich. »Na ja, sagen wir fast okay.« Ich klemmte den Hörer zwischen Wange und Schulter und bückte mich, um den Regenschirm aus dem Garderobenschrank im Flur zu fischen.

»Ist etwas passiert?«

Den Regenschirm in der Hand, kehrte ich kurz ins Wohnzimmer zurück.

»Ich bin mir nicht sicher …«

»Wollen Sie vielleicht darüber reden?«

Ich nahm einen tiefen Atemzug. »Am Wochenende war ich in Cornwall. Um meine Eltern zu besuchen, aber auch … Ich weiß nicht genau, warum, aber plötzlich hat es mich zu dem Strand gezogen, an dem ich früher oft mit Ellen war. Ich dachte an sie und habe plötzlich etwas … jemanden gesehen, der mich beobachtete.«

Ich hörte, wie Julia langsam Luft holte, ein Geräusch, das sich wie ein Seufzen anhörte.

»Ich weiß nicht, wer es war«, fuhr ich schnell fort. »Die Sonne hat mich geblendet, und ich konnte die Person nicht klar erkennen, aber es war eine Frau, und sie stand hoch über mir an der Felskante, an einer Stelle, die nur Ellen kannte …«

»Es könnte ebenso gut jemand anders gewesen sein, Hannah.«

»Ich weiß.«

Oder aber niemand, dachte ich, sagte es aber nicht.

Ich setzte mich in den weißen Sessel. »Und da war noch etwas, etwas Merkwürdiges. Ich bin zu Ellens Grab gegangen – zum ersten Mal im Übrigen –, ich weiß, Sie haben mir damals dazu geraten, aber ich hatte es bisher nicht getan. Wie auch immer, ich bin also auf den Friedhof gegangen und habe dort etwas gefunden, etwas aus unserer Kindheit.«

»Was haben Sie gefunden?«

Mit einem Mal war mir ein bisschen schwindelig. »Glasstücke. Wir haben es Strandglas genannt. Glas, das das Meer an den Strand gespült hat. Früher habe ich es gesammelt. Ich habe es in einem Versteck in einer Felsspalte zurückgelassen, das außer mir nur Ellen kannte. Jemand hat es von dort geholt und auf Ellens Grabstein gelegt. Finden Sie das nicht auch merkwürdig?«

»Woher wissen Sie, dass es dieselben Glasstücke sind? Sie haben sie doch seit vielen Jahren nicht mehr gesehen.«

»Weil ...« Ich unterbrach mich. Ich konnte ihr jetzt nicht erklären, was es mit dem blauen Glasstück auf sich hatte, denn dazu hätte ich weiter ausholen müssen. »Ich weiß nicht genau, aber ich bin mir ganz sicher, dass es die Glasstücke sind, die ich gesammelt habe.«

Am anderen Ende der Leitung herrschte einen Moment lang Schweigen. Mit einem Mal fühlte ich mich sehr verletzlich.

Dann sagte Julia: »Ich würde Sie gern sehen, Hannah, einfach nur auf einen Kaffee, damit ich auf dem neuesten Stand bin. Es wäre, glaube ich, gut, wenn wir uns direkt unterhielten. Was meinen Sie?«

Ich war erleichtert. Julia würde beurteilen können, ob mit mir alles in Ordnung war oder ein neuer Zusammenbruch drohte. Sie war schließlich darauf spezialisiert. Vielleicht konnte sie mir auch ein Medikament verschreiben, etwas, was Ellen dazu brachte, mich endlich in Ruhe zu lassen. Etwas, was mich endlich wieder schlafen ließ.

»Es wäre wunderbar, wenn wir uns treffen könnten, Julia«, sagte ich. »Ich glaube, das würde mir wirklich helfen.«

»Gut.«

Wir verabredeten uns für den nächsten Tag in Bristol.

VIERUNDDREISSIG

Im November wurde ich achtzehn. Mum und Dad fuhren mit Jago und mir nach Exeter. In einem quirligen italienischen Restaurant aßen wir Pizza aus einem richtigen Holzofen, und ein Kellner mit einer grotesk großen Pfeffermühle bediente uns. Der Kellner küsste theatralisch die Fingerspitzen, um deutlich zu machen, wie köstlich die von ihm empfohlenen Gerichte waren. Dad meinte, anhand der kleinen Schüsseln mit Parmesan, die auf jedem Tisch standen, könne man erkennen, dass es sich um ein echtes italienisches Restaurant handele. Ich genoss es sehr, obwohl Jago, der sich alle Mühe gab, sich nichts anmerken zu lassen, nervös war und unruhig auf seinem Stuhl herumrutschte. Auf Dads Geheiß trug er Hemd und Krawatte. Beides passte ihm nicht. Meine Eltern schenkten mir hundert Pfund zum Geburtstag, von Jago bekam ich ein Bettelarmband. Ich legte es um mein Handgelenk, und er versprach, mir jedes Jahr einen neuen kleinen Anhänger dafür zu kaufen.

Das schönste Geschenk erhielt ich jedoch von Ellen und Mr Brecht. Ellen überreichte es mir bei meinem nächsten Besuch in Thornfield House, während Mr Brecht eine Flasche Champagner entkorkte. Mrs Todd stand erwartungsvoll daneben. Das Geschenk war wunderschön verpackt. Es war eine Enzyklopädie der Naturgeschichte mit herrlichen Farbillustrationen. Auf der ersten Seite stand in Ellens Handschrift: »Meiner besten Freundin, auf immer und ewig«, und ihr Vater hatte darunter geschrieben: »In Liebe.« Diese beiden Worte zeichnete ich im Laufe der Zeit mit der Fingerspitze so oft nach, dass sie allmählich verblassten.

Das Papier war fest und fühlte sich seiden an. Die Seiten rochen herrlich. Immer wieder blätterte ich in dieser Enzyklopädie. Dabei stellte ich mir vor, wie es wäre, in einem Eisgang zu sein oder in einem Dschungel mit Bären, Affen und Schlangen oder bei Sonnenuntergang in einer Wüste. Das Buch weckte meine Reiselust.

Die Tatsache, dass Ellen und ihr Vater es gemeinsam ausgewählt und mir überreicht hatten, bestärkte mich in meiner Vermutung, dass die Beziehung zwischen ihnen nicht völlig zerrüttet sein konnte. Zum wohl hundertsten Mal fragte ich mich, ob die Situation in Thornfield House tatsächlich so schlecht war, wie Ellen behauptete. Nachdem ich mein Geschenk ausgepackt hatte, stellten sie sich nebeneinander, Mr Brecht legte die Hand auf Ellens Schulter, und sie lehnte sich leicht an ihn, und lächelnd erhoben sie die Gläser, um mit mir anzustoßen. Ich trat zu ihnen, um mich zu bedanken, und beide küssten mich auf die Wange. Wieder einmal fiel mir auf, wie ähnlich sie sich doch in vielerlei Hinsicht waren. In stillem Einvernehmen hatten sie mir zu Ehren einen Waffenstillstand geschlossen. Wenn Ellen sich und allen anderen das Leben nur nicht immer so schwer machen würde, dachte ich bei mir. Dann wäre womöglich alles wieder gut.

Nur in einer Hinsicht nicht. Ich konnte mir nicht vorstellen, dass Mr Brecht Ellen jemals vergeben würde, was sie mit Jago tat. Jedenfalls nicht in absehbarer Zeit. Nicht, nachdem ihr Verrat schon so lange andauerte, unter seinem Dach, quasi vor seinen Augen. Nicht nachdem Jago und sie ihn derart zum Narren gehalten hatten.

Mr Brecht tat mir von Herzen leid.

Der Winter kam und zeigte sich von seiner kalten, grauen, garstigen Seite. Die Zeit schien nicht vergehen zu wollen, als hätte sie einen Gang heruntergeschaltet. Es gab keinen Tag, an dem mir nicht langweilig war. Ich unternahm ausgiebige Spaziergänge oder lag mit geschlossenen Augen auf dem Bett und sann über die Eintönigkeit meines Lebens nach. Ich sehnte mich nach mehr Aufregung. Ohne Ellen fühlte ich mich in der Schule einsam.

Der Unterricht ödete mich oft an. Die Jungen meines Alters interessierten mich nicht. In meinen Augen waren sie wie Rindviecher – sie waren genauso träge und schwerfällig und rochen streng –, ganz anders als Mr Brecht. Gewiss hatten sie nicht die leiseste Ahnung, was es hieß, einer Frau den Hof zu machen, sie zu verführen und zu lieben. Während die anderen Mädchen offenbar kein anderes Thema als diese Jungen kannten, konnte ich den Gedanken, dass einer von ihnen mir nahekäme, nicht ertragen.

Zu Hause fühlte ich mich eingeengter denn je. Meine Eltern, die inzwischen im Rentenalter waren, wurden immer häuslicher. Ihr Alltag war eingefahren, sie sahen sich die immergleichen Fernsehsendungen an, hatten ihre festen Mahlzeiten und gingen stets zur gleichen Zeit ins Bett. Und Jago, der Einzige, der ein bisschen Spaß in mein Leben hätte bringen können, hatte keine Zeit für mich.

Als ich eines Nachmittags mit Trixie an der Flussmündung spazieren ging, sah ich ihn zusammengekauert auf einem Felsen sitzen. Er beobachtete, wie die Flut ins Wattenmeer strömte, wo die Wattvögel mit ihren langen, dünnen Beinen herumstaksten und mit ihren gekrümmten Schnäbeln nach Nahrung pickten. Wortlos und ohne ihn zu berühren, nahm ich neben ihm Platz. Schützend legte ich den Schoß meines Mantels über Trixie. Eine Weile saßen wir drei nebeneinander auf dem Felsen und starrten auf die blaugraue See und in den Himmel mit den kreischenden Meeresvögeln.

Jago hob einen Kieselstein hoch und warf ihn aufs Wasser. Er sprang zwei Mal. Dad sagte immer, das bedeute Unglück.

»Wirf noch einen«, sagte ich. »Er muss drei Mal hüpfen.«

Jago versuchte es erneut. Der Kieselstein sprang auf dem Wasser, als hätte er einen Stromstoß erhalten, um dann jedoch sofort unterzutauchen.

»Noch mal«, sagte ich, aber Jago schüttelte den Kopf.

»Woran denkst du?«, fragte ich.

»Ich muss Ellen von hier wegbringen«, sagte er. »Weit weg von ihrem Vater, an einen Ort, wo er sie nicht finden kann.«

»Warum denn?«

Er sah mich finster an. »Warum wohl? Damit wir endlich ohne diese ganze Heimlichtuerei zusammen sein können.«

»Wohin wollt ihr denn?«

»Keine Ahnung. Nach Amerika. Oder irgendwo anders hin. Hauptsache weit weg.«

Jago stützte die Stirn in die Hände. Ich ließ den Kopf gegen seine Schulter sinken und zog den Hund noch enger an mich.

»Wartet doch noch ein bisschen«, sagte ich, »bis Ellen volljährig ist, dann kann ihr Vater ihr nicht mehr verbieten, sich mit dir zu treffen. Wahrscheinlich könnte er sich sogar damit abfinden, wenn ihr einfach nur ...«

»Nein. Er wird sie niemals freigeben. Er wird nie erlauben, dass wir ein Paar sind. Wir müssen von hier weg, und du musst uns dabei helfen.«

Ich seufzte. Jetzt stimmte Jago das gleiche Klagelied an wie Ellen.

»Was soll ich denn tun?«, fragte ich.

»Ich weiß es nicht. Ich habe noch keine Ahnung, wie wir vorgehen werden, aber ich werde mir etwas überlegen. Als Erstes müssen wir uns entscheiden, wohin wir wollen, und ich muss mir dort eine Arbeit suchen. Wir brauchen ein Einkommen. Vor allem, wenn wir nach Übersee gehen. Wir werden Geld brauchen, um uns in der ersten Zeit über Wasser zu halten.«

Über uns flog stumm ein Schwanenpaar hinweg. Die Hälse lang ausgestreckt, schlugen sie majestätisch und geräuschvoll mit den Flügeln. Trixie blickte hinauf und knurrte.

»Ellen wird ihr Erbe bekommen, wenn sie achtzehn ist«, sagte ich leise. »Jedenfalls hat sie mir das erzählt. Ein Vermögen, hat sie gesagt. Mehrere Hunderttausend Pfund.«

»Sie weiß nicht, wie viel es sein wird«, erwiderte Jago. »Und es spielt auch keine Rolle. Ich will nicht von ihrem Geld leben, sondern für sie sorgen. Ich will, dass sie stolz auf mich ist.«

»Aber es würde euch helfen. Es würde euch den Anfang erleichtern.«

»Ja, das stimmt. Es würde bedeuten, wir könnten überall hingehen, uns irgendeinen Ort auf der Welt aussuchen. Glaubst du, die Hexe würde es freuen, wenn sie wüsste, dass wir mit ihrem Geld unsere Flucht aus Trethene bezahlen?«

»Du solltest Ellens Großmutter nicht mehr Hexe nennen. Das ist nicht nett von dir.«

Jago lachte. »Seit wann bist du denn so pingelig, Hannah?«

Ich schmiegte mich an ihn. »Ich will nicht, dass du weggehst. Was soll ich denn ohne dich hier? Was soll aus mir werden? Und aus Mum und Dad?«

»Sie werden schon zurechtkommen. Und du musst dein eigenes Leben leben. Mich brauchst du dazu nicht. Du wirst bestimmt einmal eine berühmte Paläontologin.«

»Ohne dich will ich gar nichts werden.«

»Ich werde ja nicht ganz aus deinem Leben verschwinden. Du wirst unsere Komplizin sein. Ohne dich werden wir es nicht schaffen, Hannah. Du bist der Schlüssel zu allem.«

»Wirklich?«

»Ja, wirklich«, sagte Jago. »Und da wäre etwas, was du schon jetzt für uns tun könntest. Du könntest damit beginnen, ein paar Sachen in unsere Höhle am Bleached Scarp zu schaffen. Damit sich Ellen im Notfall dort verstecken kann, wenn die Situation mit ihrem Vater eskaliert.«

»Was denn für Sachen?«

»Ein Zelt, Streichhölzer, Decken. Du musst alles in Plastikfolie verpacken, damit es nicht feucht wird.«

»Ellen kann doch nicht am Strand wohnen ...«

»Natürlich nicht über einen längeren Zeitraum. Aber für ein paar Stunden, falls sie weglaufen muss. Dann braucht sie ein paar Dinge, um sich warm zu halten und im Trockenen zu sein«, sagte Jago. »Falls sie mich nicht erreichen oder ich ihr nicht gleich zu Hilfe kommen kann.«

Er runzelte die Stirn und blickte übers Wattenmeer. Ich beobachtete, wie die Schwäne die Füße ausstreckten und die Flügel anspannten, um auf dem Wasser zu landen. Ich wurde nie müde, den Vögeln zuzuschauen.

»Und du musst versprechen, nichts zu Mum und Dad zu sagen. Kein Wort, hörst du?«

»Natürlich nicht. Ich erzähle ihnen doch nie etwas.«

Die Schwäne setzten auf, verschmolzen mit ihrem Spiegelbild im Wasser, falteten die Flügel zusammen und verharrten.

»Es wird immer schlimmer mit ihm«, sagte Jago unvermittelt.

»Mit wem?«

»Mit Mr Brecht.«

»Du hörst immer nur Ellens Version der Geschichte, Jago.«

Er sah mich an. »Wie meinst du das?«

Ich zuckte mit den Schultern. »Wenn ich dort bin, ist er in Ordnung. Sicher, er trauert noch sehr um seine Frau, aber einen so schlimmen Eindruck macht er nicht auf mich. Er hat mir ein sehr schönes Geburtstagsgeschenk gekauft. Er ist nicht so übel, glaub mir.«

Jago schnaubte verächtlich. »Nicht so übel? Er ist geisteskrank! Ellen hat ihn bestimmt nicht dazu gebracht, sämtliche Blumen im Garten abzusäbeln! Sie kann auch nichts dafür, dass er sie in diesem Zimmer einsperrt!«

Er hob einen weiteren Kieselstein auf und warf ihn ins Wasser. Einer der Schwäne drehte alarmiert den Kopf in seine Richtung. Ich spürte, wie sich Trixie versteifte.

»Ja, aber Ellen ...«

»Was?«

Jago sah mich an. Ich konnte unmöglich zu ihm sagen: »Ellen hat sich selbst in diese Lage gebracht« oder »Ellen reizt ihn bis aufs Messer, bis bei ihm die Sicherung durchbrennt«, oder »Wenn Ellen nicht ständig lügen würde, wäre alles nicht so schlimm«.

Also sagte ich nur: »Es ist nicht so, dass Ellens Vater sie nicht liebt, Jago. Im Gegenteil, er liebt sie vielleicht zu sehr.«

FÜNFUNDDREISSIG

Während ich im Regen die Stokes Croft Road und anschließend die Jamaica Road entlangging, dachte ich an mein Telefonat mit Julia. Ich rief mir eine der mentalen Techniken in Erinnerung, die sie mir beigebracht hatte, nämlich meinen Geist zu beschäftigen, indem ich intensiv auf meine Umgebung achtete. In Gedanken beschrieb ich meine Eindrücke von der Stadt und lenkte mich ab, sodass kein Raum für Ellen blieb. Ich näherte mich einem Erschöpfungszustand, bei dem die Grenze zwischen bewusstem Denken und Träumen fließend ist. Ein nicht ganz ungefährlicher Zustand, wie ich aus Erfahrung wusste. Ich musste mich unbedingt an der Wirklichkeit festhalten. Ich musste mir darüber im Klaren sein, wo das wirkliche Leben aufhörte und die Albträume begannen. Doch selbst jetzt, im Gehen, fiel mir das schwer, und die Wirklichkeit drohte mir zu entgleiten.

Obwohl ich früh dran war, war ich nicht die Erste, die im Museum ankam. In den Büros brannte Licht, und jemand hatte sogar schon den Wasserkessel eingeschaltet. Ich blickte mich rasch um, um zu sehen, wer der Frühaufsteher war. Durch die Milchglastür von Johns Büro drang der blaue Schein des Computerbildschirms. Die Tür war nur angelehnt. Ich schob sie auf. John hatte mich noch nicht bemerkt, er war zu sehr in seine Arbeit vertieft. Die Jalousie war heruntergelassen, er saß über die Tastatur gebeugt, und das Licht des Bildschirms spiegelte sich in seinen Brillengläsern.

»John?«, sagte ich leise.

Er zuckte zusammen und drehte sich um. Er sah furchtbar aus. Sein Haar stand vom Kopf ab, und er war unrasiert. Bei seinem Anblick fühlte ich mich auf einmal stärker, als würde sein desolater Zustand meine eigene Zerbrechlichkeit mindern. Ich fühlte mich nicht mehr ganz so verwundbar.

»Alles okay mit dir?«, fragte ich und schob einen Kaffeebecher mit der Aufschrift »Ich stehe vor den Trümmern meiner Karriere« auf dem Schreibtisch zur Seite, um Platz zu schaffen, dass ich mich an die Kante lehnen konnte.

»Ja, ja«, erwiderte John. »Mir geht es gut. Ich bin früh hergekommen, um in Ruhe meinen Artikel zu Ende zu schreiben.«

»Du siehst aus, als hättest du dir die ganze Nacht hier um die Ohren geschlagen.«

John zuckte kaum merklich zusammen, und ich hatte das schreckliche Gefühl, unbeabsichtigt den Nagel auf den Kopf getroffen zu haben. Mir fiel wieder ein, was seine Frau drei Tage zuvor zu ihrer Freundin gesagt hatte. Dass sie vorhabe, ihm zu eröffnen, sie wolle sich von ihm trennen. Ich fragte mich, ob sie ihre Ankündigung wahr gemacht hatte, ob sie den Mut aufgebracht hatte, ehrlich zu ihm zu sein. Und ob er sich daraufhin in sein Büro geflüchtet hatte. Hatte er mich deswegen zu erreichen versucht? Hatte er sich an meiner Schulter ausweinen wollen oder eine Übernachtungsmöglichkeit gesucht? Hatte ich ihn ausgerechnet in dem Moment im Stich gelassen, als er einen Freund an seiner Seite brauchte?

Ich war mir nicht sicher, konnte nur Vermutungen anstellen. Noch immer hing das Foto von Charlotte und den beiden Mädchen an der Korkpinnwand. Noch immer blickte Charlotte lächelnd zu ihrem Mann hinab, mit dem gleichen unbeschwerten Ausdruck in den Augen wie immer.

»Ist wirklich alles okay, John?«, fragte ich. »Du siehst müde aus.«

»Es ist wegen Charlotte …«

»O John, das habe ich mir gedacht. Ich habe geahnt, dass es passieren würde. Warum bin ich am Wochenende nicht dageblieben, dann hätte ich dir beistehen können! Tut mir leid, John.«

Er runzelte die Stirn. »Warum denn? Warum hättest du hier bleiben sollen? Was tut dir leid?«

Ich schluckte. »Ich dachte ... Hat sie nicht ... Hast du nicht ... Ich weiß nicht.«

John nahm seine Brille ab, hauchte auf die Gläser und putzte sie mit dem Zipfel seines Hemds.

»Sie bleibt noch ein paar Tage bei ihrer Mutter.«

»Ach so.«

Ich zwang mich zu einem Lächeln, als wäre dies eine gute Nachricht, während ich versuchte, die Information zu verarbeiten. Das hieß also, Charlotte schob ihre Entscheidung hinaus. Wollte sie die zusätzliche Zeit nutzen, um gewisse Vorkehrungen zu treffen? Um zum Beispiel eine einstweilige Unterkunft zu finden und ein neues Bankkonto einzurichten? Oder vergnügte sie sich ganz einfach mit ihrem Liebhaber? Ich stellte mir vor, wie Charlotte und der Dekan ihrer Fakultät in einem kleinen Café in einer Nebenstraße saßen, unter dem Tisch Händchen hielten und über John sprachen, darüber, wie man es ihm am besten sagte und wie er wohl reagieren würde. Charlotte hatte eine dramatische Ader, sie liebte solche Situationen. Wahrscheinlich übertrieb sie in ihren Spekulationen über Johns mögliche Reaktion, vielleicht mutmaßte sie sogar, dass er wütend und aggressiv sein würde, obwohl das gar nicht zu John passte.

John gähnte. Dann lehnte er sich in seinem Stuhl zurück und streckte die Arme über dem Kopf aus.

»Ich hatte einfach keine Lust mehr, allein zu Hause herumzusitzen, und habe beschlossen, dass ich ebenso gut etwas Kreatives tun könnte«, sagte er. »Also bin ich gestern Abend ins Büro gekommen, allerdings in der Absicht, nur ein, zwei Stunden zu bleiben, aber dann habe ich völlig die Zeit vergessen und muss irgendwann eingenickt sein, denn auf einmal dämmerte es. Und meine Wange war ganz knittrig, weil ich mit dem Kopf auf dem Schreibtisch geschlafen habe.«

Ich lächelte. »Armer Kerl. Möchtest du vielleicht einen Kaffee?«

»Den brauche ich dringend.«

»Mit Milch und zwei Stück Zucker?«

»Du bist ein Engel.«

Ich verließ sein Büro und ging zur Küchenzeile. Während ich wartete, bis das Wasser erneut kochte, sah ich durch die offene Tür, wie John am Fenster stand und sich mit den Fingern das Haar kämmte.

SECHSUNDDREISSIG

Wieder wurde es Weihnachten. Für Ellen, Jago und mich sollte es das letzte Weihnachtsfest sein, das wir zu Hause verbrachten, nur dass wir es damals noch nicht wussten. Ich erinnere mich, dass ich mich in jenem Dezember unruhig und eingeengt fühlte, wie eine Insektenlarve, die kurz davor ist, ihren Kokon abzustreifen und ihr Leben als fertiges Insekt anzutreten. Alles, was meine Eltern taten, irritierte mich, und Jago machte sich, anstatt sich mit mir – seiner Komplizin, wie er selbst gesagt hatte – zusammenzutun, noch rarer als zuvor.

Ich hatte mich verändert, aber die Rituale bei uns zu Hause waren die gleichen. Wie jedes Jahr holte Dad den uralten Weihnachtsbaum vom Dachboden, und ich half ihm, die Kunsttannenzweige mit Christbaumkugeln von Woolworth und einer Lichterkette zu schmücken, die gleichzeitig ein Potpourri aus Weihnachtsliedern klimperte. Mum machte Hackfleischpasteten für alleinstehende ältere Dorfbewohner, von denen einige nur wenige Schulklassen über ihr gewesen waren. Mindestens zwei Mal am Tag stieß Trixie aus Versehen gegen den Weihnachtsbaum, der einen großen Teil des Wohnzimmers einnahm. Mum, Dad, Jago und ich strichen Sendungen im Radio- und Fernsehprogramm von TV-Zeitschriften an, die wir über die Feiertage unbedingt anschauen wollten, obwohl Jago gewiss nicht die Absicht hatte, die gesamte Weihnachtszeit in unserem Wohnzimmer zu verbringen.

Mrs Brechts Todestag, der sich kurz vor Weihnachten jährte, verbrachte ich mit Ellen und ihrem Vater. Mr Brecht schien sich wieder gefangen zu haben. Er hatte schon vor geraumer Zeit angefangen, für diesen Tag einen Ausflug im Gedenken an seine Frau zu planen, und das gab ihm offensichtlich Auftrieb. Es sollte etwas sein, was nicht nur uns Spaß machte, sondern auch seiner Frau gefallen hätte.

Bei meinem Eintreffen in Thornfield House sah Mr Brecht so attraktiv aus wie in seinen besten Zeiten. Er hatte den Bart gestutzt und sich das Haar schneiden lassen; obgleich noch schulterlang, war es frisch gewaschen und hatte einen seidigen Glanz. Über einer schwarzen Hose und einem schwarzen Hemd trug er einen Mantel. Er begrüßte mich mit Wangenküsschen links und rechts, wie eine erwachsene Frau, sagte, ich sähe sehr hübsch aus, und hielt mir dann die Beifahrertür auf. Ellen hatte bereits im Fond des Wagens Platz genommen. Mir den vorderen Sitz zu überlassen war ihre Art, sich bei mir zu bedanken. Ich drehte mich lächelnd zu ihr um, und sie ergriff meine Hand. Ihre fühlte sich kalt und zart an. Ich wusste, dass sie versöhnlich gestimmt war.

Während Mr Brecht mit uns nach St Ives fuhr, spielte die ganze Zeit Musik von Joan Armatrading und Paul Simon im Wagen, und er ermunterte uns, mitzusingen. Die Heizung blies warme Luft an meine Beine. Ich legte die Stirn an die Scheibe und stellte mir vor, ich wäre mit Mr Brecht verheiratet. Völlig abwegig war das schließlich nicht, sagte ich mir, allerdings wäre frühestens in ein, zwei Jahren daran zu denken, wenn seine Trauer um Anne abgeklungen war. Mit jedem Jahr, das verging, würde der Altersunterschied zwischen uns weniger ins Gewicht fallen. Ich schloss die Augen und malte mir aus, wie ich quer auf seinem Bett lag und er mich langsam entkleidete. wie ich das Becken hob, damit er mir die Jeans abstreifen konnte. Als seine Lippen meinen Bauch berührten, zitterte ich vor Erregung. Und dann sagte er: »Woran denkst du, Hannah?«, und ich kehrte verwirrt in die Wirklichkeit zurück. Ich überspielte meine Verlegenheit, indem ich einen Schwall enthusiastischer Erinnerungen an seine Frau hervorsprudelte.

In einem hübschen kleinen Restaurant aßen wir zu Mittag. Wir teilten uns eine köstliche Meeresfrüchteplatte und tranken Weißwein. Ich kam mir elegant, kultiviert und sehr erwachsen vor. Mr Brecht zeigte mir, wie man eine Garnele aus der Schale löst und wie man mit der Hummerzange die Scheren knackt, um an das Fleisch zu gelangen. Wir lachten über unsere Ungeschicklichkeit und wuschen die Finger in einer Schüssel Zitronenwasser. Anschließend spazierten wir durch die engen, steilen Gassen des Städtchens und durchstöberten die Galerien und Kunsthandwerksläden. Eingehüllt in unsere Mäntel und Mützen, trotzten wir dem Wind und fassten uns fröhlich unter. Am Abend führte Mr Brecht uns zu einem Candlelight-Konzert aus, das in einem großen Haus auf einem Hügel stattfand. Es war kein Klavier-, sondern ein Streichquartettkonzert. Während des Empfangs, der hinterher stattfand, unterhielt er sich mit Leuten aus der klassischen Musikszene, die er von früher kannte. Ellen und ich ließen uns die Kanapees schmecken und tranken reichlich Champagner, während wir durch die Reihen der Gäste schlenderten. Die geräumigen, lichten Zimmer waren mit winzigen glitzernden Lichtern geschmückt, an den Wänden hingen Bilder, deren Farben mir sehr gefielen. Ebenso wie die offene Architektur des Hauses, die ein reizvolles Spiel aus Licht und Schatten erzeugte. Verwundert stellte ich fest, dass ich mit meinem ländlichen Akzent und den rosigen Wangen keineswegs unvorteilhaft in dieser mondänen Umgebung auffiel, sondern, im Gegenteil, offenbar exotisch auf die anderen Gäste wirkte, Städter, die die Weihnachtsferien am Meer verbrachten. Jedenfalls schienen sich alle für mich zu interessieren, sie stellten mir Fragen, plauderten vergnügt mit mir, berührten mich am Arm, fanden mich »süß« und »reizend« und »so ungekünstelt«. Ich fragte mich, ob mich manche von ihnen für Mr Brechts Freundin hielten. Ich fühlte mich beschwipst und beschwingt und genoss den wunderschönen Abend in vollen Zügen, denn alles war so anders als mein normales Leben.

Obwohl es draußen kalt war, trat ich auf den Balkon und ließ den Blick über den Hafen hinweg und zu dem kleinen Hügel mit der angestrahlten Kapelle wandern. Mr Brecht war mir gefolgt. Er stellte sich hinter mich, so dicht, dass ich seine Wärme spürte. Der Rauch seiner

Zigarette hüllte mich ein, und ich stützte mich mit den Armen auf das Balkongeländer.

Plötzlich fuhr er mit den Händen unter meinen Mantel und umfasste meine Taille. Unwillkürlich zog ich den Bauch ein, um mich schlanker zu machen.

»Hannah«, sagte er mit den Lippen nah an meinem Ohr. »Hast du den Tag genossen?«

Ich nickte.

»Gut. Ich wusste, dass es dir hier gefallen würde. Wir sind uns nämlich in gewisser Weise ähnlich.«

Dann küsste er mich auf den Hals, unterhalb meines Ohrs, nur einmal, aber dieser Kuss brannte sich für immer in meine Haut ein.

Obwohl ich mir im Rückblick nicht mehr sicher bin, ob er tatsächlich stattfand, dieser Kuss.

Ich kann es nicht mit hundertprozentiger Sicherheit sagen.

Vielleicht bildete ich es mir auch nur ein. Ich war betrunken. War lebenshungrig. Hatte mich schon den ganzen Tag meinen Phantasien in Bezug auf Mr Brecht hingegeben. Und doch fühlt es sich auch jetzt, nach über zwanzig Jahren, so an, als wäre dieser Kuss das Wirklichste gewesen, was mir je passiert ist.

Wieder zu Hause, irritierte mich die Enge unserer Cottages mehr denn je. Alles war alt und schäbig, die Zimmer überladen, die geschmacklosen Muster und Farben der Teppiche und Vorhänge passten nicht zueinander. Die Regale und Schränke waren mit Nippsachen vollgestellt.

In der Woche zwischen Weihnachten und Neujahr fand ich jeden Tag einen Grund, um nach Thornfield House hinaufzugehen. Mr Brecht trank Wein und unterhielt Ellen, Mrs Todd und mich mit Geschichten aus seiner Zeit mit Anne. Im Geiste malte ich mir die jeweilige Szene aus, wobei ich Annes Platz einnahm.

An Silvester war die Sperrstunde aufgehoben, und die Pubs durften bis Mitternacht geöffnet bleiben. In Polrack sollte es ein großes Feuerwerk geben. Meine Eltern reagierten zusehends empfindlicher auf Lärm und Menschenmassen, außerdem meinten sie, sie müssten wegen Trixie zu Hause bleiben. Also bat Ellen ihren Vater, mit uns nach Polrack zu fahren.

Trotz der Kälte waren die Straßen und Gassen des Hafenstädtchens voller Menschen, die sich mit Essen und Getränken von den Straßenbuden eindeckten. Mr Brecht schlug vor, dass wir uns um Mitternacht an der Hafenmauer wiedertreffen sollten, dann verschwand er in einem Pub. Ellen und ich kauften Hotdogs und Pappbecher mit heißem Cidre. Unentwegt blickte sie sich um, hielt Ausschau nach jemandem, während wir zum Hafen hinunterschlenderten. Wir setzten uns auf die Mauer und ließen die Beine über dem schwarzen Wasser baumeln, während wir auf das Feuerwerk warteten. Es dauerte nicht lange und Jago tauchte auf; er nahm neben Ellen Platz. Ich begriff, dass es kein Zufall war, sondern dass sie es geplant hatten. Sie hatten unbedingt Silvester zusammen verbringen wollen und einen Plan ausgeheckt. Und ich war wieder einmal ihr Alibi. Eine Weile sprachen sie leise miteinander, dann streckte Jago die Hand aus und zupfte mich am Ärmel.

»Sei doch so nett, Han, und behalte den Eingang des *Baudelaire* im Auge«, sagte er. »Sobald der Psycho aus der Kneipe kommt, rennst du zu uns und warnst uns.«

»Nein«, sagte ich. »Ich bleibe hier. Ich will das Feuerwerk sehen!«

»Vor dem Pub kannst du es doch auch sehen.«

»Ach ja? Ich soll also allein dort herumstehen? Schließlich ist für mich heute auch Silvester, oder nicht?«

»Nun sei doch nicht so egoistisch, Hannah«, warf Ellen ein.

In dem Moment hätte ich sie am liebsten von der Mauer geschubst. Sie ins eiskalte Wasser gestoßen und ihr Kreischen genossen.

Stattdessen stand ich auf und schob mich langsam, die Hände in den Taschen vergraben und mit nach vorn gebeugten Schultern, durch die Menge in Richtung des Pubs. Davor standen Menschen in dichten Gruppen zusammen, um sich warm zu halten. Es herrschte eine fröhliche Stimmung, es wurde viel gelacht, Musik wurde gespielt, Zigarettenrauch und der Geruch nach Bier und gebratenen Zwiebeln und, wie immer in Polrack, nach Fisch hing in der Luft. Die ausgelassene Atmosphäre sorgte dafür, dass ich mich umso einsamer fühlte. Die heiteren Stimmen von Menschen, die sich prächtig amüsierten, hallten in meinem Kopf wider. Ich sah mich um und stellte fest, dass ich als Einzige allein war. Alle anderen standen grüppchen- oder paarweise da, hielten sich an den Händen oder hatten den Arm um jemanden gelegt.

Nur ich war allein.

Ungefähr eine Stunde lang drückte ich mich vor dem Pub herum und gab mein restliches Geld für heißen Cidre aus, während ich mich zusehends bemitleidenswerter und einsamer fühlte. Dann endlich war ein Knall wie ein Pistolenschuss zu hören. Alle Köpfe drehten sich zu der angestrahlten Kirchturmuhr. Der Minutenzeiger war nur noch ein winziges Stück von der Zwölf entfernt, und eine Lautsprecherstimme zählte rückwärts: Zehn, neun ... eins. Um Mitternacht läutete die Kirchturmuhr, und alle fielen sich in die Arme. Ich hielt mich in der Nähe des *Baudelaire* auf, als die Tür aufging und Mr Brecht herauskam. Er trug seinen langen Mantel und den Hut und zupfte den Schal um den Hals zurecht. Eine Zigarette zwischen den Lippen, hielt er inne und wölbte die Hand davor, um sie anzuzünden. Dann schob er sich, eine Entschuldigung murmelnd, an den Feiernden vorbei und in Richtung Hafenmauer.

Wenn ich gewollt hätte, hätte ich vorausrennen und Ellen und Jago warnen können.

Aber ich wollte nicht. Stattdessen folgte ich ihm dicht auf den Fersen in der Schneise, die er sich durch die Menge bahnte.

Als er sie erblickte, blieb er abrupt stehen. Er starrte Ellen und Jago an, der mit beiden Händen ihr Gesicht umfasst hielt. Ellen hatte ihre Arme unter Jagos Mantel geschoben und seine Hüften umschlungen, und sie küssten sich eng aneinandergeschmiegt. Die Boote, die im Hafen schaukelten, hießen das neue Jahr mit lautem Tuten ihrer Nebelhörner willkommen. Die Kirchenglocken läuteten noch immer, und im ganzen Hafenviertel erklang aus vollen Kehlen *Auld Lang Syne*. Der Himmel wurde vom Feuerwerk erhellt. Alle feierten und lagen sich in den Armen, außer mir und Mr Brecht.

Wir standen beide wie angewurzelt da und sahen zu.

SIEBENUNDDREISSIG

Der Dienstag nach dem Wochenende in Cornwall war das reinste Fiasko.

Alles ging schief.

Es begann bereits in der Nacht davor.

Ich hatte wieder einen Albtraum, der als grandioser Technicolor-Traum einsetzte. Jago und ich waren wieder Kinder, und er liebte mich noch, und ich war so glücklich, dass ich meine Freude am liebsten hinausgeschrien hätte. Es war Ellens Geburtstag und wir machten uns mit Geschenken auf den Weg nach Thornfield House. Irgendwie wusste ich, dass Haus und Garten mit Luftballons und Wimpeln geschmückt sein würden. Ich stellte mir Ellen in einem rosa Rüschenkleid und weißen Söckchen und rosa Schleifen im Haar vor. Auch die kleine Straße erstrahlte in Rosa und Weiß, denn die Bäume standen in voller Blüte. Und die Vögel sangen, und Kaninchen hoppelten über die Böschungen. Es war wie die surreale Disney-Verfilmung einer kitschigen, klischeehaften Kindheitswelt. Mein Traum gaukelte mir vor, dass all die schlimmen Dinge, die passiert waren – Ellens Tod und Jagos überstürzter Weggang –, gar nicht stattgefunden hatten, sondern dass alles gelogen war. Jago und ich hielten uns an den Händen, und er sah mich lächelnd an, während wir im Sonnenschein die Straße hinaufgingen. Doch plötzlich sprang Mr Brecht vor uns auf die Straße. Er trug einen Kampfanzug, eine Sturmhaube über dem Gesicht und war mit einem Gewehr bewaffnet.

»Ich werde dir nicht wehtun«, sagte er zu Jago. »O nein, ich werde dich töten!« Dann setzte er das Gewehr an die Schulter und drückte ab, und der Knall war so laut, dass ich davon erwachte, aber nicht ohne im Traum noch zu erleben, wie Jagos Blut mich bespritzte.

Ich hatte im Schlaf geweint. Nun ging ich ins Wohnzimmer, schob einen Stuhl an den Bücherschrank, stieg darauf und holte meinen Notfallvorrat an Schlaftabletten herunter, den ich dort aufbewahrte. Wenn ich die Tabletten nahm, hatte ich keine Träume, aber ich musste das Medikament sparsam verwenden, weil die Ärzte sie einem nur ungern verschrieben und ich fürchtete, abhängig zu werden, wenn ich sie regelmäßig einnahm. Lily war hinter mir hergetapst und forderte miauend meine Aufmerksamkeit. Ich hob sie hoch, drückte sie wie ein Baby an mich und ließ mich von ihrer Wärme und der Weichheit ihres Fells trösten.

Normalerweise begnügte ich mich mit einer halben Schlaftablette, aber da es schon nach zwei Uhr nachts und ich so verzweifelt war, schluckte ich eine ganze und spülte sie mit Wasser herunter. Dann schlüpfte ich wieder ins Bett und spürte, wie Stück für Stück eine künstliche, aber köstliche Ruhe von meinem Körper Besitz nahm, bis ich schließlich in den Zustand seliger Vergessenheit hinüberdriftete.

Ich schlief tief und fest, aber der Preis dafür war, dass ich den Wecker überhörte, der wenige Stunden später losging. Möglicherweise hatte ich ihn auch gehört, ihn aber im Halbschlaf ausgeschaltet.

Als ich schließlich mit Kopfschmerzen und einem Betäubungsmittelkater erwachte, war es schon nach neun Uhr. Ich war verwirrt und wie benebelt. Auf dem Weg ins Bad warf ich einen Blick in meinen Terminkalender. Für Viertel nach neun hatte sich eine Schulklasse zu einer Führung angemeldet. Ich rief Misty an, die versprach, für mich einzuspringen, bis ich eintraf. Ich wusch mich schnell, zog mich an und legte ein wenig Make-up auf. Ohne Frühstück oder auch nur ein Glas Leitungswasser zu trinken, verließ ich die Wohnung.

An der Bushaltestelle an der Ashley Road wartete ich zehn Minuten lang vergeblich auf einen Bus und beschloss schließlich zu Fuß zu gehen, nur um kurz darauf von einem Bus der Linie 13 überholt zu werden. Aber damit nicht genug. An der Ampel an der Ecke Jamaica Street war ein Unfall passiert. Eine leichenblasse Frau lief verwirrt auf dem Gehsteig auf und ab, während ein junger Mann neben seinem Motorrad, mit dem ihr Wagen offenbar zusammengeprallt war, von einem Notarztteam versorgt wurde. Seine Ledermontur hing ihm in Fetzen am Leib. Überall war Blut – auf dem Asphalt, auf den Glassplittern, mit denen die ganze Kreuzung übersät war, und auf dem von Glassplittern zerschnittenen Gesicht des Motorradfahrers. Sowohl die Frontseite des Autos als auch das Motorrad waren schwer demoliert.

»Ich habe ihn nicht gesehen«, stammelte die Frau immer wieder. »Plötzlich war er vor mir. Ich habe ihn nicht gesehen.«

Niemand beachtete sie. Die Fußgänger machten einen Bogen um sie herum, fürchteten, von ihr angesprochen zu werden.

Plötzlich sah ich wieder Ellen vor mir. Ich erinnerte mich an den verstörten Ausdruck auf ihrem Gesicht, als ich sie auf der Holzbank hinter dem Friedhof gefunden hatte, und schämte mich. Sie war damals fast noch ein Kind und hatte bestimmt einen Schock erlitten, als sie zusehen musste, wie ihr Vater den Garten ihrer Mutter verwüstete. Jago hatte ihre Not ausgenutzt, und ich hatte sie alleingelassen. Warum hatte ich nichts unternommen? Warum hatte ich nicht wenigstens meinen Eltern erzählt, was vorging? Ich sagte mir, dass die Situation bei ihr zu Hause nicht so schlimm war, wie Ellen es beschrieb. Auch anderen gegenüber hatte ich das gesagt. Obwohl ich mit eigenen Augen gesehen hatte, was

Mr Brecht angerichtet hatte. Ich wusste es. Ich wusste es schon damals und habe nichts getan, nein, schlimmer noch, ich hatte Verständnis für ihn. Ich träumte sogar von einer gemeinsamen Zukunft mit ihm. Ich dachte, dass ich ihn liebte.

Der Tag hatte schlimm begonnen, und als ich im Museum eintraf, kam es noch schlimmer. Misty richtete mir aus, dass ich bei der Schulbehörde anrufen sollte. Normalerweise war das eher ein gutes Zeichen. Vielleicht wollte eine unserer Partnerorganisationen eine Führung buchen, oder die Abteilung für Naturgeschichte vom BBC interessierte sich für eine bestimmte Ausstellung. Also rief ich sofort zurück. In freundlichem, aber durchaus offiziellem Ton wurde mir daraufhin mitgeteilt, dass sich ein Schüler, der an einer Führung durch die Ausstellung »Leben auf unserem Planeten« teilgenommen hatte, beschwert habe, dass der wissenschaftlichen Erklärung der Evolution sehr viel mehr Raum gegeben worden sei als der schöpfungsgeschichtlichen.

»Es ist so«, fuhr die Frau am anderen Ende der Leitung fort, »die Mutter des Schülers ist Stadträtin. Sie ist bekannt dafür, dass sie den Verfall von religiöser Moral beklagt. Und erntet damit in gewissen Kreisen der Öffentlichkeit Zuspruch und großes mediales Interesse.«

»Was soll ich jetzt tun?«, fragte ich.

»Seien Sie vorsichtig, was Sie wem gegenüber sagen. Es ist durchaus möglich, dass Sie an Ihrer Haustür von irgendwelchen Reportern befragt werden. Sobald sich jemand Ihnen gegenüber als Journalist identifiziert, ist er berechtigt, alles, was Sie äußern, wiederzugeben, also sagen Sie lieber nichts. Unsere Pressestelle arbeitet gerade eine offizielle Erklärung aus.«

»O Gott.«

»Machen Sie sich keinen Kopf deswegen«, sagte die Frau, deren Tonfall alles andere als überzeugend klang, »wir haben ständig mit derlei Beschwerden zu tun.«

Ich bemühte mich, meine Kränkung herunterzuschlucken, aber es gelang mir nicht. Schon hatte ich das Gefühl, öffentlich an den Pranger gestellt zu werden. Ich fragte mich, ob irgendwelche Journalisten bereits dabei waren, meinen persönlichen Hintergrund zu recherchieren. Was, wenn sie herausfanden, dass ich vor einigen Jahren einen Nervenzusammenbruch erlitten hatte? Oder wenn sie Ellens Geschichte ans Tageslicht zerrten?

Die Angst jagte meinen Adrenalinspiegel in die Höhe und beschleunigte meinen Herzschlag. Es war noch nicht einmal Mittag, und ich fühlte mich schwindelig und benommen.

Um die durch mein Zuspätkommen versäumte Zeit aufzuholen, machte ich keine Mittagspause. Stattdessen brachte ich eine Sammlung von Thecodontosaurus-Fossilien ins Archiv zurück. Während ich die Beschreibung und den Aufbewahrungsort der Knochen dokumentierte, war ich mir fast sicher, beobachtet zu werden. Immer wieder meinte ich aus den Augenwinkeln eine Bewegung auszumachen; zwischen den Stellagen schien etwas hin- und herzuhuschen, sich vor mir zu verbergen, während es mich beäugte. Ich bemerkte ein schattenhaftes Flattern wie das einer Fledermaus und hörte ein Geräusch wie aus weiter Ferne. Es klang wie Ellens Schluchzen in meinen Träumen. Ich warf einen vorsichtigen Blick zu den Todesmasken, zwang mich, sie anzusehen, mich davon zu überzeugen, dass sie sich nicht bewegten. Doch plötzlich war ein Krachen zu hören, als sei etwas von einem der Regale gefallen.

Erschrocken drehte ich mich um. »Wer ist da?«, rief ich. »Wer ist da?«

Aber es kam keine Antwort, und auch als ich den Boden absuchte, entdeckte ich nichts Auffälliges.

Ich kehrte nach oben ins Büro zurück. Mir blieben noch fünfzehn Minuten, bis die Nachmittagsführung für das Women's Institute begann. Auf meinem Weg vom Archiv ins Büro sah ich die Teilnehmerinnen im Foyer. Es waren ungefähr vierzig Frauen jeden Alters in sommerlichen Sommerhosenanzügen oder Kleidern mit leichten Strickjacken, die darauf warteten, dass die Führung begann. Über ihrem aufgeregten Geplauder hatten sie offenbar noch gar nicht den Tyrannosaurus Rex entdeckt, der über ihren Köpfen schwebte. Vielleicht kannten die meisten von ihnen das Museum bereits. Vielleicht konnte ein dreizehn Meter langes Monster mit Zähnen so groß wie ein Tranchiermesser diese Frauen nicht beeindrucken.

Als ich das Büro betrat, stand Misty am Fotokopierer und heftete Factsheets zusammen. Ich setzte mich auf einen Stuhl neben dem Tisch. Das Women's Institute war eine Frauenorganisation, die der Kirche nahestand. Erwarteten sie von mir, dass ich der biblischen Schöpfungslehre das gleiche Gewicht einräumte wie der Evolutionstheorie? Was, wenn die Beschwerde aus ihren Reihen kam? Wenn sie gekommen waren, um sich Notizen zu machen? Kaum war der Gedanke geboren, setzte er sich in meinem Kopf fest. Ich konnte an nichts anderes mehr denken. Genauso musste es Mr Brecht ergangen sein, dachte ich. Aus einem bloßen Gedanken war eine feste Überzeugung erwachsen. Und im Grunde hatte er ja recht gehabt. Er war hintergangen worden. Wir alle hatten ihn belogen, hatten Geheimnisse vor ihm. Wir waren alle mitschuldig. Ich schloss die Augen und sah Ellens Gesicht. Es raste, immer größer werdend, auf mich zu, um dann wieder zu einem winzigen Nadelstich zu schrumpfen. Ich hatte Mühe zu atmen. Es ging mir gar nicht gut. Meine Gedanken überschlugen sich. Mir brummte der Kopf, der Boden neigte sich.

»Misty!«, rief ich, während ich vom Stuhl sackte und schmerzhaft mit dem Kopf gegen das Tischbein stieß. Mit der Wange auf dem rauen Teppich lag ich da, bei Bewusstsein, aber wie gelähmt. Es war nicht das erste Mal: Das Gleiche war mir ein paar Male in den unheilvollen Tagen vor meinem Zusammenbruch widerfahren. Ich wusste, ich musste mich dazu zwingen, langsam zu atmen, meine Panik zu kontrollieren und dann …

Mistys Gesicht tauchte mit schreckgeweiteten Augen vor mir auf. Sie schüttelte mich sanft an den Schultern.

»Hannah? Hannah? Was ist los? Was fehlt dir? Oh, mein Gott. Rina! Hilf mir! Mit Hannah stimmt etwas nicht. Ich glaube, sie ist tot!«

ACHTUNDDREISSIG

Es passierte nichts. Ich hatte erwartet, dass Mr Brecht seine Wut an Ellen auslassen oder dass er zu uns nach Hause kommen und sich bei meinen Eltern darüber beschweren würde, dass Jago Ellen geküsst hatte. Aber nichts dergleichen geschah.

In der ersten Zeit nach Silvester lag ich oft schlaflos im Bett. Erst wenn Jago von seinen nächtlichen Ausflügen nach Hause kam, schlief ich endlich ein. Ich war überzeugt, dass Mr Brecht ihm auflauern würde, aber dem war nicht so. Jedes Mal kehrte Jago in den frühen Morgenstunden zurück, legte sich noch ein, zwei Stunden ins Bett und nahm wie immer im Halbschlaf die Tasse Tee entgegen, die meine Mutter ihm brachte, wenn sie ihn um sieben weckte.

Nachdem ein paar Wochen verstrichen waren, ohne dass sich etwas Schlimmes ereignete, entspannte ich mich allmählich. Ich war mir ziemlich sicher, dass mir mein Vater gehörig die Leviten gelesen hätte, hätte er mich eng umschlungen mit einem Jungen in der Öffentlichkeit erwischt. Mr Brecht hingegen schien sich mit der Situation abgefunden zu haben. Mehr noch, er verzichtete darauf, Ellen überhaupt wissen zu lassen, dass er sie mit Jago zusammen gesehen hatte, weder demütigte noch beschämte er sie. Mein Respekt für ihn wurde noch größer, ich fühlte mich in meiner hohen Meinung über ihn bestätigt. Er war ein guter Mensch, ein verständnisvoller Vater, ein im Grunde sanftmütiger Mann, den Schmerz und Trauer zeitweilig aus der Bahn geworfen hatten.

Und dann …

Eines Tages Anfang März, als ich bei Ellen war, kam Mrs Todd mit Getränken und einem Teller Sandwiches in Ellens Zimmer. Sie schloss leise die Tür hinter sich und sagte: »Ellen, dein Vater glaubt, dass jemand im Haus war. Ein Eindringling.«

Ellen errötete. Sie ließ den Kopf sinken, um das Gesicht hinter ihrem Haar zu verbergen. Und mir stieg ebenfalls das Blut in die Wangen, als wäre ich mitschuldig.

»Wie kommt er denn darauf?«, fragte Ellen.

»Er hat Fußabdrücke in den Blumenbeeten an der Vorderseite des Hauses entdeckt. Außerdem muss jemand an ein paar Gegenständen im Haus gerührt haben.«

»Ich bin mir sicher, er bildet sich das nur ein, Mrs Todd. Sie wissen ja, wie er manchmal ist.«

»An Dingen, die deiner Mutter gehörten«, fuhr Mrs Todd ungerührt fort. »Er glaubt, dass jemand in den Sachen deiner Mutter herumgewühlt hat.« Sie trat neben Ellen und berührte mit der Hand ihre Wange. »Wenn du es warst, Ellen, oder wenn du weißt, wer es war, dann sag es mir jetzt.«

»Ich war es nicht. Und ich wüsste nicht, wer in Mamas Sachen herumstöbern sollte. Wirklich, ich weiß es nicht.«

An diesem Abend blieb ich zum Abendessen in Thornfield House. Ungeachtet dessen, was Mrs Todd uns erzählt hatte, war Mr Brecht gut gelaunt. Mir gegenüber war er besonders aufmerksam.

Während wir zarte Bratenscheiben mit einer vorzüglichen Soße aßen, sagte er, er wisse, was der Eindringling gesucht habe. Ich sah verstohlen zwischen Ellen und ihrem Vater hin und her.

»Ach ja, was denn?«, fragte Ellen.

»Annes Tagebuch.«

»Wieso, was steht denn darin?«

Mr Brecht lächelte und machte eine bedeutungsvolle Pause. »Geheimnisse, mein Schatz. Geheimnisse und Lügen.«

»Ich habe keine Ahnung, was du meinst«, erwiderte Ellen ärgerlich.

Ihr Vater prostete mir lächelnd zu, sagte aber nichts mehr.

Bevor ich mich auf den Heimweg machte, flüsterte Ellen mir zu, ich solle Jago sagen, dass er sich in dieser Nacht besser nicht in Thornfield House blicken ließ.

Als ich Jago die Vorkommnisse berichtete, erbleichte er.

»Er führt etwas im Schilde, habe ich's doch gewusst!«, sagte Jago aufgebracht, als ich ihm schilderte, was vorgefallen war.

»Er hat deine Fußspuren im Blumenbeet entdeckt«, erklärte ich. »Du hättest halt vorsichtiger sein sollen. Wenn er dich erwischt hätte, hätte er bestimmt gedacht, dass du im Haus herumgestöbert hast.«

»Das war ich nicht!«, entgegnete Jago. »Warum sollte ich in Mrs Brechts Sachen herumschnüffeln?«

»Ich weiß, dass du es nicht warst! Aber wenn Mr Brecht dich mitten in der Nacht vor seinem Haus herumschleichen sieht, wird er denken, dass du es warst, du Dummkopf. Vor allem, wenn die Fußabdrücke im Beet mit deinen Schuhsohlen übereinstimmen.«

»Scheiße …!«, murmelte Jago.

»Aber wie können Ellen und ich uns jetzt noch treffen?«

»Das geht nicht mehr. Jedenfalls nicht in nächster Zeit. Warte erst mal ab, was passiert.«

Einen anderen Rat konnte ich ihm nicht geben, auch wenn es für Jago noch so frustrierend war.

Als Dad am Abend darauf nach Hause kam, ging er zur Spüle in der Küche, wusch sich die Hände und sagte: »Im *Smuggler's Rest* ist was Komisches passiert.«

»Ja, was denn?«, fragte meine Mutter, die am Herd Zwiebelsoße rührte.

»Ich habe mit Bill Haworth gemütlich ein Bier getrunken, da kommt plötzlich Mr Brecht rein.«

»Und? Was soll daran komisch sein?«

»Na ja, ich habe ihn noch nie in der Kneipe gesehen. Er hat erzählt, dass jemand in sein Haus eingedrungen ist und herumgeschnüffelt hat.«

»Wie furchtbar«, sagte Mum. »Wusstest du das, Hannah?«

Ich saß am Tisch und machte Hausaufgaben. Ich nickte.

»Jedenfalls«, fuhr Dad fort, »hat er sich erkundigt, wo er ein Gewehr kaufen kann.«

Ich stieß meinen Becher um. Tee ergoss sich über die Blätter mit den alten Prüfungsaufgaben, die ich auf dem Tisch ausgebreitet hatte. Ich holte ein Geschirrtuch und tupfte die Flüssigkeit auf.

Mum sah mich an.

»Ich finde das völlig verständlich. Man muss ja irgendwie Haus und Grund verteidigen«, meinte Dad.

Die meisten Bewohner von Trethene wären seiner Meinung gewesen, aber mit dem, was als Nächstes geschah, hätte dann doch niemand gerechnet.

Ein paar Tage später überbrachte die Frau aus dem Dorfladen eine Nachricht für Mum. Mrs Todd sei bei ihr gewesen und habe ganz verwirrt geklungen. Sie habe sie gebeten, Mum mitzuteilen, sie möge dringend nach Thornfield House kommen. Obwohl meine Mutter keine Ahnung hatte, worum es ging, nahm sie sofort ihren Mantel, um sich umgehend auf den Weg zu machen. Ich hätte sie gern begleitet, aber sie meinte, ich solle lieber meine Hausarbeit für die Schule fertig schreiben. Einige Stunden später kam sie aschfahl im Gesicht zurück. Als Erstes schenkte sie sich einen Schnaps ein. Da meine Mutter höchstens an Weihnachten oder bei Beerdigungen Alkohol trank, wusste ich, dass etwas Schlimmes passiert sein musste. Dad kam aus dem Garten herein und sah Mum an, dann das Schnapsglas, legte ihr die Hand auf den Rücken und führte sie ins Wohnzimmer. Da er die Tür hinter sich zugemacht hatte, lauschte ich am Schlüsselloch. Mum weinte zwar nicht – sie weinte nie –, aber ihre Stimme bebte.

»Du hättest das Blut sehen sollen, Malcolm«, sagte sie. »Ich habe den Boden geschrubbt und geschrubbt, aber der Fleck ist nicht weggegangen. Das Blut war bereits ins Holz gezogen. Es wird nie wieder rausgehen.«

»Was ist mit Adam Tremlett?«, fragte Dad. »Wo ist er jetzt?«

»Im Krankenhaus. Es heißt, dass er ein Auge verlieren wird.«

Ich schlug mir die Hand vor den Mund.

»Und Ellen hat alles mitbekommen«, sagte Mum. »Mr Brecht hat Adam Tremlett dabei erwischt, wie er im Schreibtisch etwas suchte, und ihm mit dem Feuerhaken auf den Hinterkopf geschlagen. Mrs Todd sagt, er hätte ihn umgebracht, wenn Ellen nicht dazwischengegangen wäre.«

»Großer Gott.«

»Das arme Mädchen war über und über mit Adams Blut befleckt, stell dir das mal vor, Malcolm!«

Meine Mutter hatte die Stimme zu einem Flüstern gesenkt. Ich verstand nur noch einzelne Wortfetzen: zerbrochen, zertrümmert, Spiegel, umgedreht, herausgerissen. Dann hörte ich, wie die Hintertür aufging, und Jago rief: »Hallo, ist jemand da?«

Ich richtete mich auf und begab mich in die Küche. Jago stand vor dem Kühlschrank und blickte hinein. Mit einer Milchflasche in der einen und einem Teller mit

Schinken und dem Senfglas in der anderen Hand drehte er sich zu mir um.

»Hannah? Was ist los?«

Ich schüttelte den Kopf. Zunächst brachte ich kein Wort heraus, wusste nicht, wie ich anfangen sollte.

»Ist was mit Ellen?«, fragte er.

Ich nickte.

»Herrgott, was ist passiert? Was hat der Psycho getan?«

»Es ist nicht seine Schuld! Mr Brecht hat Adam Tremlett in Thornfield House beim Herumschnüffeln erwischt!«

Jago stellte Flasche und Teller auf den Küchentisch und trat zu mir.

»Was ist mit Ellen?«

Ich stampfte verzweifelt mit den Füßen auf den Boden, wusste nicht, wie ich es ihm erklären sollte. Trixie fiepste und verzog sich unter den Küchentisch.

»Geht es ihr gut, will ich wissen!«, schrie Jago. »Ist mit Ellen alles okay? Verdammter Mist, so erzähl endlich, was genau passiert ist!«

Er riss die Hintertür auf und wollte hinausstürmen, aber ich packte ihn am Arm und hielt ihn zurück. »Nein! Nein, Jago, geh nicht zu ihr, bleib hier!«, schrie ich, doch er schüttelte meine Hand ab und war bereits in der Dunkelheit verschwunden.

Durch den Lärm alarmiert, kam mein Vater in die Küche, fand mich weinend vor und rannte hinter Jago her. Kurz darauf kehrten beide wieder zurück. Thornfield House war verlassen. Mr Brecht, Ellen und Mrs Todd waren offensichtlich abgereist.

NEUNUNDDREISSIG

Rina half mir, aufzustehen und mich wieder auf den Stuhl zu setzen.

»Ruh dich erst mal aus«, sagte sie. »Entspann dich.«

»Tut mir leid.«

»Ist schon okay. Es ist ja nichts passiert. Ich wette, du hast nichts zu Mittag gegessen.«

»Ich hatte keine Zeit ...«

»Deswegen bist du ohnmächtig geworden. Oder gibt es, abgesehen von deinem zu niedrigen Blutzuckerspiegel, noch ein anderes Problem?«

Ich schüttelte den Kopf. »Ich habe gestern Nacht eine Schlaftablette genommen. Wahrscheinlich wirkt sie noch nach.«

»Hat dir der Arzt das Medikament verschrieben?«

Ich schämte mich und fühlte mich hundsmiserabel. »Nein, das heißt nicht in letzter Zeit. Es war eine der Tabletten, die mir verschrieben wurden, als es mir so schlecht ging.«

»O Hannah!«, sagte Rina. »Was ist nur los mit dir? Zwei Zusammenbrüche in den letzten zwei Wochen, und dann nimmst du auch noch dieses fragwürdige Medikament ein ... Das passt gar nicht zu dir. Allmählich fange ich an, mir Sorgen um dich zu machen.«

»Tut mir leid«, sagte ich erneut.

Sie schob mir eine Schachtel Vollkornkekse hin. Ich nahm sie, löste die Verpackung und knabberte an einem Keks. Mein Mund war trocken, aber der Zucker vertrieb wenigstens die Übelkeit.

»Was war denn damals los mit dir?«, wollte Rina wissen.

»Was meinst du?«

»Du hast gesagt, die Schlaftabletten sind aus der Zeit, als es dir so schlecht ging.«

»Oh, nichts Besonderes. Ich hatte einfach zu viel Stress.«

»Das war alles?«

Ich nickte.

»Das kann passieren. Weißt du, ich bin beinah erleichtert zu hören, dass du nicht ganz so perfekt bist, Hannah. Du scheinst so mühelos durchs Leben zu spazieren.«

Ich musste fast lachen. Ach Rina, dachte ich, wenn du wüsstest.

Rina ergriff meine Hände und rieb sie. Dann holte sie tief Atem, und ich wappnete mich gegen den Vortrag, den sie mir nun halten würde.

»Ich glaube, du solltest einmal richtig ausspannen, Hannah. Du musst hier mal raus. Nicht nur für ein Wochenende bei deinen Eltern, ich meine einen richtigen Tapetenwechsel. Am besten im Ausland.«

»Vielleicht hast du recht.«

»Und«, fuhr Rina fort, und ihre Kunstpause sagte mir, dass sie mir eine positive Nachricht verkünden wollte, »wie es der Zufall will, hat sich eine hervorragende Gelegenheit dafür ergeben.«

»Ach ja?«

»John fährt am Mittwoch zur europäischen Kuratorenkonferenz nach Berlin. Eigentlich hatte ich vor, ihn zu begleiten, aber ich habe so viel zu tun, dass ich mir überlegt habe, meinen Platz an jemand anderen abzutreten. Und zwar an dich.«

»Mich?«

»Ja. Das wäre für uns alle die optimale Lösung. Ich kann an meinem Forschungsprojekt weiterarbeiten, und du könntest ein paar Kontakte in der internationalen Museumsszene knüpfen – und du musst unbedingt ein Netzwerk aufbauen, Hannah, wenn du deine Karriere voranbringen willst. Und John wird ganz in seinem Element sein. Du weißt ja, wie er ist. Er ist immer für alles Feuer und Flamme und braucht jemanden an seiner Seite, der ihn auf die Aspekte der Machbarkeit und der Finanzierung hinweist. Liebe Hannah, du bist genau die Richtige, um mich zu vertreten. Du wirst die Stimme der Vernunft sein, die ihm in die Parade fährt und ihn auf den Boden der Tatsachen zurückholt.«

Sie sagte es nicht, aber ich wusste, dass sie einen weiteren Aspekt im Hinterkopf hatte: dass mich eine Auslandsreise aus der Schusslinie halten würde, während die Untersuchung wegen der Beschwerde der Stadträtin lief.

Ich lächelte. »Glaubst du, John würde es nichts ausmachen, wenn er mit mir vorliebnehmen muss?«

»Im Gegenteil, er hat gesagt, er würde sich sehr freuen, wenn du ihn begleitest. Charlotte kann wegen der Kinder sowieso nicht mitfahren.«

»Also hast du bereits mit ihm gesprochen?«

»Wir machen uns ein bisschen Sorgen um dich, Hannah.«

»Klar, das verstehe ich. Wenn ihr plötzlich davon anfangen würdet, dass ihr Tote im Museum seht, würde ich mir auch Sorgen um euch machen!«

Rina zuckte zusammen. Sie öffnete den Mund, schloss ihn aber wieder, ohne etwas zu erwidern.

»Tut mir leid«, beeilte ich mich zu sagen. »Das war dumm und unangemessen von mir.«

Rina schwieg einen Moment, dann sagte sie: »Hannah, wir sind doch deine Freunde. Weder beurteilen wir dich, noch wollen wir dich beeinflussen, wir wollen dir nur helfen.«

»Ich weiß, Rina.«

»Du musst mit dieser Krise, was immer auch dahintersteckt, nicht allein fertigwerden.«

»Danke.«

»Oh, du musst nicht dankbar sein. Wir tun das aus reinem Egoismus. Irgendwann werden wir dich bestimmt auch mal brauchen.«

Ich dachte an John. Und an Charlotte.

Rina spürte, dass mein Widerstand allmählich schwand. »Und Hannah, Liebes, so unangenehm ist das, worum wir dich bitten, ja auch gar nicht.«

»O nein, ganz und gar nicht.«

»Ich meine mich zu erinnern, dass du schon immer mal nach Berlin wolltest.«

Ich sah Rina strahlend an. »Stimmt.«

»Wusste ich 's doch.«

VIERZIG

Adam Tremlett hatte sehr viel Blut verloren und lag drei Tage lang auf der Intensivstation.

Die Polizei wartete darauf, ihn verhören zu dürfen, doch als die Ärzte sie schließlich zu ihm ließen, sagte er aus, er könne sich nicht daran erinnern, was in Thornfield House geschehen sei und wie er verletzt wurde. Bei uns zu Hause entspann sich eine hitzige Diskussion darüber. Jago meinte, Mum müsse zur Polizei gehen und ihnen sagen, was sie wusste. Meine Mutter hielt dagegen, dass sie ihre Informationen nur aus zweiter Hand habe. Sie sei schließlich nicht direkt dabei gewesen. Als sie in Thornfield House eingetroffen sei, sei Adam bereits mit dem Krankenwagen abtransportiert worden und sie habe weder Ellen noch ihren Vater gesehen. Mum wusste nur, was Mrs Todd ihr erzählt hatte, während die beiden Frauen zusammen im Salon sauber gemacht hatten, nämlich dass Adam Tremlett ins Haus eingedrungen sei und Peter Brecht ihm den Schürhaken auf den Kopf geschlagen habe. Mrs Todd wusste nicht, ob Adam Tremlett Mr Brecht bedroht oder ihn zuerst angegriffen hatte. Also konnte sie auch nicht beurteilen, ob Mr Brechts Tat ein Akt der Selbstverteidigung war. Einige der Stammgäste des *Smugglers' Rest* konnten immerhin bezeugen, dass sich Mr Brecht Sorgen gemacht hatte, weil bereits mehrmals jemand widerrechtlich in sein Haus eingedrungen war. Und so erntete er ein erstaunliches Maß an Zustimmung unter den Dorfbewohnern. Die Leute hatten die Nase voll von der zunehmenden Kriminalität. Sie sagten, es sei gut, dass sich endlich jemand ein Herz gefasst und sein Eigentum verteidigt habe. Adam sagte kein Wort zu seiner Verteidigung, und nun, da die Brechts und Mrs Todd abgereist waren, gebe es niemanden mehr, der den genauen Tathergang hätte bezeugen können, meinte Mum.

»Die Sache geht uns nichts an, Malcolm«, sagte Mum zu Dad. »Ich will nicht noch weiter da hineingezogen werden.«

Dad nickte und sagte zu Jago, er solle aufhören, seine Mutter zu bedrängen.

Niemand wusste etwas über den Verbleib der Brechts und Mrs Todds. Sie waren wie vom Erdboden verschluckt. Jago war völlig außer sich vor Sorge um Ellen; nicht zu wissen, wo sie war, trieb ihn beinah in den Wahnsinn. Oft saß ich bei ihm, hörte mir seine Mutmaßungen an und versuchte, ihn zu beruhigen, aber ich war selbst krank vor Sorge. Ich hatte keinen Appetit und konnte nicht schlafen.

»Ellen ist viel stärker, als du denkst«, sagte ich zu Jago. »Sie wird bestimmt damit fertig.«

»Und was, wenn ihr bekloppter Vater völlig ausgeflippt ist?«, fragte Jago. »Was, wenn er erst Ellen und Mrs Todd und dann sich selbst umgebracht hat?«

»Das würde er nie tun! Er liebt Ellen! Außerdem ist er

nicht geisteskrank. Sie hat sich vieles auch einfach nur ausgedacht.«

Jago sah mich entgeistert an. »Hannah, er hat beinahe jemanden getötet!«

»Ja, aber jemanden, der in sein Haus eingebrochen ist und versucht hat, das Tagebuch seiner Frau zu stehlen.«

Doch nachdem ich den Gedanken, dass sich Mr Brecht umgebracht haben könnte, einmal im Kopf hatte, wurde ich ihn nicht mehr los. Meine Angst wuchs von Tag zu Tag, bis ich schließlich genauso beunruhigt über das spurlose Verschwinden der Brechts war wie Jago. Schließlich beschlossen wir, uns gemeinsam nach Thornfield House zu begeben und nach einem Hinweis zu suchen, wo sie sein könnten oder was Mr Brecht getan haben könnte.

Als unsere Eltern eines Abends ausgingen, bot sich die Gelegenheit dazu. Wir gingen zusammen die Straße hinauf, und auch wenn mir davor graute, dieses große, bedrohliche Haus zu betreten, war ich froh, endlich wieder etwas mit Jago unternehmen zu können – nur er und ich allein, so wie früher. Das Haus lag in völliger Dunkelheit. Kein Laut war zu hören, nichts rührte sich. Während Jago zu Ellens Fenster hochstieg, wie er es viele Male zuvor getan hatte, hielt ich am Tor Wache. Das Fenster war zwar heruntergeschoben, aber nicht verschlossen. Jago gelang es, den unteren Teil zu öffnen. Er kletterte ins Zimmer, lief die Treppe hinunter, öffnete die Haustür und ließ mich herein. Wir machten die Tür zu, ohne abzuschließen.

»Erinnerst du dich daran, als wir das erste Mal hier waren?«, fragte Jago flüsternd.

»Du meinst, als die Hexe noch lebte?«

»Nein, das erste Mal, als wir das Haus betreten haben, an dem Tag, als die Brechts eingezogen sind.«

Ich nickte.

»Ich glaube, ich habe mich schon an dem Tag in Ellen verliebt«, sagte er.

»Bestimmt nicht. Damals waren wir ja noch Kinder. Du hast Ellen anfangs gar nicht leiden können.«

»O doch! Ich habe immerzu an sie gedacht.«

»Pst ...« Ich legte den Zeigefinger an die Lippen. »Was war das?«

»Nichts. Sei nicht so ein Angsthase.«

»Doch, oben ist jemand!«

»Nein, das kann nicht sein.«

Ich lauschte angespannt.

»Nun komm schon«, sagte Jago. Er ging zur Tür des Salons, legte die Hand auf die Klinke und wollte sie öffnen.

»Nein!«, sagte ich, weil ich an die Blutlache denken musste, von der Mum erzählt hatte. »Geh nicht da hinein, Jago!«

Jago ließ die Hand wieder sinken.

»Am besten, wir suchen getrennt, dann sind wir schneller fertig.«

»Ich werde hier bestimmt nicht allein ein Zimmer betreten.«

»Na gut«, sagte Jago. »Dann bleiben wir eben zusammen.«

Wir hofften, irgendwo einen Zettel mit einer Adresse darauf zu finden, an die die Post nachgeschickt werden sollte, oder einen Gepäckaufkleber, irgendetwas in der Art. Zunächst durchsuchten wir sämtlich Räume im Erdgeschoss, abgesehen vom Salon. Wir sahen auf allen Tischen und Ablageflächen nach, in allen Schubladen und Schränken, die nicht abgeschlossen waren, ohne auch nur die kleinste Spur zu finden. Alle Zimmer waren wie immer makellos sauber. Nichts ließ erahnen, dass in diesem Haus beinahe jemand getötet worden war oder dass die Bewohner Hals über Kopf den Ort des Geschehens verlassen hatten. Und doch strahlte Thornfield House eine ungewöhnliche, unheimliche Atmosphäre aus. Irgendwas stimmte hier nicht. Eine heimtückische Kälte lauerte in den Mauern, die mir unter die Haut kroch und mich zutiefst beunruhigte. Ich konnte es nicht erwarten, das Haus wieder zu verlassen. Es war, als stünde ich an einer Felskante und als trennte mich nur ein kleiner Schritt von einem tiefen Abgrund. Noch nie hatte ich eine solche Angst verspürt, eine irrationale Angst, die unbegründet und gerade deshalb umso bedrohlicher war.

Dennoch folgte ich Jago die Treppe hinauf in den ersten Stock, genau wie beim ersten Mal, als wir in dem Haus gewesen waren. Obwohl es draußen bereits dämmerte, machten wir kein Licht an. Im Flur war es fast völlig dunkel. Ich schlang die Arme um den Körper.

»Lass uns wieder gehen, Jago«, wisperte ich.

»Nein, ich muss wissen, wo Ellen ist«, erwiderte er

ebenfalls flüsternd. »Ich muss wissen, ob es ihr gut geht.«

Er stieg die schmale Treppe ins Dachgeschoss hinauf, wo sich Mrs Todds Zimmer befand. Da ich dringend zur Toilette musste, benutzte ich das Badezimmer im ersten Stock, traute mich jedoch nicht, die Tür zuzumachen, geschweige denn abzuschließen, und lehnte sie nur an. Als ich die Hände unter dem Wasserhahn der Badewanne wusch, bemerkte ich im Abfluss ein blutiges Haarbüschel. Ich trocknete die Hände an dem zitronengelben Handtuch, das an der Handtuchstange hing. Es war feucht.

Ich ließ es fallen und wich entsetzt zurück.

Mein Instinkt sagte mir, ich solle die Tür abschließen und um Hilfe rufen. Aber das Bad lag auf der Rückseite des Hauses, dahinter befand sich ein Wäldchen, und niemand würde mich hören. Genauso wenig konnte ich einfach die Flucht ergreifen, ohne vorher Jago zu alarmieren, dass sich noch jemand im Haus befand.

Ich öffnete einen Spaltbreit die Tür und spähte hinaus. In der Dunkelheit konnte ich nichts erkennen. Auf Zehenspitzen tastete ich mich auf dem dicken Teppich vorsichtig weiter. Am Fuß der Treppe zum Dachgeschoss blieb ich stehen und spähte hinauf.

»Jago!«, rief ich so leise wie möglich. »Jago!«

Plötzlich spürte ich eine Hand auf der Schulter und wich keuchend zurück.

»Jago!«

»Pst!« Er legte den Zeigefinger an die Lippen.

»Jemand ist im Haus«, sagte ich im Flüsterton.

Er nickte und deutete auf die Tür des Zimmers neben dem von Ellen.

Ein Lichtstreifen zeichnete sich in der Dunkelheit unter der Tür ab. Das Licht war schwach und flackerte und stammte offenbar von einer Kerze. Ich lauschte angespannt und machte trotz meines laut pochenden Herzens ein leises Schluchzen aus.

Vorsichtig schlichen wir zur Tür. Wir waren bereits einmal daran vorbeigegangen, und wer immer da drin war, musste gehört haben, wie Jago durchs Fenster in Ellens Zimmer gestiegen und wie die Toilettenspülung gegangen war. Vielleicht hatte der- oder diejenige uns auch draußen im Garten gesehen. Vielleicht war er uns heimlich durchs Haus nachgeschlichen und hatte nur auf eine Gelegenheit gewartet, um ...

Jago und ich sahen einander an.

»Was, wenn es Mr Brecht ist?«, fragte ich beinahe lautlos.

Jago schüttelte den Kopf. Er legte die Hand auf den Türknauf.

»Nein!«, rief ich. »Jago, nicht!« Aber Jago hatte den Knauf bereits gedreht. Er schob die Tür auf.

Der Mann, der auf dem Bett saß, trug eine dunkelblaue Jacke. Er wandte uns den Rücken zu. Seine Schultern waren nach vorn gesackt – seine ganze Körperhaltung war die eines zutiefst verzweifelten Menschen. Sein Kopf war verbunden. Während Jago und ich stocksteif im Türrahmen standen und ihn entsetzt anstarrten, drehte sich

Adam Tremlett zu uns um. Die eine Hälfte seines Gesichts war geschwollen und blutunterlaufen, und die schwärzlich gelbe Haut spannte sich darüber. Hässliche schwarze Nähte durchzogen seine Stirn, und eine Binde lief diagonal über sein Gesicht und bedeckte das rechte Auge. Langsam stand er vom Bett auf und richtete sich zu seiner vollen Größe auf.

»Komm!«, sagte Jago. Er nahm mich an der Hand und zog mich hinaus. Ohne uns weiter darum zu kümmern, leise zu sein, polterten wir die Treppe hinunter, wollten nur noch weg von hier. Unten angekommen, riss Jago die Haustür auf, und wir stürzten die Auffahrt hinunter und auf die Straße hinaus, und obwohl die kalte Nachtluft in meinen Lungen brannte, rannten wir bis nach Hause.

Ein paar Tage später erhielten wir eine Ansichtskarte von einer malerischen Stadt in Sachsen-Anhalt. Sie war mit einer deutschen Briefmarke frankiert, und die zierliche, ebenmäßige Handschrift auf der Rückseite der Karte war unverkennbar Ellens.

Wir sind mit Mrs Todd nach Magdeburg gefahren und wohnen bei meinen Großeltern, schrieb sie. *Sie kümmern sich rührend um uns. Sobald es Papa besser geht, begleitet meine Tante uns nach Cornwall zurück. Bis bald, alles Liebe, Eure Ellen.*

»Ist Mr Brecht krank?«, fragte ich meine Mutter.

»Keine Ahnung.«

In kurzen Abständen trafen zwei weitere Ansichtskarten ein sowie ein Brief von Mrs Todd an meine Mutter.

Der Brief enthielt einen Scheck, der auf den Namen meiner Eltern ausgestellt war. Mum reichte ihn Dad. Er besah ihn sich, faltete ihn zusammen und steckte ihn pfeifend in seine Brieftasche.

»Wofür ist der?«, fragte ich.

»Dafür, dass ich Mrs Todd beim Saubermachen geholfen habe«, erklärte meine Mutter.

»Blutgeld«, lautete Jagos Kommentar.

»Genug, um jedem von uns etwas Schönes zu kaufen«, sagte Dad. »Zum Beispiel können wir jetzt endlich diesen Wagen da draußen für dich zum Laufen bringen, mein Sohn!«

Mum sagte, dass Mrs Todds Brief recht zuversichtlich klinge. Mr Brechts Familie sorge für ihn und Ellen. Mr Brecht sei bei einem Psychiater in Behandlung. Mr Tremlett hätten sie ebenfalls eine »großzügige« Summe zukommen lassen. Ellen habe sich wieder von ihrem Schock erholt. Sie sei »in sich gekehrt, aber ruhig«.

»Was meint sie denn damit?«, fragte ich.

»Mach dir mal keine Sorgen um Ellen Brecht, kümmere dich besser um dich selbst«, sagte Dad und nickte in Richtung Küchentisch, der von einem Stapel Bücher und Blätter bedeckt war. »Du hast noch dein ganzes Leben lang Zeit, dir um andere Menschen Sorgen zu machen.«

Der Mai kam und mit ihm meine Abschlussprüfungen in der Schule. Ich quälte mich sehr. Fühlte mich nicht gut genug vorbereitet und unsicher. Ich fürchtete, für ein naturwissenschaftliches Studium nicht intelligent genug zu sein. Aber was sollte ich sonst tun? Paläontologie war das einzige Fach, das mich je interessiert hatte.

Nach den Prüfungen standen meine Schulkameraden an der Bushaltestelle oder in der Cafeteria zusammen, um sich darüber auszutauschen, wie es bei ihnen gelaufen war. Ich hielt mich immer abseits, fühlte mich isoliert und wünschte, Ellen wäre da und wir könnten uns über das Getue der anderen lustig machen. Ellen hatte schon immer jede Form der Heuchelei verabscheut.

Seltsamerweise hatte ich sie bis vor Kurzem, als sie noch in Thornfield House wohnte, wir uns aber kaum sahen, nicht so sehr vermisst. Aber jetzt, da sie weit weg war, fehlte sie mir schrecklich. Mehrmals träumte ich, ich wäre Ellen und erlebte mit ihren Augen, was sie durchgemacht hatte. Ich betrat den Salon und sah, wie ihr Vater den Schürhaken über den Kopf hob. Ich sah das dunkle Blut auf den Holzdielen und warf mich zwischen Mr Brecht und Mr Tremlett. Ich rutschte in der Blutlache aus, und das Blut klebte an meinen Händen und ließ sich nicht mehr abwaschen.

Wenn ich aus den Albträumen erwachte, lag ich auf dem Bett und starrte an die Decke. Ich dachte an Mr Brecht und sagte mir: Er hat nur seinen Besitz verteidigt. Es war sein gutes Recht, das zu tun.

Ein- oder zweimal in der Woche spazierte ich abends mit Trixie nach Thornfield House, aber es war nie jemand da. Die Haustür, die Jago und ich in jener Nacht sperrangelweit offen gelassen hatten, war jetzt mit einem Vorhängeschloss zugesperrt. Die Fenster im Erdgeschoss waren mit Brettern vernagelt, um Einbrecher, Obdachlose und Hausbesetzer fernzuhalten. Der Garten verwilderte zusehends, aber wenigstens wuchsen wieder einige Blumen, die sich selbst ausgesät hatten, wie Levkojen, Mohn und Eisenkraut. Auch die Lavendelbüsche, die Mrs Brecht so geliebt hatte, blühten erneut, ebenso wie ein, zwei Rosensorten.

»Was, wenn sie beschließen, in Deutschland zu bleiben?«, fragte Jago immer wieder. »Was, wenn sie für immer weggegangen sind und ich Ellen nie wiedersehe?«

Er saß neben mir am Küchentisch, wo ich meine Unterlagen ausgebreitet hatte. Mir stand noch eine Prüfung bevor, auf die ich mich vorzubereiten versuchte. Jago trommelte mit den Fingern auf dem Tisch und kaute auf der Unterlippe, und beides irritierte mich. Trixie lag wie gewohnt auf meinen Füßen. Ich spürte ihren Herzschlag durch meine Socken hindurch.

»Jago, kannst du bitte damit aufhören?«

»Womit?«

»Mit deiner Trommelei. Das stört mich.«

Mum, die an der Spüle Tomaten enthäutete, schaute über die Schulter zu uns.

»Lass Hannah in Ruhe, Jago, sie muss lernen.«

»Ich verstehe nicht, wie ihr einfach so weitermachen könnt, als ob nichts wäre, obwohl Ellen mit ihrem gestörten Vater in Deutschland ist«, sagte Jago.

Mum seufzte. »Ende des Monats werden sie zurückkommen«, sagte sie, ohne den Blick von ihrer Arbeit zu heben. »Nach allem, was man hört, geht es Mr Brecht jetzt besser. Seine Schwester wird mit hierherkommen und sich um ihn kümmern.«

»Woher weißt du das?«

»Mrs Todd hat wieder einen Brief geschrieben. Sie hat mich gebeten, das Haus vorzubereiten.«

EINUNDVIERZIG

Weil Rina Geburtstag hatte, gingen wir alle nach der Arbeit ins *Hope and Anchor,* wie immer, wenn es etwas zu feiern gab. Wir standen dicht an dicht um ein paar Tische in dem kleinen terrassenförmig angelegten Garten herum und tranken Cidre und knabberten Chips aus Tüten, die auf den Tischen verteilt lagen. Ich wurde von Betty Tralisk, einer jungen, ernsten Historikerin, in ein Gespräch verwickelt, die über Radscha Ram Mohan Roy forschte, der als geistiger Vater des modernen Indiens galt. Durch eine merkwürdige Laune des Schicksals hatte es ihn nach Bristol verschlagen, wo er einer Meningitis erlag und auf dem Arnos Vale Cemetery begraben wurde. Betty wollte gern zu Ehren des Radscha eine Ausstellung im Museum organisieren und schlug vor, dass man sie über das Bildungsbudget finanzieren könne. Sie wollte wissen, was ich davon hielt. Es fiel mir schwer, mich zu konzentrieren. Ich nippte an meinem Orangensaft und nickte von Zeit zu Zeit, war aber mit meinen Gedanken woanders. Mit einem Mal bemerkte ich, dass Betty mich erwartungsvoll ansah – offensichtlich erwartete sie eine Antwort von mir.

»Ja«, sagte ich schließlich aufs Geratewohl, »ja, ich bin ganz deiner Meinung.«

»Danke«, sagte Betty. »Also wirst du die Angelegenheit beim Kuratorium zur Sprache bringen?«

Ich nickte, und als ich den Blick durch den Garten schweifen ließ, fing John ihn zufälligerweise auf und lächelte. Charlotte stand in seiner Nähe und lachte über einen Scherz, den jemand gemacht hatte. Dabei warf sie den Kopf in den Nacken, und ich sah ihr Profil. Die geschwungene Linie ihres Halses hob sich gegen den hellen Himmel ab.

Sie hatte John also noch nicht die Wahrheit gesagt. Sie hatte ihn noch nicht verlassen. Sie liebte jemand anderen, hatte vor, von zu Hause auszuziehen, und John war noch immer völlig ahnungslos.

Ich konnte Charlottes Anblick nicht ertragen und wandte das Gesicht ab.

Wie brachte sie es fertig, John in den Pub zu begleiten, mit seinen Kollegen und Freunden zu plaudern und zu scherzen, obwohl sie ihn betrog? Ich umklammerte mein Glas und kämpfte gegen die aufsteigende Wut an.

»Hannah!«, sagte eine Stimme hinter mir. Ich drehte mich um. Es war Rina.

»Prost!«, sagte sie und hob ihr Glas. Ich stieß mit ihr an. »Herzlichen Glückwunsch zum Geburtstag!«

»Endlich komme ich dazu, es dir zu sagen«, sagte sie. »Ich wollte es eigentlich schon früher tun, habe es aber in dem Trubel wieder vergessen. Nachdem du gestern nach Hause gegangen warst, hattest du noch Besuch. Eine hübsche Frau, Rastalocken, bunte Kleidung. Lippen-Piercing. Du warst mit ihr zum Mittagessen verabredet.«

»Julia! O Rina, das habe ich völlig vergessen.«

»Das war mir klar. Aber sie schien es dir nicht übelzunehmen.«

»Hast du …« Ich nahm einen tiefen Atemzug. »Hast du ihr erzählt, was passiert ist?«

»Ein bisschen was. Sie schien ziemlich besorgt zu sein.«

»Mist, verzeih den Ausdruck, Rina, aber das ist wirklich ärgerlich.« Ich konnte nicht glauben, dass ich die Verabredung vergessen hatte, und war wütend auf mich. Ich hatte mich darauf gefreut, Julia zu treffen, und musste, wollte unbedingt mit ihr reden, und doch hatte ich diese Gelegenheit verpasst. Verwirrung war eines der vier Hauptsymptome einer Psychose, wie ich wusste, zusammen mit Halluzinationen, Wahnvorstellungen und mangelnder Einsicht. Großartig, Hannah, dachte ich, drei der vier Anzeichen machen sich schon bemerkbar. Wenn nicht gar alle vier.

Ich fischte mein Handy aus der Tasche. Es war ausgeschaltet, und ich konnte mich nicht erinnern, wann ich das getan hatte. Als ich es wieder einschaltete, piepte es. Es waren mehrere SMS und Benachrichtigungen über verpasste Anrufe eingegangen, die meisten davon von Julia. Ich fühlte mich hilflos. Nutzlos. War völlig durcheinander. Zweifellos lief ich Gefahr, den Bezug zur Wirklichkeit zu verlieren. Normalerweise war ich gut organisiert. Meine Kollegen nahmen mich gern wegen meiner peniblen Pünktlichkeit und meines Ordnungssinns auf den Arm, weil ich immer alles katalogisierte, schriftlich festhielt und dafür sorgte, dass die Dinge in der richtigen Reihenfolge und termingerecht erledigt wurden. Und nun war ich nicht einmal mehr in der Lage, eine Verabredung einzuhalten.

Gerade, als ich mich bei Julia mit einer SMS entschuldigen wollte, spürte ich eine Hand auf meinem Arm.

Es war Charlotte.

»Hallo, Hannah«, sagte sie.

»Oh, hallo«, erwiderte ich so kühl ich es vermochte. Sie hielt mir ein Glas hin.

»Ich habe dir einen Drink mitgebracht. Misty hat mir gesagt, dass du gern Weißwein trinkst.«

»Danke, aber im Moment trinke ich Cidre.«

»Oh.« Sie stellte das Glas vor mir auf den Tisch.

»Du kannst ihn ja später trinken«, sagte sie. Ich dachte, dass ich ihn eher ins Blumenbeet gießen würde.

Charlotte blieb unschlüssig stehen und spielte mit ihrem Haar.

»Gibt es noch etwas?«, fragte ich. »Ich würde mich nämlich gern noch mit ein paar Leuten unterhalten.«

Charlotte seufzte. »Ja, es gibt noch etwas. Herrgott, ist mir das unangenehm. Ich weiß nicht, wie ich es sagen soll, Hannah, jedenfalls neulich, in dem Pastetengeschäft ...«

»Ich habe John nichts erzählt.«

»Ich weiß, danke. Ich wollte einfach nur ... Nun, er hat mir gesagt, dass ihr zusammen nach Berlin fahrt. Zu dieser Konferenz.«

»Ja.«

»Hannah, ich weiß, was du von mir denkst, und du hast ja recht. Ich bin ein Miststück. Ich bin feige und schwach. Und ich weiß, ich habe kein Recht, dich um etwas zu bitten, aber ich tue es trotzdem. Bitte, sag John nichts, wenn ihr in Berlin seid, ja?«

»John ist mein Freund, Charlotte. Ich respektiere ihn.«

»Das weiß ich, und deswegen bitte ich dich, es mir zu überlassen, es ihm auf meine Weise zu sagen.«

»Aber das hättest du doch längst tun können.«

»Sicher. Aber es war einfach noch nicht der richtige Zeitpunkt dafür.«

Ich schnaubte verächtlich.

»Es ist nur so ...« Charlotte seufzte und blickte in den Himmel. Sie knetete ihre hübschen, schmalen Hände mit den manikürten Nägeln. »Ich weiß ja, wie es auf diesen Konferenzen zugeht, Hannah. Ich habe selbst an unzähligen teilgenommen. Man langweilt sich zu Tode, hat es vorwiegend mit überheblichen alten Trotteln zu tun, bis auf wenige Ausnahmen wie dich natürlich ... was ich sagen will, ist ... Bitte, Hannah, sag John nichts. Ich will nicht, dass er es aus zweiter Hand erfährt, überlass das mir, ich ...«

Sie unterbrach sich abrupt und lächelte jemandem zu, der hinter mir stand. Ich drehte mich um, es war John. Er schob sich hinter meinem Stuhl vorbei und stellte sich neben Charlotte. Ich sah, wie er die Hand ausstreckte und ihre ergriff. Charlotte sah mich mit einem verzweifelten Lächeln an. John hob die Hand seiner Frau an die Lippen und küsste sie. Charlotte schien den Tränen nahe. Aber ich hatte kein Mitleid mit ihr.

»Redet ihr über Berlin?«, fragte er. »Charlotte freut sich, dass du mich begleitest, Hannah. Damit ist sie fein aus dem Schneider, nicht wahr, Liebling?«

Charlotte rang sich ein Lächeln ab.

»Aber wir werden nicht nur arbeiten«, fuhr John fort. »Wir werden uns den Aufenthalt so angenehm wie möglich machen. Wahrscheinlich werden wir uns den Hintern bei einigen langweiligen Meetings plattsitzen und Small Talk mit irgendwelchen bedeutenden Intellektuellen machen müssen, aber wenn du möchtest, werde ich das Museum, so gut ich kann, allein vertreten. Dann kannst du tun, was du möchtest. Im Bett bleiben, Filme ansehen, Gin trinken ...«

Mir war nicht nach Lachen zumute.

»Macht es dir nichts aus, wenn dein Mann mit einer anderen Frau verreist?«, fragte ich Charlotte spitz. »Wirst du dich nicht einsam fühlen?«

Charlotte schluckte. Ihr Gesicht war angespannt. »Es ist ja nicht das erste Mal«, sagte sie. »Und ich habe genug zu tun.«

»Warum sollte ihr das etwas ausmachen, Hannah?«

John war ein bisschen beschwipst und wedelte aufgekratzt mit seinem Glas in der Luft. »Diese Reise ist im Grunde nur ein kurzer Kulturtrip, und zusätzlich hat man die Gelegenheit, sich ein wenig über die dialektale Beziehung zwischen den Kuratoren und dem Publikum auszutauschen.«

»Aber …«

»So, meine schöne Frau und ich müssen einen Tisch weiter. Zu Misty und ihrem Freund, mit denen wir uns über Popkultur und Straßenkunst unterhalten werden. Bis später, Hannah.«

Während sie sich entfernten, blickte Charlotte über die Schulter zurück. »Danke«, sagte sie leise. Sie biss sich auf die Lippe. »Tut mir leid …«, fügte sie hinzu, aber ich hatte bereits das Gesicht abgewandt, bevor sie ihren Satz beenden konnte.

ZWEIUNDVIERZIG

Die letzte Prüfung war die schlimmste. Ich mühte mich ab, die für die Antworten vorgesehenen weißen Stellen auf den Prüfungsbögen auszufüllen. Bereits fünfundvierzig Minuten vor dem Ende der Klausur gab ich auf und vertrieb mir die restliche Zeit mit Strichmännchenmalen. Als die Aufsicht schließlich sagte: »Legen Sie jetzt bitte Ihre Stifte beiseite!«, sprang ich vom Stuhl auf, packte meine Schultasche und ging in den Waschraum, um mir die Hände zu waschen. Währenddessen hörte ich einer Unterhaltung zwischen zwei Klassenkameradinnen zu, der ich entnahm, dass ich eine der Fragen offenbar völlig falsch verstanden hatte. Mein letzter Rest Hoffnung, doch noch einen Studienplatz an einer renommierten Universität zu ergattern, schwand dahin.

In Selbstmitleid versunken, ging ich die High Street entlang und kaufte mir in einem Getränkeladen einen Viererpack Cidre und eine Viertelliterflasche Gin. Gerade noch rechtzeitig erwischte ich den Bus, aber statt an der Kreuzung von Trethene auszusteigen, blieb ich sitzen und fuhr bis zur letzten Haltestelle im Ort hinter der Tankstelle, wo ich als Letzte aus dem Bus stieg. Die schwere Tüte mit den Spirituosen in der Hand trottete ich bis zur Kirche zurück, überquerte den Friedhof und ging durch das Tor auf der anderen Seite wieder hinaus, um mich auf die Bank zu setzen, neben der Stelle, wo sich Ellen und Jago zum ersten Mal geliebt hatten. Dann öffnete ich die erste Dose Cidre.

Als die Sonne unterging, legte ich mich auf die Bank. ließ die Beine über der Armlehne hängen und sah zu, wie sich der Himmel verfärbte. Wie die untergehende Sonne die Unterseiten der Wolken anstrahlte, deren Farbe von Weiß zu Gelb und Apricot, dann zu Orange, Gold, Rosa und Lila wechselte, bevor schließlich sämtliche Farben am Himmel verblassten. Dann setzte ich mich wieder auf und verfolgte, wie in der Ferne ein Traktor auf einem Getreidefeld Furchen zog, während der Tag über dem Meer erlosch, wie die auf der Weide grasenden Kühe immer wieder mit dem Schwanz schlugen, um die Fliegen zu verjagen, wie ihre Schatten immer länger wurden, bis sie mit den Schatten der Hecken verschmolzen und schließlich gänzlich in der Dunkelheit verschwanden. Ich spürte eine große emotionale Verbundenheit mit dem Leben und fühlte mich gleichzeitig so einsam wie der Mond. Ich trank alle vier Cidredosen aus, pinkelte hinter einem Strauch, was gar nicht so einfach war, da ich mit dem Gleichgewicht kämpfte, hatte eine Schluckaufattacke, die ich durch ein paar kräftige Schlucke Gin niederrang, und schlief dann mit dem Kopf auf meiner Schultasche ein.

Irgendwann wurde ich von Jago geweckt. Er hatte mit seinem Escort, dessen Instandsetzung nach vielen Jahren doch noch geglückt war, den ganzen Ort nach mir abgesucht. Er half mir, von der Bank aufzustehen, hielt mir das Haar aus dem Gesicht, während ich mich an einer Hecke übergab, und legte den Arm um mich, um mich zu stützen, während wir über den Kirchhof zur Straße gingen, wo sein Wagen stand.

»Ich hab dich ganz arg lieb, wirklich«, sagte ich und hielt mich an seiner Taille fest. Die Nacht war von dieser tiefen Schwärze, wie es sie nur in Cornwall gab.

»Danke«, sagte Jago.

»Und ich will nicht, dass du dich nachts wieder heimlich aus dem Haus schleichst, wenn Ellen zurück ist.«

Ich war stolz auf diesen Satz, hielt ihn für eine bedeutende Feststellung, die bewies, was für ein fürsorglicher und einfühlsamer Mensch ich doch war. Plötzlich begann ich laut und voller Selbstmitleid zu schluchzen, wie es nur ein betrunkener junger Mensch an der Schwelle des Erwachsenwerdens vermag.

»Sei still«, sagte Jago. »Es wird sowieso kein Herumschleichen mehr geben, weil ich nämlich mit Ellen von hier weggehe.«

»Wohin denn?«

»Nach Amerika.«

»Amerika!« Ich schüttelte den Kopf. »Das geht nicht. Amerika ist zu weit weg. Was wird dann aus mir?«

»Du wirst schon zurechtkommen.«

»Nein, das werde ich nicht! Wie könnt ihr denn nach Amerika gehen? Wovon wollt ihr leben?«

»Sobald Ellen ihr Erbe bekommt, können wir tun und lassen, was wir wollen.«

Ich trocknete mir die Augen.

»Und was ich will, ist dir völlig egal?«

Jago lachte mich aus.

Meine Mutter brauchte mich nur kurz anzuschauen, um zu wissen, was mit mir los war. Sie sagte: »Wir sollten dich schleunigst wieder auf die Beine bringen, bevor dein Vater nach Hause kommt, denn sonst könnte es Ärger geben. Geh und lass ihr ein Bad einlaufen, Jago.«

Sie half mir, mich an den Küchentisch zu setzen, legte eine Decke um meine Schultern und gab mir ein Glas kaltes Wasser zu trinken. Mir war erneut übel. In meinem Kopf hämmerte es.

»Was, um Himmels willen, ist passiert, dass du dich so betrinkst?«, fragte Mum.

»Sie hat ihre Prüfungen vermasselt«, sagte Jago. »Sie hat Angst, dass sie nicht auf die Universität kann.«

»Das ist alles? Aber das ist doch kein Grund, sich so zu benehmen, Hannah.«

Ich nickte unglücklich.

»Ich bin auch nie zur Universität gegangen, und dein Vater auch nicht, und trotzdem kommen wir gut zurecht.«

Ich schniefte. Mir war, als kämen die Wände des Cottages auf mich zu, und ich bekam kaum Luft. Ich fühlte mich wie Alice im Wunderland, nachdem sie den Wachstumstrank zu sich genommen hatte.

»Aber ich will Paläontologin werden«, sagte ich. »Und dafür muss man an einer Universität studieren, einen anderen Weg gibt es nicht.«

»Es gibt immer einen anderen Weg«, erwiderte Mum. »Du könntest zum Beispiel ein Geschäft eröffnen oder ein Buch schreiben. Oder du könntest als Volontärin bei einer Ausgrabung mitarbeiten.«

Ich sah sie an. »Woher weißt du das?«

»Ein Ehepaar aus unserer Kirchengemeinde hat mal davon gesprochen. Ihr Enkel hat nach der Schule irgendwo, ich glaube in Amerika, ein Praktikum gemacht. Er hat dabei geholfen, Dinosaurierknochen aus einer Asphaltgrube auszugraben.«

Ich setzte mich einigermaßen aufrecht hin.

Mum strich mir übers Haar. »Nicht dass ich scharf darauf bin, dass du das auch tust, Hannah. Schließlich habe ich dich nicht neun Monate lang ausgetragen und dich all die Jahre über aufgezogen, nur damit du jetzt auf die andere Seite der Welt ziehst.«

Ich schmiegte mich an sie.

»Es muss doch auch Ausgrabungsstätten geben, die nicht so weit weg sind«, fuhr Mum fort. »Haben in England nicht auch Dinosaurier gelebt?«

»Mhm.« Ich nickte. »In Charmouth zum Beispiel.«

»Charmouth«, murmelte Mum. »Charmouth wäre nicht schlecht.«

DREIUNDVIERZIG

Das Hotel in Berlin, in dem die Teilnehmer der Kuratorenkonferenz untergebracht waren, lag in der Schönhauser Straße. Es befand sich in einem fünfstöckigen Altbau, wie er typisch für diesen Teil Berlins war. Das Taxi, das John und ich am Flughafen genommen hatten, hielt vor dem Eingang. Wir stiegen aus und betraten durch eine Drehtür ein kleines mit einem Teppichboden ausgelegtes Foyer. Der Portier nahm unser Gepäck und wartete, bis wir eingecheckt hatten, dann folgten wir ihm eine schmale Treppe hinauf in den zweiten Stock. Unsere Zimmer lagen an den entgegengesetzten Enden des Flurs und gingen beide zur Straße hinaus.

»Oder hätten Sie lieber zwei benachbarte Zimmer?«, fragte uns der Portier.

»Nein, danke«, beeilte ich mich zu sagen.

Ich fand es ein bisschen merkwürdig, mit John zu reisen. Er war sehr höflich und zuvorkommend, hatte mir im Flugzeug zum Beispiel den Fensterplatz überlassen und meinen Koffer ins Gepäckfach gehievt. Er war der perfekte Reisebegleiter. Aber jedes Mal, wenn er Charlotte oder seine Töchter erwähnte oder auch nur von seinen Plänen für die Zukunft sprach, wog die Last dessen, was ich vor ihm verheimlichte, noch ein bisschen schwerer auf mir. Während der Reise war ich ziemlich schweigsam gewesen, und ich hatte mir vorgenommen, während unseres Aufenthalts in Berlin so wenig Zeit wie möglich allein mit John zu verbringen. Ich freute mich auf die Konferenz, wo sich unsere Gespräche eher um berufliche als um persönliche Dinge drehen würden.

Für den ersten Abend war ein Willkommens-Dinner in Abendrobe vorgesehen, das im Haus der Kulturen der Welt in Berlin Mitte stattfinden sollte. John und ich verabredeten uns für halb sieben an der Hotelbar und gingen dann in unser jeweiliges Zimmer. Meines war genau, wie ich es mir vorgestellt hatte: klein, sauber, unpersönlich, aber komfortabel und angenehm. Es war ein prickelndes Gefühl, in einer fremden Stadt zu sein, mal etwas anderes zu tun, weit weg von der gewohnten Umgebung. Ich öffnete das Fenster und sah hinaus. Auf der Straße herrschte reger Verkehr, die Bürgersteige waren von Fußgängern bevölkert. Es gefiel mir, die Einzelheiten meiner neuen Umgebung wahrzunehmen: die Straßenschilder mit den deutschen Namen, die zum Teil noch in Frakturschrift geschrieben waren, die Gerüche nach Bratwurst, Zwiebeln und warmem Gebäck, die mir das Wasser im Mund zusammenlaufen ließen. Sogar die Luft fühlte sich anders an.

Mein Handy piepte, um mir zu signalisieren, dass eine SMS eingegangen war. Sie kam von Rina: Lily geht es gut. Arbeite nicht zu viel.

Ich nahm ein Bad, packte meinen Koffer aus und setzte mich aufs Bett, um das Konferenzprogramm zu studieren. Einige Vorträge klangen interessant. Ich notierte mir die Themen, die Uhrzeit und den Veranstaltungssaal. Auf dem kleinen Schreibtisch am Fenster lag eine Kunstledermappe mit Faltprospekten und allen möglichen Informationen über Sehenswürdigkeiten und Tipps für touristische Unternehmungen. Ich öffnete sie, sah mir das Faltblatt mit den Bustouren an, las eine kurze historische Beschreibung über das Brandenburger Tor, Schloss Charlottenburg und den Potsdamer Platz. Dann breitete ich die kleine Landkarte auf dem Schreibtisch aus und überflog die Namen von den größeren Städten, die nicht allzu weit entfernt waren, Stettin, Hamburg, Hannover, Leipzig, und notierte mir die Orte, die ich gern besuchen würde. Plötzlich fiel mir ein weiterer Städtename ins Auge: Magdeburg.

Nur ein Wort, und doch weckte es so viele Erinnerungen. Magdeburg, die Heimatstadt der Brechts. In Magdeburg war Ellen geboren, und dort hatte sie die ersten zehn Jahre ihres Lebens verbracht. Dort hatte Mrs Todd mit ihr und ihrem Vater Zuflucht gesucht, nachdem dieser Adam Tremlett angegriffen hatte. In Magdeburg hatte sich die Familie Brecht um Ellen gekümmert, aber niemand hatte bemerkt, wie sehr das Erlebnis ihre Psyche belastete.

Mit dem Finger fuhr ich die Linie der A2 nach, die Berlin mit Magdeburg verband. Die Strecke war nicht besonders lang. Ich faltete die Karte wieder zusammen und steckte sie in meine Handtasche. Dann öffnete ich das Notizbuch, das ich extra für den Aufenthalt in dieser Stadt gekauft hatte. Darin wollte ich alles festhalten, was ich interessant fand, für den Fall, dass ich irgendwann wieder herkommen würde. Einen Moment lang blickte ich unschlüssig auf die leere Seite, ehe ich das Wort Magdeburg notierte und es unterstrich. Dann schrieb ich, auch wenn mir klar war, wie dumm und absurd es war, »Ellen Brecht« in verschnörkelten Großbuchstaben und malte einen Zierrahmen mit Herzen und Blumen darum.

Ellen hatte immer gern im Mittelpunkt gestanden.

Schließlich zog ich mein Cocktailkleid an, das einzige, das ich besaß. Ich hatte es im Vorjahr zur Feier des hundertfünfzigsten Jubiläums des Museums gekauft. Es war altrosa und mir inzwischen ein bisschen zu weit geworden. Ich schob die Träger auf den Schultern zurecht, bis es richtig saß. Jemand wie Charlotte hätte es gewiss als schlicht bezeichnet, aber ich fühlte mich dennoch unwohl darin. Ich war es gewohnt, meine Schultern zu bedecken. Es war schon komisch, dass sich das pummelige Kind, das ich einst gewesen war, in eine so schlanke, knochige Frau verwandelt hatte. Obwohl ich allein im Zimmer war, legte ich mir eine Strickjacke über die Schultern und fühlte mich gleich besser. Dann stellte ich mich vor den Spiegel, legte Lippenstift, Eyeliner und Wimperntusche auf und fasste das Haar mit einer Klammer zusammen. Ich schlüpfte in hochhackige Sandaletten und begab mich dann in der Hoffnung, für den Anlass angemessen, aber nicht zu auffällig gekleidet zu sein, nach unten.

John war bereits in der Bar, aber ich erkannte ihn nicht sofort.

Ich ließ den Blick durch den Raum schweifen; er war lang und schmal und geschmackvoll in rötlichen Brauntönen und Gold gehalten. Es waren nur einige Geschäftsleute und einzelne Paare da; eine sehr hübsche junge Frau saß allein an einem Tisch, und am Tresen saß ein attraktiver Mann mit langen Beinen in einem dunklen Anzug mit weißem Hemd, der ein Bier trank und Zeitung las. Er drehte sich zu mir um und lächelte. Ich wandte den Blick ab, stutzte, sah wieder hin.

»John?«

Er glitt vom Barhocker, ergriff meine Hand und beugte sich zu mir, um mich auf die Wange zu küssen.

»Ohne deine Brille hätte ich dich fast nicht erkannt«, sagte ich. »Du siehst so ...«

»... gut aus?«

»Gepflegt. Ich wollte gepflegt sagen. Aber es liegt nicht nur an der fehlenden Brille …«

John zuckte mit den Schultern. »Na ja, ich dachte, ich rasiere mich wohl besser …«

»Der Anzug. Du siehst … nun, er steht dir.«

»Danke«, sagte John.

Ich ließ mir von ihm auf den Barhocker neben seinem helfen. Am liebsten hätte ich ihn unentwegt betrachtet, um herauszufinden, warum er an diesem Abend so anders wirkte, aber ich wollte nicht, dass er es bemerkte. Ich musste mein Bild von John überdenken. Alles, was ich zuvor gedacht hatte – dass Charlotte in einer ganz anderen Liga spielte als er, mein Unverständnis darüber, wie sich die beiden hatten ineinander verlieben können –, all das traf plötzlich nicht mehr zu. Dass John ein liebenswürdiger Mensch war, hatte ich schon immer gewusst, aber abgesehen davon war er in meinen Augen ein etwas ungepflegt wirkender Akademiker und Pechvogel mit zerzaustem Haar und ausgeleierter Brille. Einen Augenblick lang fragte ich mich, wie er wohl als Student ausgesehen hatte, jung und groß und langgliedrig. Ich wünschte, ich hätte ihn schon damals gekannt. Bevor er Charlotte begegnete.

Ich riss mich zusammen. »Ich glaube, ich habe dich noch nie in einem gebügelten Hemd gesehen«, sagte ich. »Nimm es mir nicht übel.«

Er lachte. »Bestimmt nicht. Und ich glaube, ich habe dich noch nie in einem Kleid gesehen. Du siehst sehr hübsch aus, Hannah. Ich habe dir einen Kir Royal bestellt, ziemlich anmaßend, ich weiß. Ich hoffe, du magst ihn als Aperitif.«

»O ja.«

Ich mochte Kir Royal in der Tat, wäre aber nie auf die Idee gekommen, mir einen zu bestellen.

»Hast du schon entschieden, was du morgen früh gern tun würdest?«, fragte John.

Ich nippte an meinem Drink. »Ich würde gern nach Magdeburg fahren.«

John zog die Augenbrauen hoch.

»Eine Freundin von mir, Ellen, du weißt schon, die, die gestorben ist, hat dort eine Zeit lang gelebt. Ich habe nicht gewusst, wie nah die Stadt an Berlin liegt.«

»Ja, es ist nicht besonders weit. Magdeburg ist aber ziemlich groß.«

»Ich weiß. Aber sie – Ellens Familie – hat in einem riesigen Anwesen oberhalb des Flusses gewohnt. Schloss Marienburg. Ich denke, es dürfte nicht schwer sein, es zu finden. Ich würde es einfach gern sehen. Nun, da ich schon mal in der Nähe bin ...«

»Diese Gelegenheit solltest du dir nicht entgehen lassen«, stimmte John mir zu. »Wie willst du dort hinkommen?«

»Ich weiß noch nicht; ich muss mich erst noch schlaumachen.«

John nahm eine kleine Salzbrezel aus dem Glasschälchen auf dem Tresen und warf einen Blick auf seine Uhr.

»Wenn wir zurückkommen, können wir auf meinem

Laptop nachsehen, wo sich das Schloss befindet, und herausfinden, ob es eine Busverbindung gibt.«

»Großartige Idee.«

Johns Handy piepte. Er fischte es aus seiner Jackettasche, warf einen Blick auf das Display und lächelte.

Er hielt mir das Handy hielt. Charlotte hatte ein Foto von ihren beiden Töchtern geschickt, die in ihren Pyjamas steckten und in die Kamera lächelten. Die Nachricht lautete: Gute Nacht, Daddy.

»Süß«, sagte ich.

»Sorry.« Er verstaute das Handy wieder in der Jackentasche. »Als ich noch keine Kinder hatte, haben mich Leute, die ständig von ihrem Nachwuchs geredet haben, mächtig genervt. Aber Charlotte weiß, wie sehr es mich freut, vor dem Schlafengehen von den Mädchen zu hören.«

»Ihr habt wirklich zwei sehr hübsche Mädchen«, sagte ich und spürte dabei einen Knoten im Bauch.

Wir leerten unsere Drinks und gingen hinaus, um ein Taxi heranzuwinken. Es herrschte noch reger Verkehr. Busse, Autos und Taxis rauschten vorbei. Hie und da wurde gehupt. Die Luft war noch mild, aber ich behielt die Jacke dennoch über den Schultern. Mit Make-up und den High Heels fühlte ich mich befangen. Die Leute in den vorbeifahrenden Wagen drehten flüchtig die Köpfe nach John und mir in unserer formellen Garderobe um. Wann immer ein Taxi in Sicht war, winkte John, aber alle waren besetzt und fuhren, eine Abgaswolke hinter sich herziehend, vorbei. Ich blickte auf meine Füße, die mir in den Riemchensandaletten merkwürdig nackt vorkamen. Plötzlich schob sich ein Bild aus meiner Erinnerung vor mein geistiges Auge: wie ich auf Ellens Bett saß und mich auf die nach hinten ausgestreckten Hände stützte, während Ellen im Schneidersitz meinen Fuß im Schoß hielt und meine Zehennägel lackierte. Wie Ellens dunkles Haar ihr vors Gesicht fiel und sie es wieder hinters Ohr strich. Ich erinnerte mich an ihre Sanftheit und die Konzentriertheit, mit der sie behutsam eine Linie nach der anderen auf jeden einzelnen Nagel pinselte, daran, wie kühl sich die Pinselstriche auf den Zehennägeln anfühlten, und an den süßen chemischen Geruch des Nagellacks. Ein Anflug von Trauer und Wehmut überkam mich.

Ich sah wieder hoch, ließ den Blick über die verkehrsreiche Straße schweifen und erblickte sie.

Zum dritten Mal in drei Wochen sah ich Ellen.

VIERUNDVIERZIG

Dad kam in die Küche und sagte: »Die Brechts sind wieder da. Ich hab gerade gesehen, wie Ellen aus einem Taxi gestiegen ist.«

Ich legte die Pastete, die ich gerade zum Mund führen wollte, auf den Teller und starrte ihn an.

»Ellen ist wieder da?«

»Mhm.«

»Ihr Vater auch?«

»Er ist im Taxi sitzen geblieben.«

Ich ignorierte Trixie, die mich hoffnungsvoll anschaute, zog die Turnschuhe an, schnappte mir mein Fahrrad und strampelte die Straße hinauf nach Thornfield House. Die Blumen, die während der Abwesenheit der Brechts erblüht waren, waren noch immer da. Das Fenster von Ellens Zimmer war geöffnet, und laute Rockmusik von Nirwana dröhnte heraus. Es war das erste Mal, dass ich etwas anderes als klassische Musik aus diesem Haus hörte. Ich ließ das Fahrrad auf der Auffahrt liegen, hob einen kleinen Kieselstein auf und warf ihn ans Fenster. Sogleich tauchte Ellens Kopf auf. Sie winkte, verschwand wieder und erschien wenige Augenblicke später in der Haustür und warf sich in meine Arme. Wir wirbelten herum, drückten uns lachend und küssten uns. Ich freute mich wirklich aus tiefstem Herzen, sie wiederzusehen. Mir war, als wäre ich genauso nach Hause gekommen wie sie.

Während wir uns umarmten, fühlte sich alles so vertraut an, ihr fester Körper, ihr Apfelduft, die Glätte ihres Haars an meiner Wange. Meine Liebe zu ihr war in diesem Moment rein und ungetrübt von Eifersucht und Groll. Seit Jahren hatte ich sie nicht mehr so glücklich und gesund und unbekümmert erlebt; seit dem Tod ihrer Mutter nicht mehr. Ich dachte: Von jetzt an wird alles anders. Alles wird gut. Doch im selben Moment durchrieselte eine unbestimmte Angst meine Adern bis in die

Fingerspitzen hinein und verursachte mir eine Gänsehaut. Es war eine unbestimmte Vorahnung wie damals, als ich die drei Seemöwen erblickte, die über uns hinwegflogen.

»Ist dein Vater wieder weggefahren? Bist du allein?« Ich trat ein wenig zurück und legte den Arm um Ellen. »Läuft es jetzt besser zwischen euch? Geht es dir gut?«

Ellen lächelte noch immer. Sie warf den Kopf in den Nacken und schüttelte das Haar zurück. Es war länger geworden und glänzte noch mehr. Sie trug ein Jadearmband und neue Sachen – einen kurzen Rock und eine Baumwollbluse mit einem Top darunter. Ihre Haut wirkte gesünder, ihre Wangen waren voller, sie hatte zugenommen, und das stand ihr außerordentlich gut.

»Alles ist okay«, sagte sie. »Meine Großeltern haben mich wie eine Prinzessin behandelt, und Papa hat eine Therapie gemacht.« Sie schielte, hielt den Zeigefinger an die Schläfe und drehte ihn hin und her. »Tante Karla ist mit uns gekommen und wird sich um ihn kümmern. Sie sagt, sie wird aufpassen, dass er nichts anstellt. Sie sind vorhin weggefahren, und ich kann tun und lassen, was ich will. Was wollen wir machen? Vielleicht zu unserem Strand gehen?«

»Hat dein Vater nichts dagegen?«

»Er und Karla sind mit dem Taxi in die Stadt gefahren, um Lebensmittel einzukaufen. Warte kurz ...«

»Warte! Was ist, wenn dein Vater ...«

»Es ist echt okay.«

Ellen rannte ins Haus, und ich trat in den Schatten der

Rosenbüsche an der Mauer, die sich an den Spalieren hochrankten und in voller Blüte standen. Der ganze Garten war voller Blumen; er war zwar verwildert und zugewachsen, sah aber endlich wieder wie ein normaler Garten aus. Ich kaute am Daumennagel. Zwei weiße Schmetterlinge segelten vorbei, und ein Rotkehlchen hüpfte auf dem ehemals gepflegten Rasenstück, wo jetzt lange, dürre, stachelige Grashalme mit Samenköpfen wuchsen. Ich sah zu, wie eine Spinne an einem Faden herunterkrabbelte, der vom Vordach über der Haustür herabhing. Sie war klein, braun und zielbewusst. Ungefähr einen Meter unterhalb des Dachs, wo der Faden aufhörte, hielt sie inne, um ihn weiterzuspinnen.

Draußen von der Straße drang das Geräusch eines Motors an mein Ohr, das sich Thornfield House näherte.

Ich drückte mich dichter an die Mauer, aber dann beschleunigte der Wagen und fuhr vorbei.

Ellen kam mit einer Tasche über der Schulter zurück. Sie zog die Tür leise hinter sich zu. »Komm, lass uns gehen!«, sagte sie und hakte sich bei mir ein.

»Was hast du denn so lange gemacht, du hast ja ewig gebraucht!«

»Ich musste Mrs Todd Bescheid sagen, dass ich weggehe«, sagte Ellen leichthin. »Sie ist nervös, weil Tante Karla da ist, und hat mir gar nicht richtig zugehört.«

»Mrs Todd nervös – das kann ich mir nicht vorstellen.«

»Sie will meine Tante nicht in ihrer Küche haben. Sie sagt, sie bringt alles durcheinander.«

Ellen runzelte die Stirn und schürzte die Lippen, und

ich sah buchstäblich vor mir, wie Mrs Todd ärgerlich die Küchenutensilien wieder an ihren angestammten Platz räumte. Ich hatte fast vergessen, wie lustig Ellen sein konnte.

»Ich bin ja so froh, dass du wieder da bist«, sagte ich und schwang Ellens Hand in der Luft.

»Und ich erst!«

Wir überquerten den Friedhof und spazierten dann weiter über Felder und Wiesen. Es war ein warmer, drückender Tag, und als wir über eine Wiese mit hohem Gras und Sonnen- und Mohnblumen kamen, sagte Ellen, sie müsse sich ausruhen.

»Geht es dir nicht gut?«

»Ich bin nur ein bisschen müde.«

Wir legten uns ins weiche Gras. Unzählige kleine Schmetterlinge umschwärmten uns. Ellen holte eine Plastikflasche aus ihrer Tasche und bot mir zu trinken an. Während sie eine Weile auf dem Rücken lag und die Augen schloss, streifte ich die Samen von unterschiedlichen Gräsern. Trotz der Sonne war Ellen blass im Gesicht. Ich scheuchte eine Fliege von ihrer Wange. Sie trug neue Ohrstecker. Das Goldkettchen ihrer Mutter war unter dem Kragen ihrer Bluse verborgen. Ihre Arme und Beine waren gebräunt; nur ihr Gesicht war blass.

»Es ist so schön, im Gras zu liegen«, sagte sie schläfrig. Sie hatte einen Arm über die Augen gelegt. »Es fühlt sich anders an als das Gras in Deutschland. Es ist grüner, aber nicht so weich.«

»Du hattest Heimweh nach unserem Gras«, sagte ich.

Sie lachte. Dann gähnte sie und streckte die Arme über dem Kopf aus.

»Wie geht es Jago?«

»Gut. Er ist beim Fischen.«

»Hat er mich vermisst?«

»Nein.«

Ellen riss die Augen auf.

»Natürlich hat er dich vermisst.« Ich streute Grassamen in die Mulde an ihrem Schlüsselbein. »Wir beide haben dich vermisst. Und wie. Er hat sich schreckliche Sorgen um dich gemacht.« Ich rief mir Jagos Unruhe ins Gedächtnis, seine Angst, Ellen würde nicht wiederkommen, und wie er die ganze Zeit nur über sie geredet hatte. »Er wird wahnsinnig vor Freude sein, wenn er hört, dass du wieder da bist.«

Ellen lächelte. Sie wischte die Grassamen weg, rappelte sich auf und streckte mir die Hände hin, um mich hochzuziehen.

»Komm, unser Strand wartet auf uns«, sagte sie.

Der Küstenpfad war voller Wanderer, ausgerüstet mit Wanderstiefeln, Baumwollhüten und Karten in Plastikfolien, die sie um den Hals trugen. Manche hatten einen Hund dabei. Während wir geduldig warteten, bis die Luft rein war und wir über den Zaun klettern konnten, setzte sich Ellen auf die Bank, die inmitten von lila Wiesenflockenblumen stand. Sie ließ den Kopf auf die Knie sinken.

»Geht es dir wirklich gut?«, fragte ich erneut.

»Ja, ja. Es ist nur so, dass mich der Flug und die lange Autofahrt von London hierher ermüdet haben«, sagte sie.

»Außerdem habe ich zugenommen. Oma hat mich gemästet wie eine Weihnachtsgans, da konnte ich noch so protestieren. Die gute kornische Seeluft wird mir bestimmt guttun, dann bin ich bestimmt bald wieder die Alte.«

Am Strand angekommen, zeigte sich Ellen erstaunt über die Dinge, die ich auf Jagos Bitte hin in unserer kleinen Höhle versteckt hatte.

»Wozu soll das denn gut sein?«, fragte sie.

Ich tat es mit einem Schulterzucken ab, wobei ich insgeheim stolz war auf meine großmütige Geste. »Ein kleines Zelt«, sagte ich. »Ein Schlafsack. Decken. Ein Campingkocher. Kerzen. Lebensmittel. Wasser. Damit du einen Zufluchtsort hast, falls du fliehen musst.«

»Das wird jetzt nicht mehr nötig sein«, sagte Ellen. »Es ist alles wieder in Butter. Aber trotzdem – vielen Dank, Hannah!«

Als wäre sie noch ein kleines Kind, hüpfte sie an mir hoch, schlang die Arme um meine Schultern und die Beine um meine Hüften und rief: »Dass du das für mich getan hast!«

Und ich schrie: »Ja, für dich, Ellen, alles nur für dich!«

Das Meer war an diesem Tag grün und an den Rändern gekräuselt. Die kleinen Wellen rollten weiß schäumend über den Kieselsteinstrand. Wir zogen die Schuhe aus und wateten ins Wasser. Als es meine Waden erreichte, blieb ich stehen, um mich an die Kälte zu gewöhnen. Ellen ging weiter, und erst als sich der Saum ihres Rocks dunkel verfärbte, hielt sie inne und blickte zum Horizont. Sofort rührte sich wieder dieses beklemmende Gefühl in meiner Magengegend. Es war die gleiche böse Vorahnung wie kurz zuvor an Ellens Haustür. Ich verscheuchte die vage Angst, indem ich mit dem Fuß ins Wasser trat und Ellen nass spritzte. Wie ein Filmstar aus früheren Zeiten hob sie die Hände an die Seiten ihres Kopfes, schrie theatralisch und drehte sich zu mir um, um mich ebenfalls mit dem Fuß nass zu spritzen. Ausgelassen wie Kinder lieferten wir uns eine Wasserschlacht. Wir lachten und kreischten und hatten jede Menge Spaß. Als wir beide klitschnass waren, kehrten wir an den trockenen Strand zurück, zogen uns bis auf die Unterwäsche aus und breiteten unsere Sachen auf den Felsen zum Trocknen aus. Ellens Wimperntusche war verlaufen. Sie saß im Kniesitz im Sand, die Hände im Schoß, und hielt mir wie ein kleines Kind das Gesicht hin, damit ich mit dem Zipfel meines T-Shirts die dunklen Spuren von ihren Wangen entfernen konnte. Ihre Haut schimmerte in der Sonne. Sie hatte eine leichte Gänsehaut, und an den Wurzeln ihrer Armhärchen hatten sich winzige weiße Salzkristalle gebildet.

»Warum bist du im Gesicht so blass, wo deine Arme und Beine doch so braun sind?«, fragte ich.

Ellen zuckte mit den Achseln und meinte: »Oma hat darauf bestanden, dass ich einen Strohhut trage, um mir meine vornehme Blässe zu erhalten.«

Etwas an Ellen hatte sich verändert. Ich kam aber nicht darauf, was es war. Ich hatte erwartet, dass sie womöglich noch unter den Nachwirkungen des tragischen Erlebnisses litt, aber sie schien allenfalls ruhiger geworden zu sein. Sie verbreitete nicht mehr diese nervöse Unruhe, wirkte passiver. Die bei der Familie ihres Vaters verlebten Wochen schienen ihr gutgetan zu haben.

Wir dösten nebeneinander im Sand, bis die Sonne hinter den Klippen verschwand und lange Schatten über den Sand krochen, während sich am Himmel rosa geriffelte Wolken bildeten.

»Meinst du nicht, dass sich dein Vater Sorgen machen wird, wenn du so lange wegbleibst?«, fragte ich.

»Er wird diesmal kein Theater machen. Nicht vor Tante Karla.«

Ellen stützte sich auf einen Ellbogen, verzog das Gesicht und wedelte mit dem Zeigefinger. Mit tadelnder Stimme sagte sie auf Deutsch: »Um Gottes willen, Peter, das Mädchen ist jetzt fast erwachsen!«

Ich kicherte. »Was heißt das?«

Sie übersetzte es für mich. »Meine Tante ist wirklich sehr nett«, meinte sie und legte sich wieder hin. »In Deutschland sind wir oft im Park spazieren gegangen und haben die Enten am Teich gefüttert. Und wenn es geregnet hat, haben wir zusammen Rolling Stones gehört und ein Kaffeekränzchen abgehalten« – wieder benutzte sie das deutsche Wort –, »das heißt, man plaudert bei Kaffee und Kuchen, aber nur unter Frauen, versteht sich. Sie hat mich dazu gebracht, dass ich ihr alles erzählt habe.«

»Alles?«

»Na ja, fast alles. Über Jago habe ich ihr nichts gesagt. Das heißt, ich habe ihr erzählt, dass es da einen Jungen gibt, den ich mag, aber weder wie er heißt, noch wer er ist. Ich habe ihr auch nicht von ... du weißt schon, erzählt.«

Ich nickte.

»Sie hat Papa ins Gewissen geredet. Ihn zur Vernunft gebracht. Sie wird ihm jedenfalls seine Launen nicht durchgehen lassen. Solange sie bei uns ist, wird sie ihn in Schach halten. Heute Abend werde ich wahrscheinlich Klavier spielen müssen, weil sie es so liebt, aber auch das ist okay für mich, weil sie heitere Sachen mag. Sie hat mir Noten von neuen Stücken gegeben, die ich üben soll. Zu Papa hat sie gesagt, dass all diese Requiems und Klagelieder für ein junges Mädchen viel zu traurig sind!«

»Hört sich an, als sei sie wirklich sehr nett.«

»Das ist sie. Du musst uns unbedingt besuchen und sie kennenlernen.«

Als die Sonne gänzlich verschwunden war, schlüpften wir in unsere feuchten Sachen, die sich auf unserer von der Sonne erhitzten Haut klamm anfühlten. Dann kletterten wir die Stufen in dem Felstunnel hinauf, um nach Trethene zurückzukehren. Es war zu dunkel, um quer über die Wiesen zu laufen, und auf den Landstraßen herrschte noch reger Verkehr. Immer wieder mussten wir uns an eine Hecke drücken, um großen, glänzenden Wagen Platz zu machen, die unter dem Gewicht von Fahrrädern, Surfbrettern und Gepäckträgern tiefer lagen.

Kinder mit krebsroten Gesichtern starrten uns durch die Autoscheiben an. Der Parkplatz vor dem *Keverne Arms* war voll besetzt, ebenso wie die Tische im Garten, zwischen denen die Bedienungen sich mit ihren Tabletts einen Weg bahnten.

Der Garten von Thornfield House war zum ersten Mal seit Anne Brechts Tod wieder erleuchtet. Eine große, kurzhaarige Frau in Sandalen und mit Brille goss lächelnd die Pflanzen im Vordergarten, der bereits ein wenig ordentlicher wirkte als zuvor.

»Tante Karla! Wir sind wieder da!«, rief Ellen.

»Hallo, Ellen!«, antwortete die Frau. »Und du musst Hannah sein! Komm, ich will dir einen Kuss geben!«

Lachend ließ ich mich von ihr umarmen.

»Du bist ja eine richtige Schönheit!«, verkündete sie und hielt mich auf Armeslänge von sich, um mich in Augenschein zu nehmen. »Deine Freundin ist wirklich ein hübsches Mädchen, Ellen, findest du nicht auch?«

Ellen nickte grinsend und stocherte mit der Schuhspitze im Kies.

Über Karlas Schulter hinweg sah ich durch die offen stehende Haustür Mrs Todd im Flur, die uns beobachtete. Tante Karla forderte Ellen auf, duschen zu gehen und sich fürs Abendessen fertig zu machen.

Ellen umarmte mich und flüsterte mir ins Ohr: »Sag Jago, dass ich ihn heute Nacht nicht treffen kann. Aber morgen oder übermorgen versuche ich, nach Polrack zu fahren. Sag ihm, er soll nicht herkommen, bevor er von mir hört.«

»Okay.«

»Danke.« Ellen drückte mich nochmals fest. »Du bist meine beste Freundin, Hannah«, sagte sie und gab mir einen Wangenkuss. »Ich liebe dich.«

FÜNFUNDVIERZIG

Sie war da. Ellen war da, mitten in Berlin. Sie stand auf der anderen Straßenseite und unterhielt sich mit jemandem. Auch wenn sie nicht in meine Richtung blickte, zweifelte ich kein bisschen daran, dass sie es war. Sie trug ein dunkles Sommerkleid und dunkle Schuhe und hatte die Sonnenbrille ins Haar geschoben.

Fußgänger auf der anderen Straßenseite versperrten mir einen Moment lang die Sicht. Ich blinzelte und hielt den Atem an, bis die Passanten vorbeigegangen waren, aber Ellen stand noch immer da. Sie wandte mir jetzt den Rücken zu und betrachtete die Auslage eines Schaufensters.

Diesmal fühlte es sich überhaupt nicht wie eine Halluzination an. Sondern völlig real. Sinnestäuschungen sahen sich keine Schaufenster an. Ganz gewiss nicht.

Ein paar Mal ließ ich den Blick zwischen John und der anderen Straßenseite hin und her wandern.

Nachdem die Ampel auf Grün geschaltet hatte, schwoll der Verkehrslärm wieder an, die Autos fuhren auf der Straße, aber es dauerte nicht lange, und die Ampel schaltete abermals auf Rot. Ich beschloss zu handeln. Ich fasste meine Strickjacke und meine Tasche fester, holte tief Luft und rannte los.

Hinter mir hörte ich John rufen, aber ich blickte nicht zurück. Es bereitete mir Mühe, in meinen hochhackigen Sandaletten zu rennen, also blieb ich kurz stehen, um sie auszuziehen, aber in diesem Moment schaltete die Ampel wieder auf Grün, und die Autos fuhren auf mich zu. Ich wollte losrennen, zur Straßenmitte, wo es eine kleine Fußgängerinsel gab. Wütendes Hupen war zu hören. Ich hatte in die falsche Richtung geschaut. Wieder kam mir ein Strom Autos entgegen, diesmal aus der Gegenrichtung. Ich war verwirrt, konnte plötzlich nicht mehr erkennen, woher die Autos kamen. Einen Moment lang blieb ich einfach stehen, während sich alles um mich herum drehte, und versuchte zu entscheiden, ob ich nun vor- oder zurücklaufen sollte. Plötzlich spürte ich, wie mich jemand am Arm packte, und fand mich auf der Fußgängerinsel in der Mitte der Straße wieder. Das Gehupe war noch wütender geworden. Manche Fahrer beschimpften mich.

»Zum Teufel noch mal, Hannah!«, sagte John, der mich an den Armen umklammert hielt. »Was ist denn in dich gefahren? Wolltest du dich umbringen oder was?«

Ich sah ihm ins Gesicht. Sein Ausdruck war besorgt

und verwirrt zugleich. Dann schaute ich zur anderen Straßenseite. Ellen war nicht mehr da.

John war außer sich. »Du willst eine verkehrsreiche Straße überqueren, dann hältst du mitten auf der Straße an, um die Schuhe auszuziehen! Was hast du dir bloß dabei gedacht, Hannah? Bist du verrückt geworden?«

»Ich ... ich wollte ...« Ich spähte über seine Schulter. Wo war sie? »Ich muss unbedingt auf die andere Seite«, sagte ich.

»Warum denn?«

Ich sah John wieder an. Sein Hemd hing ihm aus der Hose, und der Knoten seiner Fliege hatte sich gelöst, das Haar stand ihm wirr vom Kopf ab. Aber was mich am meisten beschämte, war der besorgte Ausdruck in seinen Augen. Ich schaute zu Boden.

»Ich habe sie wieder gesehen.«

»Wen, Hannah? Wen hast du gesehen?«

Ich hob meine Strickjacke vom Boden auf, die mir von den Schultern gerutscht war. Sie war staubig, und ein Ärmel war zerrissen. Meine Füße waren ebenfalls schmutzig.

»Ich habe Ellen gesehen. Ellen Brecht.«

SECHSUNDVIERZIG

Tante Karla lud ihren Bruder zu einem Ausflug nach London ein, wo sie sich in Covent Garden *Fidelio* anschauen wollten, ihre Lieblingsoper. Sie würden erst in den frühen Morgenstunden zurückkehren. Mrs Todd blieb mit Ellen zu Hause. Die Haushälterin hatte sich wieder einigermaßen gefangen, auch wenn die Ereignisse der vergangenen Wochen auch an ihr nicht spurlos vorübergegangen waren. Als Ellen sagte, sie wolle für ein paar Stunden ausgehen, fragte Mrs Todd sie nicht einmal, was sie vorhabe.

»Sei vor deinem Vater zurück«, war alles, was sie sagte. Wahrscheinlich freute sie sich auf ein paar friedliche Stunden zu Hause, um in Ruhe zu stricken oder Radio zu hören.

Jago wartete am oberen Ende der Straße auf Ellen. Zum ersten Mal seit ihrer Rückkehr aus Deutschland waren sie allein. Als er sie an diesem Abend wiedersah, wallten seine Gefühle mit Macht wieder auf. Mit einem schüchternen Lächeln auf den Lippen kam sie auf ihn zu. Am liebsten wäre er zu ihr hingestürmt, hätte sie in seinen Armen durch die Luft gewirbelt und sie nie wieder losgelassen. In diesem Moment, als er Ellen in ihrem dunkelgrünen Minirock erblickte, mit den klimpernden Armreifen ihrer Mutter am Handgelenk und mit ihren schlanken, braun gebrannten Armen, beschloss er, sie zu heiraten; sobald sie achtzehn wäre und ihren Vater verlassen konnte. Zu Ellen sagte er darüber in diesem Moment nichts, weil er sie nicht überrumpeln wollte. Er hatte lange genug bei seinem Onkel und seiner Tante gelebt, um zu wissen, wie angsteinflößend ein Übermaß an Emotionen sein konnte.

Zuerst besuchten sie einen Pub, das *Trethene Arms,* wo sie unter den zahlreichen Urlaubsgästen nicht auffielen. Jago trank Cidre und Ellen nippte an ihrer geeisten Limonade. Sie saugte die Zitronenscheibe aus und verzog dabei das Gesicht. Jago erzählte ihr von seinem Vorstellungsgespräch bei einer Schiffsmaschinenbaufirma, die in der Nähe von New York eine Niederlassung hatte. Er sagte, dorthin wolle er mit ihr auswandern. Sobald er eine Aufenthaltsgenehmigung bekomme, könnten sie abreisen. Er würde zwar sehr viel arbeiten müssen, aber die Stelle sei gut bezahlt. Sie wären in der Lage, sich eine Wohnung zu mieten, sicherlich nichts Großartiges, aber für den Anfang reiche ja ein bescheidenes Apartment. Er versprach Ellen, dass er ihr den Teil ihre Erbes, den sie würden antasten müssen, auf Heller und Pfennig zurückzahlen werde. Ihr Erbe solle ihr allein gehören.

Ellen sagte: »Nein, Jago das wird es nicht. Es wird uns beiden gehören. Was immer wir tun, tun wir zusammen.« Wieder nippte sie an ihrer Limonade. »Zumindest werden wir die Flüge von dem Geld, das ich bekomme, bezahlen können, ebenso wie die Miete für eine anständige Wohnung. Und unsere Unabhängigkeit. Bestimmt hätte meine Großmutter auch gewollt, dass wir gemeinsam glücklich werden.«

»Und was ist mit deinem Vater?«, fragte Jago.

Ellen zuckte mit den Schultern. »Was soll mit ihm sein? Was kann er schon dagegen tun? Er wird mir meine Erbschaft nicht vorenthalten können. Sie gehört mir. In nicht mehr ganz acht Wochen werde ich sie bekommen!«

Als sie ihre Gläser geleert hatten, spazierten Ellen und Jago die Straße hinunter, überquerten den Friedhof und setzten sich auf die Bank hinter der Friedhofsmauer. Es war Juni, kurz vor der Sommersonnenwende, und um zehn Uhr abends war es immer noch nicht ganz dunkel. Jago war schweigsam. Er wollte Ellen so viel sagen, wusste aber nicht, wie. Ihm fehlten die Worte, um seine Gefühle auszudrücken, ihr zu sagen, wie sehr er sie vermisst hatte, dass er sich ohne sie wie ein halber Mensch gefühlt habe. Und sie war so sehr in Gedanken versunken, dass sie ihm seltsam abwesend vorkam. Ihre Schweigsamkeit hemmte ihn zusätzlich. Obwohl sie sich physisch so nah waren und trotz ihrer gegenseitigen Zuneigung war beiden schleierhaft, was dem anderen in diesem Moment durch den Kopf ging.

Ich hatte an diesem Abend ebenfalls eine Verabredung. Meine Mutter hatte wie versprochen den Kontakt mit dem Enkel ihrer Bekannten aus der Kirchengemeinde hergestellt, der als Volontär an einer archäologischen Ausgrabung in Südamerika teilgenommen hatte. Sein Name war Ricky Wendon, und er war ein stämmiger junger Mann mit dichtem schwarzem Haar, einem lässigen Lächeln auf den Lippen und Trauerrändern unter den Nägeln. Voller Enthusiasmus erzählte er von seinem Abenteuer in Chile. Er hatte sein Studium um ein weiteres Jahr verschoben und wollte im September wieder nach Südamerika fliegen und seine Arbeit an der Ausgrabung fortsetzen. Ob ich nicht Lust hätte mitzukommen, fragte er, als wäre es das Normalste der Welt. Das Ausgrabungsteam sei in den letzten Monaten unterbesetzt gewesen, da eine Gruppe schwedischer Volontäre nach Stockholm zurückgekehrt sei. Wir gingen zusammen ins *Smugglers' Rest*, wo Ricky auf einem Bierdeckel die Adresse der Organisation sowie den Ansprechpartner notierte, an den ich mich wenden sollte, um mich für die Teilnahme an der Ausgrabung zu bewerben. Ricky war nett, und ich konnte ungezwungen mit ihm plaudern. Sobald mein Glas leer war, bestellte er mir auch schon das nächste. Dass er sich weigerte, sich von mir ebenfalls einen Drink spendieren zu lassen, gefiel mir. Ich fand seine Art männlich und aufregend und fragte mich, ob ich ihn ermuntern sollte, mich zu küssen.

Ellen und Jago lagen im Gras, ungefähr an derselben Stelle, wo sie sich zum ersten Mal geliebt hatten. Der Mitsommermond schien milde am Himmel und sein silbrig blaues Licht hüllte sie ein. Ellen, die sich hellwach fühlte, fühlte sich wie eine Figur in einem Gemälde. Sie rief sich die Szene vor ihr geistiges Auge: das lange, fast schwarze Gras, das mit rosafarbenen, gelben und weißen Blumen gesprenkelt war; die Sterne, die am Nachthimmel funkelten; den Vollmond; im Hintergrund die Kirche und der Friedhof mit seinen Grabsteinen; und im Vordergrund die beiden jungen Menschen, bleich und nackt wie Adam und Eva. Ein Schauder durchrieselte sie, und Jago zog sie näher an sich. Sie spürte, wie sie an seinen kräftigen Körper gepresst wurde, und legte die Hand auf seinen Schenkel.

»Ich bin schwanger«, sagte sie flüsternd.

»Ich finde, Richard Wendon ist ein hervorragender Name, um einen archäologischen Fund danach zu benennen«, sagte ich.

Ricky, ein ernster junger Mann und nicht annähernd so betrunken wie ich, nickte, auch wenn ich glaube, dass er nicht den blassesten Schimmer hatte, wovon ich sprach. Seine Wangen waren gerötet.

»Ricardosaurus. Hört sich jedenfalls bei Weitem besser an als Hannahsaurus. Das klingt höchstens nach der Pointe eines schlechten Witzes.« Ich lachte.

»Bisher wurde noch nichts nach mir benannt. Um ehrlich zu sein, habe ich auch noch nichts gefunden, was dringend einen Namen bräuchte«, erklärte Ricky ein wenig pedantisch. »Meine Aufgabe besteht im Wesentlichen darin, Sand zu sieben und die Dinge, die zum Vorschein kommen, abzuwaschen. Meistens sind es nur Felsstücke. Außerdem habe ich im vergangenen Jahr Unmengen von Kaffee gekocht.«

»Aber immerhin warst du dabei. Du hast einen echten

Dinosaurier gesehen. An dem Ort, wo er gestorben ist. Was war das noch mal für ein Saurier?«

»Irgendein Iguanodon.«

»Genau. Stell dir vor, du bist einer der Ersten, die ihn nach all diesen Millionen von Jahren wieder gesehen und ...«

»Also eigentlich gab es zu der Zeit noch gar keine Menschen.«

»Das weiß ich auch! Aber wenn es welche gegeben hätte, hätten sie ihn lebend gesehen.« Ich schüttelte ehrfürchtig den Kopf.

»Also besonders viel zu sehen gibt es da gar nicht«, sagte Ricky. »Wenn man nicht wüsste, worum es sich handelt, würde einem gar nichts auffallen. Es ist nicht besonders eindrucksvoll.«

Ich hörte gar nicht richtig zu. Im Geiste erblickte ich ein grünes Jura-Wunderland, das von Dinosauriern durchquert wurde.

»Hätte ich dich doch bloß drei Wochen früher kennengelernt, Ricky, dann hätte ich deine Erzählungen in meiner Biologieklausur verwerten können. Das hätte mir bestimmt eine gute Note gebracht.«

Einen Moment lang dachte ich an die Abschlussprüfung. »Oder zumindest hätte ich die Prüfung bestanden.«

Die Kneipe war schummrig und verraucht. Alles wirkte irgendwie krumm. Die Dielen waren verzogen, die Wände schief, und die schmale Bank, auf der Ricky saß, war so abschüssig, dass er sich in die andere Richtung lehnen musste, um nicht umzukippen.

Der Holztisch wackelte. Ricky schüttelte eine Handvoll Erdnüsse aus der Packung und kippte sie in den Mund. Die Unterseite seines Kinns hatte einen Bartschatten. Ich fand das sexy. Auch sein Holzfällerhemd und die dunklen Härchen auf seinen Armen und die kleine weiße Narbe auf seinem Handrücken gefielen mir. Kurz hatte ich eine sexuelle Phantasie, die nichts mit Paläontologie zu tun hatte. Schockiert von meinen schmutzigen Gedanken, verdrängte ich sie sogleich wieder. Ich streckte die Hand aus und berührte den Stoff von Rickys Hemd.

Ricky lächelte. »Mach dir keine Sorgen wegen deiner Noten. Die sind für das Volontariat gar nicht so wichtig. Die Professoren legen mehr Wert auf Enthusiasmus und die richtige Einstellung als auf deine Abschlussnoten.«

»Also an der richtigen Einstellung mangelt es mir bestimmt nicht«, sagte ich. Ich hatte das Kinn in die Hand gestützt, doch plötzlich rutschte es herunter. »Ups«, sagte ich und kicherte.

Jago kniete ehrfürchtig neben Ellen, seine Hand lag auf ihrem Bauch. Er betrachtete sie im Mondschein. Obwohl ihr zum Weinen zumute war, lächelte sie tapfer.

»Wir werden also ein Baby bekommen?«

»Mm.«

»O Gott, das ist wunderbar. Es ist das Schönste, was mir je passiert ist. Abgesehen von dir, Ellen, natürlich.«

Er beugte sich hinab und küsste Ellens Bauch unterhalb ihres Bauchnabels. Ellen drehte den Kopf zur Seite und machte die Augen fest zu.

Auf dem Parkplatz des *Smuggler's Rest* küsste mich Ricky. Er presste die Lippen so fest auf meine, dass es wehtat und unsere Zähnen kurz zusammenstießen. Seine Zunge erkundete hartnäckig meinen Mund. Es war mein erster, richtiger leidenschaftlicher Kuss, und ich war aufgeregt. Ricky fuhr mit der Hand unter mein T-Shirt, und ich zog den Bauch ein. Seine Finger schoben sich unter meinen BH, und ich sog vor Überraschung und Entzücken die Luft ein, als er sanft meine Brust massierte. Inständig hoffte ich, er würde weitermachen.

Ellen und Jago hatten sich wieder angezogen. Sie kehrten über den Friedhof zurück, vorbei an den Gräbern der Seeleute. Jago war so glücklich, so von Freude erfüllt, dass ihm war, als schwebte er über dem Boden. Seine Sinne waren geschärft. Er nahm die Fledermäuse wahr, die vom Kirchturm herabstießen, und die Schreie der Nachtvögel. Er konnte sogar die Wellen hören, die in weiter Ferne an die Küste schlugen. Er wünschte, er wäre jetzt da draußen, an Deck der Eliza Jane, denn nur das Meer war groß genug, um sich mit seinem Glück zu messen. Ellen, die ein kleines Stück vor ihm ging, hatte den Kopf gesenkt.

»Mach dir keine Sorgen«, sagte Jago. Er legte ihr die Hand auf die Schulter. »Ich werde mich um dich kümmern. Um euch beide. Ich werde nicht zulassen, dass euch etwas zustößt. Alles wird gut …«

»Bist du sicher?«

»Natürlich! Wir haben doch uns, wir werden ein Baby bekommen und eine richtige Familie sein. Wir werden zusammen von hier weggehen. Schon morgen können wir …«

»Nein, nach meinem Geburtstag.«

»Gut, dann nach deinem Geburtstag, oder sobald du willst.«

»Wenn mein Vater herausfindet, dass ich schwanger bin …«

»Pscht, Liebling.« Jago hielt sie an der Schulter zurück, damit sie stehen blieb, drehte sie zu sich um. Nahm ihr geliebtes Gesicht in seine Hände.

»Wie soll er es denn herausfinden?«, fragte er. »Weiß es denn sonst noch jemand?«

Ellen schüttelte den Kopf. »Ich habe es nicht einmal Hannah erzählt.«

»Gut«, sagte Jago. »Lass uns vorsichtig sein. Dann kann nichts passieren. Bis zu deinem Geburtstag sind es nur noch wenige Wochen, nicht einmal mehr zwei Monate. Die werden wir auch noch überstehen.«

Wir waren in Rickys kleinem Wagen, und ich war erhitzt, berauscht und glücklich. Ich legte den Kopf in den Nacken und lachte. Ricky küsste mich noch einmal, dann löste er sich von mir, kletterte auf den Fahrersitz zurück und zog den Reißverschluss seiner Jeans hoch.

»Wow!« Er strich mir das Haar aus dem Gesicht. »Hannah, das war echt klasse!«

Ich lachte glücklich. Ich spürte mein Haar, das auf der Rückenlehne des Sitzes ausgebreitet lag, nahm meine Kleidungssstücke wahr, die unordentlich um mich herumlagen, und die angelaufenen Scheiben. Der Wagen stand in der hinteren Ecke des Parkplatzes an der Mauer und musste ganz schön geschaukelt haben, wie in einem Comedy-Sketch. Wenn uns jemand gesehen hatte?, fragte ich mich. Es war mir egal. Ich schämte mich nicht, sondern war einfach nur glücklich, glücklich, glücklich.

Ricky verknotete das gebrauchte Kondom am Ende. Auch das brachte mich zum Lachen.

»Kann ich es behalten?«, fragte ich. »Als Andenken!«

»Du verrücktes Huhn!«, sagte Ricky, kurbelte das Fenster herunter und schleuderte es mit einer gekonnten Bewegung in den Abfalleimer an der Mauer.

SIEBENUNDVIERZIG

Weil ich uns beide in Lebensgefahr gebracht hatte und wir dringend einen Drink brauchten, schafften John und ich es nicht mehr ins Haus der Kulturen. Stattdessen landeten wir in einer kleinen Hinterhofbar. John nahm seine Fliege ab und steckte sie in die Jacketttasche, und ich zog die Jacke an, die mir um die Schultern lag, und löste die Spange, sodass mir das Haar lose auf die Schultern fiel. Während John zum Tresen ging, suchte ich uns einen Platz. Er kehrte mit zwei Flaschen Bier zurück und stellte sie auf den Tisch. Dann setzte er sich mir gegenüber auf den Stuhl, sodass er mit den Knien den Tisch einrahmte.

»Gut«, sagte er. »Würdest du mir jetzt bitte erklären, was mit dir los ist, Hannah?«

»Ich weiß nicht.«

»Du hast gesagt, du hast deine Freundin gesehen, von der du mir erzählt hast, dass sie tot ist. Warum bist du dann über die Straße gerannt? Du wusstest doch, dass sie es nicht sein konnte! Hannah, das war, verdammt noch mal, äußerst gefährlich.«

»Tut mir leid. Ehrlich, John, ich habe einen Moment lang einfach nicht darüber nachgedacht, dass es nicht Ellen sein konnte. Weil wir kurz davor darüber gesprochen hatten, dass ich nach Magdeburg fahren will, war sie ohnehin in meinen Gedanken. Und als ich sie dann sah ... als ich dachte, sie wäre es, war alles andere wie weggewischt. Ich wollte nur noch zu ihr.«

»Du meine Güte«, sagte John. Er atmete langsam aus und fuhr sich mit der Hand durchs Haar.

»Du kannst das nicht verstehen ...«

»Nein, in der Tat.«

»Ellen und ich waren uns so nah« – ich sah versonnen zum Fenster –, »vielleicht zu nah.«

John seufzte. Er nahm einen Schluck aus der Flasche. »Willst du deswegen nach Magdeburg? Um einen Schlussstrich zu ziehen?«

»Vielleicht. Ich weiß es nicht.«

John sah auf sein Bier.

Als ich meines hochhob, blieb der Bierdeckel an der feuchten Flasche kleben; ich löste ihn und trank. Die Bar war gemütlich; mit den Werbespiegeln an der Wand, dem Servicepersonal in den grünen Schürzen, weißen Hemden und schwarzen Hosen und der blitzblanken Einrichtung wirkte sie wie in einem Werbespot für Deutschland. Die Goldlettern der Beschriftung auf den großen Glasfenstern warfen Schatten über den Tisch und Johns Hemd.

»Vielleicht ...«, begann er.

»Was?«

»Ich weiß auch nicht, Hannah. Diese Sache setzt dir offenbar ziemlich zu.«

Ich drehte den Ring an meinem Finger.

»Es wird sich wieder legen«, sagte ich und sah ihm ins Gesicht. Er war so geduldig mit mir, und ich hatte das Gefühl, ihm etwas schuldig zu sein. Ich musste wenigstens versuchen, ihm alles zu erklären. »Das war übrigens nicht das erste Mal, es ist mir schon mehrmals passiert.«

»Was denn?«

»Dass ich Ellen gesehen habe. Es ist schon einige Zeit her, da habe ich eine ähnliche Phase durchgemacht.«

»Oh.« John kratzte sich am Ohr. Erleichtert nahm ich zur Kenntnis, dass ihn mein Geständnis nicht aus der Ruhe brachte. »Aber du hast dich wieder davon erholt?«

»Ja. In den letzten Jahren ist es mir gut gegangen. Und ich werde es auch diesmal schaffen.«

»Hast du dir professionell helfen lassen? Das letzte Mal?«

»Mm.« Ich nickte. »Ich war in Therapie.«

»Und wie lautete die Diagnose?«

»Dass ich mich meinen Dämonen stellen muss, um sie hinter mir zu lassen.«

»Und was sind deine Dämonen? Ellens Tod?«

»Das ist einer davon, ja.«

»Nun«, sagte John. »Stille Wasser sind tief. Nie im Leben hätte ich dich für eine gequälte Seele gehalten.«

»Ist das gut oder schlecht?«

»Ich weiß nicht.«

Er lächelte. Ich dachte, wie einfach es mit John doch war, wie einfach es war, ehrlich zu ihm zu sein.

Wir tranken noch ein paar Bier, dann schlenderten wir durch das abendliche Berlin. Es war dunkel geworden. Ich ging barfuß und trug meine Sandaletten an den Riemchen. Der Bürgersteig fühlte sich staubig und warm unter meinen Füßen an. An einem Straßenstand kauften wir Apfelküchlein und lehnten uns an die Flussmauer, als wir sie aßen. Dabei sahen wir den vorbeifahrenden Booten zu, deren Lichter sich in dem dunkelvioletten Wasser spiegelten. Die Luft roch warm, brackig und nach Sommer.

»Leben noch Verwandte von Ellen in Magdeburg?«, fragte John, während wir aufs Wasser blickten. Eine einsame Möwe segelte am spätabendlichen Himmel.

»Keine Ahnung.«

»Würde es dir helfen, wenn du mit ihnen reden könntest?«

»Vielleicht. Ellens Vater würde ich nicht gern wiedersehen, aber Ellens Tante, Karla hieß sie, schon. Vielleicht würde sie sich an mich erinnern.«

»Hast du sie gemocht?«

»Ja. Und auch Mrs Todd, die langjährige Haushälterin von Ellens Familie.«

»Ist sie auch nach Deutschland gezogen?«

»Ich glaube schon. Sie hat schon immer für die Brechts gearbeitet, sie waren für sie wie eine Familie.«

Ich aß den letzten Rest meines Apfelküchleins, knüllte die Papiertüte zusammen und betrachtete John in seinem feinen Abendanzug. Der Wind hatte sein Haar zerzaust, sodass es wieder so wirr wie immer war. Ein Bartschatten lag auf seinem Kinn.

»Früher hatte ich Angst vor Mrs Todd«, sagte ich. »Aber sie hat für Ellen getan, was sie konnte. Sie hat auch für sie bezahlt ...«

»Wofür?«

»Ach nichts.«

ACHTUNDVIERZIG

Ich war so glücklich wie noch nie. Mir war, als hätte ich mein altes Leben, das mich so sehr eingeengt hatte, abgestreift wie eine Libellenlarve ihre Hülle. Nichts von all dem, was zuvor geschehen war, schien noch eine Bedeutung zu haben. Ich war achtzehn, hatte einen Freund, der mich abends mit seinem Wagen abholte und mit mir nach Falmouth fuhr, um in einen Pub oder ins Kino zu gehen. Ich war mit der Schule fertig und hatte einen Plan für die Zukunft – einen guten Plan, wie ich fand. Kurz und gut, mein Leben war zum ersten Mal ziemlich perfekt.

Gewiss, ich dachte noch immer an Mr Brecht, aber er war jetzt nicht mehr so wichtig für mich. Mit einem Mal erschien es ermüdend, davon zu träumen, ihn zu heiraten und ihm den Weg zurück zum Glück zu weisen, im Vergleich zu dem Hochgefühl und dem Kitzel meines neuen Lebens im Hier und Jetzt, dem Spaß, den ich mit Ricky hatte.

Ich schrieb einen wohlüberlegten Brief an den Professor, der die chilenischen Ausgrabungen leitete, in dem ich mich um eine Volontärsstelle bewarb. Meinen Eltern hatte ich noch nichts gesagt, aber sie mussten etwas geahnt haben. Ich wusste, dass meine Mutter tun würde, als freute sie sich, in Wahrheit aber untröstlich wäre, wenn ich nach Südamerika ging. Sie hatte mich auf die Idee gebracht, aber wahrscheinlich nicht erwartet, dass ich sie in die Tat umsetzen würde. Noch immer sah sie in mir das stille, schüchterne Kind, das nie auf Abenteuer aus war. Wie erstaunt wäre sie gewesen, hätte sie gewusst, dass, wenn ich im Seagull Hotel staubsaugte, Papierkörbe leerte und klebrige Frühstückstische abwischte und dabei daran dachte, bald ein Flugzeug zu besteigen und den Atlantik zu überqueren, mein Herz schneller schlug. Oftmals musste ich innehalten und tief durchatmen, um mich wieder zu beruhigen, so aufgeregt war ich, wenn ich mir mein bevorstehendes Abenteuer ausmalte.

Ricky holte mich fast jeden Abend ab. Während ich neben ihm im Wagen saß, erzählten wir uns ausführlich, was wir erlebt hatten. Ich lachte über die Witze, die er zum Besten gab, auch wenn sie, im Nachhinein betrachtet, nicht besonders lustig und geistreich waren. Er nahm mich unentwegt auf den Arm, war lieb zu mir, wenngleich auch ein wenig gönnerhaft, und sorgte dafür, dass es mir gut ging. Ich hatte keine Ahnung, dass es möglich war, sich so glücklich zu fühlen. Noch nie hatte ich so viel Energie und das Gefühl in mir gespürt, alles erreichen zu können, als stehe mir die Welt offen.

Gemeinsam gingen wir in ein Reisebüro in Falmouth, wo wir uns nach einem billigen Flug nach Chile erkundigten. Die Angestellte fragte nach unseren Reiseplänen, und als wir von der Ausgrabung erzählten, sagte sie, sie wünschte, sie hätte ebenfalls ein solches Abenteuer unternommen, als sie jung war. Man meine immer, es wäre noch Zeit genug, solche Dinge zu tun, nur um eines Tages aufzuwachen und festzustellen, dass man verheiratet war und drei Kinder hatte, eine Hypothek auf dem Haus abbezahlen musste, man erschöpft von all den Belastungen war – kurz und gut, dass der Zug abgefahren war. Ricky und ich lächelten uns an. Wir waren insgeheim stolz, es nicht auf später aufzuschieben. Die Angestellte druckte eine Liste von möglichen Flügen aus und reichte sie mir. Aber auch der günstigste Flug war teurer, als ich erwartet hatte. Ich würde also jeden Penny sparen müssen, den ich bis zum September verdienen konnte, wenn ich zusammen mit Ricky an der Ausgrabung teilnehmen wollte.

Nach unserem Besuch im Reisebüro fuhren wir aufs Land, bogen in einen Feldweg ein, hielten vor dem Tor zu einem brachliegenden Acker an und hatten atemlosen, vergnügten Sex. Wir taten es bei jeder sich uns bietenden Gelegenheit und scherzten darüber, dass der kleine Fiat bestimmt bald neue Stoßdämpfer benötigen würde.

Ricky kam oft zum Tee zu uns nach Hause. Er bezauberte meine Eltern mit seinem Charme und langweilte sie vielleicht auch ein wenig mit seiner aufrichtigen Begeisterung für seine Arbeit und seinen detailreichen Schilderungen von Südamerika. Im Gegenzug war ich eines Sonntags bei Rickys Eltern zum Mittagessen eingeladen, und seine große, redegewandte Mutter und sein Vater, ein hohes Tier bei der Royal Air Force, beeindruckten mich und schüchterten mich ein. Nach dem mehrgängigen Mittagessen spielten wir mit Rickys jüngeren Geschwistern Monopoly, in einem Wohnzimmer von der

Größe eines Tennisplatzes. Im Geiste hängte ich ein Hochzeitsfoto von mir und Ricky zwischen die vielen Familienporträts, die die Wände schmückten. Und jeden Freitagnachmittag begab ich mich zum Postamt, um meinen Wochenlohn auf mein Bankkonto einzuzahlen.

Ich war so mit Ricky und meinem neu gefundenen Glück beschäftigt, dass neben meiner Arbeit keine Zeit mehr für Ellen blieb. Tante Karla war noch immer in Thornfield House und sah nach dem Rechten. Ich beruhigte mein schlechtes Gewissen darüber, dass ich meine Freundin vernachlässigte, indem ich mir sagte, dass es keinen Grund zur Sorge gab, solange Karla da war und Peter Brecht im Auge behielt. Jago machte so viele Überstunden wie möglich, um ebenfalls Geld zu sparen, vor allem jetzt, da er bald eine Familie zu ernähren hatte. Deswegen hatte auch er wenig Zeit, sich mit Ellen zu treffen. Und so kam es, dass sie eine Zeit lang auf sich gestellt war.

Zwei Mal kam sie zu mir nach Hause, aber beide Male war ich ausgegangen. Wenn ich damals bloß für sie da gewesen wäre ... Wenn ich wachsamer gewesen wäre ... Aber ich kümmerte mich nicht um sie. Und bemerkte nichts.

Der Morgen, als das Unglück seinen Lauf nahm, begann vielversprechend. Ich war allein zu Hause, frühstückte Toast mit Honig und hörte Radio. Das Kommen des Briefträgers veranlasste Trixie wie immer zu wütendem Gebell. Als ich die Haustür öffnete, lag auf der Fußmatte mit der Aufschrift »Willkommen« ein blauer Luftpostbrief. Überrascht sah ich Trixie an, die hechelnd zurückzugrinsen schien. Ich hob den Brief auf und rannte damit in mein Zimmer. Trixie folgte mir auf den Fersen. Ich machte die Tür hinter uns zu, setzte mich mit dem Rücken zur Wand auf den Boden und hielt den Brief an die Brust. Mein Herz schlug mir bis zum Hals.

Dann ritzte ich das Kuvert mit dem Daumennagel auf, entfaltete das Blatt und las. Das Schreiben war kurz und sachlich. Bei der Ausgrabung gab es eine freie Volontärsstelle, und man freue sich, wenn ich zu dem Team stoßen wolle.

»Sie nehmen mich. Sie nehmen mich!«, rief ich.

Als ich mich neben Trixie kniete und ihren Kopf mit Küssen bedeckte, wedelte sie mit ihrem Stummelschwanz.

Ich las den Brief an die zwanzig Mal, bis ich ihn auswendig kannte, dann faltete ich ihn sorgfältig zusammen, steckte ihn in die Tasche meiner Shorts und ging wieder hinunter. Nun würde sich auch in meinem Leben mal etwas Außergewöhnliches ereignen. Endlich konnte ich Ellen auch mal aufregende Neuigkeiten erzählen! Zuerst auf dem einen Bein balancierend, dann auf dem anderen, zog ich eilig meine Schuhe an, holte das Fahrrad aus dem Schuppen und strampelte im getupften Schatten der Baumkronen den Hügel hinauf. Die Aufregung verlieh mir Kraft in den Beinen. Mit den Händen stemmte ich mich auf den Lenker und trat im Stehen in die Pedale. Ich wusste, meine Tage hier waren gezählt. Nicht mehr lange würde ich das Rauschen des Baches hören, Wildblumen an den Hecken pflücken und zusehen, wie die preisgekrönten Kühe der Williams mit ihrem sanftmütigen Wesen von der Weide zu den Melkständen trotteten und die Straße mit Kuhfladen übersäten.

Als ich in Thornfield House ankam, lehnte ich das Fahrrad an die Mauer und hüpfte beschwingt zur Haustür. Ich klingelte und wartete darauf, dass Tante Karla aufmachte. Ich brannte darauf, Ellen zu sehen, ihr die Neuigkeit zu erzählen, doch stattdessen öffnete Mrs Todd die Tür. Ein Blick in ihr Gesicht genügte mir, um zu wissen, dass etwas passiert war. Aber es war nicht nur ihre Miene, auch das Innere des Hauses machte einen düsteren Eindruck, es wirkte dunkler als sonst. Keine Musik spielte, alle Fenster waren geschlossen, nirgendwo war Tante Karla zu sehen, die normalerweise im Hintergrund fröhlich irgendetwas erledigte.

»Guten Morgen, Mrs Todd«, sagte ich. »Ist Ellen da?«

Mrs Todd öffnete den Mund, und ich fürchtete schon, sie wolle mich wieder fortschicken, schloss ihn dann aber wieder. Hinter ihr tauchte Ellen im Halbdunkel des Flurs auf. Sie trug ein langes weißes Nachthemd und sah aus wie ein Gespenst. Ihre Haar hing ihr strähnig um die schlaffen Schultern, ihre langen, schlanken Füße waren nackt, und ihre Augen lagen tief in den Höhlen, als habe sie sich die Seele aus dem Leib geweint. Sie hatte die Arme um den Körper geschlungen, als sei ihr kalt. Sie sah aus wie eine Gefängnisinsassin.

»Was ist passiert?«, fragte ich im Flüsterton. »O Gott, was ist denn los?«

Ich schob mich an Mrs Todd vorbei, die kaum merklich zurücktrat. Als ich auf Ellen zuschritt, hörte ich, wie die Tür leise geschlossen wurde. Ich zog sie in meine Arme. Steif wie eine Puppe ließ sie mich gewähren. Sie roch ungewaschen, aber ich meinte noch etwas anderes an ihr wahrzunehmen, einen leicht metallischen, milchigen Geruch. Ihr Haar an meiner Wange fühlte sich fettig an. Ich nahm sie an der Hand und führte sie in die Küche. Sie hinkte. Ich zog einen Stuhl heran und half ihr, sich an den Tisch zu setzen. Es war, als müsste ich ihre Hüfte und Knie beugen und sie förmlich auf den Stuhl drücken. Dann tat ich, was meine Mutter in dieser Situation auch getan hätte: Ich füllte den Wasserkessel und stellte ihn auf den Herd. Auf dem Tisch stand bereits eine volle Tasse Tee, auf dem sich eine dunkle Haut gebildet hatte. In der Küche war es dunkel und kalt, und es roch salzig nach Schinken, der in einer großen Kasserolle auf einer Herdplatte köchelte. Auf dem Fenstersims stand eine Vase mit verwelkenden Flockenblumen, Margeriten und gelbem Jakobskraut. Tante Karla musste sie dort hingestellt haben, denn Mrs Todd bevorzugte andere Blumen, und sie verströmten einen fauligen Geruch.

Einen flüchtigen Moment fragte ich mich, ob Peter Brecht gestorben war. Hatte er sich vielleicht umgebracht oder war bei einem Autounfall ums Leben gekommen? Nein, das war nicht möglich. Dann hätte Mrs Todd etwas gesagt. Mit Jago konnte auch nichts passiert sein, denn er war im Morgengrauen zur Arbeit gegangen. Er hatte gepfiffen, als er das Haus verließ, und ich hatte gehört, wie er die Tür seines Escorts zuschlug und den Motor anließ. Wenn ihm etwas zugestoßen wäre, hätte ich es vor Ellen erfahren.

»Wo ist Karla?«, fragte ich. »Ist ihr etwas passiert?«

»Sie ist nach Deutschland zurückgekehrt«, sagte Mrs Todd.

Ellen sah hoch. »Papa hat sie zurückgeschickt.«

»Oh.«

Ich nahm drei Becher von den Haken am Küchenregal und sah über die Schulter zu Ellen. Die Hände zwischen den Schenkeln saß sie nach vorn gebeugt da, das Haar fiel ihr vors Gesicht. Ihre Füße waren schmutzig. Mrs Todd stand im Türrahmen. Ich gab einen Löffel Kaffeepulver in jeden Becher und füllte sie, als der Kessel pfiff, mit kochendem Wasser auf. Dann nahm ich eine Milchflasche aus dem Kühlschrank und goss ein wenig davon in jeden der Becher. Ich stellte die Milch zurück, rührte drei gehäufte Kaffeelöffel Zucker in Ellens Becher und stellte ihn vor sie hin. Ellen bewegte sich nicht.

»Was ist passiert?«, fragte ich Mrs Todd.

Ellen sah abermals hoch und hielt den Zeigefinger an die Lippen.

»Sei leise, Papa ist oben«, sagte sie im Flüsterton.

Mrs Todd stand noch immer im Türrahmen, und weil das Licht im Flur so diffus war, konnte ich nur ihre Silhouette erkennen und wie sie die Lippen bewegte, nicht aber ihre Miene.

»Ellen hat sich in Schwierigkeiten gebracht«, sagte sie ruhig.

»Was für Schwierigkeiten?«, fragte ich sanft, setzte mich vor Ellen hin und nahm ihre Hände in meine. Ich drückte sie aufmunternd, aber sie zeigte keine Reaktion. Sie waren eiskalt und schlaff wie die einer Toten.

»Ich bin schwanger«, wisperte Ellen.

NEUNUNDVIERZIG

Als ich nachts in meinem Hotelzimmer lag, dachte ich an Mrs Todd. Ich rief mir ins Gedächtnis, wie treu ergeben sie den Brechts gewesen war, wie sie Ellen zuliebe nach dem Tod von Mrs Brecht bei der Familie geblieben war, wie sie immer versucht hatte, Ellen zu beschützen. Als Kind hatte ich Angst vor ihr gehabt, aber als Erwachsene hatte ich eine andere Sicht auf die Dinge und schämte mich, weil ich ihr nicht mehr Respekt entgegengebracht hatte.

In dieser Nacht wurde ich nicht von Albträumen verfolgt, aber die Reue nagte an mir. Ich dachte an die vielen Male, als Mrs Todd ohne großes Aufhebens eingegriffen hatte, wenn es in Thornfield House mal wieder Schwierigkeiten gab. Wie sie allein durch ihre leise Art, mit der sie ins Zimmer kam, die Spannung gemildert und wie sie Anne Brecht und deren Tochter beschützt hatte. Es musste mehr gewesen sein als die Loyalität einer Hausangestellten, die sie nach Annes Tod in Thornfield House gehalten hatte. Sie musste Ellen geliebt haben. Nur dass das damals keinem von uns bewusst gewesen war.

Am nächsten Morgen begab ich mich früh in den Frühstücksraum des Hotels hinunter und aß Brot und Obst, dann kehrte ich auf mein Zimmer zurück und rief meine Mutter an. Sie war überrascht und beunruhigt, als sie meine Stimme hörte. Sofort fürchtete sie, es sei etwas passiert, ich stecke in Schwierigkeiten oder sei krank. Ich versicherte ihr, dass alles in Ordnung sei, und erzählte ein bisschen von den üblichen Reiseerlebnissen, den ermüdenden Flughafenkontrollen und der Freundlichkeit der Deutschen, dann holte ich tief Luft und sagte: »Mum, weißt du zufällig, was aus Mrs Todd geworden ist?«

»Eine Weile hat sie bei ihrer Schwester gewohnt, dann ist sie nach Deutschland gezogen«, erwiderte meine Mutter. »Die Brechts haben ihr angeboten, in einem kleinen Haus auf ihrem Grundstück zu wohnen. Sie haben offensichtlich für ihren Lebensabend gesorgt.«

»Meinst du auf Schloss Marienburg? Dass sie dort gewohnt hat?«

»Ja, genau, so hieß es! Sie hat sich dort sehr wohl gefühlt. Jedes Jahr hat sie mir zu Weihnachten geschrieben, nur ein paar Zeilen auf einer Karte, und einmal hat sie mir sogar ein Foto vom Weihnachtsmarkt geschickt, das sah sehr idyllisch aus. Dein Vater und ich hatten eigentlich vor, einmal nach Deutschland zu reisen und sie zu besuchen, aber wir sind nie dazu gekommen.«

»Sie hat dir regelmäßig geschrieben?«

»Ja, vor ihrem Schlaganfall. Jetzt lebt sie in einem Pflegeheim.«

»Weißt du den Namen des Heims, Mum? Oder die Adresse? Ich dachte, dass ich mal bei ihr vorbeischauen könnte, da ich schon mal so nah bin.«

Meine Mutter war sich nicht sicher, ob das eine gute Idee war, aber ich versicherte ihr, dass ich der alten Dame nur ein paar Blumen bringen wollte. Ich erzählte meiner Mutter nicht, dass ich plötzlich das Bedürfnis hatte, Mrs Todd zu sagen, dass ich mittlerweile verstand, wie treu sie für die Familie gesorgt und dass sie Ellen sehr geholfen hatte. Auf gewisse Weise wollte ich wiedergutmachen, was ich als junges Mädchen versäumt hatte.

Meine Mutter bat mich kurz zu warten, um Adressbuch und Brille zu holen, und kam kurz darauf zurück. Sie diktierte mir den Namen und die Adresse des Pflegeheims, wobei sie jedes Wort buchstabierte. Ich dankte ihr und versprach, mich gleich nach meiner Rückkehr nach Bristol wieder zu melden. Dann ging ich über den Flur zu Johns Zimmer und klopfte an.

»Komm rein!«, rief er.

Er saß am Schreibtisch beim Fenster, trank Kaffee und las seine E-Mails. Als er mich erblickte, sprang er auf, um seinen Anzug wegzunehmen, den er über den zweiten Stuhl gelegt hatte. Ich setzte mich.

»Hast du gut geschlafen?«, fragte er.

»Ja, sehr gut. Und du?«

»Wie ein Stein.«

Ich lächelte. Allein mit John in einem Hotelzimmer zu sein, machte mich ein bisschen befangen. Es erschien mir zu intim. Ich bemühte mich, nicht auf das ungemachte Bett zu schauen, auf das zerknitterte Laken und die Boxershorts, die zusammengeknüllt neben dem Nachttisch lagen.

Ich räusperte mich. »Ich wollte dich fragen, ob ich kurz deinen Laptop benutzen kann, um nachzuschauen, wie ich am besten nach Magdeburg komme.«

»Natürlich.« Er machte mir Platz.

Als Erstes verschaffte ich mir über Google Maps eine Orientierung, wo Schloss Marienburg und das Pflegeheim lagen. Beides befand sich außerhalb der Stadt, wobei das Pflegeheim näher bei Berlin war. Während John mir einen Kaffee aufbrühte, informierte ich mich über die öffentlichen Verkehrsmittel, die in Frage kamen. Mir wurde klar, dass es nicht einfach sein würde.

»Und, bist du jetzt schlauer?«, fragte er.

»Es wird wohl auf ein Taxi hinauslaufen«, sagte ich.

John schaute mir über die Schulter. »Wohin genau willst du?«

»Ich habe dir doch von Mrs Todd, der Haushälterin der Brechts, erzählt. Sie hatte einen Schlaganfall und lebt jetzt in einem Pflegeheim außerhalb von Magdeburg. Ich würde sie gern besuchen und ihr Blumen bringen.«

»Und ist es problematisch, dorthin zu gelangen?«

»Schon, aber ...«

»Ich könnte dich begleiten«, sagte John. Er kratzte sich

am Kopf. »Wir könnten einen Wagen mieten. Das wäre das Einfachste.«

»Und was ist mit der Konferenz?«

»Heute Morgen steht nur ein Workshop über interaktiven-interpretativen Tourismus auf dem Programm. Nicht gerade ein Thema, das mich brennend interessiert.«

Ich atmete langsam aus. »Du sollst aber nicht wegen mir deine Zeit verschwenden, John. Du könntest sie anderweitig bestimmt besser nutzen.«

»Nein, keine Sorge. Wir könnten als Erstes diese Mrs Todd besuchen, dann essen wir in Magdeburg zu Mittag, machen einen Abstecher nach Schloss Marienburg und können rechtzeitig zur Abendveranstaltung zurück sein.«

»Aber warum willst du das tun, John?«

»Ich könnte bei dieser Gelegenheit ein bisschen was vom Land sehen. Lass es uns tun. Im Grunde ist eine Konferenz wie die andere, und ich habe schon einige mitgemacht, das kannst du mir glauben.«

Ich hatte jedoch das Gefühl, dass er mich nur beschwichtigen wollte, damit ich kein schlechtes Gewissen hatte. Ein Gefühl der Dankbarkeit wallte in mir auf.

»Danke«, sagte ich.

»Keine Ursache.« John lächelte. »Fühlt sich irgendwie nach einem Abenteuer an.«

FÜNFZIG

Ellens Worte waren so schockierend, dass ich einen Moment lang sprachlos war. Sie hielt den Kopf noch immer gesenkt und sah mich nicht an, aber sie musste meine Anspannung an meinen Händen gespürt haben. Ich fragte mich, warum sie mir nicht früher etwas gesagt hatte, doch dann wurde mir klar, dass sie sich wahrscheinlich überhaupt niemandem anvertraut hatte. Mrs Todd, die Ellens Wäsche erledigte und sich auch sonst um sie kümmerte, musste wohl selbst darauf gekommen sein, dass Ellen schwanger war. Und im Nachhinein erinnerte ich mich an eine Reihe von Anzeichen, die mich hätten stutzig machen müssen: Ellens Blässe, ihre Müdigkeit, die Tatsache, dass sie zugenommen hatte, dass sie in letzter Zeit so still gewesen war. Wäre ich öfter mit ihr zusammen gewesen, wäre es mir bestimmt aufgefallen.

Den Grund meines Besuchs hatte ich inzwischen völlig vergessen. Im Vergleich zu Ellens Situation waren meine Neuigkeiten völlig bedeutungslos.

»Ellen hat sich heimlich mit deinem Bruder getroffen«, sagte Mrs Todd in ruhigem Tonfall. »Offensichtlich waren sie nicht besonders vorsichtig.«

Ich sah sie an. Ihr Gesicht lag noch immer im Halbdunkel des Flurs.

»Kann ich bitte allein mit Ellen sprechen, Mrs Todd?«

»Dafür ist wohl keine Zeit. Mr Brecht kann jeden Augenblick herunterkommen. Er darf auf keinen Fall …«

»Er darf es nicht wissen«, sagte Ellen flüsternd. »Er wird Jago umbringen, wenn er es herausfindet.«

»Ellen braucht deine Hilfe«, sagte Mrs Todd.

»Was sollen wir denn jetzt machen?«, fragte ich. Ich sah keinen Ausweg aus dieser Situation. Einen Moment lang war ich wütend auf Ellen. Wie hatte sie es nur so weit kommen lassen können? Und Jago genauso. Wie konnten sie nur so unverantwortlich sein? So unbedacht. So dumm. Wie konnte sie sich nur in solche Schwierigkeiten bringen, wo es in meinem Leben endlich mal so gut lief?

Mrs Todd seufzte. Sie trat in die Küche und stellte sich hinter Ellen. Nervös umfasste sie mit den Händen die Stuhllehne. Ich hatte Mrs Todd noch nie so unruhig erlebt, und das machte mich noch beklommener.

»Es ist noch nicht zu spät …« Mrs Todd zögerte, als wäge sie die Wahl ihrer Worte genau ab. »Was ich meine, ist, dass es noch immer eine Lösung für das Problem gibt.«

»Man kann das Problem loswerden«, wisperte Ellen, die den Kopf nach wie vor gesenkt hielt, aber den Blick hob und mich ansah. Sie war leichenblass, ihre Augen waren umschattet, und sie sah so gequält aus, dass es mir in der Seele wehtat.

»Mr Brecht darf es auf keinen Fall erfahren«, sagte Mrs Todd. »Deines Bruders wegen, Hannah, aber auch wegen Ellen.« Ein leiser, erstickter Laut drang aus ihrer

Kehle, und ich erinnerte mich wieder, dass es Mrs Todd gewesen war, die Ellen gefunden hatte, als sie sich über den blutenden Körper von Adam Tremlett beugte, der auf dem Holzboden im Salon lag. Sie hatte saubere Handtücher an dessen Wunde gepresst, um den Blutstrom einzudämmen, während sie auf den Krankenwagen warteten. Und zusammen mit meiner Mutter hatte Mrs Todd die Scherben aufgekehrt und das Blut von den Holzdielen gewischt. Niemand, abgesehen von Ellen, kannte Mr Brechts cholerisches Temperament und seine gewaltsame Ader besser als sie. Sie wusste, wozu er fähig war. Ein Schauer lief mir den Rücken hinunter. Ich sah von Mrs Todd zu Ellen. Und dachte an Jago.

»Mrs Todd hat recht«, sagte Ellen. Sie klang wie ein Roboter. »Wir müssen das Baby loswerden.«

Ellens Worte ließen mich zusammenzucken. Ich rief mir den Aufklärungsfilm ins Gedächtnis, der uns gezeigt worden war, um uns die Folgen von ungeschütztem Geschlechtsverkehr aufzuzeigen. Schnell schloss ich die Augen, um das Bild wieder zu vertreiben.

»Es gibt eine Privatklinik außerhalb von Truro, wo man keine großen Fragen stellt«, sagte Mrs Todd. »Das Geld werde ich irgendwie auftreiben.«

»Nein, es muss doch noch einen anderen Weg geben«, sagte ich leise.

Ellen hob den Blick. Sie schüttelte den Kopf. »Nein, gibt es nicht.«

»Was ist mit Jago? Weiß er von dem Baby?«

»Es ist noch kein Baby«, sagte Ellen.

»Mach dir wegen ihm keine Gedanken«, sagte Mrs Todd. »Du kannst ihm sagen, du hast es verloren. Eine Fehlgeburt. Das ist im Grunde nicht mal gelogen.«

»Nein, nein!« Plötzlich war ich furchtbar aufgeregt, als würden Mrs Todd und Ellen einen riesigen Felsbrocken auf mich zurollen, der immer schneller wurde. »Du darfst das nicht machen, ohne es ihm zu sagen. Du darfst ihn nicht belügen! Das darfst du nicht, Ellen, das ist nicht fair! Es ist genauso sein Baby wie deins.«

»Pscht!«, sagte Mrs Todd und warf einen bedeutungsvollen Blick zur Decke. »Wenn er dich hört …«

»Warum kannst du nicht einfach von hier weggehen«, sagte ich zu Ellen.

»Du weißt, dass ich das nicht kann.«

Ellen beugte sich nach vorn und zog den Saum ihres Nachthemds hoch. Einer ihrer Knöchel war schlimm geschwollen und lila verfärbt, und die dünne Haut spannte sich darüber, als könnte sie jeden Moment platzen wie die einer überreifen Pflaume.

»Papa und Tante Karla hatten einen Streit«, sagte sie. »Tante Karla hat ihm gesagt, dass sie mich von hier wegbringt. Und ich wollte mit ihr gehen.«

»Und dann hat er dir das angetan?«

Ellen ließ den Saum wieder fallen.

»Er hat die Tür zugeschlagen und meinen Fuß eingeklemmt. Er hat mir das angetan, obwohl er mich liebt. Überleg mal, Hannah, was er Jago antun würde.«

EINUNDFÜNFZIG

Das Pflegeheim befand sich in einem Kloster außerhalb von Magdeburg und wurde von Ordensschwestern betrieben. Es lag inmitten eines wunderschönen Anwesens mit einem gepflegten Rasen und Schatten spendenden Bäumen, und die strahlende Sonne tat ein Übriges.

John und ich hatten an einem Blumenladen halt gemacht und einen Strauß orange- und rosafarbener Rosen mit Schleierkraut gekauft, der, hübsch eingewickelt, in meinem Schoß lag.

Als ich das Gebäude erblickte, wusste ich, dass sich Mrs Todd hier bestimmt wohlfühlte. Die bogenförmige Eingangstür stand offen. Dahinter befand sich eine spärlich eingerichtete, aber dennoch elegante Lobby. John betätigte die kleine Handglocke auf dem Empfangstresen, und schon tauchte eine Nonne mit einem überaus freundlichen Gesicht und einer Brille mit dicken Gläsern auf. John hatte unseren Besuch telefonisch angekündigt. Während wir uns in das Gästebuch eintrugen, wartete die Ordensschwester lächelnd und bedeutete uns dann, ihr zu folgen.

Unsere Absätze klapperten auf dem gefliesten Boden der Flure mit den hohen, gewölbten Decken. Die Wände waren weiß gestrichen, und eine Reihe schmaler Fenster sorgte für ausreichend Helligkeit. In der Mitte des Klosters befand sich eine Kapelle mit Buntglasfenstern, und das hereinfallende Licht malte farbige Muster auf den Boden.

Die Schwester führte uns in einen Seitenflügel. An einer Tür blieb sie stehen und klopfte kurz mit den Fingerknöcheln, ehe sie, ohne eine Antwort abzuwarten, die Klinke hinunterdrückte und sie öffnete. Eine winzige alte Frau saß in einem Sessel am Fenster. Ich brauchte einen Moment, um Mrs Todd in ihr zu erkennen. Sie war kleiner geworden, und ihre Haut war runzlig wie ein Apfel, der zu lange in einer Obstschale gelegen hatte. Sie hatte die Hände im Schoß, und ich sah, dass sie heftig zitterten. Offensichtlich litt sie an Parkinson. Wie früher trug sie auch jetzt schwarze Kleidung, und ihr Haar war wie damals zu einem Knoten geschlungen. Noch immer hing ihre Brille an einer Kordel um den Hals, obwohl sie sie jetzt nicht mehr benötigte.

Das Zimmer, eine ehemalige Nonnenzelle, war hell, luftig und sehr sauber. Abgesehen von dem Sessel war es mit einem schmalen hohen Bett, einem Kleiderschrank und einer Kommode möbliert. Das gerahmte Foto eines dunkelhaarigen Mädchens in einem weißen Kleid stand auf der Kommode neben einigen wenigen Nippessachen. An der Wand hing ein einfaches Holzkreuz.

Der Sessel stand so, dass Mrs Todd zum Fenster hinausblicken konnte. Sie war zu alt und hinfällig, um zu lesen oder zu stricken oder sich anderen Beschäftigungen zu widmen, denen sie früher mit Freude nachgegangen war. Als einziger möglicher Zeitvertreib war ihr noch geblieben, durch das vierteilige Sprossenfenster die Welt draußen zu beobachten. Ich fragte mich, ob das das Schicksal war, das einem unweigerlich bevorstand, wenn man ein hohes Alter erreichte: die Welt durch Fensterglas zu betrachten.

Eine andere Nonne, die uns zuvor den Blumenstrauß abgenommen hatte, kam zurück und stellte die Vase mit dem Strauß auf die Kommode neben das Foto mit dem kleinen Kind, sodass Mrs Todd die Rosen vom Bett aus sehen konnte. Die Schwester, die offenbar kein Englisch sprach, schnupperte an den Rosen und sah die alte Dame mit einem Lächeln an.

»Schön!«, sagte sie. »Sind sie nicht wunderschön, Frau Todd?«

»Ich brauche keine Blumen«, sagte Mrs Todd.

Da sie Deutsch sprach, verstand ich ihre Worte nicht, aber an dem freundlichen, entschuldigenden Blick, den die Nonne uns zuwarf, erfasste ich den Sinn. Sie bedeutete uns, dass Mrs Todd sehr schnell ermüdete und wir nicht allzu lange bleiben sollten. »Nicht länger als zehn Minuten!«, sagte sie auf Deutsch und hielt beide Hände in die Luft, um die Zahl zu verdeutlichen. Dann verließ sie mit raschelnden Röcken und leisen Schritten das Zimmer.

Abgesehen vom Bett gab es keine andere Sitzgelegenheit. Ich nahm in der Nähe von Mrs Todd auf der Bettkante Platz. John blieb an der Tür stehen

Ich rutschte noch ein bisschen näher zu der alten Frau

und beugte mich vor, wobei ich die Ellbogen auf die Knie stützte.

»Mrs Todd«, sagte ich. »Ich bin Hannah Brown. Ellen und ich waren Freundinnen, vielleicht erinnern Sie sich.«

Die alte Dame blinzelte.

Ich räusperte mich. »In der letzten Zeit musste ich sehr oft an Ellen denken«, fuhr ich fort. »Und an Sie, Mrs Todd. Wenn ich an Ellen denke, denke ich auch an Sie.«

»Ich hätte sie besser beschützen müssen«, sagte Mrs Todd. »Sie wollte die Blumen, aber er hat sie weggeworfen.«

»Wer wollte die Blumen, Mrs Todd?«

»Anne.«

Ich rief mir ins Gedächtnis, wie Mr Brecht die Blumen die Treppe hinabgeschleudert und Adam Tremlett sie unten wieder eingesammelt hatte.

»Ich habe ihrer Mutter versprochen, dass ich mich um sie kümmern werde, aber ich habe versagt. Ich habe ihn seinen Willen durchsetzen lassen, doch das war nicht das, was sie wollte. Ganz und gar nicht.«

Erschrocken bemerkte ich, dass sich eine Träne aus ihrem Augenwinkel löste und langsam die Wange hinabrollte. Ich nahm ein Taschentuch und wischte sie weg.

»Mrs Todd, Sie haben sich nichts vorzuwerfen. Sie haben immer gewissenhaft Ihre Pflicht getan. Deswegen bin ich hier. Ich bin gekommen, um Ihnen zu sagen, wie sehr ich – ebenso wie Ellen und ihre Mutter – Sie geschätzt habe«, erklärte ich. »Sie haben alles in Ihrer

Macht Stehende für die Brechts getan. Mehr wäre nicht möglich gewesen.«

John fragte mit sanfter Stimme von der Tür aus: »Wann haben Sie angefangen, für die Brechts zu arbeiten, Mrs Todd?«

»Als Mrs Withiel in anderen Umständen war.«

»Mrs Withiel war Ellens Großmutter«, erklärte ich.

»Dann kannten Sie Ellens Mutter also von Geburt an?«

»Noch bevor sie geboren wurde.«

Ohne den Kopf zu drehen, hob Mrs Todd die Hand und deutete auf das Foto auf der Kommode. »Das ist sie. Das ist meine Anne.«

John nahm die gerahmte Fotografie und reichte sie mir. Vorsichtig legte ich sie in meinen Schoß und betrachtete sie. Anne sah wie ein glückliches Kind aus. Sie war dünn und langbeinig, und ihr fehlten zwei Vorderzähne. Das Foto war im hinteren Garten von Thornfield House aufgenommen worden.

»Sie war ein hübsches Mädchen!«, sagte ich.

»Und hat nie Schwierigkeiten gemacht. Nicht ein einziges Mal. Sie war ein richtiger Schatz«, sagte Mrs Todd.

»Ich habe immer gespürt, dass Sie sich sehr nahe standen.«

»Die Withiels waren nette Leute. Sie liebten ihr Kind mehr als sich selbst. Und als sie dann angefangen hat, Klavier zu spielen …« Mrs Todd versagte die Stimme. Sie schüttelte den Kopf.

»Sie mochten es nicht, dass sie Klavier spielte, Mrs Todd?«

»Sie hat wie ein Engel gespielt. Sie wollten sie nicht wegschicken und haben deswegen Klavierlehrer ins Haus kommen lassen. Es war ja genügend Platz da, um sie unterzubringen. Es war ja so geräumig, Thornfield House. Die Lehrer haben sich die Klinke in die Hand gegeben, aber Anne war besser als sie alle.«

»Und als sie zwölf war, kam dann Peter Brecht?«, fragte ich.

Mrs Todd nickte. Ihre Hände zitterten, und sie war in ihrem Sessel ein wenig zusammengesackt. Ich überlegte, ob ich sie wieder aufrichten sollte, fürchtete aber, sie zu beschämen. Offensichtlich hatte die Erwähnung von Peter Brecht sie nervös gemacht. Sie leckte sich über die Lippen, und ihre Pupillen huschten hin und her.

»Er hatte sich in Europa bereits einen Namen gemacht. Es hieß, er sei ein Genie.«

Mrs Todd sah mich an, als versuchte sie, mir etwas klarzumachen, ohne es aussprechen zu müssen. Sie öffnete und schloss mehrmals die Lippen, während sie nach den richtigen Worten suchte. Schließlich gab sie auf, machte die Augen zu und lehnte den Kopf an das Kissen in ihrem Rücken.

»Tut mir leid«, sagte ich. »Ich wollte Sie nicht aufregen. Möchten Sie etwas trinken, Mrs Todd? Vielleicht eine Tasse Tee?«

»Wasser.«

»Ich gehe und hole welches«, sagte John. Er verließ das Zimmer und schloss leise die Tür. Ich hörte, wie sich seine Schritte auf dem Flur entfernten.

Ich rutschte noch ein wenig näher zu Mrs Todd, sodass sich unsere Knie beinahe berührten und ich den weißen Haarflaum auf ihrem Gesicht und den Puls an ihrer Halsschlagader sehen konnte. Insgeheim bat ich Gott um Verzeihung für meine nächste Frage, aber ich musste sie ihr stellen.

»Sie haben Peter Brecht nie gemocht, nicht wahr, Mrs Todd?«

Die alte Dame bewegte kaum merklich den Kopf. »Er hat sie verdorben.«

»Aber er hat Anne doch geliebt! Er hätte sie doch nicht absichtlich verletzt?«

Sie schwieg. Ich wartete auf eine Antwort, aber Mrs Todd sagte nichts mehr. Ihre Augen waren unruhig, und obgleich ihr Gesicht ausdruckslos blieb, krampfte sie die Hände zusammen, als grämte sie sich.

»Er war siebenundzwanzig und sie vierzehn«, sagte sie schließlich. »Erst vierzehn.«

Ihre Worte waren frei von jeder Zweideutigkeit.

»Oh. Ich verstehe.«

Ich blickte durch eines der vier kleinen Quadrate des Sprossenfensters in den Garten hinaus. Zwei Nonnen jäteten Unkraut in einem Blumenbeet, und eine dritte ging sehr langsam mit einer alten Frau spazieren. Mir fiel auf, dass die Nonnen immer lächelten. Das ist ein guter Ort, dachte ich. So offen und hell und schön. Das pure Gegenteil zu Thornfield House mit all seinen Geheimnissen und Sünden.

Fragen über Fragen türmten sich auf. Ich hatte immer

geglaubt, die Familie Brecht zu kennen, alles über sie zu wissen, aber nun stellte sich heraus, dass ich gar nichts wusste.

Ich erinnerte mich daran, wie ich der alten Dame zugewinkt hatte, die am Fenster von Thornfield House stand und herausschaute. Annes einsamer Mutter. Und ich rief mir ins Gedächtnis, was sie gesagt hatte: dass der Teufel ihr die Tochter weggenommen habe.

»Mr und Mrs Withiel haben es zu spät bemerkt«, sagte Mrs Todd. »Es war nicht Annes Schuld. Sie war ja noch ein Kind. Sie dachte, sie liebt ihn.«

Ich errötete. Ich erinnerte mich, dass auch ich in Peter Brecht verliebt gewesen war. Wie ich mich von ihm hatte verführen lassen, dass ich an ihn geglaubt hatte, dass ich ihn begehrt hatte. Ich sah auf meine Hände hinab, auf meine ringlosen Finger mit den abgekauten Nägeln, und dachte, dass mein ganzes Leben damals von meiner hilflosen blinden Leidenschaft für Mr Brecht bestimmt gewesen war.

»Dann ist er also mit ihr nach Magdeburg zurückgekehrt?«, fragte ich ruhig.

»Ja.«

»Und Sie sind mit ihnen gegangen?«

»Ich hatte Mrs Withiel versprochen, mich um Anne zu kümmern. Ich hatte es ihr versprochen.«

»Oh, Mrs Todd, aber das haben Sie ja auch!« Ich umfasste ihre Hand mit meinen beiden Händen. Sie war leicht und fast so zart wie eine Feder. »Sie waren wunderbar zu ihnen allen.«

Die Tür ging auf. Ich hatte keine Schritte auf dem Flur gehört. Als ich den Kopf drehte, erblickte ich John, der mit einem Tablett hereinkam. Darauf standen ein Krug mit Wasser und ein Glas, ein Schälchen mit drei Tabletten, ein Teller mit Brot, Aufschnitt und Essiggurken. Die junge Nonne trat hinter ihm ins Zimmer.

»Zehn Minuten hatten wir gesagt!« Sie tippte auf ihre Uhr. Dann schüttelte sie den Kopf und wedelte mit gespieltem Ernst mit dem Finger.

»Tut mir leid«, sagte ich.

Ich wäre so gern noch ein wenig geblieben. Als ich mich wieder zu Mrs Todd umwandte, starrte sie zum Fenster hinaus. Ich beugte mich zu ihr und küsste sie ganz zart auf die Wange. Sie hob die Hand und berührte mein Gesicht.

»Sie haben getan, was Sie konnten, Mrs Todd«, sagte ich. »Sie waren wie ein Schutzengel für Anne und Ellen. Sie waren wunderbar.«

»Ich habe nie jemandem von dem Baby erzählt«, sagte sie. »Niemandem.«

»Das weiß ich.«

»Niemand weiß, dass dein Bruder der Vater war.«

»Ich weiß.«

»Du warst ein gutes Mädchen, Hannah«, wisperte Mrs Todd so leise, dass weder John noch die Nonne sie hören konnten. »Du warst Ellen eine gute Freundin.«

Aber das stimmte nicht. In Wahrheit hätte ich ihr keine schlechtere Freundin sein können.

ZWEIUNDFÜNFZIG

Als mein Vater von der Nachtschicht nach Hause kam, sah er mich die Straße hinaufradeln. Es war noch früh am Morgen, ungefähr halb sechs, und noch kühl. Mein Atem bildete weiße Wölkchen in der Luft. Ich war so in Gedanken versunken, dass ich seinen alten Van gar nicht wahrnahm. Er stellte den Wagen vor dem Haus ab und folgte mir dann zu Fuß die Straße hinauf. Ich hielt an der Kirche an, lehnte das Fahrrad an die Mauer und betrat durch das Tor den Friedhof und dann die Kirche.

Dad fand mich im kühlen Dunkel der Kirche in einer der hinteren Bänke. Da ich trotz der Überzeugungsversuche meiner Eltern noch nie eine eifrige Kirchgängerin gewesen war, wusste er, dass etwas nicht stimmte. Er setzte sich neben mich und schwieg eine Weile, bis er sich schließlich räusperte und mir ungeschickt die Schulter tätschelte. Auf seine mir so vertraute Art, in seinem marineblauen Pullover, nach Menthol riechend, ein bärtiger Seebär.

Schließlich sagte er in kumpelhaftem Ton: »Kommt ein Pferd in eine Bar, und der Barmann fragt: Warum machst du so ein langes Gesicht?«

»Ich gehe nach Chile, Dad«, sagte ich. »Ich werde an einer Fossilienausgrabung teilnehmen.«

»Gut.«

»Gut?«

»Ja. Es wird dir guttun, mal von hier wegzukommen.«

»Das heißt, es macht dir nichts aus?«

»Natürlich macht es mir was aus, aber was wär ich denn für ein Vater, wenn ich dir bei so einer Chance einen Knüppel zwischen die Beine werfen würde?«

In diesem Moment hätte ich meinen Vater gern umarmt, aber so etwas tat man in meiner Familie nicht. Also saß ich einfach nur da und blickte auf meine Knie und die staubbedeckte Bank vor mir.

»Du fürchtest wohl, es deiner Mutter zu erzählen?«

»Ein bisschen schon.«

»Sie wird damit klarkommen. Vielleicht wird sie ein Tränchen verdrücken, aber sie wird sehr stolz auf dich sein, Hannah. Du solltest sie mal bei den Kirchenveranstaltungen erleben, da heißt es immerzu Hannah hier und Hannah da. Ich bin sicher, unsere Gemeinde kann bald nicht mehr hören, wie wunderbar du bist.«

Ich rang mir ein Lächeln ab.

»Komm schon«, sagte mein Vater. »Komm mit nach Hause, dann mache ich dir ein ordentliches Frühstück. Zwei Eier. Blutwurst.«

Ich schüttelte den Kopf. »Danke, Dad, aber ich werde bei Ellen frühstücken.«

Dad stellte keine weiteren Fragen. Er lächelte nur. »Schön.«

Er tätschelte mir den Rücken und bot mir eine Fruchtpastille aus der Packung an, die er immer in seiner Hosentasche hatte. Ich nahm sie und steckte sie in den Mund, obwohl sie warm war und Fussel daran klebten. Als ich bei Ellen ankam, haftete der geleeartige Klumpen noch immer an meinem Gaumen.

Die Klinik befand sich in einem großen Backsteingebäude mit symmetrischer Fassade inmitten eines Landschaftsgartens. Von außen hätte niemand vermutet, was innerhalb dieser Mauern vor sich ging. Mrs Todd schritt voraus, und mir tat es in der Seele weh zu sehen, wie fehl am Platze sie mit ihrem Kopftuch und dem altmodischen Mantel wirkte. Ellen und ich folgten ihr Hand in Hand. Ellen hatte sich schick gemacht. Sie trug eines der Leinenkleider ihrer Mutter und Ballerinas. Sie hatte sogar eine Sonnenbrille auf – »wegen der Tränen, die später fließen werden«, hatte sie erklärt, und ich musste meinen Ärger herunterschlucken, weil sie sogar jetzt, in einer so ernsten Situation, die tragische Heldin mimen musste.

Ich trug die kleine Reisetasche, die Mrs Todd für Ellen gepackt und im Kofferraum des Wagens versteckt hatte. Die Henkel ihrer Handtasche umklammernd und mit erhobenem Kinn begab sich Mrs Todd zur Anmeldung. Auf dem Tresen stand eine große Vase mit Levkojen neben einer Schüssel mit in Papier gewickelten Pfefferminzbonbons.

Die Empfangsdame war beruhigenderweise in den mittleren Jahren und begrüßte uns strahlend. Sie lächelte zuerst Mrs Todd, dann Ellen und mich freundlich an.

»Ellen Brecht«, sagte Mrs Todd. »Sie ist hier wegen ... um ...«

»Ach ja, Ellen. Hier haben wir sie.« Sie deutete auf ihre Liste. Die Frau spähte über Mrs Todds Schulter. »Welche der jungen Damen ist ...«

»Ich«, sagte Ellen.

»Gut, meine Liebe. Wir müssen nur noch ein paar Formalitäten erledigen, dann kommt ein Arzt und wird sich mit Ihnen unterhalten. Sie brauchen sich keine Sorgen zu machen. Sie haben doch eine Tasche mit den Sachen für die Nacht dabei?«

»Ich werde Ellen heute Nachmittag wieder abholen«, erwiderte Mrs Todd.

»Nein, tut mir leid, aber wir müssen darauf bestehen, dass die Patientinnen über Nacht bleiben, um sicherzugehen, dass alles komplikationslos verläuft.«

»Ich habe das bereits mit jemand Verantwortlichem der Klinik besprochen«, sagte Mrs Todd. »Es ist alles geklärt.«

Eine Ärztin erschien. Sie nahm Ellen mit sich, um sie zu untersuchen. Mrs Todd und ich saßen unbehaglich im Wartebereich der Lobby. Ein Stapel teurer Hochglanzmagazine lag auf einem kleinen Glastisch in der Ecke des Raums. Aber ich hatte das Gefühl, dass es in Anbetracht der ernsten Situation unangebracht wäre, in einer Zeitschrift mit Gesellschaftsklatsch zu blättern. Stattdessen sah ich den hübschen knallbunten Fischen in dem großen in eine Wand eingelassenen Aquarium zu, die pfeilschnell zwischen den Pflanzen hin und her schossen.

Blass und mit tränengeröteten Augen kehrte Ellen zurück. Die Ärztin bat uns drei in ein Privatzimmer. Ellen setzte sich auf das Krankenhausbett. Sie sah aus wie zwölf. Ich setzte mich neben sie und kam mir mal wieder wie ihre Mutter vor. Mrs Todd blieb stehen.

Die Ärztin erklärte, dass Ellen in der vierzehnten Schwangerschaftswoche sei. Sie werde eine Vollnarkose bekommen, dann werde man eine Ausschabung der Gebärmutter vornehmen. Vorausgesetzt, es komme zu keiner Blutung oder anderen Komplikationen, würde man Ellen nach Hause entlassen, unter der Bedingung, dass sich jemand um sie kümmere und auf Anzeichen einer möglichen Infektion achte. Bei den Worten der Ärztin spürte ich, wie mir heiß wurde. Ich drückte Ellens kleine kühle Hand. Sie reagierte nicht.

Die Ärztin forderte Ellen auf, sich nun auszuziehen und ins Bett zu legen. Bald werde eine Schwester kommen, um sie für die Operation vorzubereiten. Sie fragte Mrs Todd, ob sie eine Tasse Tee wolle, was diese dankend ablehnte.

Als die Ärztin das Zimmer verlassen hatte, packte Mrs Todd Ellens Tasche aus. Ellen zog das Kleid aus und schlüpfte in das Nachthemd, während Mrs Todd das Kleid in den Schrank hängte.

»Ich muss jetzt zu deinem Vater zurück, Ellen«, sagte sie.

Ellen sah mich an.

»Ich bleibe hier, keine Sorge. Ich werde dich nicht alleinlassen, versprochen.«

Kurz nachdem Mrs Todd gegangen war, erschien eine Schwester und legte Ellen eine Infusionsnadel an den Handrücken.

»Bevor Sie sich's versehen, wird alles vorbei sein«, sagte die Schwester. »Aber beim nächsten Mal sollten Sie ein bisschen vorsichtiger sein, junge Frau.«

Ellen drehte das Gesicht zum Fenster.

Zwei Pfleger kamen herein, um Ellen auf ihrem Bett in den Operationssaal zu schieben. Es war noch früh am Morgen, ungefähr neun Uhr. Ich begleitete sie bis zum Fahrstuhl. Während wir darauf warteten, dass sich die Türen öffneten, beugte ich mich zu ihr hinab und küsste sie auf die Stirn.

Sie lächelte schläfrig. »Tut mir leid«, sagte sie.

Die Fahrstuhltüren gingen auf. Ich hielt Ellens Hand fest, bis sie mir entglitt, als sich ihr Krankenbett in Bewegung setzte.

Merkwürdigerweise verging der restliche Tag sehr schnell. Nachdem man Ellen in ihr Zimmer zurückgerollt hatte, schob ich einen Stuhl an ihr Bett. Während sie schlief und zwischendurch immer wieder kurz aufwachte, saß ich an ihrem Bett. Sie schien regelrecht gierig nach Schlaf, als könnte sie nicht genug davon bekommen. Mir wurde klar, dass sie in den vergangenen Tagen wahrscheinlich kaum geschlafen hatte. Schließlich streckte ich mich neben ihr auf dem Bett aus und legte den Arm um sie. Obwohl ich auf sie aufpassen hatte wollen, musste ich irgendwann selbst eingeschlafen sein. Es war warm im Zimmer, von draußen drang Vogelgezwitscher herein, und der Rhythmus von Ellens Atem wirkte einschläfernd.

Als eine Schwesternhelferin mit einem Essenswagen hereinkam, wachte ich auf. Sie stellte zwei Tabletts mit Hühnchenfrikassee, Erbsen und Kartoffelbrei auf den Tisch. Ellen war inzwischen ebenfalls erwacht, aber ihr Gesicht sah noch ganz zerknittert aus.

»Wie fühlst du dich?«, fragte ich sie, und Ellen rieb sich die Augen und gähnte. »Was ist mit Jago?«, fragte ich. »Wann willst du es ihm sagen?«

»Ich weiß noch nicht.«

Sie richtete sich auf und stemmte sich auf die Ellbogen. »Sag ihm bitte nichts, Hannah. Versprich es mir. Ich muss es ihm selbst beibringen.«

»Du willst ihm also die Wahrheit sagen?«

Sie nickte. »Ja, sobald der geeignete Zeitpunkt gekommen ist.«

Den restlichen Nachmittag lagen wir zusammen auf dem Bett und sahen fern, bis die Ärztin wiederkam, um Ellen zu untersuchen. Währenddessen begab ich mich in den Empfangsbereich und war erleichtert, dort Mrs Todd vorzufinden.

»Alles in Ordnung«, sagte ich. »Es ist vorbei, und es geht ihr gut.«

Mrs Todd schloss die Augen und bewegte in einem leisen Stoßgebet die Lippen. Ich hörte, wie sie sagte: »Gott, vergib mir.« Im selben Moment blickte ich zu der Glastür. Blass wie ein Gespenst schritt Ellen langsam darauf zu. Sie hatte die Ärmel ihrer Strickjacke bis zu den Fingern heruntergezogen, als friere sie. Sie streckte die Hand aus und schob die Tür auf.

»Nichts wie raus hier«, sagte sie.

DREIUNDFÜNFZIG

Nachdem wir das Pflegeheim verlassen hatten, gingen John und ich in ein kleines Café am Rand des Einkaufszentrums.

»Kanntest du die Geschichte von Ellens Eltern?«, fragte John, während er Zucker in seinen Cappuccino rührte. »Wie sie einander kennenlernten?«

»Einen Teil davon. Weißt du, all die Jahre über hab ich ihren Vater für den perfekten Mann gehalten. Er schien seiner Frau so treu ergeben zu sein.« Ich lachte bitter. »Ich war sogar in ihn verknallt. Hab davon geträumt, ihn später einmal zu heiraten.«

»Offensichtlich war er der Typ, der junge Frauen anzieht.«

»Nein, das war es nicht.« Ich rief mir in Erinnerung, wie er die Hand auf meine Taille gelegt hatte. Wie es sich angefühlt hatte. Wie er an jenem Abend in St Ives meinen Nacken geküsst hatte. Doch erneut drängte sich mir die Frage auf, ob ich mir das alles nicht nur einbildete. Bei der Erinnerung an die Socke in seinem Zimmer, die ich eingesteckt hatte, wallte Ärger in mir auf, weil ich ein so einfältiger, liebestrunkener Teenager gewesen war. »Er war nicht ... weißt du, er war nicht hinter jungen Mädchen her. Für ihn gab es nur Anne. Er war völlig besessen von ihr. Ellen hat immer gesagt, er sei verrückt, aber ich habe ihr nicht geglaubt. Ich habe es nicht erkannt.«

»Und wie denkst du jetzt darüber?«

»Ich glaube, sie hatte recht. Er war eifersüchtig, unsicher, besitzergreifend, paranoid. Und er konnte Menschen hervorragend manipulieren ... Er war so von seiner Liebe zu Anne erfüllt, dass es an Geisteskrankheit grenzte. Es muss ein Albtraum gewesen sein, mit ihm zu leben. Wahrscheinlich kam es ihm sogar gelegen, dass Anne so krank war, denn mit ihrer Behinderung konnte er sie besser kontrollieren.« Ich stieß ein leises, trauriges Lachen aus. »Jedenfalls glaubte er das. Aber Anne und Ellen verstanden es bestens, ihn auszutricksen. Anne hat ihn bis zum Schluss, bis zu dem Tag, an dem sie starb, an der Nase herumgeführt.«

»Ich habe noch nie verstanden, warum manche Menschen das Bedürfnis haben, denjenigen, den sie zu lieben vorgeben, zu kontrollieren.«

Ich sah ihn an. Er runzelte die Stirn und starrte auf sein Stück Sahnetorte hinab. Er hatte es in kleine Portionen zerteilt.

»Ich nehme an, es hat mit Vertrauen zu tun«, sagte ich vorsichtig. Ich beobachtete seine Miene. Bei dem Wort »Vertrauen« zuckte er kaum merklich zusammen.

»Aber ist es nicht so, Hannah, dass man den Menschen, den man liebt, vertreibt, wenn man sich zu sehr an ihn klammert? Wenn man ihm hingegen seine Freiheit lässt, wird der Partner bei einem bleiben, wenn ihm etwas daran liegt.«

»Und wenn nicht, wird er gehen.«

John nickte. Er spießte mit seiner Gabel ein Stück Kuchen auf und hielt es vor sich hin, als wollte er es untersuchen.

»John, vor ein paar Tagen habe ich in Bristol Charlotte und ...«

»Erzähl mir lieber noch ein bisschen von den Brechts.«

Ich ließ langsam den Atem entweichen. Er schob das Tortenstück in den Mund. Während der ganzen Unterhaltung hatte er mich noch kein einziges Mal angeschaut.

Ich holte tief Luft und begann dann in sachlichem Ton zu berichten, wie bei einer Nacherzählung in der Schule. »Mr Brecht hatte schreckliche Angst, seine Frau zu verlieren, sodass er sie wahrscheinlich damit von sich forttrieb. Wenn sie nicht gestorben wäre, hätte sie einen Weg gefunden, um ihn zu verlassen. Davon bin ich inzwischen überzeugt.«

»Und mit Ellen hat er das Gleiche versucht?«

»Bei ihr war die Sache komplizierter. Noch krankhafter, vertrackter irgendwie.«

Ich nahm einen Schluck Kaffee. »Was ihn bei Anne schließlich an den Rand des Wahnsinns getrieben hat, war sein Verdacht, dass sie den Mann liebte, der sich um den Garten kümmerte, Adam Tremlett.«

»Und, war es so?«

»Wahrscheinlich. Selbst an dem Tag, als sie starb, ist Mr Tremlett bei ihr gewesen, während Mr Brecht Ellen von der Schule abholte.«

Ich stellte die Tasse auf die Untertasse und rief mir zum wiederholten Mal in Erinnerung, wie Mr Brecht die Blumen die Treppe hinuntergeschleudert hatte. Wie ich zum Fenster hinausblickte und sah, dass Adam Tremlett am Tor stand und zu Annes Zimmer hinaufschaute und dass Peter Brecht Ellen nicht erlaubt hatte, eine andere Platte aufzulegen. Plötzlich meinte ich alles zu verstehen, und eine tiefe Traurigkeit ergriff mich.

Mit dem Löffel kratzte ich die letzten Reste meines Cappuccinos zusammen und führte ihn zum Mund.

»Nachdem Anne gestorben war, hat Mr Brecht in einem Wutanfall sämtliche Blumen im Garten abgeschnitten. So war er. Er konnte seine Eifersucht nicht beherrschen. Sie war mächtiger als alles andere. Krankhaft.«

Ein paar Augenblicke lang herrschte Schweigen. Die Sonne war herausgekommen und beschien den von Menschen bevölkerten Platz vor dem Café. Die Passanten strömten in verschiedene Richtungen, blieben hie und da stehen, um einen Blick in ein Schaufenster zu werfen oder sich mit jemandem zu unterhalten oder um an einem Stand Blumen oder Süßigkeiten zu kaufen. Irgendwo in der Nähe spielte ein Straßenmusiker Geige.

»Ellen und mein Bruder haben sich übrigens geliebt«, sagte ich. »Habe ich dir das schon erzählt?«

John schüttelte den Kopf.

»O ja. Obwohl Ellen das Beispiel der krankhaften Beziehung ihrer Eltern vor Augen hatte, war sie zu tiefer Liebe fähig. Sie hat Jago sehr geliebt.«

»Du bist plötzlich so wehmütig geworden, Hannah. Du liebst deinen Bruder auch, stimmt's?«

»Das dachte ich damals. Ich dachte, ich liebe ihn, aber ich war schrecklich selbstsüchtig, John.«

»Du warst doch noch so jung.«

»Das entschuldigt nicht alles.«

VIERUNDFÜNFZIG

Während Jago bei der Arbeit war, ging ich in sein Zimmer und durchstöberte sämtliche Schubladen. Schließlich fand ich eine braune Einkaufstüte. Darin befanden sich eine Packung mit drei winzigen Bodys und ein Paar Fäustlinge. Ich hielt die Babysachen an die Brust und starrte zum Fenster hinaus. Ich musste ihm sagen, dass es kein Baby geben würde. Aber wie, da ich doch nicht einmal von Ellens Schwangerschaft hätte wissen dürfen!

Noch nie war ich so wütend auf Ellen gewesen wie in diesem Moment. Ich hasste sie dafür, dass sie mich in eine Situation gebracht hatte, in der ich Jago belügen –

oder ihm zumindest die Wahrheit vorenthalten musste. Tag für Tag schleppte ich mein Wissen mit mir herum, während er völlig ahnungslos war. Auf ihn war ich ebenfalls wütend. Wütend, weil er so dumm gewesen war, es auf eine Schwangerschaft ankommen zu lassen, und wütend, weil er es mir verschwiegen hatte, sodass ich ihm nun nicht sagen konnte, was sie getan hatte, sondern mich zum Lügen gezwungen sah, nur weil er unehrlich zu mir war.

Ich empfand es als unfair, dass ich völlig unschuldig in dieses große Lügengebäude hineingetappt war, aus dem ich nun keinen Ausweg wusste. Es war zum Verzweifeln: Nun glaubte einer von uns dreien, er hätte neues Leben gezeugt, die andere hatte es ohne sein Wissen beendet, und die Dritte im Bunde wusste alles und war völlig machtlos.

Die Beziehung zwischen Jago und mir litt darunter. Ich vermied es, zusammen mit ihm in einem Raum zu sein, um ihm nicht ins Gesicht sehen und nicht so tun zu müssen, als wüsste ich nichts.

Wenn er nicht bei der Arbeit war, verbrachte Jago neuerdings viel Zeit im Schuppen im hinteren Garten. Er fertigte irgendetwas aus Holzresten an, die er auf dem Holzplatz in St Keverne ergattert hatte. Holzspäne bedeckten den Rasen vor dem Schuppen und glänzten im Sonnenlicht wie goldene Haarlocken. Ich hob einen hoch und zerdrückte ihn zwischen den Fingern. Eines Morgens betrat ich den Schuppen. Unter einer Plastikplane stand eine Wiege aus geschliffenem und poliertem Holz.

Ich fuhr mit den Fingern darüber. Das Holz war makellos glatt. Das Baby, für das die Wiege bestimmt war, sollte sich keinen Holzsplitter holen. Ich schaukelte die Wiege hin und her. Die Bewegung war völlig harmonisch, kein Quietschen und kein Ächzen waren zu hören. Es war ein wunderschönes handgefertigtes Möbelstück, und man merkte ihm an, dass Jago seine ganze Liebe für sein ungeborenes Kind hineingegeben hatte. In diesem Moment beschloss ich, ihm die Wahrheit zu sagen. Ich durfte nicht länger zulassen, dass er sich auf ein Kind freute, das nie zur Welt kommen würde. Es war nicht richtig.

Später, als Jago von der Arbeit zurück war, setzte ich mich mit dem Rücken an die Wand des Schuppens und blickte auf den kleinen ordentlichen Garten meines Vaters. Trixie, inzwischen alt und steif, humpelte zu mir und legte sich mit einem Seufzer neben mich. Die Sonne hatte ihr Fell aufgeheizt, sodass es sich heiß unter meinen Fingern anfühlte. Hinter mir im Schuppen hörte ich, wie Jago schon wieder an dem Holz feilte, schnitzte und polierte. Im Geiste legte ich mir die Worte zurecht, die ich ihm sagen wollte, und als ich das Gefühl hatte, gut genug vorbereitet zu sein, holte ich aus der Küche ein Glas Fruchtsaft und ging damit in den Schuppen, um es Jago zu bringen. Er nahm seine Schutzbrille ab und wischte sich den Schweiß von der Stirn. Dann griff er nach dem Glas und leerte es in einem Zug. Ich beobachtete, wie sich sein Adamsapfel beim Schlucken bewegte. Er ließ die Eisstücke am Grund des Glases klirren und fischte dann eines heraus und rieb sich damit übers Gesicht.

»Jago?«

»Hm?«

»Ellen hat mir gesagt ...«

»Was hat sie dir gesagt?«

Er blinzelte. Ein rötlich brauner Bartschatten bedeckte seine Kieferpartie, und an seinem Hals waren noch ein paar Akneflecken zu sehen. Von dem Eiswürfel tropfte Wasser auf sein Hemd. Zärtlichkeit überkam mich.

»Ach, nichts«, sagte ich.

In der Hoffnung, mit Ellen reden zu können, ging ich nach Thornfield House, aber wir waren keine Minute allein. Mr Brecht wollte mit uns über die Vorbereitungen der Party zu Ellens achtzehntem Geburtstag sprechen. Sie wollte keine Party, aber ihr Vater war besessen von der Idee. Er war geradezu manisch, fragte Ellen, welches Motto sie sich für die Party, welche Dekoration für das Haus und welches Essen sie sich wünsche. Ellen war es egal. Sie machte einen halbherzigen Versuch, ein Mindestmaß an Interesse zu zeigen, aber mich konnte sie nicht täuschen. Ich konnte mir auch nicht vorstellen, dass ihr Vater es ihr abnahm. Mr Brecht versuchte, mich vor seinen Karren zu spannen, aber ich hatte keine Lust mehr, sein Spiel mitzuspielen. Ich wollte mich nicht mehr auf seine Seite ziehen lassen. Während ich ihn beobachtete, wie er Ellen mit einem finsteren Blick bedachte, war es mir mit einem Mal schleierhaft, warum ich ihn bislang so großartig gefunden hatte. Im Vergleich zu Ricky war Mr Brecht alt. Er begann, an den Schläfen kahl zu werden, und seinen Dreitagebart und sein langes Haar fand ich lächerlich für einen Mann seines Alters. Der Zeige- und Mittelfinger seiner rechten Hand waren gelb vom Nikotin, und er war mir zu dünn, zu aufdringlich, zu verschroben.

Obwohl er so viel Aufhebens um die Party machte, wusste niemand, was er genau plante. Es kamen keine Pakete an, und es waren keine Einladungen verschickt worden, soweit Ellen wusste. Nichts erinnerte an die aufgeregte Atmosphäre und die Geschäftigkeit, die immer geherrscht hatten, wenn ihre Eltern zusammen ein Fest ausgerichtet hatten, damals, als alles noch gut war. Statt Vorfreude verspürte Ellen eine düstere Vorahnung. Gewiss lag es an der fieberhaften Anspannung, die sie an ihrem Vater wahrnahm und die, wie sie glaubte, erst wieder nachlassen würde, wenn ihr Geburtstag vorbei wäre.

Auch um ihre bevorstehende Erbschaft machte sie sich Sorgen. Es war lange her, dass ihre Mutter ihr davon erzählt hatte. Mehr als zwei Jahre waren seitdem vergangen, und Ellen konnte sich nicht mehr an die Details erinnern. Sie wusste nur, dass von ihrer Seite kein Handlungsbedarf bestand; es seien entsprechende Vorbereitungen getroffen worden, und der Anwalt werde ihr die Dokumente vorbeibringen, hatte ihre Mutter gesagt. Aber Ellen hatte rein gar nichts in der Hand, keinen Namen, keine Telefonnummer; sie kannte niemanden, den sie um Rat fragen oder der sie beruhigen konnte. Sie hatte bislang weder mit einem Anwalt noch mit irgendwelchen

Erbschaftsangelegenheiten zu tun gehabt. Sie hatte keinen blassen Schimmer, was sie erwartete.

Wann immer wir uns trafen, redete sie davon, aber ich blockte ab. Es interessierte mich nicht. Ihre bevorstehende Erbschaft zählte zu den Dingen an Ellen, die mich wütend und eifersüchtig machten. Was hatte sie getan, um in den Genuss eines Vermögens zu kommen? Warum passierten solche Dinge eigentlich immer nur Leuten wie Ellen, aber niemals Leuten wie mir? In Zeitschriften und Büchern las ich immer wieder solche Geschichten, aber im richtigen Leben hatte ich noch nie von jemandem gehört, der ohne eigenes Zutun zu Geld gekommen war.

Ich wusste, dass Jago nur das Baby und Ellen nur ihre Erbschaft im Sinn hatte, und ich wiederum war in jenem Sommer mit mir selbst beschäftigt und schenkte den beiden kaum Beachtung. Endlich hatte ich ein eigenes Leben, eines, das nichts mit ihnen zu tun hatte, weniger kompliziert und, zumindest in meiner Vorstellung, aufregender war.

Ich hatte immer weniger Lust, mich zu Hause aufzuhalten, wo ich dauernd mit Jago aneinandergeriet und meine Eltern ständig mit neuen Bedenken daherkamen: Mal machten sie sich Sorgen über die Kriminalität in Chile, dann wieder über die Hitze oder den Wassermangel, der dort herrschte. Ebenso wenig zog es mich nach Thornfield House, wo ich mir genau überlegen musste, was ich zu der neuerdings überaus empfindlichen Ellen sagte, und wo ich mir Mr Brechts Geschwätz über die

Geburtstagsparty anhören musste. Am glücklichsten war ich, wenn ich mit Ricky zusammen sein konnte. Wir schmiedeten gemeinsame Zukunftspläne oder hatten einfach nur Spaß, und vor allen Dingen musste ich mir mit ihm keine Sorgen machen.

Da ich nicht länger als stets bereitwillige Botin zur Verfügung stand, wurde die Kommunikation zwischen Jago und Ellen zu einem Problem. Eines Abends Anfang August, als die Sonne hinter der penibel geschnittenen Leyland-Zypressen-Hecke unterging, die unseren Garten von dem dahinterliegenden Acker abgrenzte, hörte ich Jagos Schritte auf der Treppe, und kurz darauf öffnete er die Tür meines Zimmers. Ich saß mit Trixie auf dem Bett und las. Er kam herein, ließ sich auf das untere Ende der Matratze plumpsen, sodass sie schwankte und ich ein wenig nach oben gehoben wurde, legte den Kopf in die Hände und sagte: »Ich gehe jetzt nach Thornfield House.«

»Das kannst du nicht.«

»Ich muss aber Ellen unbedingt sehen.«

Ich legte das Buch zur Seite. »Jago, das kannst du nicht machen. Wirklich, tu das nicht. Was, wenn ihr Vater dich hört? Was, wenn er mit dem Kaminhaken auf dich losgeht?«

»Das kann er nicht grundlos tun.«

»Wenn er dich mitten in der Nacht in seinem Haus antrifft, hat er einen Grund, im Übrigen ...« Ich sah auf meine Füße. »Jago, ich glaube, er weiß von dir und Ellen.«

»Nein, er weiß es nicht.«

»Vielleicht aber doch.«

»Woher sollte er es wissen?«

Ich zuckte mit den Schultern. »Vielleicht hat er euch zusammen gesehen.«

Jago schüttelte den Kopf. »Wie auch immer, ich muss heute Nacht nach Thornfield House. Ich muss unbedingt mit Ellen über unsere Abreise reden.«

Ich setzte mich aufrecht hin. »Was meinst du denn damit?«

»Ich habe alles genau durchdacht. Ihre Geburtstagsparty ist der perfekte Zeitpunkt, um uns aus dem Staub zu machen. Ihr Vater wird durch die Gäste abgelenkt sein. Er wird Ellen nicht die ganze Zeit beobachten können, nicht wenn so viele Leute da sind. Im Grunde muss sie nur zur Tür hinausschlüpfen, während er sich mit jemandem unterhält, und ich warte unten auf der Straße auf sie. Dann können wir direkt nach London zum Flughafen fahren.«

Er lächelte verlegen. »Ich habe zwei Tickets für den Frühflug nach New York gebucht. Meine ganzen Ersparnisse sind dafür draufgegangen. Aber bis dahin wird Ellen ja ihre Erbschaft bekommen haben, und wir können in der ersten Zeit davon leben. Wir werden bestimmt zurechtkommen.«

Der Plan klang gut, aber er gefiel mir dennoch nicht.

»Und ich?«, fragte ich.

»Gute Frage. Ich dachte, dass du uns bei Ellens Party den Rücken freihältst. Du könntest den Psycho im Auge behalten und ihn ablenken, sobald du den Eindruck hast, dass er nach Ellen sucht.«

So hatte ich meine Frage nicht gemeint. Meine Augen füllten sich mit Tränen, und ich kaute nervös an einem Fingernagel, aber Jago war zu aufgekratzt, um es zu bemerken.

»Ich muss sichergehen können, dass Ellen weiß, was sie zu tun hat«, fuhr er fort. »Deswegen muss ich sie treffen, um alles genau mit ihr durchzusprechen. Sie wird zum Beispiel keine Anziehsachen mitnehmen können. Das wäre zu riskant. Aber sie könnte doch von dir ein paar Sachen kriegen, nicht wahr, Hannah? Das würde dir doch nichts ausmachen?«

Ich wandte das Gesicht ab.

Da merkte Jago, dass etwas nicht stimmte. Er beugte sich zu mir und küsste mich auf die Stirn.

»Ach komm, Hannah, sei nicht traurig. Eines Tages werde ich mich bei dir revanchieren. Versprochen. Wir beide werden dir das nie vergessen.«

Wie hätte ich ihm sagen können, dass ich nicht nur meinetwegen weinte.

Am Abend wusch sich Jago geräuschvoll im Badezimmer. Als ich es später betrat, waren Boden und Fenstersims voller Wasserspritzer. Durch die halb offen stehende Tür sah ich, wie er sich mit dem Waschlappen das Gesicht und die Achselhöhlen wusch. Dann spülte er unter dem Wasserhahn sein wunderschönes kupferrotes Haar mit kaltem Wasser und schüttelte den Kopf wie ein Hund, der eben aus dem Wasser gestiegen ist. Mit einem Handtuch um die Schultern ging er in sein Zimmer, schloss die Tür und hörte Musik, bis unsere Eltern ins Bett gegangen waren. Um Mitternacht hörte ich ihn das Haus verlassen. Ich war krank vor Sorge um ihn, weil ich wusste, dass es nur eine winzige Kleinigkeit brauchte, und alles würde sich gegen ihn wenden. Ein Blick aus dem Fenster, ein kurzes Husten, eine knarrende Holzdiele, und Mr Brecht würde sie erwischen, und alles wäre zu Ende.

Ich konnte nicht schlafen.

Als Jago keine zwei Stunden, nachdem er das Haus verlassen hatte, wieder durch die Hintertür hereinkam, war ich noch immer wach. Ich schlüpfte aus dem Bett, schlich auf Zehenspitzen an der angelehnten Tür meiner Eltern vorbei und huschte, so schnell und leise ich konnte, nach unten. Jago saß in der Küche. Bis auf seine Jeans war er nackt. Er untersuchte seinen linken Arm und die Schulter, die von Schürf- und Schnittwunden übersät waren. Er sah schrecklich aus, als hätte man ihn durch eine Dornenhecke gezerrt. In seinem Haar hatten sich Blätter verfangen, und seine Jeans, Hände und Füße waren blutig und schmutzig.

»Was ist passiert, Jago?«, fragte ich. »Wo ist dein Hemd? Und deine Schuhe?«

Er sah nicht hoch.

»Der Psycho hat uns bemerkt.«

»O Gott!«

»Ich habe ihn kommen hören, bin aus dem Fenster gestiegen, konnte mich aber nicht festhalten und bin runtergefallen. Ich glaube …« Jago berührte eine tiefe Schramme an seinem Rücken und zuckte zusammen. »Ich glaub, er hat mich gesehen.«

»Meinst du, er hat dich erkannt?«

»Ich weiß nicht. Es war dunkel, aber der Bewegungsmelder hat das Außenlicht angehen lassen.«

»Ellen …«, sagte ich leise. »Was ist mit Ellen?«

»Er kann unmöglich wissen, dass ich bei ihr war. Wahrscheinlich denkt er, ich wollte einbrechen.«

»Was, wenn er die Polizei ruft? Komm, lass mich das machen.« Ich nahm Jago den feuchten Wattebausch aus der Hand und tupfte den Schmutz aus seiner Wunde am Rücken. Jago zuckte zusammen.

»Das hat er schon. Ich hab einen Umweg durch das Waldstück gemacht und gesehen, wie sich ein Streifenwagen auf der Straße genähert hat.«

Jago stöhnte. Ich tippte ihm leicht auf die Schulter, damit er sich zu mir drehte.

»Du hast dich ganz schön in Schwierigkeiten gebracht, Jago Cardell.«

»Es hätte schlimmer kommen können.«

»Schlimmer?«

»Er hat vom Fenster aus mit dem Gewehr auf mich gezielt.«

FÜNFUNDFÜNFZIG

John breitete die Straßenkarte auf dem Cafétisch aus und besah sich die Strecke zu Schloss Marienburg. Sobald wir unseren Mittagsimbiss eingenommen hatten, machten wir uns auf den Weg.

Die Fahrt an dem breiten Fluss entlang war wunderschön. Die Landschaft war grün und ebenso weitläufig wie in England, und vor uns breitete sich die Silhouette Magdeburgs mit seiner Mischung aus alter und neuer Architektur aus. Wir fanden auf Anhieb die Auffahrt zu Schloss Marienburg, aber es war ein Privatweg, dessen Zugang von einem wuchtigen schmiedeeisernen Tor versperrt war. Auf den beiden Steinsäulen links und rechts daneben saß jeweils ein steinerner Keiler, der drohend seine Hauer auf uns richtete. Bäume in vollem Blätterkleid versperrten uns die Sicht. John stieg aus und faltete auf dem Wagendach die Straßenkarte auf.

»Von da oben könnten wir vielleicht etwas sehen«, sagte er und deutete zu einem Aussichtspunkt, der auf der Karte eingezeichnet war.

Ich konnte ihm nicht folgen, vertraute aber auf seinen Orientierungssinn. John wendete und fuhr auf derselben Straße zurück, die wir gekommen waren, um auf einem Picknickplatz am Fuß des Schlosshügels zu parken.

Wir folgten einem breiten, bequemen Fußweg, über

den sich ein Dach aus großblättrigen Baumkronen wölbte. Eichhörnchen tummelten sich über unseren Köpfen, und Vogelgezwitscher begleitete uns auf dem sonnengesprenkelten Weg. Es war sehr idyllisch. Die Luft war frisch, und ein Gefühl von Frieden durchströmte mich, als hätte ich erst hierherkommen müssen, um es endlich zu finden.

John ging mit großen Schritten voran. »Ich muss sagen, das hier ist wesentlich besser, als in einem Konferenzraum herumzuhocken.«

Ich vermutete jedoch, dass er nur mein schlechtes Gewissen beruhigen wollte. Wahrscheinlich fragte er sich insgeheim, was er wohl verpasste und wie er seinen Kollegen seine Abwesenheit erklären sollte.

Auf dem weiteren Weg sprach er nicht mehr viel, und mir war es recht, da ich in meine Gedanken versunken war. Der Pfad wurde schmaler und steiler. Ich zog den Pullover aus und band ihn mir um die Hüfte. Mir war heiß, und ich bereute, das Haar nicht zusammengebunden zu haben. Ich fragte mich, ob Ellen als kleines Kind in diesem Wald gespielt hatte. Vermutlich. Anne Brecht war eine große Naturliebhaberin gewesen, bestimmt war sie mit Ellen in diesem Wald gewesen und hatte Picknick gemacht. Und war Ellen später, bei ihrem zweiten Aufenthalt, hier spazieren gegangen? Hatte sie da bereits gewusst, dass sie schwanger war? War sie allein durch den Wald gegangen? O Gott, wie einsam musste sie gewesen sein, ohne ihre Mutter und ohne Kontakt zu Jago, allein mit dem Geheimnis, das in ihrem Leib wuchs.

Wir waren auf der Hügelkuppe angekommen. Ich

stützte die Hände auf die Knie und beugte mich keuchend nach vorn. Meine Beine taten von der Anstrengung weh, aber es war ein gutes Gefühl.

»Hannah!«, rief John. »Komm und sieh dir das an!«

Ich folgte ihm zu einer Schneise zwischen den Bäumen. Eine aus einem Baumstamm gehauene Bank stand an einer Stelle, von wo aus sich einem ein herrlicher Blick auf das Tal bot. Und dort, etwas weiter unten am Hügelhang, lag das Schloss, eine weitläufige Anlage aus mehreren Gebäuden, umgeben von einem kleinen gepflegten Park, der in Felder und Wiesen überging.

Der Fluss schlängelte sich wie ein riesiges graugrünes Band hufeisenförmig um das Anwesen.

»Wow«, sagte ich. »Das ist wunderschön.«

»Ja, nicht schlecht.«

»Ellen hat immer gesagt ...« Ich ließ den Satz unbeendet, schließlich hatte ich ihren Erzählungen von ihrem Leben in Magdeburg nie so recht Glauben geschenkt. Das Schloss schien mir damals eher in den Bereich ihrer Phantasie zu gehören.

Das Haupthaus hatte drei Stockwerke, und die oberste Fensterreihe befand sich direkt unter dem roten Ziegeldach. Das Anwesen war groß, machte aber einen freundlichen, fast ein wenig planlosen Eindruck, als wären die Gebäude über die Jahre hinweg aufs Geratewohl und ohne allzu große ästhetische Überlegungen hinzugefügt worden. Während ich oben auf dem Hügel stand und hinabschaute, hatte ich ein Déjà-vu-Erlebnis. Mir war, als stünde Ellen schräg hinter mir und würde mit mir den

Anblick genießen. Mit der Hand stützte ich mich an einem Baum ab und starrte gebannt auf das Bild, das sich mir bot. Ich war mir sicher, dass Ellen einmal genau hier gestanden hatte, genau an derselben Stelle, neben diesem Baum. Das Gefühl war so stark, dass ich meinte, ich bräuchte nur die Hand auszustrecken und Ellen würde sie ergreifen. Ich vermisste sie. Ich vermisste sie von ganzem Herzen. Einen Augenblick lang war der Schmerz schier unerträglich.

»Hannah? Alles okay mit dir?«

»Ja, ja, es geht mir gut. Glaubst du, die Brechts leben noch immer hier?«

»Warum nicht. Es sei denn, sie sind in finanzielle Schwierigkeiten geraten. Ansonsten bleibt ein solcher Besitz normalerweise in der Familie.«

Ich setzte mich auf die Bank und versuchte, jede Einzelheit mit dem Blick zu erfassen. Im Park saß jemand auf einem Rasenmäher und mähte das Gras am Rand der Auffahrt. Man konnte das Dröhnen des Motors bis zu uns herauf hören. Mir war, als hörte ich auch Musik aus dem Haus, nur vereinzelte Fetzen hie und da, die der Wind herantrug. Vielleicht täuschte ich mich ja auch. Im Hof vor dem Schloss parkten mehrere Autos.

»Jemand kommt heraus«, sagte John.

»Wo?«

»Dort, an der Seite. Jemand geht in den Garten.«

Ich reckte den Hals und spähte angestrengt, dann sah ich es auch. Wir waren zu weit weg, um Einzelheiten zu erkennen, aber es war eine Frau. Sie war schlank und hatte dunkles, schulterlanges Haar. Alles an ihr war mir zutiefst vertraut.

Ich umklammerte Johns Arm.

»Was ist los?«

»Du siehst doch diese Frau, nicht wahr?«

»Natürlich.«

»Dann ist sie also real, und ich bilde es mir nicht ein?«

»Ich würde sagen, sie ist absolut real.«

Ich wandte ihm das Gesicht zu und sah ihn an.

»Das ist sie, John. Das ist Ellen Brecht.«

SECHSUNDFÜNFZIG

Nachdem ich kaum geschlafen hatte, wachte ich am nächsten Morgen schon bei Tagesanbruch auf. Mit einem bangen Gefühl wartete ich, bis es spät genug war, um nach Thornfield House zu radeln und Jagos Sachen zu holen.

»Was um Himmels willen ist heute Morgen mit euch beiden los?«, fragte Mum, die am Herd stand und Rühreier machte.

»Jago ist mit den Vögeln aufgestanden und aus dem Haus gestürzt, und nun zappelst du herum, als hättest du Hummeln im Hintern.«

»Ich will nachher zu Ellen gehen«, sagte ich. »Sehen, ob ich ihr noch was bei der Vorbereitung ihrer Party helfen kann.«

»Wann ist die Party?«

»Am Freitag.«

»Ach so.« Meine Mutter schabte das Rührei auf einen Toast und reichte mir den Teller. »Wer kommt denn alles zu dieser Party?«

»Ich glaube, vorwiegend Familienangehörige. Ich nehme an, dass ihre Verwandten aus Deutschland kommen.«

»Ja, gut möglich«, sagte Mum.

Ich hatte keinen Appetit, aber ich aß, damit meine Mutter Ruhe gab, und kaum war ich fertig, machte ich mich auf den Weg nach Thornfield House. Als ich die Türklingel drückte, schlug mir das Herz bis zum Hals. Mrs Todd machte auf. Ihr Gesicht war angespannt, ihre Miene ernst.

»Ellen ist im Garten«, sagte sie und trat zur Seite, um mich hereinzulassen. Seit dem Tag in der Klinik waren Mrs Todd und ich befangen, wenn wir uns begegneten, wie zwei Komplizen wider Willen, die ein Geheimnis teilten. Aber ich wusste, dass ihr ernstes Gesicht noch etwas anderem geschuldet war. Irgendetwas stimmte nicht.

Ich ging durch das Haus ins hintere Wohnzimmer und trat durch die Terrassentür in den Garten. Es war noch früh am Morgen und noch nicht warm, aber Ellen saß auf einem Stuhl unter der Trauerweide und las. Ihre Körperhaltung sagte mir, dass ihr ganz und gar nicht nach Lesen zumute war. Ihr Rücken war kerzengerade, ihre Schultern waren angespannt, alles an ihr wirkte eckig und steif. Ihr Vater saß neben ihr und putzte sein Gewehr. Als ich es sah, schrak ich zurück, doch dann fasste ich mir ein Herz und trat zu ihnen.

»Hallo!«

Mr Brecht sah hoch und ließ den Kopf wieder sinken, als hätte er mich nicht bemerkt.

Ich zog mir einen Stuhl heran und setzte mich neben Ellen. Sie atmete seltsam, es klang fast wie ein Keuchen.

»Alles okay?«, fragte ich leise. Sie nickte kaum merklich und blätterte eine Seite ihres Buchs um.

»Jemand hat gestern Nacht versucht, bei uns einzubrechen, Hannah«, sagte Mr Brecht. »Ist das nicht merkwürdig? Wir sind doch wahrlich vom Pech verfolgt, dass uns schon wieder ein Einbrecher ins Visier genommen hat, nicht wahr?«

»Ja, wie schrecklich!«, erwiderte ich. Die Worte hörten sich so falsch an; künstlich und alles andere als überzeugend.

»War es ein Dieb?«

»Ich weiß nicht«, sagte Mr Brecht. »Jedenfalls hat er versucht, etwas mitzunehmen, so viel steht fest.« Er lachte.

»Papa hat die Polizei gerufen«, ergänzte Ellen mit lauter, brüchiger Stimme. »Sie meinen, dass es ein Zufallseinbruch war. Ein Gauner, der an unserem Haus vorbeigegangen ist und mal sehen wollte, ob es bei uns was zu holen gibt.«

»Was hältst du davon, Hannah?«, fragte Mr Brecht und sah mich mit einem Lächeln an, als könnte er geradewegs in meine Seele blicken.

Er machte mir Angst, und ich wusste nicht, was ich sagen sollte. Bestimmt würde er merken, ob ich die Wahrheit sagte oder log, dessen war ich mir sicher.

»Ich ... ich weiß nicht.«

»Das Merkwürdigste aber war« – Mr Brecht stieß eine lange, dünne Bürste in den Lauf des Gewehrs und fuhr damit grimmig auf und ab –, »dass dieser zufällig vorbeigekommene Bursche nicht einmal ein Hemd trug. Findest du das nicht auch komisch, Hannah?«

»Es war warm gestern Nacht, Papa«, warf Ellen ein.

Mr Brecht zog ungläubig eine Augenbraue hoch, als hätte seiner Tochter keine absurdere Erklärung einfallen können. Wäre die Situation nicht so unheilsschwanger gewesen, hätte ich lachen müssen.

»Und keine Schuhe«, sagte er.

Plötzlich hatte ich das Bedürfnis zu schreien. Dieses Gefühl übermannte mich völlig unerwartet, und je mehr ich dagegen ankämpfte, desto mächtiger wurde es. Ich schlang die Arme um meine Taille und beugte mich nach vorn, um es zu unterdrücken.

»Ist dir schlecht, Hannah?«, fragte Mr Brecht. »Ellen, geh mit ihr hinein, und gib ihr ein Glas Wasser.«

Wir begaben uns nach oben und setzten uns auf Ellens Bett. In verzweifeltem Flüsterton berieten wir uns über die Ereignisse der vergangenen Nacht. Da ertönte mit einem Mal ein Knall, der durch die friedliche Morgenluft dröhnte und meine ohnehin angespannten Nerven zu zerreißen drohte. Das hässliche Geräusch echote wie ein Querschläger durch das Zimmer und hallte von den Wänden wider.

»O Gott, Ellen, was macht er bloß?«

»Er schießt auf Kaninchen.«

»Tötet er sie?«

Sie nickte. »Schießübungen.«

Ellen beugte sich über die Bettkante, langte unters Bett und brachte eine große Einkaufstüte zum Vorschein. Sie reichte sie mir. Ihr Gesicht war leichenblass vor Angst. »Das sind Jagos Sachen. Bring sie bitte von hier weg.«

»Hat Jago gestern Nacht die Gelegenheit gehabt, mit dir über seine Pläne zu reden? Weißt du, was du an deiner Party zu tun hast?«

Ellen nickte.

»Was bedrückt dich denn dann?«

Ellen machte ein finsteres Gesicht und schlang fröstelnd die Arme um sich.

»Mein Vater weiß etwas. Er lässt unentwegt irgendwelche Bemerkungen fallen.«

»Was für Bemerkungen?«

»Kleine hinterhältige Andeutungen.«

»Das ist doch normal bei ihm. Er hat schon immer versucht, dich aus der Reserve zu locken.«

»Ja, schon. Aber diesmal ist es anders. Ich weiß nicht, was er weiß, nur dass er etwas weiß.«

»Glaubst du, er hat Jago gestern Nacht erkannt?«

»Keine Ahnung!« Ellen biss sich auf die Unterlippe. Sie hatte noch immer die Arme um den Körper geschlungen und wiegte sich vor und zurück. »Was, wenn er es weiß, Hannah? Was, wenn er nur darauf gewartet und ihm aufgelauert hat? Was, wenn er gesehen hat, wie Jago aus meinem Fenster geklettert ist? Was, wenn er davor beobachtet hat, wie er in mein Zimmer gestiegen ist?«

»Das hat er sicher nicht«, sagte ich ohne allzu große Überzeugung.

Es war durchaus möglich. Ellen hatte recht. Mr Brecht war alles zuzutrauen. Ich stand auf und zog sie in meine Arme. Sie legte den Kopf auf meine Schulter. Wir blickten zum Fenster hinaus und sahen, wie Mr Brecht auf dem Feld jenseits der Straße das Gewehr anlegte und auf ein Kaninchen zielte.

»Ich hasse ihn«, sagte Ellen im Flüsterton.

»Du hast es ja bald geschafft.« Ich streichelte ihren Kopf. »Nur noch ein paar Tage, dann wirst du für immer frei sein. Alles wird gut, du wirst sehen.«

SIEBENUNDFÜNFZIG

In dem Moment, als ich Ellen erblickte, kam auf der Hügelkuppe ein leichter Wind auf. Er blies mir ein paar Haarsträhnen ins Gesicht. Es war ein zartes, tröstliches Gefühl, als wäre ich endlich dort, wo ich schon immer hätte sein sollen.

»Alles in Ordnung mit dir, Hannah?«, fragte John.

Ich nickte.

John saß auf der Bank neben mir. Er hatte die Ellbogen auf die Knie gestützt und drehte einen Zweig zwischen den Fingern.

»Ich kann es nicht glauben«, sagte ich. »Ich verstehe es nicht. Was meinst du, sollen wir jetzt tun?«

»Lass uns einfach noch eine Weile hier sitzen und überlegen.«

Die leichte Brise, die auf der Hügelkuppe wehte, kühlte mein Gesicht, und ich sah, wie sich auch ihr Haar weiter unten am Hügel im Wind bewegte. John und ich beobachteten, wie sie zwei Stühle in die Nähe des Springbrunnens auf die Terrasse zog. Sie ging ins Haus zurück und kam kurz darauf mit einem Strohhut auf dem Kopf und einem Buch in der Hand zurück. Eine Frau folgte ihr, sie war groß und hatte kurzes Haar. Ich war mir nicht sicher, aber ich meinte, Tante Karla in ihr zu erkennen. Die beiden Frauen schienen zu lachen. Kurz darauf kam eine dritte Person hinzu, die sich zu ihnen setzte, und die drei unterhielten sich.

»Sie wirkt glücklich«, sagte ich flüsternd. »Es scheint ihr gut zu gehen.«

Ich sah John an, und er lächelte mir zu. Er strich sich das Haar aus dem Gesicht.

»Hannah, du weißt, dass das nicht Ellen sein kann.«

»Aber sie ist es.«

Wieder richtete ich den Blick auf die Szene. Es war, als würde ich in eine andere Welt schauen, eine Welt, in der ein totes Mädchen lebendig sein konnte, wo sie in Sicherheit weiterleben konnte, ohne Gefahr zu laufen, verletzt zu werden. Ich fürchtete, Ellen würde verschwinden, wenn ich den Blick abwandte. Als könnte sie mich wieder verlassen, für immer diesmal.

Vielleicht mussten wir jetzt gar nichts weiter tun, dachte ich. Wir waren nach Magdeburg gekommen, ich hatte Ellen gesehen. Gott allein wusste, wie es sein konnte, aber sie war da, und nun, da ich wusste, dass sie da war, konnte ich sie vielleicht in Frieden lassen und in mein Leben zurückkehren und sie schließlich vergessen.

Aber das war mir nicht möglich.

»O John«, sagte ich. »Ich weiß nicht, wie ich es ertragen soll, wenn ich sie abermals verliere.«

Ich stand auf. Plötzlich wusste ich, was ich tun musste. Ich kehrte zu dem Pfad zurück und folgte ihm hinab. Meine Schritte wurden immer schneller, bis ich schließlich rannte.

»Mach langsam!«, rief John. »Warte auf mich.«

Ich wollte nicht auf ihn warten, wollte auf niemanden warten. Während ich lief und auf der trockenen Erde immer wieder ins Schlittern geriet und mit den Schuhen kleine Steine vor mir hertrat, spürte ich, wie all die Trauer, der Schmerz und die Einsamkeit von mir abfielen. Plötzlich waren all diese bedrückenden Gefühle verschwunden, wie durch ein Wunder, als hätten sie nie existiert. Die Zeitspanne zwischen dem Moment, da ich auf dem oberen Stockbett in dem Schuppen in Chile den Brief meiner Mutter gelesen hatte und jetzt, schrumpfte zusammen und löste sich in nichts auf. Ellen war dort, nur wenige Hundert Meter trennten uns. Das Unmögliche würde wahr werden. Ich würde sie wiedersehen.

Mir war die Chance gegeben worden, es diesmal richtig zu machen.

ACHTUNDFÜNFZIG

Es war der Tag von Ellens Party. Meine Mutter und ich gingen schon am Vormittag nach Thornfield House. Mrs Todd hatte Mum gebeten, das Haus zu putzen. Als wir ankamen, hatte sich Ellen bereits für ihren Termin mit dem Anwalt fertig gemacht, den sie erwartete. Sie trug einen Rock und ein T-Shirt, Schuhe mit halbhohen

Absätzen und hatte das Haar zurückgebunden. Im Haus herrschte hektische Betriebsamkeit. Ein paar Männer errichteten im Garten ein Zelt, in der Küche machten sich die Mitarbeiter eines Catering-Services zu schaffen, und Mrs Todd räumte einige wertvolle Gegenstände zur Seite.

Ellen war beunruhigt und aufgekratzt zugleich. Ihr graute vor der Party. Es graute ihr davor, die Stelle ihrer Mutter einnehmen und neben ihrem Vater stehen zu müssen, um die Gäste zu begrüßen. Gleichzeitig fieberte sie dem Eintreffen des Anwalts und ihrer Flucht entgegen. Diese Gefühlsmischung erschöpfte sie, und sie sah furchtbar aus; ihre Augen waren ängstlich geweitet, ihr Gesicht war zu einer Maske erstarrt. Sie sah wesentlich älter aus, als sie war. Ich machte mir Sorgen um sie. Sie war so nervös, dass ich fürchtete, sie würde mit ihrem Vater in Streit geraten oder etwas sagen, was ihren Fluchtplan gefährden könnte. Mit ihren flatternden Nerven war ihr alles zuzutrauen.

Mr Brecht strich rauchend ums Haus und rieb sich die Hände.

»Was ist denn heute Abend genau geplant?«, fragte Ellen.

Er lachte. »Du glaubst doch nicht im Ernst, dass ich dir das verrate, Schätzchen. Alles, was du wissen musst, ist, dass jede Menge Überraschungen auf dich warten! O ja.«

Ellen zog die Augenbrauen hoch. »Ich mag keine Überraschungen, Papa.«

»Aber das Leben ist voller Überraschungen, Ellen. Du

überraschst mich doch auch jeden Tag! Dein Erfindungsreichtum erstaunt mich immer wieder aufs Neue!«

Wir begaben uns in den Salon, wo Mum den Flügel polierte. Silberne Armleuchter waren im Raum verteilt, auf dem Boden lag ein neuer Läufer, der die Flecken von Adam Tremletts Blut verdeckte.

»Mir scheint, dein Vater will, dass du deinen Gästen heute Abend etwas vorspielst«, sagte meine Mutter lächelnd zu Ellen.

»Ja, wahrscheinlich.« Ellen klappte den Klaviaturdeckel auf und ließ die Finger über die Tasten gleiten. Dann klappte sie den Deckel seufzend wieder zu. »Haben Sie gehört, ob jemand etwas von meinen deutschen Verwandten gesagt hat, Mrs Brown? Wissen Sie, ob sie schon angekommen sind? Ich dachte eigentlich, meine Großeltern würden schon heute Vormittag vorbeischauen, um mich zu begrüßen. Wenigstens Tante Karla, hatte ich gehofft, würde mich besuchen.«

Mum richtete sich auf und drückte den Rücken durch, wobei sie die Hände ins Kreuz stemmte.

»Zu mir hat niemand etwas gesagt«, erwiderte sie. »Und Mrs Todd hat vielleicht die Anweisung, nichts zu verraten. Vielleicht gehört das zu der Überraschung, von der dein Vater gesprochen hat.«

»Vielleicht.« Ellen klang alles andere als überzeugt.

Zum hundertsten Mal ging sie nach draußen, um nachzusehen, ob der Anwalt schon da war. Jedes Mal, wenn sich ein Wagen auf der kleinen Straße näherte, hellte sich ihre Miene erwartungsvoll auf, nur um einem enttäuschten Ausdruck zu weichen, wenn er an der Auffahrt vorbeifuhr.

Unterdessen strich Mr Brecht weiter ums Haus, erteilte den Arbeitern mit lauter und unnatürlich fröhlicher Stimme Anweisungen und verbreitete eine unbehagliche Stimmung.

»Er ist nicht normal«, sagte Ellen, während wir Wimpel im Vordergarten aufhängten, von wo aus man die Straße überblicken und sie nach dem Anwalt Ausschau halten konnte. »Irgendwas stimmt nicht.«

»Ellen, dein Vater ist nie normal. Er versucht, dir zur Abwechslung mal etwas anderes zu bieten, dir eine Freude zu machen. Das ist wahrscheinlich alles.«

»Nein.« Ellen schüttelte den Kopf. »Nein. Er sieht mich immerzu an. Er weiß etwas. Er führt etwas im Schilde. Da bin ich mir sicher. Ich frage mich nur, was oder wann.«

Sie stand auf einer Leiter und spähte über die Mauer.

»Wo bleibt denn nur der Anwalt?«, rief sie. »Wo ist er? Warum kommt er denn nicht?«

Ich drehte mich um und sah Mr Brecht hinter uns stehen. Ich fragte mich, ob er uns gehört hatte, und errötete. Er fing meinen Blick auf und zwinkerte mir zu. Schnell sah ich wieder weg.

»Auf wen wartest du, Ellen?«, fragte er.

»Auf niemanden, Papa.«

Er hatte einen großen weißen Umschlag in der Hand und tippte sich damit an die Hüfte.

»Ich glaube, du lügst, Schätzchen. Ich glaube, du lügst mich schon wieder an.«

Ellen kletterte die Leiter hinunter. Sie bemühte sich, einen lässigen Anschein zu geben, was ihr misslang. Mr Brecht fächelte sich mit dem Umschlag Luft zu.

»Ist der für mich?«, fragte sie und streckte die Hand danach aus.

Mr Brecht hielt ihn außerhalb ihrer Reichweite.

»Nun, dein Name steht jedenfalls darauf.«

»Bitte, Papa. Gib ihn mir, bitte.«

»Hmm.« Mr Brecht sah erst den Brief, dann seine Tochter an. »Du hast doch heute gewisse Dokumente erwartet, stimmt's, Ellen? Aber du hast nichts zu mir gesagt. Warum nicht?«

Ellen versuchte wieder, den Umschlag zu erreichen, aber er entzog ihn ihr erneut. Er lachte.

»Warum hast du mir nichts von dem Anwalt gesagt, Schätzchen? Warum hast du dich mir nicht anvertraut? Du weißt doch, dass ich dir geholfen hätte. Du weißt, dass ich mich um deine Belange kümmere. Wenn ich gewusst hätte, dass du das Vermögen deiner Großmutter erbst, hätte ich manches anders gemacht.«

Ellens Körper versteifte sich. »Ich habe es dir nicht gesagt, Papa, weil Mama mir eingeschärft hat, es nicht zu tun. Sie hat mich ermahnt, ich solle dir nicht vertrauen.«

»Ellen …« Ich legte die Hand auf ihren Arm.

Sie schüttelte ihn ab.

Mr Brechts Gesichtszüge spannten sich an, seine Augen verengten sich.

Ellen beugte sich vor, sie zitterte. »Mama hat gesagt, sie

will nicht, dass du mein Vermögen in die Hände bekommst.«

Ellen und ihr Vater starrten sich einen Moment lang an. Dann hielt Mr Brecht Ellen den Umschlag hin, und sie ergriff ihn. Als sie ihn endlich in der Hand hatte, lächelte sie. Ihr Vater machte auf dem Absatz kehrt und ging ins Haus zurück. Seine Schritte waren leicht und beschwingt.

Ich sah Ellen an. »Warum, glaubst du, hat er so schnell nachgegeben?«

»Keine Ahnung.«

»Und was hat er damit gemeint, dass er manches anders gemacht hätte?«

»Weiß nicht. Ist mir egal.«

Sie wartete, bis er im Haus verschwunden war, bevor sie mir bedeutete, ihr zur Trauerweide in der Ecke des Gartens zu folgen, wo man uns nicht sehen konnte.

Wie setzten uns unter dem Baum ins hohe Gras. Ellen riss den Umschlag auf und strahlte übers ganze Gesicht, während sie die darin enthaltenen Dokumente herausnahm. Zuoberst befand sich das Begleitschreiben der Anwaltskanzlei, die in Falmouth ihren Sitz hatte. Darin stand, dass Ellen die Einzelheiten ihrer Erbschaft den beiliegenden Dokumenten entnehmen könne. Sie möge bitte den Brief gegenzeichnen und zurückschicken, um den Erhalt der Unterlagen zu bestätigen. Ellen legte die einzelnen Dokumente kreisförmig im Gras um sich herum aus, sodass sie wie Blütenblätter wirkten.

»Ist ein Scheck dabei?«, fragte ich.

Sie verneinte.

Die Köpfe zusammengesteckt, begannen wir, die einzelnen Schriftstücke zu studieren. Ich nahm einen kleinen Stapel zusammengehefteter Blätter in die Hand. Es war eine Kopie des Grundbucheintrags von Thornfield House.

»Deine Großmutter hat dir das Haus vermacht, Ellen«, sagte ich.

»Ich will das Haus nicht. Ich hasse es. Was soll ich damit?«

»Du könntest es verkaufen ...«

»Aber das würde eine Ewigkeit dauern, nicht wahr? Jago und ich brauchen das Geld jetzt! Wie soll ich das Haus verkaufen, wenn ich in Amerika bin? Und was sind das noch für Dokumente?«

Wir schauten uns die restlichen Unterlagen an: Sie betrafen eine Hypothek, die Refinanzierung des ursprünglichen Kredits sowie weitere Kredite, die auf das Haus aufgenommen worden waren.

Ein leiser Verdacht stieg in mir auf.

»Was ist das alles?«, fragte Ellen. »Was soll das bedeuten?«

Ich las eine Passage eines Dokuments: »Der Kredit in Höhe von 20 000 £ ... noch ausstehend ... Zinsen ... inklusive Gebühren.« Die Kredite waren auf den Namen von Ellens rechtlichem Vormund, ihrem Vater, ausgestellt.

»Ich weiß auch nicht, was das bedeutet«, sagte ich. »Du wirst jemanden fragen müssen, der sich mit solchen Dingen auskennt.«

Ellen zog die Stirn in Falten, nagte an den Fingerknöcheln.

»Nirgendwo steht etwas von einer Geldsumme, die ich bekommen soll.«

»Nein.«

Ellen hob den Kopf und sah mich an. Sie wirkte jetzt sehr jung, wie ein Kind, das gerade etwas sehr Wichtiges über die Welt gelernt hat.

»Es gibt also kein Vermögen, stimmt's, Hannah?«, fragte sie. »Es gibt kein Geld. Selbst wenn ich das Haus verkaufen sollte, würde nichts übrig bleiben. Es ist mit Hypotheken belastet. Deswegen hat Papa gelächelt. Er wusste es.«

Ich berührte sie an der Schulter. Sie zuckte zurück.

»O Gott, Hannah«, sagte sie. »Was sollen wir jetzt tun? Was wird Jago sagen? Die ganze Zeit habe ich ihm erzählt, dass wir Tausende von Pfund haben werden, und nun …«

»Das ist nicht so schlimm«, sagte ich. »Jago ist das Geld nicht so wichtig. Wirklich nicht. Bleib ruhig, Ellen. Du darfst deinem Vater jetzt nicht zeigen, wie aufgebracht du bist. Solange du einen kühlen Kopf bewahrst, ist nichts verloren, du kannst trotzdem fliehen. Es hat sich ja nicht wirklich etwas geändert.«

Mrs Todd erschien in der Tür und rief uns.

»Tu so, als wäre nichts passiert«, sagte ich.

Ellen nickte. Sie wirkte, als hätte man ihr den Boden unter den Füßen weggezogen. Die ganze Zeit hatte sie sich als Regisseurin eines Films gewähnt, in dem sie die Hauptrolle spielte, und plötzlich hatte jemand anderes die Regie übernommen. Sie sah mich an, als erwartete sie, ich könnte ihr sagen, wie es weitergehen sollte. Zum ersten Mal, seit ich sie kannte, hatte Ellen Brecht die Kontrolle verloren.

Wir begaben uns ins Haus. Meine Mutter war mit dem Putzen fertig und verabschiedete sich von uns. Wir aßen etwas von dem Mittagsimbiss, kaltem Braten und Salat, den Mrs Todd vorbereitet hatte. Dann gingen wir in Ellens Zimmer, und ich saß eine Weile neben ihr, während sie still und erschöpft und mit geschlossenen Augen auf dem Bett lag.

Später rief uns Mrs Todd zu sich in den hinteren Garten, um ihr dabei zu helfen, das Zelt zu dekorieren. Ein paar Bierzelttische waren entlang der hinteren Wand aufgereiht, und in der Mitte des Zeltes stand ein kleiner runder Tisch – für die Geburtstagstorte, wie ich vermutete.

»Gibt es ein Büfett?«, fragte ich.

»Irgendwas stimmt nicht«, sagte Ellen.

In diesem Moment wurde die Zeltbahn am Eingang schwungvoll zur Seite gezogen, und Mr Brecht erschien, die Arme voller gelber Rosen und Lilien und weißer Bänder.

»Die Dekoration ist eingetroffen«, sagte er. »Sind die Blumen nicht wunderschön!«

»Aber Papa, wir haben doch sonst auch nie Blumen, warum ...«

»Heute ist dein achtzehnter Geburtstag! An solch einem Tag sollte jedes Mädchen Blumen bekommen.«

Er legte die Blumen auf einen der Tische.

»Da sind auch Laternen«, sagte er. »Und Kerzen. Lass uns den Garten wunderschön schmücken, Ellen. Ihn in eine Kulisse verwandeln, die niemand vergessen wird.«

»Eine Kulisse wofür, Papa?«

»Für deinen Geburtstag natürlich!«

Die Rosen verströmten einen süßlichen Geruch und hoben sich grell von der blütenweißen Tischdecke ab, auf der die Lilien bereits braune Pollen vergossen hatten. Ich ging ins Haus und kehrte mit je einer Klebebandrolle an den Handgelenken und so vielen Vasen zurück, wie ich tragen konnte. Ellen nagte schweigend an der Unterlippe.

»Was hast du?«

»Lilien sind Grabblumen, und gelbe Rosen stehen für Verrat«, sagte sie.

»Es sind doch nur Blumen.«

»Er hat sie nicht zufällig ausgewählt, Hannah. Merkst du es nicht? Nichts dessen, was er tut, ist zufällig.«

Vergeblich versuchte ich, sie zu beschwichtigen. Als es allmählich Abend wurde, hatte sie mich vollends mit ihrer Nervosität angesteckt. Niemand wusste, was Mr Brecht vorhatte. Die Atmosphäre wurde immer beängstigender.

Am späten Nachmittag waren Garten und Haus fertig geschmückt, die Mitarbeiter des Catering-Services machten sich im Speisenzelt zu schaffen, der Wein war kalt gestellt. Mr Brecht klatschte in die Hände und sagte zu Ellen, sie solle sich umziehen. Unterdessen entzündete Mrs Todd die Kerzen und Laternen.

Wir begaben uns zusammen in Ellens Zimmer hinauf, wo ihr silbergraues Kleid hing. Ich schaute zum Fenster hinaus.

»Es ist noch niemand da.«

»Ich weiß nicht, welche Uhrzeit er ihnen genannt hat.«

»Vielleicht kommen sie in einem Wagenkonvoi.«

»Oder sie haben einen kleinen Reisebus gemietet.«

»Guck mal weg!«

Während sie sich umzog, blieb ich mit dem Rücken zu ihr am Fenster stehen. Als ich mich umdrehte, fiel mir auf, dass das Kleid, das ihr früher zu weit gewesen war, jetzt eng an ihrem Körper lag. Sie war gewachsen und kräftiger. Aus dem dürren, langbeinigen Mädchen war eine erwachsene Frau geworden. Ich half ihr, das Haar hochzustecken. Dann ergriff sie meine Hände und hielt sie fest.

»Das ist unser letzter gemeinsamer Abend«, sagte sie. »Und wohl auch das Ende unserer Freundschaft.«

»Nein, es ist nicht das Ende«, sagte ich. »Einfach nur der Beginn einer neuen Phase.«

»Ich werde nie wieder eine Freundin wie dich haben, Hannah.«

»Und ich keine wie dich.«

Wir sahen uns lächelnd an.

»Schade …«, begannen wir gleichzeitig und mussten schmunzeln.

»Du siehst wunderschön aus, Ellen«, sagte ich, und das stimmte auch.

»Ich glaube, wir müssen uns allmählich unten blicken lassen«, meinte sie, »bevor die Gäste eintreffen.«

Draußen dämmerte es, und die Kerzen in den Glaswindlichtern blinkten.

Mrs Todd hatte für diesen Abend freibekommen. Sie küsste Ellen zum Abschied. Ich forderte Ellen auf, sich unter den Rosenbogen zu stellen, damit ich ein Foto von ihr machen konnte.

Dann spazierten wir durch den Garten. Die Gerüche, die aus der Küche kamen, ließen mir das Wasser im Mund zusammenlaufen. Aus dem Zelt drang leise Musik. Klaviermusik. Ich schauderte, als ich das Stück erkannte: Es war das Regentropfen-Prélude, die Musik, die Mrs Brechts Sterben begleitet hatte.

Ellen sah sich um. »Wo bleiben die denn?« Sie lachte nervös. »Wo sind meine Gäste?«

»Vielleicht sind sie schon im Zelt und wollen dich überraschen?«

Wir überquerten den Rasen, der bereits feucht vom Tau war. Ellen öffnete den Zelteingang, und ich folgte ihr hinein.

Ein schwerer süßlicher Duft von den Lilien und den Zitronellkerzen hing in der Luft. Die Zeltwände waren mit Blumen und Bändern und gelben und weißen Luftballons geschmückt. Auf einem riesigen Spruchband stand: *Herzlichen Glückwunsch, Ellen.* Ein Berg Geschenke, alle in das gleiche Goldpapier gewickelt, war auf dem hintersten Biertisch aufgebaut,von irgendwoher – ich konnte die Quelle nicht ausmachen – schallte die Musik. Sie füllte den ganzen Raum aus.

Der kleine runde Tisch in der Mitte war für zwei gedeckt. Zwei elegante, in Rot und Gold gehaltene antike Stühle standen am Tisch und daneben ein Weinkühler voller Eis auf einem langbeinigen Gestell. Über dem Tisch hing ein kunstvoller Kronleuchter. Es gab keine weiteren Tische.

»Ich verstehe das nicht«, sagte Ellen. Wieder blickte sie sich um. »Wo sollen die anderen denn sitzen? Und wo bleiben sie nur?«

In diesem Moment kam ihr Vater ins Zelt. Er trug einen leicht schmuddeligen Cut, sein Haar war lang, und er hatte sich seit Längerem nicht rasiert. Als ich sein breites Lächeln und das Gewehr in seiner Hand sah, beschlich mich ein mulmiges Gefühl. Er lehnte das Gewehr an den kleinen runden Tisch, dann trat er zu uns und ergriff Ellens Hand.

»Ich weiß, dass du nicht erpicht auf eine große Party mit vielen Leuten warst«, sagte er. »Wie du siehst, habe ich dir deinen Wunsch erfüllt, Schätzchen. Und ein besonderes Dinner vorbereiten lassen. Für uns beide, nur für dich und mich.«

Ellen zitterte. Sie warf mir einen hilfesuchenden Blick zu, und ich sah Panik in ihren Augen.

»Und was ist mit Hannah? Wo soll Hannah sitzen?«

»Hannah ist nicht zu dieser Party eingeladen«, erwiderte Mr Brecht. Er führte Ellen zu einem der antiken Stühle, und sie setzte sich wie in Trance. »Es ist eine ganz exklusive Party. Nur du und ich, Ellen. Nur du und ich.«

»Aber ...«

Mr Brecht sah mich an. »Würdest du jetzt nach Hause gehen, Hannah?«

Ich nickte.

Mr Brecht lächelte. Er faltete Ellens Serviette auseinander, schüttelte sie auf und legte sie auf ihren Schoß. Dann setzte er sich auf den zweiten Stuhl. Er nahm den Wein aus dem Kühler und füllte erst Ellens Glas, dann seines.

»Prost!«, sagte er auf Deutsch. »Auf dein Wohl.«

»Prost!«, wiederholte Ellen wie unter Hypnose.

»Du bist noch hier, Hannah?«, fragte Mr Brecht. Er griff nach dem Gewehr.

Ich löste mich aus meiner Starre und ging auf den Ausgang zu.

»Du brauchst dir wegen uns keine Sorgen zu machen, Hannah«, sagte er. »Wir sind völlig sicher. Falls jemand auftauchen sollte ... dieser halb nackte Einbrecher zum Beispiel ... bin ich gewappnet. Und diesmal werde ich ihn nicht verfehlen. Gute Nacht«, sagte er, wobei er das Gewehr tätschelte. »Heute bin ich in der richtigen Stimmung, ihn umzulegen.«

NEUNUNDFÜNFZIG

Auf dem Parkplatz am Fuß des Hügels angekommen, stiegen wir wieder in den Wagen, und John fuhr erneut die gewundene Straße hinauf. Vor dem Tor hielt er an. Die beiden Keiler auf den Säulen beobachteten uns mit ihren Steinaugen.

»Alles okay?«, fragte John.

Ich nickte, und er beugte sich aus dem Fenster, um den Klingelknopf der Gegensprechanlage zu drücken. Eine kurze Weile herrschte Stille, dann ertönte eine freundliche Frauenstimme durch den Lautsprecher.

»Hallo?«

»Das ist Karla!«, sagte ich. Ich beugte mich über John hinweg zum Fahrerfenster. »Hallo, Karla. Ich weiß nicht, ob Sie sich an mich erinnern. Ich bin Hannah, Ellens Freundin aus Cornwall.«

Vom anderen Ende der Gegensprechanlage war ein Rascheln zu hören.

»Hannah? Die kleine Hannah Brown?«

»Ja!«

»Mein Gott! Hannah, das ist aber eine schöne Überraschung, komm rein!«

John lächelte mich an, und ich lächelte ebenfalls. In die beiden Torflügel kam Bewegung, und sie glitten zur Seite. John lenkte den Wagen vorsichtig in die Auffahrt.

Als ich kurz zuvor Ellen gesehen hatte, war ich völlig überwältigt gewesen, jetzt fühlte ich mich wie betäubt, und mir war ein wenig schwindelig. Es war zu viel für mich gewesen, das Erlebnis dort oben auf dem Hügel, zu aufwühlend, zu verwirrend. Ich verstand es nicht. Es war mir unerklärlich, wie Ellen am Leben sein konnte. Ich wusste nicht, warum ich hier war. Ich wusste nicht, was ich empfinden und wie ich mich verhalten sollte. Ich war emotional völlig überfordert und fühlte mich seltsam ätherisch, wie ein Geistwesen und nicht wie ein Mensch aus Fleisch und Blut.

Während sich der Wagen im getupften Schatten der Bäume die schmale Auffahrt hinaufschlängelte, dachte ich an Jago, der die letzten zwanzig Jahre in Schmerz und Einsamkeit versunken war. Ich fragte mich, wie ich ihm all das erklären sollte. Ob wir je wieder Freunde sein könnten, er und ich. War es möglich, dass wir uns wieder versöhnten? Würde es einen Weg geben, wieder an frühere Zeiten anzuknüpfen? Ich hatte das Gefühl, dass wir an einem Wendepunkt angekommen waren.

Die Auffahrt zog sich scheinbar endlos hin, in großen Schleifen wand sie sich durch den üppig grünen Park des Schlosses. Schließlich mündete sie dann doch auf den gekiesten Platz vor der großartigen Fassade des Schlosses. Karla stand am oberen Absatz einer breiten Steintreppe. Sie trug einen langärmeligen Kaftan über einem Badeanzug, Flipflops und einen breitkrempigen Strohhut.

Als sie mich aus dem Wagen steigen sah, winkte sie mir freudig zu. Dann eilte sie die Stufen hinab und umarmte mich herzlich. Sie musste Anfang sechzig sein, ihr Aussehen und ihre Art ließen sie aber wesentlich jünger erscheinen.

»Mein liebes Mädchen, wie hast du uns gefunden? Wie bist du hergekommen?«, fragte sie, während sie mich an den Schultern hielt und in Augenschein nahm.

»Ellen hat mir mal eine Postkarte von hier geschickt.«

»Und wer ist das?«, fragte Karla mit einem bedeutsamen Blick in Richtung John, der respektvoll hinter mir wartete.

»Das ist John.«

»Ein attraktiver Mann«, sagte sie mit einem anerkennenden Lächeln. »Dein Ehemann?«

»Nein, nein.« Ich verbarg meine Verlegenheit hinter einem nervösen Lachen. »Wir arbeiten zusammen.«

»Ihr Chauffeur«, warf John schmunzelnd ein.

»Nein, ein Kollege und Freund«, sagte ich.

Die beiden schüttelten sich die Hände. Doch Tante Karla ließ es sich nicht nehmen, ihn auch noch auf die Wangen zu küssen. »Kommt herein. Die Mädchen und ich sitzen auf der Terrasse in der herrlichen Sonne.«

Wir folgten ihr in das kühle Halbdunkel der Eingangshalle. Das Innere des Schlosses war, wie ich es mir vorgestellt hatte: hohe Decke, offen liegende Balken, Steinmauern, aber dennoch strahlte es eine freundliche, behagliche Atmosphäre aus. Gern hätte ich mir das eine oder andere Detail länger angeschaut, aber ich folgte Karla in einen luftigen Salon – in dem ich den Raum wiedererkannte, wo das Foto von Anne für die Illustrierte aufgenommen worden war – und hinaus auf die Terrasse. Dort stand der steinerne Hirsch, neben dem Mr Brecht auf dem Foto posierte. Und hinter dem Springbrunnen stand Ellen und lächelte mir entgegen.

Aber es war nicht Ellen.

Natürlich, es konnte ja nicht Ellen sein, denn Ellen war tot.

Aber sie sah fast genauso aus wie Ellen.

Sie war noch ein Mädchen, ihre Augen waren etwas grüner als Ellens, und ihr dunkles Haar hatte einen kastanienbraunen Ton. Ich sah Karla an, die übers ganze Gesicht strahlte, entzückt die Hände vor der Brust faltete und mit einer Mischung aus Stolz und Freude zwischen John und mir und der jungen Frau hin und her sah.

Diese trat vor mich hin und hielt mir die zur Faust geformte Hand hin. Sie öffnete sie, und ich blickte auf ihre Handfläche – dort lag das Goldkettchen mit dem Violinschlüsselanhänger.

»Ich bin ja so froh, dich kennenzulernen, Hannah«, sagte sie. »Ich bin Kirsten, Ellens Tochter.«

SECHZIG

Fluchtartig verließ ich das Zelt, wollte nur noch weg von Mr Brecht und seinem Gewehr. In der allmählich einsetzenden Dunkelheit rannte ich bis zu unserem Cottage. Dort warf ich das Gartentor hinter mir ins Schloss und lief zur Haustür.

Im selben Augenblick kam Jago ums Haus herum. Trixie, die hinter ihm her trottete, wedelte mit dem Schwanz, als sie mich erblickte.

»Was machst du denn schon hier?«, fragte Jago. »Du solltest doch bei der Party sein. Hast du etwas vergessen?« Er sah mich forschend an. »Hannah? Alles okay?«

Ich schüttelte den Kopf, versuchte, wieder zu Atem zu kommen und krümmte mich zusammen. Ich hatte Seitenstechen.

»Du kannst nicht gehen«, sagte ich.

»Wie meinst du das?«

»Du kannst heute Nacht nicht nach Thornfield House gehen. Du kannst Ellen nicht mitnehmen. Du kannst im Moment überhaupt nichts tun.«

»Hannah ...«

»Ihr Vater weiß Bescheid über Ellen und dich. Er weiß es und wartet auf dich. Er hat ein Gewehr. Er wird dich umbringen, wenn du in Thornfield House auftauchst.«

»Das wird er nicht!« Jago verdrehte die Augen. »Jetzt hör auf, die tragische Heldin zu spielen.«

Als solche hatte ich Ellen immer bezeichnet. All die Jahre über hatte ich gedacht, dass sie die Sache mit ihrem Vater aufbauschte, dass sie übertrieb. Scham und Wut überkamen mich.

Ich fasste Jago am Arm. »Geh nicht, Jago. Nicht heute Nacht. Hörst du mich? Du darfst dich auf keinen Fall in Thornfield House blicken lassen.«

Ich fühlte mich so machtlos, so niedergeschmettert, dass ich zu schluchzen begann. Trixie schlich mit angelegten Ohren und eingezogenem Schwanz davon.

»Hannah, Schluss jetzt damit«, sagte Jago. »Hör auf, dich so seltsam zu benehmen!«

»Und du hör mir endlich mal zu!«

»Du faselst nur zusammenhangloses Zeug. Das macht doch alles keinen Sinn.«

»Ellen will nicht, dass du kommst!«, schrie ich.

Jago packte mich an den Schultern. Seine Finger gruben sich schmerzhaft in meine nackten Arme. »Was meinst du damit? Was ist passiert? Was hat er ihr angetan?«

»Nichts, er hat nichts getan! Aber es gibt keine Party. Die beiden sind allein. Nur Ellen und ihr Vater. Und sie will auf keinen Fall, dass du auf sie wartest.«

»Der Teufel soll ihn holen! Diesen Scheißkerl. Ich werde trotzdem gehen. Ich werde hineinspazieren und sie vor seinen Augen mitnehmen. Er kann uns jetzt nicht mehr davon abhalten.«

»Er wird dich erschießen und hinterher sagen, er hätte sich nur verteidigt. Die Polizei weiß, dass du neulich Abend schon mal im Haus warst! O Jago, bitte ...«

Jago stieß mit dem Fuß die Haustür auf, hockte sich auf eine Treppenstufe und begann, seine Stiefel zuzuschnüren. Inzwischen wurde ich von heftigem Schluchzen geschüttelt. Ich war völlig außer mir, verzweifelt.

»Jago, du kannst jetzt nicht gehen. Hör mir zu! Ellen will dich nicht sehen!«

»Du lügst.«

»Nein, tue ich nicht.« Ich beruhigte mich wieder ein bisschen, zitterte aber noch immer. Ich zog die Nase hoch. »Sie lässt dir ausrichten, dass sie dich nicht sehen will.«

»Wovon redest du?« Jago runzelte die Stirn, hörte aber auf, die Schnürsenkel zu binden. Ich schöpfte Hoffnung, dass er doch noch zur Vernunft käme. Ich musste jetzt genau überlegen, was ich zu ihm sagte, dann hatte ich vielleicht eine Chance, das Schlimmste zu verhindern. »Das gibt sie doch nur vor, weil sie Angst vor ihrem Vater hat.«

»Nein, sie will dich überhaupt nicht mehr sehen«, sagte ich. »Es ist aus zwischen euch. Aus, verstehst du.«

Jago lachte. »Warum sollte sie mir etwas so Bedeutendes über dich ausrichten lassen, anstatt es mir selbst zu sagen? Hm? Sie liebt mich, Hannah. Sie liebt mich! Sie würde es mir selbst sagen, wenn es die Wahrheit wäre.«

Ich weiß nicht mehr, was in diesem Moment in mir vorging. Ich kann es mir nicht mehr erklären, irgendwie musste sich meine Angst in Wut verwandelt haben. Die ganze Eifersucht, die sich all die Jahre über in mir aufgestaut hatte, kam plötzlich an die Oberfläche. Zuerst waren da nur Jago und ich gewesen, dann war Ellen hinzugekommen und wir waren zu dritt gewesen, aber seit einigen Jahren gab es nur noch Ellen und Jago, und ich, ich durfte vom Rand aus zuschauen. Ich hatte ihnen als Botin gedient, ihnen geholfen, war ihre Vertraute gewesen, hatte mich um sie beide gekümmert, ihre Spuren verwischt, für sie gelogen und mir stundenlang ihre Sorgen und Klagen angehört. Ellen und Jago hatten mich um meine Teenagerjahre, die besten Jahre meines Lebens, gebracht, und nachdem ich all das für sie getan hatte, bekam ich jetzt von meinem Bruder zu hören, dass ich für Ellen so unbedeutend war, dass sie mir nichts Wichtiges anvertrauen würde, ehe sie es nicht ihm selbst gesagt hatte.

Noch nie war ich so aufgebracht gewesen. Eine ungekannte Wut brannte in mir. Sie hatte einen reinigenden Effekt, und dieses Gefühl war so kraftvoll, dass es beinahe schön war. Danach war alles ganz einfach. Seltsamerweise ließ mich die Wut ruhig werden, und plötzlich wusste ich, was ich sagen musste.

»Sie hat es sich anders überlegt. Sie will nicht mehr mit dir fortgehen«, behauptete ich. »Sie hat heute Morgen ihre Erbschaft bekommen, und dadurch hat sich für sie alles geändert. Sie ist sich klar geworden, dass sie nicht in einem schäbigen, kleinen Apartment in New York wohnen will. Das hat sie gesagt.«

Ich genoss es. Ich genoss es, ihm wehzutun. Obwohl ich, noch während ich die Worte sprach, um ihre unheilvolle Wirkung wusste, verursachten sie bei mir ein starkes und reinigendes Gefühl, befreiten sie mich von diesem schwelenden Groll in mir. Ich dachte – sofern ich in diesem Moment überhaupt rational denken konnte –, dass ich am nächsten Morgen, wenn sich alles beruhigt hätte und Jago nicht mehr in unmittelbarer Gefahr wäre, meine Lügen erklären würde.

Jago sah mich an und hielt inne. Nur wenige Sekunden, aber sie genügten mir, um zu erkennen, dass meine Worte die gewünschte Wirkung zeigten. Er war schon einmal verlassen worden. Zurückgewiesen worden. Seine Mutter war gestorben, und sein Vater hatte ihn im Stich gelassen, in der Obhut von Tante und Onkel, die grausam zu ihm gewesen waren. Mir wurde bewusst, dass Jago in seinem tiefsten Inneren immer gedacht hatte, er wäre nicht liebenswert, nicht gut genug, um von jemandem Liebe zu erfahren. Er glaubte selbst nicht wirklich, was er zuvor gesagt hatte, dass Ellen ihn liebte. Ich aber begriff in diesem Augenblick, dass Ellen ihn genauso liebte wie er sie. Und ich nutzte seine Verletzlichkeit aus, kostete sie aus.

»Sie könnte doch jeden Mann haben«, sagte ich. »Warum sollte sie ausgerechnet dich nehmen?«

»Nein.« Jago schüttelte den Kopf. »Ich glaube dir nicht.«

»Jago, verdammt noch mal, wach endlich auf!«, rief ich. »Sie liebt dich nicht! Sie hat abgetrieben.«

Eine Weile starrten wir uns an. Ich war nicht minder schockiert als er.

»Nein!«, sagte Jago. »Nein!«

»Doch! Ich war mit ihr in der Klinik.«

Er stieß mich weg, so hart, dass ich rückwärts in Richtung Gartentor taumelte und stürzte.

»Du lügst!«

»Wie könnte ich lügen?« Ich kroch auf allen vieren zu ihm. Meine Stimme wurde lauter, hässlich, gemein. »Du hast ihr gesagt, sie soll niemandem was von dem Baby sagen. Nicht einmal mir! Aber sie hat es mir gesagt, und sie hat auch gesagt, dass sie kein uneheliches Kind will, nicht von dir. Und ich war dabei, als sie es abgetrieben hat. Ich war dabei!«

»Nein …«

»Sie hat es sich anders überlegt, Jago!«, rief ich, umklammerte seine Knie und schüttelte ihn. »Sie will dich nicht mehr.« Ich rappelte mich hoch und reckte mich auf die Zehenspitzen, damit ich ihm direkt in die Augen sehen konnte, und schrie: »Du bist ihr egal! Sie hat gesagt, du bist langweilig und ungebildet! Dass sie eine bessere Partie machen kann! Deswegen wird sie nirgendwohin mit dir gehen! Deswegen will sie dich nicht mehr sehen! Deswegen hat sie dein Baby wegmachen lassen.«

EINUNDSECHZIG

Kirsten hatte die gleichen schlanken, langen Finger und schmalen Füße wie Ellen. Ihren linken Knöchel zierte ein Tattoo, ein Thai-Segensspruch, der sich an der Außenseite ihres Unterschenkels hinaufzog. Außerdem hatte sie ein Zungen-Piercing, und die Unterseite einer Haarsträhne war rosa gefärbt, sodass sie die Färbung verbergen konnte, wenn sie zur Arbeit ging, wie sie erklärte. Ihre Zähne waren ebenmäßig und weiß, sie lächelte gern und hatte wunderschöne Augen. Sie sprühte ebenso vor Charme wie Ellen, war aber frei von den Ängsten, die diese immer verfolgt hatten. Sie schien eher Karlas sonniges Gemüt geerbt oder angenommen zu haben.

In meinem Kopf arbeitete es, meine Gedanken rasten. Keinen konnte ich zu Ende denken, keiner machte Sinn.

»Ich verstehe nicht«, sagte ich. »Wie kannst du Ellens Tochter sein? Sie kann doch unmöglich vor ihrem Tod noch mal schwanger gewesen sein. Da war doch gar nicht genügend Zeit ...«

Eine junge Frau kam mit einem Tablett Erfrischungen aus dem Schloss. John, der auf dem Rand des Springbrunnens hockte, nahm es ihr ab. Eiskaffee und Kuchen standen darauf. Das Mädchen setzte sich zu uns. Ihr Haar war kurz geschnitten, und an ihren Ohren und im Gesicht glitzerte Körperschmuck. Sie trug Punk-Klamotten, stellte sich als Kirstens Freundin vor und hieß Doreen.

»Ich verstehe nicht«, sagte ich erneut. Ich konnte nicht anders, als Kirsten unverwandt anzusehen. Es war, als würde ich sie kennen, hätte ich sie immer schon gekannt, aber gleichzeitig war sie eine Fremde für mich. »Das ist doch nicht möglich.«

Kirsten atmete tief ein und aus. Dann warf sie ihrer Tante einen hilfesuchenden Blick zu.

»Wann hast du Ellen zuletzt gesehen?«, fragte Karla sanft.

»Das letzte Mal war ...« Ich unterbrach mich. Es war fast zwei Jahrzehnte her, und ich hatte nie mit jemandem über diese Begegnung gesprochen. Ich konnte es nicht ertragen, sie mir in Erinnerung zu rufen, nicht einmal jetzt. Das letzte Mal, dass ich Ellen gesehen hatte, war zwei Tage nach ihrem Geburtstag gewesen. Am Morgen, bevor ich mit Ricky nach Südamerika flog.

Ich versuchte es erneut. »Das letzte Mal, dass ich sie ...« Aber ich konnte es nicht. Ich konnte nicht darüber reden. John setzte sich neben mich. Er legte den Arm um mich, ließ seine Hand auf meiner Schulter ruhen. Es war ein tröstendes Gefühl. Ich spürte seinen Daumen an meinem Halsansatz. Mein Puls pochte dagegen. Ohne John wäre ich womöglich zusammengebrochen.

»Es war kurz nach ihrem achtzehnten Geburtstag«, sagte ich.

»Und du wusstest nicht, dass sie schwanger war?«

Ich schüttelte den Kopf. »Sie war nicht mehr schwanger. Sie hatte eine Abtreibung.«

»Nein«, sagte Kirsten. »Das hatte sie nicht. Das hat sie dir nur erzählt.«

Karla rückte mit ihrem Stuhl in meine Nähe und ergriff meine Hände. Ihre waren kühl und trocken. Sie streichelte meine Wange.

»Dich und Mrs Todd glauben zu lassen, sie hätte abgetrieben, war der beste Weg, ihr Baby vor ihrem Vater zu beschützen. Wenn ihr Geheimnis ans Licht gekommen wäre, wäre ihr Baby und auch dessen Vater in Gefahr gewesen, das wusste sie. Aber wenn sie euch glauben machte, dass sie die Schwangerschaft abgebrochen hatte, war diese Gefahr gebannt.« Sie lächelte. »Sie muss Kirstens Vater sehr geliebt haben, wenn sie so weit ging, um ihn zu beschützen.«

Kirsten zuckte mit den Schultern. »Schade nur, dass er ihr nicht die gleichen Gefühle entgegengebracht hat.« Sie sah mich an. »Er hat sie verlassen, wie du ja bestimmt weißt.«

»Es war nicht seine Schuld«, sagte ich leise. Bei der Erinnerung daran, was ich getan hatte, dass ich Jago von Ellen weggetrieben hatte, durchlief es mich heiß und kalt. Es war, als prallten einige der Worte, die ich gesagt hatte, die grausamen Dinge, die ich ihm an den Kopf geworfen hatte, mit voller Wucht zu mir zurück. Wieder sah ich sein Gesicht vor mir, sein zwanzigjähriges Gesicht, seine Augen, in denen der Widerstreit tobte, ob er mir glauben sollte oder nicht, nachdem ich ihm gesagt hatte, Ellen liebe ihn nicht, wolle nicht mehr mit ihm zusammen sein und habe sein Kind abgetrieben. Und ich hatte dagestanden und zugesehen, wie sein Vertrauen in sie, in ihre gemeinsame Zukunft, zerbrach, sich auflöste und zerrann. Ich hatte ihn zerstört. Ich hatte ihn in die Flucht getrieben. Es war meine Schuld. Ich war schuldig, nicht er.

O mein Gott, dachte ich. Was habe ich nur getan!

ZWEIUNDSECHZIG

Jago ging noch in derselben Nacht fort.

Er fuhr mit seinem Ford Escort weg, niemand wusste, wohin.

Meine Eltern waren außer sich vor Sorge. Keiner von uns tat weder in dieser noch in der folgenden Nacht ein Auge zu. Trixie kauerte ängstlich unter meinem Bett.

Mum und Dad wussten nicht, dass er beschlossen hatte, für immer wegzugehen, aber ich wusste es. Die Wiege war aus dem Schuppen verschwunden, genau wie die Babysachen aus seinem Zimmer. Hinter der Hecke, die das Feld jenseits der Cross Hands Lane begrenzte, fand ich einen Haufen frischer, grauweißer Asche. Vor meinem geistigen Auge sah ich, wie Jago ein Feuer entfachte und die Wiege, die er mit so viel Sorgfalt gezimmert, und die Sachen, die er mit so viel Liebe ausgewählt hatte, in die Flammen warf. Ich sah, wie er sich mit dem Handrücken Ruß und Aschepartikel aus den Augenwinkeln rieb, während alles, was ihn an Ellen erinnerte und seine Hoffnungen auf die Zukunft symbolisierte, von den knisternden Flammen aufgezehrt wurde. Ich konnte sehen, wie sich die rote Feuerglut in den Tränen widerspiegelte, die ihm die Wangen hinabliefen. Jago hielt sich für wertlos, weil er glaubte, dass Ellen so dachte. Er redete sich ein, ein Verlierer zu sein, ein Nichts, ein Niemand.

Jago hatte keinen Abschiedsbrief hinterlassen. Meine Eltern waren fassungslos. Sie dachten, dass er vielleicht von einer Klippe gestürzt oder im Meer ertrunken wäre. Ich sagte nur das Allernötigste. Ich kochte Tee für meine Mutter und hielt mir die Ohren zu, um ihr besorgtes Flüstern nicht hören zu müssen, mit dem sie auf meinen Vater einredete, oder ihre Gebete. Dad sprach wenig, aber am Abend nach Jagos Verschwinden begab er sich mit ein paar Münzen in der Jackentasche zu der Telefonzelle auf dem Dorfanger, um die Küstenwache zu verständigen. Anschließend fuhr er mit dem Van weg, ohne uns etwas zu sagen. Mum und ich saßen im Wohnzimmer und hielten uns an den Händen, bleich im Gesicht, übernächtigt und schweigsam. Nur das Ticken der Uhr war zu hören, während der Morgen heraufdämmerte und sich der schwarze Nachthimmel grau verfärbte. Schließlich kam Dad zurück und setzte sich in seinen Sessel. Und zum ersten Mal sah ich ihn weinen, sah, wie sein großer, bärenhafter Körper unter seinen Schluchzern erbebte. Etwas weiter unten an der Küste war eine Leiche ans Ufer gespült worden, erzählte er. Die Leiche eines jungen Mannes. Er schüttelte den Kopf und versuchte, den Tränenfluss mit seinem Taschentuch einzudämmen.

Dann fuhr Dad zur Leichenhalle.

Es war nicht Jagos Leichnam.

Ich dachte, ich könnte meine Eltern in diesem Zustand nicht allein lassen. Wie konnte ich nach Chile reisen, während sie vor Angst um Jago vergingen? Aber sie wollten, dass ich fuhr. Sie wollten nicht, dass ich mir wegen Jago meine Zukunft ruinierte, sagten sie. Dad flehte mich fast an. Da wurde mir klar, dass es für sie ohne mich einfacher wäre. Was immer auch passierte, müssten sie wenigstens nicht auch noch auf mich Rücksicht nehmen. Dann müssten sie nicht so tapfer sein. Könnten zueinander sagen, was ihnen auf dem Herzen lag, ohne jedes Wort auf die Waagschale zu legen. Sie könnten sich ihre Ängste mitteilen.

Sie waren vollkommen ahnungslos, Mum und Dad. Sie wussten nichts. Sie konnten nur Vermutungen anstellen. Ich wusste alles.

Ich ging an unseren Strand, setzte mich in den Sand und starrte aufs Meer hinaus. Im Geiste flehte ich Jago an, nach Hause zurückzukehren. Dann stellte ich mich in den Sand und streckte die Arme aus, während ich wieder und wieder seinen Namen in den Wind schrie, in der Hoffnung, er würde meine verzweifelten Schreie zu Jago tragen. Aber das tat er nicht.

Die Minuten wurden zu Stunden und die Stunden zu Tagen. Ich packte meinen Rucksack. Räumte mein Zimmer auf. Und dann blieben nur noch ein paar wenige Stunden, bis Rickys Vater mich abholen würde, um mich und Ricky zum Flughafen nach London zu fahren, wo wir das Flugzeug nach Südamerika besteigen würden.

Mir graute davor, Ellen noch einmal unter die Augen zu treten. Ich wollte ihr nicht mehr ins Gesicht sehen müssen, wollte ihr nicht sagen müssen, was ich getan hatte, aber ich brachte es nicht über mich, ohne ein Wort des Abschieds abzureisen.

Noch bevor ich das Tor von Thornfield House erreichte, hörte ich Klaviermusik. Begleitet von dem Klang, schritt ich langsam die Auffahrt hinauf und trat an die Haustür. Irgendwie hoffte ich, es würde etwas passieren, was den Lauf der Dinge änderte, damit ich nicht hineingehen und Ellen gegenübertreten und ihr sagen müsste, was ich getan hatte. Ich schloss die Augen und betete, ein Erdbeben oder ein Flugzeugabsturz oder irgendeine andere Katastrophe möge sich ereignen. Aber nichts geschah. Ich öffnete die Augen, und noch immer war der Tag grau und trist, ein schwülwarmer, dunstiger Sommertag. Mücken schwirrten durch die Luft, und noch immer war Klaviermusik zu hören. Die Tür ging auf, und vor mir stand Mrs Todd im Sommermantel und mit ihrem mit Hufeisen bedruckten Kopftuch, in den Händen ihre Handtasche und einen Einkaufskorb und einen Regenschirm unter den Arm geklemmt.

»Bin ich froh, dass du kommst, Hannah«, sagte sie. »Ellen ist sehr niedergeschlagen. Vielleicht kannst du ihr Gesellschaft leisten, während ich im Supermarkt einkaufe.«

»Ist Mr Brecht auch da?«

»Er ist oben.« Mrs Todd hob den Blick zur Decke, um mir zu bedeuten, dass sich Mr Brecht direkt über uns aufhielt, im Sterbezimmer seiner Frau. »Seid leise und stört ihn nicht«, fügte sie hinzu.

Ich betrat den Flur und blieb einen Augenblick unschlüssig vor dem Salon stehen. Die Tür war angelehnt. Seit ich von den Blutflecken auf den Holzbohlen unter dem Läufer wusste, widerstrebte es mir, diesen Raum zu betreten. Mein Herz schlug wie wild. Mit den Fingerspitzen berührte ich die Tür, sie ging auf, und ich machte einen Schritt hinein. Ellen musste den Luftzug gespürt haben, denn sie unterbrach ihr Spiel und drehte sich zu mir um.

Ihr Gesicht war blass, und ihre dunklen Augen waren von tiefen Ringen umschattet, aber sie lächelte, als sie mich erblickte. Sie stand vom Hocker auf und kam mit ausgestreckten Händen auf mich zu. Sie trug Shorts und ein viel zu großes Kapuzensweatshirt. Ich kannte es, es war eines von Jago. Als sie mich umarmte, schloss ich die Augen.

»O Hannah«, sagte sie und schmiegte sich an mich, sodass ich ihr Haar an meinem Gesicht spürte und mir dessen leicht öliger und salziger Geruch in die Nase stieg. »Gott sei Dank, dass du gekommen bist!«

Ich wich ein wenig zurück, und sie musste es bemerkt haben, denn sie ließ mich los. Sie lächelte, ihr breites, offenes Lächeln. Mit den Fingerknöcheln rieb sie sich die Nase und kratzte sich mit der Fußspitze die Kniekehle des anderen Beins.

»Hier«, sagte ich und hielt ihr mein Geschenk hin. Ich hatte noch keine Gelegenheit gehabt, es ihr zu geben.

Ellen nahm das kleine in Geschenkpapier gewickelte Päckchen. Ihre Fingernägel waren bis aufs Nagelbett abgekaut. Sie entfernte das Papier. Es war ein Foto von uns beiden an unserem Strand, das in einem herzförmigen Rahmen steckte. Ich hatte ihn selbst gemacht und mit Strandglas verziert.

»Damit du mich nicht vergisst«, sagte ich, »wenn ich in Chile bin.«

»Hoffentlich ist es nicht eher umgekehrt«, sagte Ellen. Sie lächelte noch immer, während sie das Foto an die Brust drückte. »Das einzig Schöne, was von meinem achtzehnten Geburtstag bleibt!«, sagte sie.

Ich rang mir ein mühsames Lächeln ab.

Ellen stellte die Fotografie auf den Flügel.

Sie wartete offensichtlich darauf, dass ich ihr Neuigkeiten berichtete.

»Ich ... ich reise heute Nachmittag ab«, sagte ich. »Rickys Vater bringt uns zum Flughafen.«

Ellen kaute auf ihrer Unterlippe. Falls sie neidisch auf mich war, weil ich jetzt frei war, ein neuer Lebensabschnitt für mich begann und ich die Gelegenheit hatte, die Welt zu entdecken, ließ sie sich nichts anmerken.

Stattdessen sagte sie: »Du wirst eine wunderbare Zeit haben. Ich bin so stolz auf dich. Ich wusste, dass du einen Weg finden würdest, von hier wegzukommen.«

»Ellen ...«

Sie hielt den Zeigefinger an die Lippen und hob den Blick zur Decke. »Ich lege rasch Musik auf«, sagte sie, »dann können wir uns ungestört unterhalten, ohne dass er uns hören kann.«

Sie ging zur Stereoanlage, hockte sich auf die Fersen, wählte eine Platte aus, nahm sie aus der Hülle und legte sie auf den Plattenteller. Ich sah zu, wie sie den Einschaltknopf drückte, der Tonarm über die Platte schwenkte und sich herabsenkte. Es war ein Rolling-Stones-Album. Der erste Titel lautete: *Have You Seen Your Mother, Baby*. Ellen drehte die Lautstärke auf. Sie nickte im Takt der Musik und begann, barfuß durchs Zimmer zu tanzen. Wie ein Derwisch wirbelte sie durch den Salon und warf das Haar herum. Ich dagegen blieb unbeweglich stehen und betrachtete meine Fingernägel, während Ellen um mich herum tanzte. Sie nahm mich bei den Händen und wollte mich dazu bewegen, mit ihr zu tanzen, aber ich konnte nicht.

»Komm schon!«, rief sie. »Spielverderber! Mit wem soll ich tanzen, wenn du in Südamerika bist?«

Als sie sah, dass es zwecklos war, ließ sie meine Hände los. Der Song war zu Ende, und die Platte knisterte kurz, ehe der nächste einsetzte. *Paint it Black*.

Ellen keuchte. Ihre Wangen waren gerötet, und ihr Haar klebte ihr an der Stirn. Sie zog das Sweatshirt aus.

Einen Augenblick lang verschwand ihr Kopf darin, und als sie wieder hervortauchte, rutschte ihr Top nach oben, und ich konnte ihren BH sehen. Er sah schmuddelig grau aus und war zu klein für ihre Brüste. Der Anblick machte mich traurig.

»Wie geht es Jago?«, fragte sie und zog das Top wieder herunter. »Ist alles in Ordnung mit ihm? Oder ist er am Boden zerstört, weil aus unserer Flucht an meinem Geburtstag nichts geworden ist? Hat er jetzt einen anderen Plan? Ich glaube nämlich, wir sollten nicht länger warten. Ich glaube ...« Sie bückte sich zur Stereoanlage und drehte die Musik noch ein wenig lauter. Dann sagte sie mit gesenkter Stimme direkt an meinem Ohr, sodass ihr warmer Atem mich kitzelte: »Wir sollten so bald wie möglich abhauen. Ich werde nachts aus dem Fenster steigen oder aus dem Haus schlüpfen, wenn Papa oben ist. Dann werde ich mich auf dem Friedhof verstecken, bis die Luft rein ist. Würdest du das Jago bitte sagen?«

»Ellen ...« Mick Jagger sang gerade davon, dass er der Dunkelheit entfliehen wolle, und ich atmete tief ein. »Jago ist fortgegangen.«

»Fortgegangen? Wohin denn?«, fragte sie. Sie hatte es noch nicht begriffen. Sie hatte nicht die leiseste Ahnung. Sie konnte genauso wenig verstehen, dass Jago ohne sie weggegangen war, wie wenn ich ihr gesagt hätte, dass die Sonne nie wieder scheinen würde.

»Er ist weggegangen, Ellen.«

Sie runzelte die Stirn. »Weggegangen? Wohin? Warum?«

Ich blickte zur Decke. Betrachtete die Stuckrosette, aus deren Mitte der Kronleuchter herabragte. Die Kristallteile, die Ellen und ich als junge Mädchen poliert hatten, waren angelaufen, und an einem angerissenen Spinnennetz hatte sich Staub gesammelt. Ich lüpfte mit der Schuhspitze den Saum des Läufers. Ellen trat vor mich, und ich konnte ihren säuerlichen Atem riechen.

»Hannah? Sag es mir! Wo ist Jago?«

»Ich weiß es nicht. Er ist in der Nacht von deinem Geburtstag verschwunden, und wir haben seither nichts mehr von ihm gehört. Wir wissen nicht, wo er ist.« Ich unterbrach mich. Dann fügte ich mit gesenkter Stimme hinzu: »Ich glaube nicht, dass er zurückkommt.«

Ellen sah mich eindringlich an. Sie strich sich eine Haarsträhne hinters Ohr. Dann schüttelte sie den Kopf und lächelte ungläubig.

»Nein«, sagte sie. »Nein. Jago würde niemals ohne mich weggehen. Das würde er nicht tun.«

»Doch, das hat er«, sagte ich. »Ellen, es tut mir leid, aber es ist wahr.«

Sie stieß ein nervöses Lachen aus. »Warum? Warum sollte er das tun?«

Der nächste Song setzte ein.

Ellens Gesichtsausdruck war so unschuldig, so naiv, so hilflos, dass es mir fast das Herz zerriss – aber dann rief ich mir ins Gedächtnis, dass sie selbst schuld war. Wenn Sie Jago von der Abtreibung erzählt hätte, hätte ich ihn nicht so verletzen müssen. Sie hatte ihn die letzten Wochen über hingehalten mit ihrem Little-Miss-Perfect-Getue, ihn angelogen und vorgegeben, dass sie noch immer schwanger wäre. Wenn sie ehrlich zu ihm gewesen wäre, hätte ich nicht diese Dinge zu Jago sagen müssen, um ihn von Thornfield House fernzuhalten. Sie war verantwortlich für das, was ich getan hatte. Was war mir denn anderes übrig geblieben?

»Ich habe ihm gesagt, dass du abgetrieben hast.«

Ungläubiges Entsetzen spiegelte sich in Ellens Augen. Das geschah ihr recht, sagte ich mir. Sie hatte, ohne Jago ein Wort zu sagen, sein Baby abgetrieben. Sie hatte mich dazu gebracht, ihn zu belügen. Es war ihre Schuld, dass Jago fortgegangen war.

Ellen starrte mich an, als könnte sie nicht glauben, was ich gesagt hatte.

»Aber du hast doch versprochen, ihm nichts zu sagen, Hannah! Du hast es geschworen.«

»Und du hast mir versprochen, dass du es ihm selbst sagen würdest!«, entgegnete ich. »Du hättest es längst tun sollen, Ellen, du hättest ihm die Wahrheit sagen sollen. Wenn du ihn belügen wolltest, dann ist das deine Sache, aber ich konnte es nicht länger. Wusstest du, dass er schon Babysachen gekauft hatte? Dass er eine Wiege gezimmert hatte? Er glaubte die ganze Zeit, dass ihr ein Baby haben würdet, dabei hast du es wegmachen lassen. Weil du ihn belogen hast, hat er ein Phantombaby geliebt!«

Ellen schlug sich beide Hände vor den Mund.

»O Gott«, wisperte sie.

»Es tut mir leid«, sagte ich mit sanfterer Stimme.

»Mein Gott!«

Ellen verstummte, dann sackte sie wie eine Puppe in sich zusammen. Sie hockte sich mit gespreizten Beinen auf die Fersen und barg den Kopf zwischen den gekreuzten Armen, während sie sich mit den Händen die Haare raufte. Einen Moment betrachtete ich sie. Wünschte, sie würde aufhören mit ihrem dramatischen Getue. Aber dann wurde mir klar, dass sie nicht schauspielerte. Ellen erlitt vor meinen Augen einen Zusammenbruch.

Ich wusste nicht, was ich tun sollte. Verzweifelt blickte ich mich im Zimmer um, als könnte ich im Kamin oder beim Fenster Hilfe finden, aber noch bevor ich einen klaren Gedanken fassen konnte, richtete sich Ellen auf und begann zu schreien.

Ich bemühte mich, sie zum Verstummen zu bringen. Ich versuchte, sie zu berühren, sie zu halten und zu trösten, aber sie ließ es nicht zu. In ihrem aufgelösten Zustand ließ sie keinen Trost zu.

Ich hatte Ellen ebenso gründlich zerstört wie Jago.

Mit dieser Erkenntnis würde ich bis zum Ende meiner Tage leben müssen.

DREIUNDSECHZIG

Nachdem ich mich eine Weile mit Kirsten, Karla und Doreen unterhalten hatte, war ich so erschöpft, dass Karla mich in ein Zimmer im ersten Stock führte, wo ich mich ein wenig ausruhen konnte. Sie zog die schweren Vorhänge vor, und ich legte mich auf das große Bett mit der weichen Matratze, auf der man sich fühlte wie auf einer Wolke. Karla setzte sich zu mir, ohne etwas zu sagen, aber allein ihre Gegenwart war beruhigend, und ich schlief ein.

Als ich nach einer Weile erwachte, war ich allein. Es wurde Abend. Ich wusch mir das Gesicht und ging hinunter in den Garten. Da niemand zu sehen war, folgte ich einem Fußweg, der zur Elbe hinunterführte. Das lange Gras seitlich des Pfads strich mir um die Knie, und die Abendsonne streichelte mein Gesicht. In der Luft tanzten Nachtfalter und andere Insekten.

John saß mit vor sich ausgestreckten Beinen auf einem morschen Baumstamm und schälte die Rinde von einem Ast. Ein paar Meter neben ihm rauschte ruhig der breite Fluss vorbei, dessen Oberfläche das Sonnenlicht reflektierte. Mücken tanzten über dem Wasser, und hin und wieder schnappte ein Fisch nach ihnen. Ich setzte mich neben John auf den Baumstamm, der von der Sonne aufgeheizt war.

»Hi«, sagte ich.

»Und, konntest du schlafen?«

»Ein bisschen.«

Eine Forelle sprang aus dem Wasser, und für einen Augenblick glitzerte das Licht in dem Wasserbogen, den sie beschrieb. Als sie wieder ins Wasser tauchte, bildete sich ein großer Kreis aus konzentrischen Ringen auf der Oberfläche.

Ich schlang die Arme um mich.

»Es ist wunderschön hier«, sagte John. »Vorhin habe ich einen Fischreiher gesehen. Einen richtigen Prachtkerl. Ich habe gehört, das soll Glück bringen.«

»Ich wusste gar nicht, dass du abergläubisch bist.«

»Eigentlich bin ich das auch nicht.«

Ich ließ den Blick über die Landschaft schweifen. Die Blätter begannen, sich zu verfärben, kaum merklich, aber man konnte es sehen. Aus der Ferne wehten die Geräusche der Stadt heran. Ein Martinshorn oder eine Alarmanlage war zu hören.

»Ich mag den Gedanken, dass Ellen hier gelebt hat«, sagte ich. »Ich wette, sie war als junges Mädchen auch oft hier unten.«

»Wie war sie?«

»Sie war der lebendigste Mensch, den ich je gekannt habe.«

Wir tauschten ein Lächeln.

Karla hat mir erzählt, dass sie ein Video von ihr hat«, sagte John. »Ihre Großeltern haben es aufgenommen, als sie noch ein Kind war.«

»Ich glaube nicht, dass ich schon in der Lage bin, es anzuschauen«, erwiderte ich.

»Nein, das musst du auch nicht. Das wird jeder verstehen.«

Eine Weile saßen wir schweigend auf dem umgestürzten Baum und schauten auf den Fluss. Zwei Eisvögel jagten einander übers Wasser, und ihr blaues Spiegelbild flitzte über die Oberfläche. Ich rieb mir die Augen.

»Und, bist du jetzt so weit, Ellen loszulassen?«, fragte John.

»Noch nicht ganz. Da ist noch eine Sache, die ich tun muss.«

VIERUNDSECHZIG

Nachdem ich Ellen allein gelassen hatte, ging ich nach Hause zurück. Mum kochte eine Kanne Tee, und wir warteten im Wohnzimmer, bis der Wagen von Rickys Vater vor dem Haus hielt. Mein Rucksack war fertig gepackt, und ich konnte es kaum erwarten, wegzukommen. Ich wollte so weit weg von Trethene und Cornwall wie möglich. Während meine Mutter großes Aufhebens um meine bevorstehende Abreise machte, nahm ich sie kaum wahr, sondern starrte auf die Uhr. Die Minuten verstrichen schleppend langsam. Der große Zeiger brauchte eine Ewigkeit für jede Runde auf dem Ziffernblatt, und das Ticken war mir eine Qual.

Während wir im Cottage warteten, nahm Ellen den Feuerhaken, denselben, den Mr Brecht benutzt hatte, als er versuchte, Adam Tremlett zu töten, und zertrümmerte den Flügel.

Sie zerstörte ihn in aller Gründlichkeit.

Aber davon wusste ich natürlich nichts.

Als der Landrover eintraf, küsste ich meine Eltern zum Abschied. Rick und sein Vater stiegen aus und begrüßten sie mit Handschlag, und ich nahm auf dem Rücksitz Platz. Während wir aus der Cross Hands Lane hinausfuhren, winkte ich meinen Eltern durch die Heckscheibe zu, bis sie aus meinem Blickfeld verschwunden waren. Dann lehnte ich mich zurück und sah zu, wie die Lizard-Halbinsel vorüberzog. Ich war so erleichtert, abreisen zu können. Ich hasste diesen Ort und wünschte, ich würde nie wieder zurückkehren. Ricky und sein Vater unterhielten sich. Wenn sie mir eine Frage stellten, antwortete ich höflich, aber die meiste Zeit schwieg ich. Als wir schließlich Cornwall hinter uns ließen und durch Devon in Richtung M5 fuhren, schlief ich mit meinem zusammengeknüllten Pullover als Nackenkissen ein.

Einige Zeit später erhielten meine Eltern von Jago eine Postkarte aus New York. Er versicherte ihnen, dass es ihm gut gehe, und versprach, sich wieder zu melden, sobald er eine feste Adresse habe. Nach mir fragte er nicht.

Danach hörten sie lange Zeit nichts mehr von ihm, erst wieder, als er sich in Neufundland niedergelassen hatte.

Und ich war in Chile. Ursprünglich hatte ich vorgehabt, nur ein Jahr zu bleiben, doch als sich der Zeitpunkt meiner Rückkehr näherte, konnte ich den Gedanken daran nicht ertragen. Mittlerweile hatte ich mich so an den grandiosen Himmel und die unendliche Weite gewöhnt und fühlte mich als Teil dieses bunt gemischten, multikulturellen Völkchens mit den unterschiedlichsten Sprachen und Persönlichkeiten, das sich an diesem abgeschiedenen Ort zusammengefunden hatte. Ich konnte unmöglich nach Cornwall zurück, allein der Gedanke drohte mich zu ersticken. Also verlängerte ich mein Volontariat um ein weiteres Jahr. Ungefähr sechs Monate nach meiner Ankunft in Chile erreichte mich der besagte Brief von meiner Mutter, in dem sie mir mitteilte, dass Ellen ertrunken war. Von einem Baby war in dem Brief nicht die Rede.

Karla und Kirsten erzählten mir den Rest der Geschichte.

Nachdem ich Ellen zurückgelassen und sie den Flügel zerstört hatte, versuchte sie, ihr Leben wieder in den Griff zu bekommen. Sie stellte ihren Vater bezüglich ihrer finanziellen Situation zur Rede, und er gab zu, dass Thornfield House ganz und gar mit Hypotheken belastet war und sie mehr oder weniger vor dem Bankrott standen. Nachdem Ellen und ihr Vater Mrs Todd weggeschickt hatten, lebten sie allein in dem viel zu großen Haus. Sie sprachen kaum mehr miteinander und fristeten ein trostloses

Leben. Sie lebten wie zwei Einsiedler, und wieder einmal schauten die Dorfbewohner weg, mischten sich nicht ein.

Tag für Tag musste Ellen gespürt haben, wie sich ihr Körper zusehends veränderte, wie das Kind in ihrem Leib wuchs und stärker wurde. Ich stellte mir vor, wie sie, wenn sie nachts im Bett lag, die Hände auf den Bauch gelegt und die winzigen Tritte gespürt hatte. Vielleicht hatte sie mit dem Baby gesprochen, ihm sogar vorgesungen, hatte sie dem werdenden Kind in ihrem Leib versprochen, dass es geliebt und geschätzt werden würde wie kein anderes.

Ihre Schwangerschaft zu verbergen fiel ihr nicht allzu schwer. Sie verließ nur noch selten das Haus, sah kaum jemanden, abgesehen von ihrem Vater. Außerdem wurde es allmählich Winter, und sie konnte weite Pullover und einen Mantel von ihrem Vater tragen. Wahrscheinlich gab sie sich selbst die Schuld für ihre Lage. Sie hatte sich verändert, war nicht mehr das Mädchen, das immer im Mittelpunkt stehen wollte, fühlte sich nicht mehr als Heldin in einem Drama. Sie war nicht mehr sie selbst, sie war zerbrochen.

Seltsamerweise hatte ihre Verzweiflungstat, die Zerstörung des Flügels, zwischen Ellen und ihrem Vater eine Art gegenseitiges Verständnis bewirkt. Sie kämpfte nicht mehr gegen ihn, und er hörte auf, sie zu tyrannisieren. Er akzeptierte ihren Racheakt, weil er ihn verstand. Es half ihm sogar, endlich Annes Geist zur Ruhe kommen zu lassen. Vater und Tochter quälten sich nicht mehr, sie ließen einander in Frieden.

Ellen glaubte immer noch an Jago. Sie glaubte, dass er zu ihr zurückkehren würde. Dass sie nur zu warten bräuchte. Sie dachte, dass er ihr früher oder später verzeihen würde und dass, wenn er dann da wäre und die Wahrheit erfuhr, alles gut würde und sie glücklich bis ans Ende ihrer Tage zusammenleben würden. Sie wusste ja nichts von all dem, was ich zu ihm gesagt hatte. Sie wusste nicht, dass ich seinen Glauben an sie zunichte gemacht hatte. Stattdessen klammerte sie sich an ihre Hoffnung, ihr Vertrauen und daran, dass Jago sie liebte.

Aber er kam nicht zurück.

Schließlich schrieb Ellen in ihrer Verzweiflung an Tante Karla. Ihre Schwangerschaft erwähnte sie nicht, teilte ihr aber mit, dass sie dringend ihre Hilfe benötige. Karla, die noch ein paar dringende Angelegenheiten erledigen musste, buchte, sobald es ihr möglich war, einen Flug nach London.

Und kam zu spät.

Ellen musste gespürt haben, dass es nicht mehr lange dauern würde. Ihr Instinkt musste ihr gesagt haben, dass das Kind zu früh zur Welt kommen würde.

Eines Abends, als ihr Vater schlief, zog sie mehrere Schichten Pullover und darüber ihren Mantel an, schlüpfte in ihre Winterstiefel und verließ Thornfield House. Es war Spätherbst, und sie war im späten siebten Monat. Sie hätte in den Ort gehen und jemanden um Hilfe bitten können, aber das tat sie nicht. Sie hatte keine Freunde und kannte kaum jemanden, und der Gedanke, jemand Fremdem ihre Lage zu schildern und ihn um Hilfe zu bitten, war ihr unerträglich. Vielleicht war Ellen zu diesem Zeitpunkt so erschöpft von ihren Lebensumständen, so verzweifelt, dass sie nicht mehr klar denken konnte, und verließ sich ganz auf ihren Instinkt, wie ein Tier.

Sie begab sich an den Ort, wo sie glücklich gewesen war und sich sicher fühlte.

Ganz allein ging sie den beschwerlichen Weg über die winterkahlen Felder und Weiden, überquerte die sumpfige Heide und den Küstenweg und begab sich hinab zu dem Kliff. Sie schlitterte über den Geröllabschnitt vor dem Einstieg zu unserer Felsspalte, fand ihn und kletterte die in den Felstunnel gehauenen Stufen hinab. Es musste schrecklich kalt gewesen sein in jener Nacht. Bestimmt war der Himmel über ihr schwarz und bedrohlich weit, und das Geräusch des Meeres und der Wind waren Ellens einzige Begleiter. Sie fand das kleine Zweimannzelt, das ich einige Monate zuvor für sie dort hingeschafft hatte. Im Schutz der Höhle baute sie es im Sand auf und sicherte die Haken mit großen Steinen. Drinnen bereitete sie ein weiches Lager aus Decken, dem Schlafsack, ihren Pullovern, dem Mantel und Handtüchern. Dann machte sie ein Feuer und setzte sich unter den Sternenhimmel und lauschte dem Rhythmus der Wellen, die ans Ufer spülten.

Sie wartete.

Ich versuchte, mir vorzustellen, wie es für Ellen gewesen war, allein am Strand, allein in der Nacht. Selbst wenn sie keine Angst vor dem Meer oder dem Himmel oder irgendwelchen Tieren gehabt hatte, so doch sicher vor dem, was ihr bevorstand. Vielleicht schrie sie vor Schmerzen, als die Wehen einsetzten, vielleicht aber auch nicht. Niemand war da, der es hätte hören können. Irgendwie stellte ich mir vor, dass Ellen still war. Dass sie ihrem Baby eine friedliche Ankunft auf der Welt bereiten wollte.

Noch in derselben Nacht kam das Baby zur Welt. Das kleine Mädchen wurde unter dem Mond und den Sternen und umgeben vom Meeresrauschen und der salzigen Brise geboren. Ich stellte mir vor, wie Ellen es in die weichen Baumwolltücher wickelte, die sie mitgebracht hatte. Im silbernen Mondschein sah das winzige, runzlige Gesichtchen wie das einer Fee aus. Das kleine Mädchen blinzelte in der Kälte und nuckelte an ihrer Haut, während es Ellens Brust suchte.

Ellen wusste, was sie tun musste. Sie hatte sich vorbereitet. Sie hatte Bücher gelesen. Bestimmt war sie schwach und erschöpft, aber vielleicht auch von einem Hochgefühl erfüllt. Vielleicht fühlte sie sich frei. Und glücklich. Endlich hatte sie ganz allein etwas Wundervolles vollbracht, ohne dazu gezwungen worden zu sein, ohne Aussicht auf eine Belohnung. Sie war an einem Ort, den sie liebte, und sie hatte ein Baby, ein lebendiges kleines Wesen aus Fleisch und Blut in ihren Armen. Wahrscheinlich glaubte sie, dass nun alles gut würde. Sie legte das Kind an die Brust, und es begann zu saugen, die Erstmilch seiner Mutter. Es musste so gewesen sein, denn andernfalls hätte es nicht überlebt. Ich weiß nicht, ob Ellen wusste, wie wichtig diese Milch für das Neugeborene war, jedenfalls hatte sie es richtig gemacht.

Dem Baby ging es gut, Ellen sorgte dafür. Ihr hingegen ging es nicht gut. Denn irgendwann in dieser Nacht oder am nächsten Morgen verblutete sie am Strand.

Am Nachmittag des folgenden Tages traf Tante Karla in Thornfield House ein. Mr Brecht war gerade erst aufgestanden und wanderte, noch im Pyjama und rauchend, durchs Haus. Tante Karla erfasste auf Anhieb die Lage. Zuerst dachte sie, Ellen läge krank im Bett. Sie kochte Kaffee und beseitigte das schlimmste Chaos in der Küche, ehe sie mit einem Tablett nach oben ging und an Ellens Tür klopfte.

Auf dem Kissen hatte Ellen einen Brief mit den nötigsten Informationen für Tante Karla hinterlassen, sodass diese wusste, wo sie nach ihr suchen sollte. Es war früher Abend, kurz vor Sonnenuntergang. Ein böiger, meeresseitiger Wind wehte Wellenschaum an den Strand. Die dürren, zähen Pflanzen, die am Klippenrand wuchsen, duckten sich flach an die Felsen. Möwen kreisten krächzend über dem Meer, und Wolken jagten hoch am Himmel. Tante Karla begab sich allein zu den Klippen. Ellen hatte ihr den Weg ganz genau beschrieben. Als sie den Klippenrand erreichte, blickte sie zu dem einsamen Strand hinab und sah Ellen im nassen Sand liegen, wo sie zusammengebrochen war. Ihr Körper wurde von den heranrollenden Wellen auf- und abgetragen, und es sah aus, als würde sie Tante Karla mit ihrem ausgestreckten Arm herbeiwinken, der sich im Rhythmus der Wellen vor- und zurückbewegte. Das Haar umkränzte ihr Gesicht wie Seegras.

Offensichtlich hatte sie versucht, sich im Meer zu säubern und sich das Blut abzuwaschen.

Tante Karla fand den verborgenen Weg zum Strand. Unten angekommen, zog sie Ellens leblosen Körper aus dem Wasser und bettete ihn in den trockenen Sand am Fuß des Kliffs. Da es nicht mehr lange hell sein würde, musste sie sich Tränen und Trauer für später aufsparen. Sie wusste, dass sie ein Stück weit dem Küstenwanderweg folgen musste, um das nächste Notfalltelefon zu erreichen und Hilfe zu holen. Sie musste sich beeilen. Aber zuerst begab sie sich zum Zelt, um einen Schlafsack oder etwas zu holen, mit dem sie Ellen zudecken konnte. Sie zog den Reißverschluss auf und fand im Inneren des Zelts das Baby, warm eingewickelt und auf Ellens weiches Lager gebettet wie ein kleiner Vogel in seinem Nest. Das Neugeborene weinte nicht, sondern beobachtete mit einem Auge, wie sich das orangefarbene Zelttuch im Wind bewegte, während es das andere Auge geschlossen hatte und mit leise schmatzenden Geräuschen an seiner Faust saugte.

FÜNFUNDSECHZIG

Während sich die Nacht auf Magdeburg herabsenkte, zupfte ich an dem Stück Brot, das auf meinem Teller lag. Das Essen war köstlich, aber ich hatte keinen Appetit. Wir saßen auf der Terrasse an dem von Kerzen beschienenen Tisch, während sich Doreen über ihre Gitarre beugte und ihr sanfte Klänge entlockte. Fledermäuse segelten lautlos durch die Nacht, und der Mond stand hoch am Himmel. Der Himmel war weit und wunderschön. Schüsseln mit Salat, Kartoffeln, kaltem Braten, Obst, Essiggurken und Käse sowie Wein- und Wasserflaschen standen auf dem Tisch verteilt. Karla war am Ende ihrer Geschichte angelangt.

»Und so habe ich dieses prächtige Baby, dieses allerliebste Wesen, nach Deutschland mitgenommen«, sagte sie. »Meinen Freunden, Kollegen, meiner Familie und den Behörden sagte ich, es wäre mein Kind, es wäre vor dem erwarteten Termin in England zur Welt gekommen. Ich erfand eine Liebesaffäre, einen verheirateten Geliebten, der nichts von meiner Schwangerschaft wusste. Und siehe da, meine Geschichte funktionierte auf wundersame Weise, man glaubte mir. Es war die einzige Möglichkeit zu verhindern, dass Peter das Kind in die Finger bekam.«

»Karla ist meine offizielle und rechtmäßige Mutter«,

sagte Kirsten. »Und ich bin stolz und froh, ihre Tochter zu sein. Aber als ich alt genug war, hat sie mir die Wahrheit erzählt. Das ganze Täuschungsmanöver diente nur zu meinem Schutz.«

Die beiden Frauen lächelten sich zu. Sie stießen mit ihren Weingläsern an und sahen sich in die Augen, während sie tranken. Ellen hatte für ihre Tochter das Allerbeste getan, dachte ich. Sie hatte die Weichen gestellt, damit sie die bestmögliche Kindheit und Erziehung bekam, an einem sicheren Ort, weit weg von Peter, wo sie ein Höchstmaß an Liebe und Aufmerksamkeit erfuhr.

»Aber gewiss hat es doch eine gerichtsmedizinische Untersuchung gegeben, bei der sich herausstellte, dass Ellen ... na ja ... ein Kind geboren hatte«, sagte John. Er beugte sich schräg an mir vorbei zu dem Käsebrett, das am Tischrand stand, und schnitt sich ein Stück Käse ab.

Karla verscheuchte mit der Hand eine Motte und nickte.

»Man nahm an, dass das Kind ertrunken wäre, dass es bei Ellens Zusammenbruch ins Meer hinausgespült worden wäre. Das war die plausibelste Erklärung. Niemand kannte diesen Strand, wer sollte das Baby entdeckt und mitgenommen haben?«

Vor ihrer Rückkehr nach Hause machte Karla Mrs Todd ausfindig, nahm sie mit nach Deutschland und sorgte dafür, dass sie in einem kleinen, komfortablen Haus auf dem Schlossgelände ihren Ruhestand genießen konnte.

»Und Mr Brecht?«, fragte ich. »Was ist aus ihm geworden?«

»Wir haben ihn ebenfalls nach Deutschland zurückgeholt, wo er in eine psychiatrische Klinik eingewiesen wurde. Dort ist er noch immer.«

SECHSUNDSECHZIG

Karla bestand darauf, dass wir im Schloss übernachteten, wenigstens für eine Nacht, und ich war froh über ihr Angebot. Ein merkwürdiger Friede hatte mich überkommen. Und ich wollte dieses Gefühl der Nähe zu Ellen nicht schon wieder verlieren. Mir war, als wäre sie neben mir, und ihre Gegenwart war nicht länger bedrohlich, sondern besänftigend. Nun wusste ich die Wahrheit über ihren Tod, und die schreckliche Ungewissheit all dieser Jahre war vorbei. Ich hatte jetzt keine Angst mehr vor ihr. Endlich konnte ich um sie trauern.

Und dann war da Kirsten, die ihrer Mutter verblüffend ähnlich war, die genauso aussah wie Ellen im gleichen Alter. Die Ellens Gene in sich trug, die ihr Lächeln und den Ausdruck ihrer Augen geerbt hatte und die genau so mit einer Haarsträhne spielte, wie Ellen es immer getan hatte. Die genauso temperamentvoll war wie Ellen.

Die freundliche, offene Art der drei deutschen Frauen besänftigte und tröstete mich. Im Laufe des Abends erzählten sie mir Geschichten aus Kirstens Kindheit. Karla sagte, von klein auf habe sich ihr Showtalent gezeigt. Bei Schulaufführungen wollte sie immer die Hauptrolle spielen, sie genoss es, im Rampenlicht zu stehen. Kirsten stimmte in das Lachen ihrer Mutter ein. Sie legte den Kopf auf Karlas Schulter, und diese hauchte einen Kuss auf ihre Stirn.

Es wurde viel gelacht.

John behauptete, er bereue es kein bisschen, diese Gelegenheit zum Networking mit den Kuratoren der besten Museen Europas zu verpassen, viel lieber verbringe er seine Zeit mit uns. Obwohl er nicht viel sprach, war ich froh, dass er bei mir war und Ellens Geschichte nun ebenfalls kannte. Gleich, was passierte, von nun an würden wir dieses Erlebnis teilen – den auf Schloss Marienburg verbrachten Abend, an dem wir den Rest von Ellen Brechts Geschichte erfuhren.

John schenkte mir immer wieder Wein nach, und ich trank, weil der Alkohol meinem Schmerz den Stachel nahm und meine Schuldgefühle betäubte. In manchen Momenten gelang es mir sogar, mir vorzustellen, Ellen säße bei uns. Ich meinte sogar aus dem Augenwinkel wahrzunehmen, wie sie stolz und glücklich zwischen ihrer Tochter und ihrer Tante saß.

»Dann warst du das also, die ich im Museum gesehen habe?«, fragte ich Kirsten.

Sie nickte. »Ja, ich war dort, weil ich dich kennenlernen wollte.«

»Woher wusstest du von mir? Wo du mich finden würdest?«

Kirsten warf Karla einen verstohlenen Blick zu, und diese sagte lächelnd: »Zeig es ihr.«

Kirsten lief ins Schloss und kam wenige Augenblicke später mit einem Gegenstand in der Hand zurück. Sie reichte ihn mir. Es war das Foto in dem herzförmigen Rahmen, das ich Ellen zum achtzehnten Geburtstag geschenkt hatte. Das ein oder andere Glasstück hatte sich gelöst und das Foto war vergilbt, aber noch immer waren Ellen und ich deutlich darauf zu erkennen, Wange an Wange, einen Arm über der Schulter der anderen und ihr dunkles und mein helles Haar ineinanderfließend. Ich drehte das Foto um. Auf der Rückseite standen noch immer die Worte, die ich damals mit schwarzem Filzstift geschrieben hatte. Die Farbe hatte sich mit den Jahren in ein blasses Orange verwandelt, aber die Worte waren noch immer lesbar. Ich hatte ein Herz mit einem Pfeil gezeichnet und *Ellen Brecht* darüber geschrieben und darunter: *Hannah Brown*, und in dem Herz war zu lesen: *Für immer Freundinnen*.

Ellen hatte das Foto aufbewahrt. Es stand auf ihrem Nachttisch, und Karla hatte es zusammen mit Ellens Tochter mit nach Deutschland genommen.

»Natürlich hat Karla dich nicht vergessen«, sagte Kirsten. »Ich habe deinen Namen gegoogelt, aber es gibt ungefähr siebentausend Hannah Browns in England. Doch dann habe ich die Suche verfeinert und bin auf die Webseite des Museums gestoßen. Und auf einem der

Fotos der Museumsangestellten hat dich Karla wiedererkannt.«

»Kirsten hat sich die ganze Zeit den Kopf zerbrochen, wie sie es anstellen soll, mit dir Kontakt aufzunehmen«, sagte Karla.

»Zuerst wollte ich schreiben, aber dann dachte ich: Was, wenn sie antwortet, sie will mich nicht sehen? Dann werde ich es nie herausfinden. Also habe ich beschlossen, dich zu überraschen. Außerdem wollte ich sehen, wo Ellen gelebt hat. Und den Strand wollte ich auch besuchen.«

»Und ihr Grab?«

»Ja, auch an ihrem Grab war ich.«

»In Kirstens Zimmer haben wir verschiedene mögliche Szenarien durchgespielt«, warf Doreen mit einem Lachen ein. »Ich habe Sie gespielt und Kirsten sich selbst. Wir haben eine Szene geübt, in der Sie schockiert waren, als Sie erfuhren, dass Ellen eine Tochter hatte, und eine, in der Sie sich gefreut haben. Die zweite Variante hat uns besser gefallen.«

»Wir haben allerdings nie geprobt, was ich tun sollte, wenn dich mein Anblick derart schockieren würde, dass ich Angst haben würde, du bekämst einen Herzinfarkt!«, sagte Kirsten.

»Es tut mir schrecklich leid!«, erwiderte ich.

»Ach was, jetzt ist ja alles gut!«

Die beiden Mädchen lachten, und John und ich stimmten ein.

Ich dachte: Gott sei Dank. Gott sei Dank hat Kirsten

Karla und eine Freundin wie Doreen, die ihr immer zur Seite stehen wird.

Und ich dachte: Kirsten hat mehr Glück als ihre Mutter. Ellen hatte eine bessere Freundin verdient als mich.

Kirsten nahm den Faden wieder auf: »Nach meiner Rückkehr nach Deutschland dachte ich, das war es dann wohl. Und siehe da, nun hast du mich ausfindig gemacht!«

Ich war ein bisschen betrunken und sehr müde. »Ellen hat mich zu dir geführt«, sagte ich. »Ich weiß es.«

Karla tätschelte mir die Hand.

Anschließend erzählte ich Kirsten ein wenig von mir, allerdings nicht die ganze Geschichte. Ich berichtete, was aus Jago geworden war. Wie sehr er Ellen geliebt und sich auf das Baby gefreut hatte, doch schließlich irrtümlich der Überzeugung war, sie hätte abgetrieben. Ich sagte, er habe sich nie von dem Verlust Ellens und des Kindes erholt, erklärte, dass er in Neufundland lebe, aber dass er nicht glücklich sei. Ich erzählte von meinen Eltern, wie hingerissen sie sein würden, wenn sie erfuhren, dass sie ein Enkelkind hatten, und wie sehr sie Kirsten lieben würden.

Einige Aspekte meiner Geschichte konnte ich jedoch nicht in Worte fassen, einige Dinge mussten warten, um irgendwann einmal erzählt zu werden.

Den restlichen Abend nahm ich nur noch wie durch einen Schleier wahr: den Sternenhimmel, die Fledermäuse, wie ich immer wieder das Weinglas an die Lippen führte, den leisen Nachtwind, den Geruch des Flusses, der in der Luft lag, und dass sich John kurz entfernte, um mit Charlotte zu telefonieren. Doreen sang mit leiser, melodischer Stimme Lieder, deren Texte ich nicht verstand, die mich aber dennoch traurig stimmten.

Nachdem sich die drei Frauen zurückgezogen hatten, machten John und ich noch einen Spaziergang zum Fluss. Der Vollmond schien so hell, dass die Bäume und unsere Gestalten Schatten auf das grasbewachsene Ufer warfen. Eulen heulten in den Bäumen. Mir war, als wäre Ellen da, als würde sie neben uns spazieren, alles wissen und verstehen.

»Du wirst sehen, von nun an wird es dir besser gehen«, sagte John, und ich erwiderte: »Ja, ich weiß.«

Ich bückte mich, um einen Kieselstein aufzuheben. Dann schleuderte ich ihn aus dem Handgelenk von mir, wie Jago es mir gezeigt hatte, und ließ ihn über das Wasser hüpfen. Er sprang drei Mal wieder hoch.

»Ich wünschte, es wäre anders ausgegangen für Ellen«, sagte ich.

John sagte »Hm!«, und dann: »Aber Kirsten ist das wunderbarste Vermächtnis, das sie hinterlassen konnte.«

»O ja, das stimmt.«

John versuchte ebenfalls, einen Stein springen zu lassen. Aber er plumpste ins Wasser, ohne aufzuhüpfen. Ich suchte einen flacheren Stein für ihn.

»Wie geht es Charlotte?«, fragte ich.

»Gut. Sie war bester Laune. Sie hat im Internet einen Urlaub gebucht.«

»Für sie allein?«

»Nein.« John drehte den Stein in der Hand. »Nein, für uns alle. Sie meint, es tue uns sicher gut, wenn wir mal wieder einige Zeit miteinander verbringen.«

»Oh.«

»Eine kleine Ferienanlage in der Türkei. Ich wollte schon immer mal in dieses Land. Dort gibt es ein paar großartige Ausgrabungsstätten.«

»Das freut mich.«

»Charlotte wird sich bestimmt zu Tode langweilen, wenn ich sie von einem archäologischen Fundort zum nächsten schleppe«, sagte John. »Sie wird herumnörgeln und sich beschweren, und schließlich werde ich zur Wiedergutmachung gelangweilt am Strand hocken müssen. Wir werden uns mal wieder die üblichen Dinge an den Kopf werfen und hinterher darüber lachen.«

Ich wusste, dass er gerade versuchte, mir seine Ehe zu erklären. Dass es keineswegs perfekt lief zwischen ihm und Charlotte, dass sie grundverschieden waren, aber ihre Beziehung dennoch funktionierte. Ob er wohl über ihre Seitensprünge Bescheid wusste?, fragte ich mich. Ob er es wusste und zu dem Schluss gekommen war, dass es ihm nichts ausmachte? Er liebte Charlotte so, wie sie war. Er wollte nicht, dass wir Außenstehenden ihre Geheimnisse ans Licht der Öffentlichkeit zerrten, denn dann wäre er gezwungen, sie sich einzugestehen und irgendwie zu reagieren. Er wollte weiterhin mit Charlotte verheiratet sein, ob sie nun treu war oder nicht, denn er war trotz allem glücklich mit ihr.

Wer wollte ihm das verübeln?

»So wird das nichts«, sagte ich, als auch der zweite Stein ins Wasser plumpste. »Schau, so musst du es machen.«

Ich fasste ihn am Handgelenk, und dann brachte ich ihm am Ufer der Elbe im Mondschein bei, wie man Steine übers Wasser hüpfen lässt.

SIEBENUNDSECHZIG

Am nächsten Morgen wachte ich früh auf. Karla hatte mir ein herrliches Zimmer zugewiesen, das nach Osten lag und wo die aufgehende Sonne zum Fenster hereinschien. Ich zog den Morgenmantel an, den Kirsten mir geliehen hatte, nahm mein Handy und ging leise hinaus. Kirstens Zimmer lag neben meinem. Die Tür war nur angelehnt. Ich schob sie auf, und sie wandte mir lächelnd den Kopf zu. Sie lag wach im Bett, hatte mich schon erwartet.

Ich ging nach unten und setzte mich neben den Springbrunnen auf die Terrasse. Die Sonne stieg über den Dächern von Magdeburg in den Himmel und warf ihr sommerlich gelbes Licht auf die Schlossanlage. Es war ein wunderschöner Morgen, der ein schöner Tag zu werden versprach.

Zuerst rief ich Mum an. Ich erzählte ihr nichts von Kirsten, sondern sagte ihr nur, dass es mir gut gehe, und bat sie um eine Telefonnummer. Sie gab sie mir.

Ein paar Minuten später kam Kirsten in ihrem Pyjama und ihren Flipflops und mit zwei Bechern Kaffee in den Händen heraus. Sie setzte sich neben mich. Dampf stieg von der heißen Flüssigkeit auf. Kirsten rieb sich die Nase.

Die Sonne warf lange Schatten auf die Wiese unterhalb der Terrasse. Auf allem lag ein goldener Schein. Das Gras glänzte vom Tau, und im hellen Morgenlicht hob sich das filigrane Muster der Spinnennetze, die sich zwischen den Zweigen der Büsche spannten, deutlich ab. Das Wasser im Springbrunnen glitzerte und funkelte. Grün und klar sammelte es sich in dem Steinbecken. Kirsten ließ die Finger über die Oberfläche gleiten. Sie lächelte mir zu, und ein tiefes Gefühl der Zuneigung überkam mich.

»Bist du bereit?«, fragte ich.

Sie schob sich das Haar hinters Ohr und nickte. Ihre Augen strahlten.

»Ja, ich bin bereit«, sagte sie.

Ich wählte die Nummer. Es dauerte eine Weile, bis sich eine Verbindung aufbaute, aber dann hörte ich den Wählton am anderen Ende der Leitung. Ich drückte den Daumen der anderen Hand, hoffte inständig, dass er drangehen würde. Ein männliches Räuspern, dann sagte eine verdrießliche, schläfrige Stimme, die mir, obwohl sie weit entfernt klang, vertraut und lieb war: »Hallo?«

»Jago? Ich bin's, Hannah.« Ich nahm einen tiefen Atemzug und lächelte Kirsten ermutigend zu. Dann sagte ich: »Hier ist jemand, der gern mit dir sprechen möchte.«

Susanna Kearsley

Licht über den Klippen

Roman. Übersetzung aus dem amerikanischen Englisch von Sonja Hauser. 464 Seiten. Piper Taschenbuch

Die unberührte Küste Cornwalls und ein altes Herrenhaus mit einem duftenden Rosengarten … Hierhin kehrt Eva zurück, um die Asche ihrer Schwester zu verstreuen. Hier taucht sie ein in die Erinnerung unbeschwerter Kindheitstage, bevor ein mysteriöser Fremder ihr Leben in seinen Grundfesten erschüttert. Und von hier bricht sie auf zu einer ungewöhnlichen Reise in eine längst vergangene Zeit, einer Reise voller Licht und Schatten, voller Liebe und Trauer, von der es vielleicht keine Rückkehr mehr gibt.

»Susanna Kearsleys Romane, romantisch und ein bisschen märchenhaft, sind bestens geeignet für verregnete Sonntagnachmittage.«
Brigitte

05/2741/01/L

Judith Lennox

Der italienische Geliebte

Roman. Übersetzung aus dem Englischen von Mechtild Sandberg. 560 Seiten. Piper Taschenbuch

In Italien erleben die englischen Schwestern Tessa und Freddie Nicolson eine ungetrübte Jugend. Doch als die 17-jährige Tessa sich zum ersten Mal leidenschaftlich verliebt, werden die Mädchen nach England ins Internat geschickt. Jahre vergehen, in denen die beiden Frauen ihren Weg machen. Im Gegensatz zu ihrer Schwester weiß Tessa, dass sie eines Tages nach Italien zurückkehren will. Denn sie hat ihre Jugendliebe nie wirklich vergessen …

»Ein herrlich opluenter Roman voller Leidenschaft, Intrigen, Dramen und Glückseligkeit.«
Freundin

05/2740/01/R

Kate Lord Brown

Das Haus der Tänzerin

Roman. Übersetzung aus dem Englischen von Elke Link. 528 Seiten. Piper Taschenbuch

Die alte Villa in den Hügeln von Valencia ist für Emma der perfekte Rückzugsort: Der verwilderte Garten duftet nach Orangenblüten, die Leute im Dorf sind hilfsbereit und schon bald eröffnet die gelernte Parfümeurin einen Blumenladen. Doch warum vermachte ihre verstorbene Mutter ihr dieses Anwesen? Immer mehr fühlt sich Emma von der geheimnisvollen Vergangenheit des Hauses angezogen. Und dann entdeckt sie ein zugemauertes Zimmer …

05/2739/01/L

Lucy Clarke

Die Landkarte der Liebe

Roman. Übersetzung aus dem Englischen von Astrid Mania. 352 Seiten. Piper Taschenbuch

Ein meerblaues Reisetagebuch. Das ist alles, was Katie von ihrer Schwester bleibt. Denn Mia ist tot. In Bali stürzte sie von einer Klippe. Katie hat nur eine Chance, das Geheimnis um den Tod ihrer unnahbaren Schwester zu lüften: ihr Tagebuch zu lesen und den Stationen ihrer letzten Reise zu folgen. Und so taucht Katie immer tiefer ein in das Leben ihrer Schwester ein und entziffert Stück für Stück Mias ganz persönliche Landkarte der Liebe …

05/2729/01/R

Jennifer Donnelly

Die Wildrose

Roman. Aus dem Amerikanischen von Angelika Felenda. 752 Seiten. Piper Taschenbuch

Die Herzen von Willa Alden und Seamus Finnegan schlagen für die unbezwingbaren Gipfel der Welt – und füreinander. Doch nach einer schicksalhaften Bergtour am Kilimandscharo ist nichts mehr, wie es war: Willa erleidet einen tragischen Unfall und ist fortan für ihr Leben körperlich gezeichnet. Voller Vorwürfe gegenüber Seamus wendet sie sich von ihm ab. Doch auch Seamus trägt eine Wunde davon – die Trennung bricht ihm das Herz. Jahre später kreuzen sich Willas und Seamus' Wege ein zweites Mal – und ihre Liebe wird auf eine harte Probe gestellt …

»Donnelly ist eine Meisterin – dieser Roman wird Ihren Puls rasen lassen!«
Washington Post

05/2702/01/L

Rosa Zapato

Der Duft des Regenwalds

Roman. 592 Seiten. Piper Taschenbuch

Veracruz, 1903: Alice Wegener hat die weite Reise von Berlin nach Mexiko angetreten, um ihren Bruder Patrick zu besuchen. Doch es kommt nicht zu einem Wiedersehen – Patrick wurde im Dschungel Opfer eines Verbrechens. Als Alice Näheres zu den Umständen wissen möchte, stößt sie auf eine Mauer des Schweigens. So stellt Alice ihre Nachforschungen auf eigene Faust an und bringt neben der Wahrheit über Patricks Tod auch das Geheimnis einer Maya-Prinzessin ans Licht – das letztendlich auch sie zur wahren Liebe führt …

05/2742/01/R